ro
ro
ro

Antonio Scurati, 1969 in Neapel geboren, lehrt an der IULM-Universität Mailand und koordiniert dort das Forschungszentrum für Kriegs- und Gewaltsprachen. Seine Romane sind in viele Sprachen übersetzt und wurden mehrfach mit Preisen ausgezeichnet, unter anderem mit dem *Premio Mondello* und dem *Premio Campiello*.

«Intellekt und Leidenschaft geraten aneinander, in einer Atmosphäre der Angst, der man sich nicht entziehen kann.» (La Stampa)

«Antonio Scurati zeichnet ein luzides und zugleich düsteres Abbild unserer Gesellschaft.» (Deutschlandfunk)

Romy

Antonio Scurati

DAS KIND, DAS VOM ENDE DER WELT TRÄUMTE

Roman

Aus dem Italienischen
von Suse Vetterlein

Rowohlt Taschenbuch Verlag

Die italienische Originalausgabe erschien 2009
unter dem Titel «Il bambino che sognava la fine
del mondo» bei Edizione Bompiani, Mailand.

Veröffentlicht im Rowohlt Taschenbuch Verlag,
Reinbek bei Hamburg, Februar 2012

Umschlaggestaltung any.way, Cathrin Günther,
nach einem Entwurf von
ANZINGER WÜSCHNER RASP, München
(Abbildung: © Marion Bomeyer)
Satz Minion PostScript, InDesign,
bei Pinkuin Satz und Datentechnik, Berlin
Druck und Bindung CPI – Clausen & Bosse, Leck
Printed in Germany
ISBN 978 3 499 25797 1

Für dich, die du dabei bist,
anzukommen.
Auf dass du auf dieser Erde
willkommen seiest.

«In den Villengegenden träumen sie von Gewalt.
Schlafmützig sitzen sie in ihren kleinen Palästchen,
von wohlwollenden Einkaufszentren beschützt,
und warten geduldig auf die Ankunft der Albträume,
damit sie in einer Welt erwachen, die ihnen mehr
Leidenschaften bietet.»
J. G. Ballard

«Meine einzige Leidenschaft war die Angst.»
Thomas Hobbes

Inhalt

Dieser Roman gehört zu der Art von Büchern, die reale Vorkommnisse und Fiktion mischen. Da der Autor glaubt, dass Literatur in unserer von den Medien dominierten Zeit die Grenze zwischen Realität und Erfindung nicht noch mehr verwischen, sondern sie im Gegenteil überwinden sollte, fordert er seine Leser auf, jedes Wort dieses Buches als reine Frucht seiner Phantasie zu betrachten, vor allem, wenn es um real existierende Fakten, Personen und Institutionen geht.

A. S.

Prolog

Zu Beginn des dritten Jahrtausends wurde ein großes Gebiet im betriebsamen Norden Italiens von einer Epidemie heimgesucht. In Bergamo, einer kleinen Provinzhauptstadt der Lombardei, die im Süden an die große Senke der Po-Ebene grenzt, im Norden an die Ausläufer der Orobischen Alpen, war die Ausbreitungsgeschwindigkeit so groß, dass in nur acht Monaten, vom Herbst 2007 bis zum späten Frühling des Folgejahres, ein beträchtlicher Teil der Bürger angesteckt war. Und auch der Rest konnte nicht von sich behaupten, verschont geblieben zu sein. Männer, Frauen, Alte und Kinder, vor allem die Kinder, teilten sich in infizierte Wesen – von den Symptomen der Krankheit eindeutig gezeichnet – und in nach außen unauffällige Überträger des Morbus. Verschont blieb keiner. Ein paar Monate nur – die letzte Modekollektion war noch nicht passé –, und die Stadt verlor erst ihre Unverletzlichkeit, dann ihre Unversehrtheit. Schließlich löste sie sich ganz und gar auf.

Es handelte sich um eine Pestilenz der Seele und des Geistes. Wenn man es recht bedenkt, ist das Böse das Immateriellste überhaupt, da es seinen verbissenen Krieg gegen jedes Lebewesen führt, und wenn man es ließe, würde es sogar die Grundfesten der Schöpfung zerstören. So seltsam es erscheinen mag, oft ist das größte Verderben auch das in höchstem Maße geistigste, das alles verschlingt. Auch den Genuss.

Nach Bergamo kam der Bazillus, wie meist, von außen. In unserem Fall übertrugen ihn zwei Erzieherinnen, Niva Beghetto und Maria Pellegrini. Die ersten Anzeichen einer Ansteckung zeigten sich bei dem Priester Don Mariano Presti. Der hochgebildete Intellektuelle, Dozent für Systematische Theologie am Bischöflichen Priesterseminar in der Oberstadt Bergamo Alta, außerdem Kontaktperson für katholische Gruppierungen der *Charismatischen Erneuerung*, den aktivsten in der ganzen Region, zugleich Gründer eines der ersten italienischen Rehabilitationszentren für Drogenabhängige, wurde im Oktober 2007 von einem ehemaligen Seminaristen der sexuellen Belästigung bezichtigt.

Die Beschuldigungen, die zunächst sowohl in geistlichen als auch in weltlichen Kreisen voller Empörung zurückgewiesen worden waren, erhärteten sich, als durch die Presse ging, Don Mariano sei zum geistlichen Betreuer von Nari Lamua auserkoren worden, einem Priester von der Elfenbeinküste, der zusammen mit siebenundfünfzig weiteren Ordensbrüdern in das dem Seminar angeschlossene Sanatorium der Padri Venturini eingeliefert worden war. Dabei handelte es sich um ein Rehabilitationszentrum für Priester, die nicht in die Gesellschaft zurückfanden, gleichzeitig auch von keiner Diözese und keinem religiösen Orden geduldet wurden, da sie entweder psychisch krank waren oder schwere Alkoholiker, Drogenabhängige, Aidskranke, suizidgefährdete Depressive oder ehemalige Sexualstraftäter. Nari Lamua gehörte letzterer Kategorie an. Er war ein pädophiler Priester, übrigens nicht der Einzige unter denen, die die Ordensgemeinschaft *Congregazione Gesú Sacerdote* aufgenommen hatte. Für sie alle war Don Mariano der Beichtvater.

Kaum war die Sache öffentlich geworden, da meldeten sich zwei ehemalige Drogensüchtige zu Wort – beide waren einige Jahre zuvor, wenn auch nicht zur gleichen Zeit, in der Gemeinschaft *Nova Spes* gewesen, einem weiteren Betreuungszentrum, das Don Mariano gegründet hatte – und klagten ihren ehemaligen Wohltäter an. Schon bald erweiterte sich der Kreis der Schande, besser gesagt, der Verderbnis, bis über die Gemäuer des imposanten Gebäudes auf dem Hügel des San Giovanni in Arena hinaus und machte auch an den Mauern der Altstadt nicht halt.

In der Unterstadt, im Borgo San Leonardo, am Fuß des Hügels, mehr als tausend Meter unter der Bastion, die das Wohnviertel im Renaissancestil auf der Höhe der Porta San Giacomo beschützt, stellte einige Wochen später ein kleines Mädchen von fünf Jahren mit einem Mal das Pinkeln ein. Vier endlose Tage lang hatte die Kleine weder uriniert noch Stuhlgang gehabt. Am fünften Tag konnte die Mutter sie schließlich zum Sprechen bewegen, und sie erzählte, die Kindergärtnerin habe sie, zusammen mit einem Mann, aus dem Kindergarten geholt und in ein großes Haus gebracht, wo Gestalten mit hochgezogenen Kapuzen «schlimme Sachen» mit ihr gemacht hätten. Das Haus habe «auf dem Berg» gestanden, und der Mann sei «schwarz» gewesen.

Dann überschlugen sich die Ereignisse. Binnen weniger Stunden stellte sich heraus, dass die beiden Erzieherinnen der Vor- und Grundschule, die das kleine Mädchen besuchte, vorher in einem Kindergarten bei Brescia gearbeitet hatten, der in einen Pädophilieskandal verwickelt gewesen war. Nun hatte sich nach wenigen Tagen die Zahl der Kinder, die eindeutige Symptome einer psychischen Störung aufwiesen, vervielfacht. Nach wenigen Wochen wuchs die Zahl der Eltern, die die Kindergärtnerinnen der Komplizenschaft mit den pädophilen Pfarrern beschuldigten, zunächst auf vier, dann auf sieben, neun, elf, bis schließlich der aerobe Verdachtsbazillus aus den Räumen des Priesterseminars entwich, über die Mauern von Bergamos Altstadt hinweg, über dem Schulgebäude schwebte, um am Ende die ganze Stadt zu befallen.

Mit einem Mal schien alles Leben in Ekel versunken zu sein, als hätte eine riesenhafte Kröte ihren wabbeligen Bauch auf die Hügel gelegt und die Stadt in ätzenden Schleim gehüllt. Zu Beginn des Frühjahrs 2008 war in Bergamo die Ansteckung bereits orbital, das Risiko, sich das Böse einzufangen, war zweifelsohne da. Es galt einzig zu entscheiden, ob man aktiv Handelnder oder passives Opfer des Albtraums sein wollte.

Die Virulenz des Erregers und die Unausweichlichkeit des Niedergangs waren so extrem, dass man Journalisten gestattete, sich der Heiligen Schrift zu bedienen, um skrupellos Leitmotive und Bilder antiker Prophezeiungen zu plündern. Das taten sowohl die zwei größeren Tageszeitungen der Stadt – das kircheneigene Blatt *L'Eco di Bergamo* und das gemäßigt progressive Organ *Giornale di Bergamo* – wie auch die übrige nationale Presse, insbesondere aber die *free press*, die, zusammen mit Internet und Fernsehen, *das*

Informationsorgan des Desasters war und fortan auch bleiben sollte.

Um die aktuellen Geschehnisse zu beschreiben, bezog man sich in erster Linie auf die *Offenbarung des Johannes*. Und tatsächlich, wenn man die eine oder andere übertriebene Passage streicht, ist nicht zu leugnen, dass die Region zwischen Alpen und Po-Ebene – eine der Regionen mit der meisten Industrie und der höchsten Bevölkerungsdichte – in der Tat eine ähnliche Szenerie aufweist wie die Erde beim Öffnen der sieben Siegel in der Vision des Propheten: Die Sonne wurde schwarz wie ein Trauergewand, ein Drittel des Landes, ein Drittel der Bäume verbrannte, ein Drittel des Wassers wurde bitter, und viele Menschen starben durch das Wasser, weil es bitter geworden war.

Trotz dieses lautstarken Alarms trat das Ende der Welt nicht ein. Ehrlich gesagt war man fast schon enttäuscht darüber – zumal nach all den Gebeten (man hatte den Herrn angefleht um sein Erbarmen, um seine Gerechtigkeit, um Sündenlohn, je nach dem Wesen des Postulanten) Gott allem Anschein nach mit der Sache nichts zu tun haben wollte. Jedenfalls nicht der metaphysische Gott. Er wäscht seine Hände in Unschuld, hörte man es raunen. Vielleicht sollte man eher sagen: Er kam nicht, genauso wenig, wie das Ende der Welt kam. So einfach war das. Er kam nicht. Sein Platz am Tisch blieb leer, so wie der Stuhl, den die atavistische bäuerliche Kultur, auf deren Trümmern auch das moderne Bergamo erbaut worden war, an Feiertagen für die Seelen der Verstorbenen freihält. Der Teller für die Toten.

Was ich damit sagen möchte, ist, dass Gott in diesen Monaten des Grauens wahrhaftig angefleht wurde – voller

Inbrunst, voller Hartnäckigkeit, vielleicht auch voll aufrichtiger Gläubigkeit, aber Er gab keine Antwort. Hüllte sich in Schweigen. Angesichts eines solchen Gottes, der kein Zeichen von sich gab, der so schwer zu durchschauen war, ja, von dem man sich mittlerweile gar kein Bild mehr machen konnte, der sich so bedeckt gab in seinem ewigen Schweigen, in seiner ewigen Abwesenheit, angesichts all dessen kam, was kommen musste: Die Menschen entschieden sich für seinen Gegner.

Die Menschen hatten Gott angefleht, gewartet, vergebens, bis sie es aufgaben. Ihr Flehen war nicht erhört worden, sie verloren sich in Gottes Schweigen, schließlich wählten sie Satan. Den, der immer als Erster die Bühne betritt, der für jeden Handel, für jede Metamorphose zu haben ist, stets bereit, die Gestalt unterschiedlichster Personen, ja, jede Gestalt anzunehmen. Die Menschen wählten Satan, der so mächtig und bei jeder Beschwörung sofort zur Stelle ist. Sie wählten Satan, der wie gemacht ist für die Menschheit.

Wenn man das Gute, das flüchtige, hochmütige, ach so rare Gute nicht haben kann, gibt man sich oftmals mit dem Bösen zufrieden, mit seiner Anwesenheit, die sich tief ins tägliche Leben eingegraben hat. Lieber das als gar nichts, sagte man sich und kniete vor dem Fernseher nieder. Nachts im Bett kam das große Heulen über die x-te Schandtat, zu der man sich hatte hinreißen lassen. Man muss ja schließlich leben, sagte man sich immer wieder. Obwohl wir dafür gar keine Notwendigkeit sehen.

Man beließ es bei einem simplen Achselzucken und verfiel dem Aberglauben unserer Zeit: dem Glauben an die größere Fruchtbarkeit des Bösen, dem Gemeinplatz, demzufolge das Böse, wie unverwüstliches Unkraut, immer und überall kräftig Wurzeln schlägt. Aber im Grunde verhält es sich doch so, dass jede Pflanze, wenn man sie nur lange genug wachsen lässt, letzten Endes zu Unkraut wird, oder etwa nicht?

Das vorliegende Buch möchte von den Vorfällen erzählen, die sich in Bergamo zugetragen haben – von Vorfällen, in die man sofort verwickelt wird, wenn man darüber schreibt und liest. Und da keiner ernsthaft behaupten kann, er begnüge sich mit bloßen Fakten, möchte dieses Buch auch vom Schweigen erzählen, vom Verzicht.

«Schnell, kommt! Mein Vater will meine Mutter umbringen!»

Der blonde Junge hat einen erstarrten Blick. Zwei große blaue Augen sehen zur Seite, als wären sie ins Leere gerichtet.

Die Mutter nimmt ihm den Hörer aus der Hand und versichert der Polizei am anderen Ende der Leitung: Es stimmt nicht, es passiert nichts Schlimmes, hier, mitten in der Nacht. Ihr Sohn ist Schlafwandler. Der Junge hat nur geträumt.

Die Polizisten wollen trotzdem kommen, um nachzusehen. «Sie müssen uns verstehen, Signora, wir können den Anruf nicht einfach ignorieren.»

Als sie die Wohnung erreichen, scheint alles ruhig zu sein. Keine Spuren von Gewalt. Der Mutter geht es gut. Der Vater ist in Indien, auf Geschäftsreise.

Der Junge liegt wieder in seinem Bett. Ein paarmal hat er noch im Traum vor Schreck geschrien, dann hat er sich wieder beruhigt.

25. Juni 2007

Die zwei Erzieherinnen erreichten die Stadt am Nachmittag des 25. Juni 2007. Sie kamen mit dem Regionalzug aus Brescia, der um Punkt 17.45 Uhr in den Bahnhof von Bergamo einfuhr.

Später gab es Leute, die behaupteten, ihnen seien die beiden Frauen von Anfang an nicht geheuer gewesen. Altersmäßig trennten sie Jahre, siebenundzwanzig die Jüngere, eben erst geworden, fünfzig die Ältere, und obwohl sie nicht miteinander verwandt waren, nahmen sie sich zusammen eine Wohnung, noch dazu in einem ziemlich verrufenen Viertel.

Ein paar Monate später wird eine Nachbarin, Gaetana Lorenzi, Witwe und Nutznießerin der Hinterbliebenenrente des Sicherheitsbeamten Mario Lorenzi, einem Lokalreporter gegenüber äußern, sie habe die beiden in der Via San Bernardino gesehen, an jenem Nachmittag im Juni, als sie das erste Mal vor der Hausnummer 5 gestanden hätten. Signora Lorenzis Äußerungen zufolge sei sie gerade auf dem Balkon gewesen. Ihre Wohnung befindet sich im letzten Stock des Eckhauses, an dem sich die Via San Bernardino mit der Via Zambonate kreuzt. Von da oben habe sie die zwei Frauen dabei beobachten können, wie sie die Straße entlanggegangen seien, von den Gleisen her kommend.

Besonders auffallend habe sie gefunden, dass die zwei Fremden mit ihren sperrigen Koffern, die sie hinter sich hergezogen hätten, «so dicht an den Häuserwänden gingen. Aber wirklich ganz dicht, als wollten sie sich daran entlangdrücken. Und das, obwohl es noch gar nicht zu regnen angefangen hatte, da bin ich mir ganz sicher! Es braute sich zwar schon etwas am Himmel zusammen, aber der Regen war noch nicht da, auch der Hagel nicht. Nein, nein, die zwei pressten sich bestimmt nicht so an die Wände, um sich vor dem Regen zu schützen. Ich weiß nicht, wie ich es beschreiben soll. Sie trugen Kopftücher, liefen nach vorn gebeugt, immer an den Häusern klebend … Als hätten sie etwas zu verbergen, alle beide, obwohl Straße und Gehsteig komplett leer gefegt waren. Sie gingen hintereinander, im Gänsemarsch.»

Später, als die Anwesenheit der Erzieherinnen schon genug Aufsehen in der Stadt erregt hatte, fand sich eine zweite Zeugin, die Signora Lorenzis Version bestätigen konnte, ja, die sogar willens war, noch eins draufzusetzen.

Augusta del Bono, die Nachbarin, die gegenüber der Signora Lorenzi wohnt, wird einem Journalisten des *L'Eco di Bergamo* erklären, auch sie habe die Ankunft der zwei Kindergärtnerinnen beobachtet. «Schon den ganzen Tag über war es höllisch heiß gewesen, afrikanische Zustände, aber plötzlich gab es einen Temperatursturz. Ich weiß noch, wie ich einen kalten, feuchten Stich im Nacken verspürte, ich bin sehr empfindlich, müssen Sie wissen, leide oft unter Nackenstarre, und so ein verrücktes Wetter saugt mir das Mark aus den Knochen. Entweder ist es zu heiß oder zu kalt oder zu feucht, man wird bald zum Krüppel. Jedenfalls spüre ich diesen kalten Wind von der Straße hoch durchs Fenster wehen. Ich schließe das Fenster und sehe kurz raus. Erst schaue ich in den Himmel, an dem dunkle Wolken aufziehen – es donnerte schon, aber geblitzt hat es noch nicht –, dann schaue ich runter auf die Straße, wo der Staub aufgewirbelt wird, und sehe diese zwei seltsamen Frauen, die sich, dicht an den Häusern entlang, vorwärtsbewegen. Sie zogen ihre Koffer auf Rollen hinterher und machten dabei einen Höllenlärm. Ich glaube, ein Stück weiter hinten, an der Via Carrozzai, sind sie auch stehen geblieben, um mit einem Mann zu reden, der war in eine Art Umhang mit Kapuze gehüllt. Sehr merkwürdig, das könnte die Robe eines Richters oder eine Kutte gewesen sein, bin mir nicht sicher. Da unten war jedenfalls die Hölle los, die Luft war drückend, alle flüchteten, weil sie spürten, dass der Himmel gleich seine Schleusen öffnen und Gottes Zorn sich über uns ergießen würde. Aber an eine Sache erinnere ich mich noch genau, weil ich dabei richtig zusammenzuckte: Eine der beiden Frauen blieb kurz stehen, steckte einen Finger in den Mund, feuchtete ihn gut an und hielt ihn in den Himmel. Eine Sekunde später goss es in Strömen. Danach hagelte es.»

Beide Zeugenaussagen können, auch wenn sie in etlichen Punkten übereinstimmen und vermutlich in gutem Glauben abgelegt wurden, als unwahr betrachtet werden.

Maria Pellegrini und Niva Beghetto, die zwei Erzieherinnen, die für das bevorstehende Schuljahr 2007/08 zur Scuola Materna Rodari wechselten, waren am Nachmittag des 25. Juni zwar tatsächlich gegen 18 Uhr auf dem Weg in ihre neue Wohnung in der Via San Bernardino, während

Gewitter und ungewöhnlich starker Hagel wüteten – der Größenmesser für Hagelkörner der lokalen Wetterstation wog an jenem Tag ein Hagelkorn von ganzen 225 Gramm –, aber wie sich später im Untersuchungsausschuss herausstellen sollte, kamen die Frauen in einem Verkehrsmittel, in das sie vor dem Bahnhofsgebäude gestiegen waren. Es hatte die Lizenznummer 46 und war auf den Fahrer Maurizio Banti ausgestellt. Kurzum, an jenem Juninachmittag huschten die zwei Frauen also deshalb nicht, an Hauswände gepresst, mit lärmenden Trollys, die Straße entlang, sondern fuhren schlicht und ergreifend mit einem Taxi in die Via San Bernardino.

In Wahrheit verhält es sich so, dass kein Mensch etwas bemerkt hatte, als die zwei Kindergärtnerinnen am Nachmittag des 25. Juni 2007 die Stadt mit dem Regionalzug erreichten, der, aus Brescia kommend, pünktlich in den Bahnhof von Bergamo einfuhr.

Erst viel später, als dieser unbedeutende Auftakt eine Kettenreaktion mit dramatischen Folgen ausgelöst hatte, erst dann lernten wir, zurückzublicken und die Sache in einem anderen Licht zu sehen, nämlich als den Moment, der die definitive Macht eines Anfangs in sich trug.

Währenddessen erstrahlte jedes noch so kleine Detail aus dem Leben der zwei neuen Kindergärtnerinnen der Scuola Materna Rodari im zweifelhaften Glanz der Klatschpresse. Schreckliche hypnotische Schwingungen verbreiteten sich, wie sie eine Leiche aussendet, die mitten auf der Straße liegt und den Blick vorübergehender Passanten irre werden lässt, denn der tote Körper liegt mit seiner so unerträglichen wie unleugbaren, tragischen Masse da und gestattet einem weder hinzusehen noch den Blick abzuwenden.

****

An dem Tag, an dem die Erzieherinnen in die Stadt kamen, am 25. Juni 2007, hatte ich Geburtstag. Aufgrund dieser banalen Tatsache weiß ich noch genau, dass auch ich nachmittags ungefähr zu der Uhrzeit, als Niva Beghetto und Maria Pellegrini die Via San Bernardino erreichten, am Fenster stand.

Durch das Panoramafenster meines Büros im Institut für fremdsprachige Philologie, ganz oben auf dem Hügel gegenüber der Oberstadt Bergamo Alta, beobachtete auch ich das Gewitter, das sich über der Unterstadt und weiten Teilen der Po-Ebene, die sich vor mir bis zum Horizont erstreckte, zusammenbraute.

Ein Landstrich, der im Laufe der Jahre sein Farbkleid mehrfach verändert hat. Das pelzige Braun der Kiwis hat das kräftige Blutrot der Roten Rüben verdrängt, das blasse Gelb der Kaki das frühlingshafte Rosa der Pfirsichbäume (innerhalb von zehn Jahren sind zweiundzwanzig Hektar verschwunden), und Weizen- oder Maisfelder haben die Ahornwälder ersetzt. In jenen Junitagen dominierten großflächige gelbbraune Flecken an den Flussufern, im August würden sie in hässliches Schlammbraun übergehen. Eine verblassende Landschaft, aufgrund von *global warming* und Hedgefonds, von Klimakapriolen, Preisschwankungen und Spekulationen. Der Planet war von einer Agrarrevolution erschüttert, die Preise im Chaos versunken, die Pflanzenkulturen eine einzige Monokultur, die Armen noch mehr verarmt. Eine verdorrte Ebene (fast zwanzig Prozent weniger Niederschlag im Vergleich zu vor zwanzig Jahren), eine indochinesische oder brasilianische Zukunft, ein einziges Tropengebiet. Und alles, oder fast alles, dem Markt unterworfen.

Ein Land der Erdnüsse, das war aus der Po-Ebene mittlerweile geworden! Die *peanuts* aus Amerika brauchen wenig Wasser und bringen viel ein, ein richtiger Boom. Jetzt wartet man auf die Hirse zur Ethanolgewinnung oder den Raps zur Herstellung von Biodiesel. Eine leicht reizbare, unbeständige, nervöse Landschaft. Man passte sich schleunigst an, war fix, flexibel, man baute an, was die schnellsten Erträge brachte und hoch im Kurs stand. Fast ausschließlich Kräuter, Gemüse, niederwüchsige Pflanzen, keine Hochstämme. Die wären zu langsam. Die Extensivlandwirtschaft der gepflügten Äcker hatte die Intensivlandwirtschaft der Obstgärten besiegt. Bäume, adieu. Die majestätische Ulme oder der Rot-Ahorn waren selbst aus der Erinnerung schon fast getilgt. Widerstehen konnte nur die Pappel, doch auch sie war viel zu langsam: fünfzehn Jahre, bis sie Gewinn abwarf – eine Ewigkeit in Zeiten elektronischer Rohstoffbörsen. Man ließ sie wachsen, die Pappel, aber man schlachtete sie wie ein Kalb; nach drei Jahren wurde sie gefällt, als sie noch nicht einmal eineinhalb Meter hoch war. Es wurde ja sowieso alles zu Feuerholz, schön kleingehäckselt und in Biomassekraftwerken verbrannt. Nach dem Fällen der Zwergpappeln blieb nur noch die grauenhafte Flachheit der Ebene. Keine Walnussbäume oder Eichen mehr, die man bei der Geburt seines Kindes pflanzte. Keine Glückwünsche für ein langes Leben, das so schnell raste.

Am 25. Juni, während die zwei Kindergärtnerinnen die Stadt erreichten, braute sich in diesem Landstrich, der innerhalb weniger Jahrzehnte so sehr sein Gesicht verändert hatte, ein ungeheures Gewitter zusammen. Die schnelle Metamorphose der Po-Ebene in eine tropische, äquatorial anmutende Landschaft vollzog sich direkt vor meinen Augen. In diesem präzisen Moment wurde – ohne die bodenlose Langsamkeit der Geologie – die Geschichte der Erde geschrieben. Und ich war dabei.

Ich weiß noch, dass ich fasziniert zusah, wie sich aus den warmen, feuchten Luftmassen, die nach oben gerissen wurden, die riesige Wolke bildete. Ich sah, wie die Po-Ebene ihren Atem anhielt, wie sie erschauderte unter den heftigen, kühlen Windböen, die von den Rändern der Kumuluswolke abfielen, und wie sie in Erwartung der stürmischen Konvektionen erzitterte. Der Ebene wurde auch noch das letzte Tröpfchen Wasser, der letzte Rest Feuchtigkeit entzogen, hinauf in den Wolkenhimmel, wo sich ganze Cirrusbänke bildeten. Die warme Luft stieg rasch nach oben, von der kalten Strömung bedrängt. Der Boden war seines Wassers beraubt, und gleichzeitig war er bereit, dieses neue, durch fremde Gewalt veränderte Wasser in sich aufzunehmen. Ein riesenhafter schwarzer Amboss legte sich horizontal über die gesamte Ebene, von Minute zu Minute bedeckte er mehr und mehr Städte, Dörfer, Eisenbahnknotenpunkte, Autobahnzubringer. Im Schatten des Ambosses, knapp über der Oberfläche, verflüssigte sich in der Unbeständigkeit der Luft eine ganze Welt.

Nur weit hinten, über Mailand, trotzte noch ein Lichtstrahl, der von dem Glas und Beton des Pirelli-Hochhauses geschützt und gleichzeitig durchdrungen wurde, dem sich schwarz färbenden Horizont. Doch schon schickten sich dunkle, vom Donner bereits angekündigte Quellwolken an, auch diese letzte Lücke zu schließen. Bald würde das Tief überall sein. Der Untergang stand unmittelbar bevor.

Ich weiß noch, wie ich in dem Moment, als die Luft wegen des nahenden Unwetters zu flirren begann, mit meinem nahsichtigen Auge die Studentin erblickte, die eben noch in meinem Büro gewesen war, um mich auf eine augenzwinkernde und ziemlich aufreizende Art zu bitten, ihre Magisterarbeit zu betreuen.

Sie hieß Giulia, Giulia Irgendwas, ein recht cleveres Mädchen, wie mir schien. Sie war groß, kräftig gebaut, aber keineswegs stämmig, halbprofessionelle Volleyballspielerin, und sie hatte eine natürliche Intelligenz, die mit einer bemerkenswerten kulturellen Bildung einherging. Beim Sprechen zog sie die Worte in die Länge, sie hatte ein hübsches Gesicht, sah aus wie eine Bäuerin aus längst vergangenen Zeiten, und sie wollte in ihrer Magisterarbeit die Serie *Sex and the City* beziehungsweise die weltstädtischen Heldinnen mit ihrem ausschweifenden Lebenswandel wissenschaftlich untersuchen.

Ich hatte sie für ein einfaches Mädchen gehalten, das sich durch eine angesagte Kult-Fernsehserie von seiner sozialen Herkunft loslösen wollte. Doch weit gefehlt. «Die musst du mit Samthandschuhen anfassen, sie ist eine Milliardärstochter», hatte mich mein Kollege aus Bergamo, mit dem ich das Büro teilte, gewarnt, kaum dass das Mädchen aus der Tür war.

Als das Gewitter schließlich losging, befand sich Giulia genau unter meinem Fenster und rannte über den Corso Piazza Rosate, um sich vor der Entladung der Atmosphäre in Sicherheit zu bringen. Der Wind hob ihren ohnehin kurzen Rock, er drückte ihre Bluse gegen ihre freizügig präsentierten Brüste und machte es den hohen Absätzen noch schwerer, auf dem alten Kopfsteinpflaster Halt zu finden.

Ich weiß noch, dass ich sie dabei beobachtete, wie sie schwankte, stolperte, fiel, und wie ich krampfhaft versuchte, Gefallen an ihr zu finden. Sie ist jung, sie ist hübsch, sie ist aufreizend, sie ist dreist genug, um sich für deine Sprechstunde aufzutakeln, als ginge es um einen Gala-Abend, und doch ist es keine offensichtliche, vulgäre Anmache. Warum nimmst du sie nicht? Beiß zu, reiß dir ein Stück von ihr ab, kau ein bisschen herum, und falls sie dir nicht schmecken sollte, kannst du sie ja immer noch ausspucken. Nichts normaler als das, sagte ich mir, ja, eigentlich fast schon ein Jammer, es nicht zu tun. Und doch konnte ich mich partout nicht dazu überreden – Studentinnen reizen mich in sexueller Hinsicht nun mal nicht. Ehrlich gesagt reizen sie mich überhaupt nicht.

In der Zeit, in der ich so stur versuchte, mir selbst etwas vorzumachen, hatte ich dem *L'Espresso* ein Interview gegeben, in welchem ich Theorien über den pädagogischen Nutzen erotischer Beziehungen mit Studentinnen aufstellte, sowie über die soziale Berechtigung sexueller Reize von Professoren. Geht man davon aus, dass körperliche Attraktion auf Dinge wie Schönheit, Macht oder Geld zurückzuführen ist, warum sollte dasselbe nicht auch für Weisheit und Wissen gelten? Ich war in meinen Behauptungen sogar so weit gegangen, dass ich allen Ernstes erklärte, um höchstmögliche Bildung zu erlangen, würde eine Bettgeschichte mit einem Professor wie mir eine Studentin weiter bringen als die Teilnahme an drei Seminaren. Der Lernprozess der Geliebten könnte über eine (horizontale) Assimilierung des gesamten Lebensumfeldes des Professors erfolgen, anstatt sich auf die (vertikale) Übertragung kümmerlicher Kenntnisse aus sporadischen Seminarbesuchen im Hörsaal zu beschränken.

Durch derartige Äußerungen der Presse gegenüber hatte ich mich zweifellos zum Idioten gemacht. Aber es war nicht nur pure Eitelkeit, die mich so abgeschmackt kokettieren ließ; auch wenn ich der Sache nicht gewachsen zu sein schien, so regte sich in mir dennoch der dringliche Wunsch nach einer gewaltigen Verrohung. Angesichts der heuchlerischen akademischen Spießigkeit, was Sex und Anstand betraf, versuchte ich durch derartige Bekenntnisse nicht nur mich, den gegenüber Studentinnen zu keiner Fleischeslust fähigen Versager, zu hintergehen, sondern vor allem bezweckte ich damit eine öffentliche Selbstzerstörung. Ich wollte, dass mir etwas zustieße, irgendetwas, ich wollte, dass mein Dasein zufällig auf ein Ereignis träfe, auf einen Felsen, der hart und scharf genug wäre, damit dieses Dasein Schiffbruch erlitte.

Eins versuchte ich mit meinem schlüpfrigen Diskurs allerdings nicht – das wusste ich genau –, mir ein Alibi für einen eventuellen Verstoß gegen die Treue zu verschaffen, ganz im Gegenteil: Ich versuchte auf ziemlich plumpe Art, ein Verbrechen zu begehen, das mir einen Vorwand liefern sollte, um meine Beziehung mit Martina, die seit vier Jahren meine Lebensgefährtin war, zu beenden.

Ich kann mich noch gut an meine Gedankenflüge an jenem Frühsommernachmittag erinnern, und zwar aus einem ganz einfachen Grund: Nicht nur, dass an besagtem Tag mein achtunddreißigster Geburtstag war, darüber hinaus – während das Gewitter mit den heftigen Turbulenzen über mir mehr und mehr reifte und sich hoch oben Eiskristalle mit Wassertropfen mischten – glaubte ich auch noch, eine Offenbarung zu erleben: Urplötzlich spürte ich mit innerster Gewissheit, dass ich nie ein Kind haben würde.

Dann läutete nebenan die Kirchenglocke der Santa Maria Maggiore die Abendandacht ein. Acht Schläge, acht Stöße, Metall auf Metall, sechs harte und zwei zartere, beinahe dumpfe, tönten vom mittelalterlichen Borgo hoch zur Gewitterwolke, die sich über mir am Himmel aufblähte, und ich war fest davon überzeugt, dass ich jetzt den Moment verpasst hatte, es war für immer zu spät. Ich würde niemals Vater werden. Es mag vielleicht übertrieben scheinen, aber ich brach in Tränen aus.

Beim ersten Glockenschlag war die Erschütterung in meinen Körper gekrochen, dann hatte sie sich nach und nach mit meinem Herzschlag synchronisiert und mich vollständig durchdrungen. Beim ersten Schlag war ich noch ein junger Universitätsprofessor und Schriftsteller gewesen, der noch viele Bücher vor sich hatte, doch beim achten Schlag, jenem zarten um Punkt halb sieben, wurde der Mann, der ich eben noch gewesen war, von heftigem Weinen geschüttelt.

Was ist los mit mir?, fragte ich voller Panik. Aber ich wusste ganz genau, was mit mir los war. Ich hatte an Martina gedacht, meine Lebensgefährtin, die tags zuvor, als sie sah, dass ich mir die x-te Zigarette anzündete, gesagt hatte: «Rauch doch nicht so viel! Wenn du so weitermachst, wirst du keine Puste mehr haben, um mit unseren Kindern Fußball zu spielen.» Sie hatte es einfach so dahingesagt, mit großer Leichtigkeit, aus einer geistigen Kapriole heraus, ohne jede Spur von Schwere, obwohl bei dem Gedanken an ein Kind eigentlich jedes Menschenherz unweigerlich bleischwer werden müsste. Diese Leichtigkeit war es, die mir in dem Moment, da sich das Unwetter über mir entlud und die Kirchenglocke zur Abendandacht läutete, offenbarte, dass ich nie ein Kind haben würde. Ich hatte es schon immer geahnt, jetzt war ich mir ganz sicher.

Martinas scherzhafte Bemerkung war am Ende einer unserer ermüdenden Diskussionen gefallen, die seit Jahren nur dafür gut waren, die Entscheidung, Kinder in die Welt zu setzen oder keine Kinder in die Welt zu setzen, so lange hinauszuzögern, bis es nicht mehr möglich wäre. Die Diskussionen waren kraftlos, beinah überflüssig, es ging einzig um die Auflistung der Pro und Contra. Wir waren gefangen in der Logik des *problem solving*, Gefangene einer Ökonomie, die sich auf eine Nutzen-Kosten-Analyse beschränkte. Damit waren auch unsere Gedanken dazu verdammt, im Nichts zu enden, denn die rationalen Überlegungen zum Thema Reproduktion führten stets zur gleichen Antwort: Es war besser, keine Kinder in die Welt zu setzen. So gesehen waren es Diskussionen, die man immer wieder entfachen, genauso gut aber auch mit einem lapidaren «Würdest du mir bitte das Salz geben?» begraben konnte.

Leute wie Martina und ich waren längst nicht mehr mit

Problemen konfrontiert, die das Leben unserer Spezies so mit sich bringen könnte. Wir lebten um unserer selbst willen, sinnentleert und dandyhaft, in dem bizarren Zustand überzähliger Individuen, denen wegen ihres überbetonten Intellekts die konkreten Grundwerte des Lebens ebenso verwehrt blieben wie die biologischen Leitlinien des Seins. Über Tausende von Jahren hatte Leben nichts anderes bedeutet, als ums Überleben zu kämpfen. Für etwas anderes gab es kaum Zeit. Jetzt war der Wettlauf vorbei, doch die Mühen nahmen kein Ende.

Wir *baby boomers* der späten Sechziger, wir Söhne und Töchter der letzten Wiege, in der der saturierte Westen materiellen Wohlstand mit Bevölkerungswachstum verschmolz, wir sind Individuen, die in anderen Epochen oder in anderen Breiten schon längst gestorben wären. Wir wären einer Epidemie erlegen, von einer Hungersnot dahingerafft oder Opfer eines Gewaltaktes geworden; oder wir hätten uns längst fortgepflanzt, ohne uns mit der Frage zu quälen, ob man nun Kinder oder lieber keine Kinder in die Welt setzen sollte. Die Tatsache, dass wir die Freiheit und den Luxus haben, uns diese Frage zu stellen, lässt sie zu einer rein rhetorischen Frage werden, die die immer gleiche Antwort hat: Nein, keine Kinder.

Man stelle sich eine Gruppe fetter, gelangweilter Biber vor, die vor jedem bevorstehenden Winter eine Versammlung abhalten, um zu entscheiden, ob man nun einen Damm oder lieber keinen Damm bauen sollte, der das Überleben und den Erhalt der Spezies garantierte. «Was meint ihr, bauen wir in diesem Jahr einen Damm, oder lassen wir's bleiben?» Genau so waren wir.

Während ich also derartigen Gedanken nachhing, war der Wolkenbruch niedergegangen. Danach hatte sich der Regen in Hagel verwandelt. Schließlich hatte die absteigende kalte Luft die warme überlagert, die Konvektionen hatten an Kraft verloren, und so war das Unwetter in die Phase der Auflösung getreten.

In einem erneuten Anflug von innerer Zerrissenheit hatte ich für einen Augenblick das Gefühl, ich befände mich hoch oben, am Amboss des Gewölks. Vom Olymp meines Zynismus blickte ich nach unten auf mich selbst: Ich sah nur einen winzig kleinen Blutfleck, am Panoramafenster eines Büros stehend. Wie eine satte heidnische Gottheit, ein Gott des Rausches, hielt ich die Fäden meines Schicksals in Händen. In diesem Schicksal war kein Platz für Nachkommen.

Um jene Offenbarung zu verdrängen, versuchte ich, möglichst schnell wieder zu mir zu kommen. Aus der Tiefe meiner Augen heraus betrachtete ich die Piazza Rosata, die meine kleine aufreizende Studentin nur wenige Minuten zuvor auf der Flucht vor dem Unwetter überquert hatte. Das Kopfsteinpflaster, in dem sich ihre hohen Absätze verkeilt hatten, war nun übersät mit leblosen Taubenkörpern. Vom plötzlichen Wolkenbruch überrascht, hatten Hagelkörner die zarten Köpfe zerschmettert. Sie waren im Flug erlegt worden.

Der Junge träumt oft vom Ende der Welt. In seinen Träumen geht die Welt im Feuer unter.

Es ist immer der gleiche Traum, der sich vom ersten bis zum letzten Bild wiederholt. Unermüdlich spult sich immer haargenau dieselbe Sequenz ab, dasselbe schwindelerregende Anschwellen kosmischer Schläge, im Gleichschritt mit dem Albtraum, und sein unvermeidliches Vorrücken führt stets zum gleichen Einsturz, genau an dem Punkt auf der Linie, an dem der Junge immer schlagartig einbricht. Es gibt nichts, was dies verhindern könnte, nichts, was vermeiden könnte, dass das Unaufhaltsame wiederkehrt. Er schließt die Augen, schläft ein, und in der Zwischenzeit setzt er sich schon in Bewegung. Vielleicht startet er sehr weit entfernt, aber wenn er erst einmal losmarschiert, wird er auch ankommen. Dagegen ist man machtlos. Ist das erste Gebiet erst einmal angegriffen und die Straße erobert, wird er zu dir kommen, an dein Bett treten und unter deine Decke kriechen. Der Junge hat nichts, womit er sich wehren könnte. Nicht einmal eine Geschichte.

Wenn er aufwacht, tupft ihm seine Mutter die Stirn ab und sagt: «Erzähl mir, was du geträumt hast, mein Kleiner.»

Aber er kann nicht. Er kennt die Bilder in ihrer festgelegten Abfolge in- und auswendig, jedes einzelne, das Problem ist nur, dass es keine Bilder sind. Es sind Zusammenstöße stumpfer Gegenstände, die von ihm selbst in seinen Kopf geschleudert wurden. Es ist plattes Zeug, grau, dumpfe, trockene Schläge, sie lassen sich nicht greifen, sie hinterlassen keine Schnittwunden. Sie sind das lautlose Getöse der Welt.

Der Junge kann sie nicht einfach nach Belieben abrufen. Er erinnert sich an die Bilder, das ist richtig, aber er tut dies durch ein Gedächtnis in seinem Inneren. Er trägt sie in seine weiche Gehirnmasse eingraviert, sie hinterlassen keine Narben auf der Haut, über die man seine Finger gleiten lassen könnte, um den Ablauf einer Geschichte vorherzusagen. Sie sind das Persönlichste, das Essentiellste, was das Kind in sich bewahrt, und doch kann er sie nicht wiederaufleben lassen, wenn nicht sie zu ihm kommen. Aber wenn sie kommen, dann kommen sie, um ihn zu zerstören. Ihm bleibt nichts anderes übrig, als zu warten, bis sie wiederkehren. Und sie werden wiederkehren.

Bevor der Vater ins Bett geht, knipst er das Licht bei dem Jungen aus und flüstert ihm zu: «Hab keine Angst. Es ist nur ein Traum.»

Und tatsächlich schläft er ein und träumt wieder davon. Wieder träumt er, der Junge, vom Ende der Welt, von der Welt, die im Feuer untergeht. Und er erwartet es voller Ungeduld. Denn er weiß, erst muss er den ganzen Rest ertragen, muss mit zusammengebissenen Zähnen diese unweigerliche Sequenz an Zusammenstößen überstehen, doch dann wird auch das Feuer explodieren. Und das wird das wahre Ende sein, von allem. Auch von der Angst. Dann wird der Junge aufstehen können, er wird frei sein, sich dem Schrecken hinzugeben.

Endlich frei, wird der Junge das Feuer suchen, denn auch er hat, wie alle Kinder, Angst vor der Dunkelheit.

Mama, Papa, seine Lehrer sagen ihm immer: «Du brauchst dich vor der Dunkelheit nicht zu fürchten. In deinem Zimmer ist nichts Böses, auch nicht, wenn es dunkel ist. Die Dunkelheit ist ganz harmlos.»

Der Junge nickt, er weiß, dass die Erwachsenen recht haben. Er weiß aber auch, dass sie nicht immer recht haben, und er schweigt. Er hat Mama und Papa viel zu lieb, als dass er sie in sein schreckliches Geheimnis einweihen könnte, das auch diese Wahrheit enthält, die sie immer aussprechen, aber nicht verstehen: Die Dunkelheit ist ganz harmlos. Sie sind zu erwachsen, um wirklich verstehen zu können, was die Dunkelheit ist. Er nicht. Das Dunkle ist sein Element. Er fürchtet sich vor ihr, er weiß, was sie ist. Der Junge hat ein Gespür für die Dunkelheit.

Die Ärzte können sich nicht erklären, wie das möglich ist, und doch spürt er die Dunkelheit. Ein wenig Licht reicht ihm schon aus, auch nur ein schwacher Mondschimmer, der durch die Ritzen der Jalousien dringt, aber wenn dieses bisschen Licht verschwindet, bemerkt er das sofort. Wenn sich absolute Finsternis über die kleine Dachstube legt, in der der Junge schläft, wacht er auf. Dann gibt er sich dem Grauen hin.

Manchmal, an den guten Tagen in ihrem Ferienhaus kann es sein, dass dem Jungen auch schon der schwache Schimmer der Straßenlaterne genügt. Doch dann fällt mit einem Mal – vielleicht aufgrund eines fernen Unwetters – im Dorf, das am Hang liegt, der Strom aus. Augenblicklich richtet sich der Junge in seinem Bett auf, wie ein Roboter, der durch einen von der Finsternis gesteuerten Mechanismus aktiviert wird. Er wartet einen Moment. Alle schlafen, denn der Schlaf der Erwachsenen braucht kein Licht. Und da sitzt er nun, während des Blackouts mitten in der Nacht, einer mondlosen Nacht. Nie war die Unendlichkeit des Kosmos so nah gewesen. Nie war der Junge so allein gewesen.

Die eine Hälfte seines Gehirns wacht auf, die andere schläft weiter. Die eine Hälfte ist alarmiert und registriert den komatösen Zustand des fehlenden Teils, den Saboteur, den geheimen Gefährten. Noch einen Moment, und der Wahnsinn entpuppt sich als noch unerträglicher als der Tod. Der Junge ist aufgestanden und sucht jetzt das Feuer.

Egal, wo sie es versteckt haben, egal, unter wie vielen Schichten von Tischdecken, Pullovern, Bettlaken, in welchen unzugänglichen Schluchten von Regalen sie die Kerze und die Streichhölzer vergraben haben, der Junge wird sie finden. Sein Gespür für das Dunkle wird ihn führen, das, was ihm am meisten Angst einflößt, das, was er am besten kennt.

Die Flamme zischt, das Wachs schmilzt, die Kerze fühlt sich überall sehr wohl. Das Ende der Welt sei herzlich willkommen. Das Feuer ist unser Freund, das Feuer sorgt für Licht; dass das Haus dabei in Flammen aufgeht, ist einerlei.

Mal ist es das Bücherregal, das sich langsam einschwärzt, während die Stadt schläft, mal ist es das Sofa.

Ein andermal nimmt er es sogar mit ins Bett, sein leuchtendes Amulett.

In einer Nacht findet der Vater ihn schon inmitten dicker Rauchschwaden vor. Sie können ihn gerade noch retten, er steht kurz vor dem Erstickungstod wegen all der verbrannten Synthetikstoffe, die Glut ist schon dabei, die Baumwolldecke anzustecken, die, hübsch ausgebreitet auf dem Bett, den Schlaf der Kindheit wärmen soll.

Und noch immer hält der Junge seine Kerze fest an die Brust gedrückt. Er lässt sie nicht los. Er scheint selig zu schlafen, während er sich an das kleine Lichtorgan klammert, das ihn beinahe getötet hätte.

September

Im September 2007 besuchten zum ersten Mal mehr bolivianische als italienische Kinder die Gianni-Rodari-Schule in Bergamo. Bereits vorher war der Ausländeranteil mit insgesamt 70 Prozent sehr hoch gewesen, aber noch nie hatte eine einzige Migrantengruppe die Zahl der Einheimischen übertroffen.

Doch in jenem Jahr war genau das der Fall. Am 10. September 2007, dem Tag, an dem in sämtlichen Provinzen der Lombardei das neue Schuljahr begann, saßen in den Bänken der Gianni-Rodari-Schule (sie ist dem Institut Paolo Sarpi angegliedert, das insgesamt zwei Kindergärten, drei Grundschulen und zwei höhere Schulen umfasst) einhundertsechzehn Kinder aus Bolivien einhundertdreizehn italienischen Kindern gegenüber.

Diese Tatsache dürfte eigentlich nicht allzu sehr verwundern, schließlich war in Bergamo der Prozentsatz an ausländischen Schülern im letzten Jahrzehnt exponentiell gestiegen (von 15,6 Prozent im Schuljahr 2001/02 bis zu fast 30 Prozent im Jahr 2005/06); auch muss man bedenken, dass sich die Rodari-Schule in der Via Greppi befindet und damit hinter der Altstadt Città Bassa liegt, inmitten des Viertels zwischen Via Quarenghi, Via Moroni und Via San

Bernardino, das in der Stadt nur das Immigrantenviertel genannt wird. Doch die Zahl stieß auf großes Interesse bei den Medien, und allein dieses Aufsehen war schon wieder eine Sensation.

Ein paar Wochen nach Beginn des neuen Schuljahres schickte *Bergamo TV*, einer der wichtigsten Lokalsender, ein Team in die Rodari-Schule, um die Direktorin Elisabetta Marangoni zu interviewen.

In dem Fernsehbeitrag ist Signora Marangoni in ihrem Büro zu sehen, sie trägt ein graues, tailliertes Kostüm, wie es in jedem Kaufhaus zu finden ist, die Paradeuniform einer Staatsbeamtin. In gesetztem Tonfall verkündet die Direktorin, dass «in dieser Schule die multikulturelle Vielfalt längst Realität geworden ist». Sie sagt dies mit der Zufriedenheit eines Menschen, der gute Arbeit geleistet hat, aber auch mit der Resignation von jemandem, der sich «epochalen Veränderungen» ausgesetzt sieht. Dann geht sie auf die Zahlen ein, wie man es von einer tüchtigen Bürokratin erwartet: «Wenn wir unser Augenmerk zunächst nur auf die Provinz Bergamo richten, so beläuft sich die Zahl ausländischer Schüler auf 11 845, die 7,6 Prozent der gesamten Schülerzahl ausmachen, was im Großen und Ganzen dem regionalen Durchschnitt entspricht.»

Signora Marangoni bewertet dieses Phänomen sogleich als durchweg positiv und unterstreicht, wie überzeugend sich die Stadt Bergamo als lebendiges soziales Gemeinwesen mit funktionierenden interkulturellen Initiativen präsentiere. Insbesondere dürfe sich die Rodari-Schule der Förderung einer «Initiative zur Integration von Ausländern» rühmen, koordiniert von der Erzieherin Mati Wangari, die nigerianischen Ursprungs und damit selbst Ausländerin sei. Man lege großen Wert auf frühzeitige Mitbestimmung bei der Aufnahme und Integration.

«Kurzum, wir sind bereit. Und das nicht erst seit heute.» So beendete die Schuldirektorin das Interview, das sie dem Team von *Bergamo TV* am Morgen des 25. September 2007 gab.

Die Sendung schließt allerdings nicht mit den Worten der Professorin. Auf das Interview folgen nämlich eine Sequenz mit historischen Fotos sowie eine rasche Kamerafahrt durch die Gänge der heutigen Schule – zweifelsohne der interessanteste und eindrucksvollste Teil des Fernsehbeitrags.

Zwischentitel: **SO WAREN WIR DAMALS**. Die gewählte Schriftart beschwört die gute alte Zeit herauf. Durch Überblendungstechnik folgen die sepiagetönten Fotografien schnell aufeinander.

Von einem bleiernen Himmel erdrückt und in undurchdringlichem Schwarzweiß erstarrt, geht ein Priester in Talar mit gesenktem Kopf an einer Schule vorbei, einem eindeutig faschistischen Gebäude. Überblendung.

Eine Gruppe von Mädchen, in dicke Wollmäntel gehüllt, kommt brav hintereinander aufgereiht die Treppe in der Eingangshalle herunter; sie haben alle Mühe, die mit Büchern vollgestopften, schweren Schulranzen aus Leder zu tragen. Überblendung.

Ein Flur, menschenleer und doch auf unheimliche Weise belebt durch die vielen Mäntel, die ordentlich an einem Garderobenständer hängen und, in Sicherheit und doch unbeaufsichtigt, auf die Körper warten, die sie ausfüllen und denen sie wieder Wärme spenden werden. Abblendung.

Nächster Zwischentitel: ***SO SIND WIR HEUTE***, diesmal in modernen Lettern. Eine Aufnahme mit Handkamera führt uns in einer Plansequenz durch Schulgänge voll schreiender Kinder.

Die verwackelte Kamera begleitet uns durch von fünfzehn verschiedenen Rassen aus fünf Kontinenten bevölkerte Flure.

Wir werden in einen gekrümmten Raum geführt. Die festen Formen der klassischen geographischen Bezugspunkte – jedem Teil auf der Landkarte entspricht sein Teil auf der Erde – verflüssigen sich zu multidimensionalen, nicht linearen Oberflächen. Die Landschaften haben keine physische Beständigkeit und treiben wie tektonische Platten unter der Oberfläche der Kontinente dahin, in der Vielfalt der ethnischen Physiognomie eines jeden Kindes.

Das lange Mittelalter in den Zöpfen der kleinen Eritreerin, präkolumbianische Unveränderlichkeit auf der niedrigen Stirn des bolivianischen Jungen, die erbarmungslose Raserei des 20. Jahrhunderts in den ausweichenden Augen des Chinesen. Dann, auf der Pupille der kleinen Roma, glänzend schwarz wie Obsidian, verharrt das Bild, und die Zeit bleibt stehen. Abblendung.

Sieht man sich den Beitrag jetzt wieder an, bekommt man ein unbehagliches Gefühl, vermutlich deshalb, weil man weiß, was in den Wochen nach dem Interview alles vorgefallen ist. Vor allem drängt sich einem die Frage auf, warum Frau Marangoni, nachdem sie erfahren hatte, dass das Provinzschulamt ihr für das Schuljahr 2007/08 Maria

Pellegrini und Niva Beghetto zuweisen würde, beschlossen hat, den beiden das «Projekt für Ausländer» anzuvertrauen. Warum hat die Direktorin des Instituts Paolo Sarpi, obwohl dieses über hundertzwanzig Fachlehrer plus zwölf zusätzliche Lehrkräfte verfügt, ausgerechnet diesen beiden neuen Erzieherinnen die heikle Aufgabe übertragen, die kleinen ausländischen Knirpse aufzunehmen, zu alphabetisieren und zu integrieren, die einer Welt entstammten, in der Raum und Zeit schon so stark gekrümmt waren, dass sie beinahe eins wurden?

Am Morgen des Interviews für *Bergamo TV* tritt die Direktorin als selbstbewusste Frau auf, die sehr vertrauenerweckend – vielleicht zu vertrauenerweckend – scheint. Sie wirkt wie ein ausgeglichener Mensch und eine durchaus kompetente Direktorin. An jenem Morgen war die Leiterin die Einzige, die das Geheimnis von Maria Pellegrini und Niva Beghetto kannte; ein Geheimnis, das unter allen Umständen zunächst auch ein solches bleiben musste, damit später die Wahrheit ans Licht kommen und die Zeit Gerechtigkeit walten lassen konnte, in dem betont ruhigen Gang, den schreckliche Dinge oftmals einfordern, um zutage zu treten. Wären die Informationen, über die zum damaligen Zeitpunkt nur die Schulleiterin verfügte, nicht zur rechten Zeit kursiert, wäre die Wahrheit vielleicht für immer verloren gewesen. Die Angst hätte sie aufgefressen.

Das Geheimnis war dies: Als die beiden Erzieherinnen zur Rodari-Schule wechselten, waren sie in den zwei Jahren davor bereits zweimal versetzt worden. Aber nicht aus familiären Gründen, es ging ihnen nicht darum, der Heimat näher zu sein. Die beiden Frauen waren auf der Flucht, nicht auf dem Nachhauseweg. Zunächst hatte man sie vom Kindergarten Abba in Brescia verwiesen, da sie in einen Verdachtsfall auf sexuellen Missbrauch an sieben Kindern verwickelt gewesen waren. Dann, ein Jahr später, mussten sie das Institut Sorelli verlassen, das man ihnen daraufhin zugewiesen hatte, da sie auch dort, ein paar Monate nach Aufnahme ihrer Tätigkeit, von Eltern der sexuellen Belästigung ihrer Kinder verdächtigt worden waren.

Warum übertrug die Schulleiterin also ausgerechnet den beiden die heikle Aufgabe, Kinder ausländischer Immigranten zu integrieren?

Rassistische Beweggründe konnte man der Direktorin nicht unterstellen, schließlich war die Einrichtung, die sie leitete, in Sachen Integrationspolitik ein glänzendes Vorbild. Wenn also die Direktorin den unter Verdacht auf Pädophilie stehenden Erzieherinnen die Immigrantenkinder nicht deswegen anvertraut hatte, um italienische Kinder vor eventuellen Abscheulichkeiten zu bewahren, warum tat sie es dann? Warum übertrug sie den beiden Erzieherinnen eine solch heikle Aufgabe?

Sieht man sich heute den am 25. September in der Rodari-Schule aufgezeichneten Fernsehbeitrag wiederholt an, wohl wissend um den Schmerz, den diese kleine Fehlentscheidung verursacht hatte, so könnte die Vorstellung, es sei aus großmütiger Absicht heraus geschehen, vielleicht ein Trost sein. Gut möglich, so denke ich, dass Frau Marangoni den gebrandmarkten Frauen die Kinder von Singhalesen, Marokkanern, Ecuadorianern zuwies, weil die beiden ebenfalls Migranten waren, Töchter ihrer persönlichen, vermaledeiten Diaspora, die sie zwang, Jahr für Jahr von Stadt zu Stadt zu ziehen, immer hoffnungslos ausgeschlossen von der Welt.

Wäre es denkbar, dass die Direktorin Maria Pellegrini und Niva Beghetto die ausländischen Kinder anvertraut hat in der Hoffnung, diese könnten sich um ihre beiden Erzieherinnen kümmern?

****

Oft dachte ich, der Zufall hat es so gewollt, dass auch ich im September 2007 das Institut Paolo Sarpi aufgesucht habe. Wenn ich mir allerdings vor Augen führe, welch dunkle Verbindungen meine bloße Anwesenheit an jenem Tag mit den Geschehnissen, die sich im Folgenden zutrugen, einging, muss ich zu dem Schluss kommen, dass in einer Kleinstadt wie Bergamo der Zufall vermutlich nur ein Alibi ist, das wir unserer schuldhaften Trägheit liefern wollen.

It.Lingua2. Italienisch als Zweitsprache. Ich weiß noch, wie dieser Ausdruck und seine Formel in meinen Ohren hallten, während ich am 11. September 2007 die Flure der Scuola Materna Rodari entlangging, die ich kurz darauf in der Sendung von *Bergamo TV* wiedersehen würde. Nachdem die Leiterin Marangoni – ebenjene aus dem Fernsehbeitrag – mir den Flügel des Gebäudes gezeigt hatte, in dem sich der Kindergarten befand, führte sie mich zur Aula Magna, wobei sie mir auf dem Weg dorthin mit lebhafter Stimme die verschiedenen Programme interkultureller Erziehung vorstellte, die das Institut angesichts der steigenden Zahl von Immigrantenkindern entwickelt hatte. Dabei war sie besonders stolz auf den Sprachkurs für Immigrantenkinder It.Lingua2. Italienisch als Zweitsprache.

Während die kleinen Nutznießer jener Programme bei unserem Auftauchen zur Seite huschten, vermischten sich in meinem Kopf die Worte der Direktorin mit den Fragmenten Hunderter von Klausuren, die ich damals in der ersten Prüfungsphase im Rahmen meines Seminars über Theorie und Technik der Fernsehsprache gerade korrigierte.

Ich fragte mich, was ich bloß mit den Klausuren anfangen sollte, die vor Grammatikfehlern nur so strotzten und keine vernünftige Syntax hatten. Wie sollte ich die haarsträubenden Satzgebilde beurteilen? Vielleicht müssen wir auch resignieren und für unsere italienischen Studenten Italienisch als Zweitsprache in den Uni-Lehrplan aufnehmen. It.Lingua2. Was soll aus einem Volk, das seine Muttersprache nicht mehr beherrscht, bloß werden?

Ich war drauf und dran, der Schulleiterin diese Frage zu stellen, machte mir aber gerade noch klar, dass sie mich durch das Institut führte und mir ihre Projekte zur interkulturellen Erziehung demonstrierte, weil ich ihr Ehrengast sein sollte, eine Position, die es mir verbot, meine Zweifel auszudrücken.

In der Tat war ich deswegen dort, weil die Gesamtvertretung des Instituts Paolo Sarpi – bestehend aus Eltern, Lehrern und Schulpersonal – einstimmig beschlossen hatte, für die Schüler der Grund- und Mittelstufen das Jahr mit einer Gedenkfeier zum sechsten Jahrestag der Anschläge vom 11. September 2001 zu eröffnen. Die Idee, die dahinterstecke, erklärte mir die Direktorin, sei folgende: Die Tatsache, dass eine multiethnische Schule des 11. September gedenke – der

Tragödie der Globalisierung und des Zusammenpralls der Kulturen –, könne dazu dienen, «eine neue weltweite Sensibilität zu entwickeln», gegen das Vergessen zu kämpfen und vor allem im Namen der Gleichheit und des kulturellen Pluralismus zum Aufbau von Beziehungen zwischen den Kulturen pädagogisch-didaktische, spontane Aktivitäten zu starten.

Der Gedenktag sah zunächst eine Zeremonie vor, bei der Schüler verschiedener Abstammung einige Namen der Anschlagsopfer nennen sollten, um so ihren Lehrern die Gelegenheit für eine kurze philologische Übung zu geben: Durch Namensforschung sollte die unterschiedliche Herkunft der Opfer verdeutlicht werden. Im Anschluss daran würde, nur für die Achtklässler, eine bekannte Persönlichkeit eine Unterrichtsstunde halten. Da ich ein paar Jahre zuvor einen Roman geschrieben hatte, der mir einen Literaturpreis bescherte, und ich es daraufhin gewagt hatte, ein paarmal im Fernsehen aufzutreten, war ich an jenem Tag die bekannte Persönlichkeit.

Dank der Tatsache, dass Provinzstädtchen in puncto Prominenz gemeinhin nicht besonders wählerisch sind, fand ich mich also vor einem Publikum wieder, das sich aus Lehrern, Eltern, vor allem aber aus Knirpsen zusammensetzte, die, noch hübsch gebräunt von der Sommersonne, schon gelangweilt waren, bevor es überhaupt losging. Als ich sie so zusammengedrängt in den Sitzreihen sah, fragte ich mich, ob es richtig war, dass man mich eingeladen hatte, um das letzte Schuljahr ihrer verlängerten Kindheit zu eröffnen. Ich wollte über das Feuer reden, das – auch wenn sie das vermutlich noch nicht bemerkt hatten – die Zeit ihres Lebens getauft hatte.

An jenem Morgen lag die Tragödie, durch die der schützende Panzer des 21. Jahrhunderts einen gewaltigen Riss bekommen hatte, bereits sechs Jahre zurück. Eine ziemlich lange Zeit, zumal wenn man sie mit dem zehntelsekundengenauen Chronometer eines heranwachsenden Jugendlichen misst. Über die Tragödie war im Grunde schon alles gesagt worden – bis vielleicht auf die Tatsache, dass es gar keine Tragödie gab. Und dass die Zeit, eingeläutet von dem Feuerball der Zwillingstürme, eine Zeit ist, die nicht vergeht. Das wollte ich sagen.

Ich erinnere mich relativ genau an den Inhalt und den Tenor meines Vortrags, weil ich mir die Aufzeichnungen für einen Artikel noch einmal angesehen hatte, der am selben Tag in *La Stampa*, für die ich ab und zu schrieb, erschienen war. Meine Gedenkrede lautete ungefähr so:

Liebe Schüler,

zwischen 1914 und 1918 übersäte der Erste Weltkrieg Europa mit zwölf Millionen Toten. Nie wieder durfte sich ein derartiger Krieg wiederholen. Zwischen 1940 und 1945 ließ Hitler sechs Millionen Juden ermorden, um auf ihren Leichen ein Tausendjähriges Reich mit Übermenschen zu errichten. Zwischen 1930 und 1953 unterdrückte und peinigte Stalin achtzehn Millionen Menschen und ließ sie im Namen des kommunistischen Ideals von sozialer Gleichheit und Gerechtigkeit in Gulags deportieren. Gestern haben in Gorgo al Monticano, in der Provinz Vicenza, drei illegale Einwanderer mit Schraubenziehern ein älteres Ehepaar in seinem Schlafzimmer massakriert, um ihm dreitausend Euro zu stehlen. Wer weiß, wo morgen ein betrunkener Jugendlicher eine Gruppe von Leuten, die eben aus der Disco kommen und den Zebrastreifen überqueren, über den Haufen fahren wird. In jeder Epoche nimmt Gewalt unterschiedliche Formen an und bedient sich anderer Mittel und Wege. Das 20. Jahrhundert war das Jahrhundert der Gewalt der Geschichte, das 21. Jahrhundert ist auf dem besten Weg, das der Gewalt der Medien zu werden.

Die Anschläge vom 11. September 2001, die sich heute zum sechsten Mal jähren, stellen die Trennungslinie zwischen diesen beiden Gewaltepochen dar. Sie sind einerseits der Gewalt der Geschichte zuzurechnen, andererseits der der Medien. Eine der Eigenschaften der Gewalt der Medien ist es, alles auf einen Haufen minutiöser, verstreuter Meldungen zu reduzieren und sich dem Denkvermögen zu verschließen. Eine Einordnung in eine Weltanschauung wird auf diese Weise unmöglich gemacht, ebenso wie eine Erkenntnis, die Vergangenheit, Gegenwart und Zukunft unseres individuellen und kollektiven Lebens umfassen würde. Die Geschichte fügt jedes einzelne Ereignis, egal, wie unbedeutend es erscheinen mag, in einen größeren Rahmen ein, in dem es registriert, erklärt und gerechtfertigt wird. Die Medien dagegen überlassen jedes triviale Ereignis sich selbst und verhindern, dass es in eine größere Geschichte, möglicherweise auch in eine bessere Zukunft, eingebunden wird.

Im 20. Jahrhundert, zu Zeiten der Geschichte, haben Millionen militanter Menschen mit unterschiedlichen Ideologien für ihre Überzeugungen aktiv gekämpft und gelitten. Was die Gewalt der Medien betrifft, so ist der Mensch stets passiv – entweder machtloses Opfer oder unbeteiligter Zuschauer.

Am 11. September 2001 wurden die Vereinigten Staaten von Amerika auf tragische Weise von der Gewalt der Geschichte getroffen. Heute, nach sechs Jahren, muss man feststellen, dass aufgrund eines unglückseligen Krieges, dessen angeblich erlösende Gewalt sich binnen kurzem in eine lange Litanei willkürlicher, sinnloser Tode verwandelt hat, jene Gewalt der Geschichte auf dem abscheulichen Schlachthof der Medien endete. Einer Umfrage der New York Times *zufolge hegen die Amerikaner selbst ihre Zweifel, ob man weiterhin der Tragödie gedenken sollte, die vor gerade mal sechs Jahren ihr Land erschüttert hat. Viele der Befragten äußern, es habe keinen Sinn mehr, sich in Trauer zu vergraben. Sechs Jahre trauern sei viel zu lange. Aber der springende Punkt ist doch, dass heute nicht sechs Jahre seit den Anschlägen auf das World Trade Center am 11. September 2001 vergangen sind. Es sind 2191 Tage vergangen! Tag für Tag für Tag für Tag …*

Als die Unterrichtsstunde zu Ende war, wurden wir mit einem toten Tier konfrontiert. Der Kadaver einer Kartäuserkatze lag mit vier abgehackten Pfoten im Garten des Schulhofs.

Da der Garten an die Via Greppi grenzte, war anzunehmen, dass jemand das tote Tier von außen über die pfeilförmigen Spitzen des Gitters geschleudert hatte. Der Ausführende dieser makabren Geste hatte das Tier zuvor aber nicht nur verstümmelt, sondern ihm auch noch mit einer Spraydose ein rotes Kreuz auf den Bauch gesprüht.

Eine Lehrerin hatte, offensichtlich von Panik erfasst, die Direktorin rufen und uns alle in den Garten kommen lassen, als ich eben dabei war, mich von den Schülern, ihren Lehrern und dem kleinen Grüppchen Eltern zu verabschieden, die die Worte des Redners kommentieren wollten.

Die tote Katze lag in dem Bereich des Schulhofs, der zum Kindergarten gehörte. Als wir hinzukamen, hielten die Lehrerinnen den leblosen Körper des kleinen Tierchens fest umschlossen: Sie hatten sich kreisförmig aufgestellt und versuchten mit ihren Körpern eine Mauer zu bilden, um zu verhindern, dass die Kinder es erblickten. Wenn man sie so sah, die erschreckten Lehrerinnenkörper, so feierlich, verbissen, vereint in fest geschlossenen Reihen, wirkten sie wie eine Schar Überlebender, die wild entschlossen waren, ihren kostbarsten Schatz zu beschützen, und sei es unter Einsatz ihres Lebens. Dabei schirmten sie nur ein totes Tier ab.

Der Einzige, der es gewagt hatte, in den Kreis vorzudringen, war der betagte Hausmeister, der widerwillig mit einem Besen den Kadaver der Katze anstieß; jedes Mal, wenn der Besenstiel gegen das mit einem eitrigen Sekret überzogene Fell stieß, machte der Mann einen Satz nach hinten, als könne das Kätzchen ihn gleich anspringen.

Der Garten war voll mit vier- und fünfjährigen Kindern, die wild herumrannten, da die grausige Entdeckung während einer kleinen didaktischen Exkursion im Rahmen des Projekts «Erweiterung des Horizonts» gemacht wurde. Dabei handele es sich – so erklärte mir eine der Kindergärtnerinnen, die einen Teil der Mauer bildete – um einen Bildungsgang mit dem Ziel, die Kinder für die Erforschung ihrer Umwelt zu begeistern. Eine Reise «ins Innere der Dinge» zur Entdeckung der Realität, von der sie umgeben seien, oftmals unter Aufsicht eines «phantastischen Mediators», der die Kinder auf ihrer Reise begleite.

An diesem Morgen hatte man beschlossen, im Schulgarten zu beginnen, einem Gelände zwischen «innen und außen». Der phantastische Mediator sollte die große Ulme sein, die man vor über hundert Jahren in eine Ecke des Gartens gepflanzt hatte und die zur Feier des Tages beseelt worden war, indem man ihr ein menschliches Antlitz in den Stamm geritzt hatte. Genau unter dieser Ulme hatte man die Katze gefunden.

«Denen ist doch alles zuzutrauen, auch Voodoo …»

Der Hausmeister war aus dem Kreis getreten und hatte sich an mich gewandt, vielleicht weil ich der einzige Mann zwischen all den Kindern, Erzieherinnen und Lehrerinnen war. Er wies mit dem Kopf in Richtung Via Quarenghi, dem schwarzen Herzen des «Immigrantenviertels». Die Missetat, da war er sich sicher, war von dort aus begangen worden.

In der Zwischenzeit hatte sich die Sache mit der toten Katze herumgesprochen, und aus allen Winkeln des Gartens kamen die Kinder scharenweise an, um sie zu sehen. Schwarze, Weiße, Gelbe, alle kamen sie angerannt, um einen Blick auf das getötete Kätzchen zu erhaschen. Da schlossen die Lehrerinnen den Kreis noch enger um den verstümmelten Kadaver, hielten sich an den Händen, ja, sie umschlangen sich regelrecht, und legten die Arme um die Hüften ihrer Nachbarinnen – dennoch konnten sie nicht verhindern, dass die Kinder ihn sahen.

«Die armen …», gab der Hausmeister kopfschüttelnd von sich und verzog sein Gesicht vor lauter Mitleid für die unschuldigen Kreaturen, die den Abscheulichkeiten des Lebens so hilflos ausgeliefert waren. Während er das sagte, hob er erneut den Blick über die Mauer zur Via Quarenghi.

Im Grunde seines Herzens hatte dieser mitfühlende Mann, obgleich er keine Beweise hatte, längst die Eltern einiger der von ihm so sehr bedauerten Kinder für die Schandtat verantwortlich gemacht, Mütter und Väter dieser kleinen Wesen, die ausgelassen um uns herumtollten und zu ihren Lehrerinnen flitzten, um dann, als stünden sie am Rande eines unsichtbaren Abgrunds, Knall auf Fall stehen zu bleiben und zurückzuweichen, von der unsichtbaren Welle des Todesstoßes zurückgeworfen.

Es ist Nacht. Der Junge liegt in seinem Bett und schläft. REM-Phase.

Die Augäpfel springen unter den Lidern hektisch hin und her; unter dem Schädeldach tobt wütendes Hirnstromgewitter, während sich die Muskeln einfach nur dem Schlaf hingeben. Der Geist zittert, ist hellwach, der Körper ruht.

Es ist tiefe Nacht. Die Stunde, die nicht vorübergeht. Alle Geschöpfe schlafen.

Es schlafen die Bergspitzen und die Gebirgsschluchten, die Gipfel und die Abhänge und die Tierfamilien, so viele, wie die schwarze Erde ernähren kann – die Eidechse, die abstoßende Kröte, den Nachbarshund –, auch die wilden Raubtiere schlafen – die Löwen aus dem Zirkus, die Muränen in den Aquarien, die Tiger in den Käfigen im Zoo –, und die Bienenschwärme und die Tauben zwischen den Domfialen von San Marco und die Seeungeheuer in den Meerestiefen. Der menschenfressende Hai, die Krake mit ihren Fangarmen, der Killerwal.

Nur der Junge schläft nicht. Er ist aber auch nicht wach. Er schlägt die Decke zur Seite, richtet sich auf und sitzt nun aufrecht auf seinem Bett.

Die Ungeheuer schlafen, aber er muss an dem dumpfen Ton ihres Schnarchens gehört haben, wie die Beute langsam verdaut wird. Er hat intensiv geträumt, jetzt ist er aufgestanden. Er ist wach, und doch schläft er. Er irrt durchs Zimmer, mit abgehackten Bewegungen, er macht Anstalten, sich anzuziehen, und bleibt doch im Schlafanzug, er tut, als würde er sich waschen, aber seine Hände berühren kein Wasser. Alles ist durcheinander und doch in Bewegung. Der geheime Gefährte führt ihn. In seiner Zelle, am Ende des Blinddarms, gibt es keine Fenster.

Diesmal schreit der Junge nicht. Er murmelt etwas vor sich hin, zusammenhanglose Sätze, ganz leise, und keiner hört ihn. Er schiebt sich an der Wand entlang, tastet sie ab, er sucht etwas. Er sucht immer dasselbe. Er spürt das kalte Blau des Glases unter seinen Fingern. Er hat es gefunden – das Licht ruft ihn.

Die Fenstertür öffnet sich, der Junge tritt über die Schwelle und steht auf der Straße. Es ist eine süße, klare Nacht, windstill. Der Mond legt sich sanft aufs Meer, eine gewaltige Welle trägt das Licht hoch bis zum Hügel.

Der Junge macht sich auf den Weg, barfuß, im Schlafanzug, mit geöffneten, leeren Augen, in der immensen Nacht an einem steil ins Meer abfallenden Hang. Der Park der Villa verschlingt ihn, die Baumkronen der Kiefern verstecken den Mond vor ihm, seine Glieder ziehen sich zusammen, krampfartig, wie vom leichten Schauder eines epileptischen Anfalls erfasst. Aber es ist die Villa der Spiele seiner Kindheit, und der Junge kennt den Weg genau.

Er greift mit seiner kleinen Hand durch das Gittertor, lässt das Schloss aufspringen, tastet sich weiter und klettert über eine kleine Trockensteinmauer. Hinter ihm taucht jetzt ein Mann auf, vor ihm ein Hund.

Der Mann ist sein Vater, der Hund ist ein kleiner Jagdhund, ein Dalmatiner, wie aus *101 Dalmatiner,* kein gefährlicher Wachhund. Der Junge kennt ihn gut, er heißt Black und ist der Spielgefährte von den Kindern aus der Nachbarschaft. Aber er ist immer noch ein Hund, und der Junge ist immer noch der Eindringling in dieser Nacht.

Der Junge marschiert weiter, direkt auf den Hund zu, seine sinnlosen, bruchstückhaften Sätze vor sich hin murmelnd, als gäbe es den Dalmatiner gar nicht. Für den Hund ist in seinen Träumen kein Platz.

Der Hund stößt ein Knurren aus, er legt sich mächtig ins Zeug, fletscht die Zähne. Der Junge steht dicht vor ihm, seine Schlafanzughose streift die Schnauze des Hundes, der Junge ignoriert ihn und wird von ihm ignoriert.

Der Hund hat ihn vorbeigelassen, nicht einmal den Kopf hat er gedreht, nicht einmal beschnuppert hat er ihn. Der Junge konnte weiterziehen, unberührt, unversehrt, geruchlos. Vielleicht hinterlassen kleine Träumer keine Gerüche, sodass nicht einmal das feine Riechorgan eines Jagdhundes eine Spur wittern kann.

Nicht wegen des Jungen war Black in Alarmbereitschaft. In Wirklichkeit sah er durch ihn hindurch, er fixierte den Vater, der hinter dem Jungen auftauchte.

Der Vater nähert sich auf die gleiche Art, wie es der Sohn getan hat. Aber er löst einen Höllenlärm aus. Der Vater erkennt den Hund auch und wird von ihm wiedererkannt. Er hat ihn auf die Welt kommen sehen, er hat ihn gefüttert, er hat zusammen mit den Nachbarskindern mit ihm gespielt. Aber der Vater träumt nicht, und in dieser Nacht ist immer noch er der Eindringling.

Als die Besitzer der Villa von dem Knurren und Gebell des Hundes aufwachen, ist der Junge längst verschwunden. Vom Mond und dem gelben Lichtstrahl der Taschenlampen geführt, machen sie sich allesamt auf die Suche nach dem verschwundenen Jungen. Alle suchen ihn, den kleinen Schlafwandler, der Hund ebenfalls.

Schon bald haben sie ihn gefunden, es geht ihm gut, er ist nicht weit gegangen. Er spielt Tennis, ohne Tennisschläger, im Schlafanzug, innerhalb der Begrenzungslinien des dunklen Feldes. Und noch immer kann der Hund ihn nicht wittern.

Der Junge steht auf dem großen Spielfeld, ein Hartplatz, die Oberfläche schnell und aggressiv. Es wird vom Mondschein erleuchtet; auf zwei Seiten ist es zur Unendlichkeit des Meeres hin offen, auf allen Seiten zu jener des Himmels hin.

Der Junge spielt Vorhand, Rückhand, stürmt ans Netz, um einen Volley zu schlagen. Er murmelt noch immer etwas vor sich hin, ab und an stolpert er, legt sich mit dem Schiedsrichter an, bittet um eine bessere Beleuchtung. Aber alles in allem geht es ihm gut, er ist ganz in Anspruch genommen von seinem Lieblingsspiel, er schwitzt, lebt, auch wenn der Hund ihn nicht sehen kann. Die Welt, nicht er, liegt weit weit weg in einer abgrundtiefen Schlucht, verloren. Sein Heim ist trostlos und verlassen.

Natürlich ist der Junge allein. Keiner steht auf der anderen Seite des Netzes und spielt gegen ihn. Vielleicht ist das der Grund, weswegen die Mutter gar so verzweifelt ist. Im Mondlicht betrachtet, schimmern ihre Augen vor Tränen.

«Versteht ihr, mein Sohn schaut mich an, aber er sieht mich nicht!», sagt sie, als wolle sie sich vor den Nachbarn rechtfertigen.

Für eine Mutter ist so etwas schrecklich. Der Junge geht, hüpft, rennt, aber er wirkt wie ein Geist. Er wirkt wie tot, auch wenn die Mutter nicht wagt, es zu denken, geschweige denn, es auszusprechen.

Als der Junge aufwacht, erinnert er sich an nichts. Er beklagt nur das Gefühl, schlecht geträumt zu haben. Die Mutter schweigt, verheimlicht das nächtliche Abenteuer und erschaudert angesichts des stillen Todes ihres Sohnes.

Oktober

Der Skandal des Seminario Vescovile der Oberstadt traf eine ohnehin tief erschütterte katholische Kirche. Im Morgengrauen des dritten Jahrtausends vollzog sich das Ende der Priesterberufungen mit rasanter Geschwindigkeit.

Nach den Ergebnissen einer von der CEI, der Italienischen Bischofskonferenz, in Zusammenarbeit mit der Giovanni-Agnelli-Stiftung initiierten Untersuchung über Kirchengemeinden, die der CEI unterstehen, betrug am 1. Januar 2004 das Durchschnittsalter der in Italien tätigen Priester sechzig Jahre. Die Priester einer Diözese waren im Durchschnitt circa fünfunddreißig Jahre im Amt – die Seelsorge war also von jahreszeitlich bedingten Hüftproblemen, einer vergrößerten Prostata und unoperierbarem grauem Star bestimmt.

Im Ausland waren die Aussichten übrigens auch nicht rosiger. In Irland, dem Land, das im letzten Jahrhundert so viele Priester in alle Welt gesandt hatte, löste die Häufung von Sexualskandalen im Schoße der Kirche einen regelrechten Absturz der Berufungen aus. 2006 starben dreihundertachtundachtzig Priester, neu geweiht wurden aber nur elf. So manche Priesterstelle in irischen Pfarrgemeinden würde wohl in den nächsten Jahren vakant bleiben.

In Frankreich hatte der Staat ein Programm zum Abriss von Kirchengebäuden beschlossen. Die Kirchen, denen die Menschen fernblieben, nachdem Gott ihnen ferngeblieben war, sollten niedergerissen werden. Dort, wo einst die Arme eines Kreuzes gewesen waren, sorgten Baggerschaufeln für eine neue Leere.

In einer solchen Welt der Ruinen erhob sich das Bischöfliche Priesterseminar Johannes XXIII. von Bergamo. Seit viereinhalb Jahrhunderten thront es auf dem Hügel San Giovanni in Arena, also seitdem man mit dem Konzil von Trient 1563 zum großen katholischen Gegenangriff übergegangen war, um den Vormarsch der protestantischen Reform, die das Herz des christlichen Europas entzweit hatte, zu verhindern. Auch damals sah sich eine zutiefst leidende Kirche mit dem Problem ihres Überlebens auf Erden konfrontiert. Von der Außenwelt bedrängt, musste sie sich im Inneren reformieren.

Das Reformdekret *Cum adulescentium aetas* sah die Einrichtung von Seminaren vor, und jeder Bischof war gezwungen, in seinem Dom ein Seminar zu gründen. Auf diese Weise kehrte man zur ursprünglichen christlichen Ausbildung zurück. «Lasset die Kinder zu mir kommen», hatte der Nazarener einst gesagt.

Und so fungiert zu Beginn des dritten Jahrtausends das Priesterseminar von Bergamo noch immer als Schutzwall gegen das Böse unserer Zeit. Es gibt weiterführende Schulen, ein Gymnasium, die Möglichkeit, Philosophie und Theologie zu studieren, Lernsäle, Pfarrsäle, Spielhallen, Bibliotheken, Kapellen, Basketball- und Fußballfelder, Schlafsäle, ein Auditorium für Tagungen, Theateraufführrungen, Konzerte und Filmvorführungen sowie ein Fünfundzwanzig-Meter-Becken mit sechs Schwimmbahnen. Das Ganze erstreckt sich auf einer Fläche von Tausenden von Quadratmetern. Und zur Erinnerung an vergangene und bevorstehende Zeiten stehen am Eingang das Graffito mit der Geschichte des Konzils von Trient und die Bronzestatue des segnenden Papstes Johannes XXIII., des «guten Papstes», der innerhalb dieser Mauern der erste Schüler und später auch Lehrender gewesen war.

Mehr als vierhundert Jahre nach seiner Gründung 1567 existierte das Priesterseminar noch immer. In der Zwischenzeit hatte die Erde die Sonne vierhundertvierzig Mal auf ihrer Umlaufbahn umkreist, sie hatte sich Zigtausende Male um ihre eigene Achse gedreht, und immer noch hatte die Welt der Ruinen auf dem San-Giovanni-Hügel Bestand. Eine Welt der Ruinen in spirituellem Sinn: Trotz der vielen Quadratmeter hatte die Bronzestatue des «guten Papstes» im Mai 2007 nur acht Pfarrer geweiht. Acht neue Pfarrer, das war alles, was das große Priesterseminar der Città Alta in einem Jahr hervorgebracht hatte.

In diesem Zusammenhang gibt es auf den Internetseiten des Priesterseminars, die den Feierlichkeiten der Priesterweihen gewidmet sind, ein recht vielsagendes Foto. Obwohl das Ereignis zweifellos zu den freudigen Ereignissen zählt, nehmen so wenige Geistliche daran teil, dass dem Ganzen etwas Trostloses anhaftet. Das Foto zittert förmlich von einem düsteren Nachhall. Ein klägliches Grüppchen zu Füßen der Statue, die mit weitgeöffneten Armen die Zukunft begrüßt, um die Kinder zu sich zu rufen. Die jungen Männer, die an einem Spätnachmittag des neuen Jahrhunderts das feierliche Gelübde bäuchlings ablegen – das Gesicht zu Boden, die Hände nach vorn gestreckt –, wirken eher wie die Opfer eines Verkehrsunfalls als wie die neuen Soldaten Christi.

Ausgerechnet an diese perfekt ausgestattete Ruinenlandschaft (mit Projektorraum, ISDN-Verbindung, Lichtmischpult, Bühne und Rampe) erinnerte sich ein ehemaliger Seminarist von Don Mariano Presti, als er diesen der sexuellen Belästigung beschuldigte. Am 10. Oktober 2007 begab sich Giovanni Lanzi, achtunddreißig Jahre alt, ledig, wohnhaft in Macerata, in die örtliche Polizeidienststelle, um den sexuellen Missbrauch zur Anzeige zu bringen, den er fünfundzwanzig Jahre zuvor durch die Hand eines Ordensbruders hatte erleiden müssen, nachdem er, der kleine Giovanni, als Dreizehnjähriger ins Vorbereitungsseminar der Città Alta aufgenommen worden war.

Soweit die Fakten. Mehr wusste man zum Zeitpunkt der Anzeige nicht. Zu den Begleitumständen und den Details über den vermeintlichen Missbrauch äußerte man sich nicht. Der Text mit den Ausführungen des Klägers blieb durch das Untersuchungsgeheimnis schön verschlossen. In den darauffolgenden Tagen erschien allerdings auf der Internetseite eines Verbandes, der sich dem Kampf gegen Pädophilie verschrieben hatte, ein in dritter Person verfasster kurzer Bericht von Giovanni Lanzis Anzeige; wahrscheinlich ein Apokryph, der aber atmosphärisch treffend zeichnete, welches Unheil sich in jenen Tagen über dem Priesterseminar zusammenbraute.

Don Mariano, damals vierzig Jahre alt, pflegte stets einen liebevollen im Umgang mit seinen Zöglingen. Jeden Abend kam er, sobald das Licht ausgeknipst war, in den Schlafsaal und ging zu jedem Bett hin. Er setzte sich auf die Bettkante, lächelte und flüsterte den Jungen etwas zu. Für alle hatte er ein paar nette Worte übrig, doch bei einem Jungen blieb er stets etwas länger sitzen.

Giovannino war immer als Letzter an der Reihe. Wenn er schon fürchtete, man hätte ihn vergessen, kam Don Mariano zu ihm, nahm neben dem kleinen, unter der Bettdecke verkrochenen Körper Platz, blieb ein paar Minuten schweigend sitzen, dann flüsterte er ihm «Ich hab dich lieb» ins Ohr und machte ihm das Kreuzzeichen auf die Stirn. Daraufhin sank Giovannino in einen glücklichen und traumlosen Schlaf. Wie tot.

Wenn Don Mariano gegangen war und das Licht im Flur, das noch durch die Tür hereindrang, gelöscht hatte, leuchtete nur noch das kleine orangefarbene Notlicht in den großen, von der Außenwelt isolierten Schlafsaal.

Eines Nachts, nachdem er seinen Lieblingssprössling mit dem Symbol für das Martyrium Christi gesegnet hatte und das Kreuz noch immer auf der Stirn des kleinen Seminaristen brannte, küsste Don Mariano ihn auf den Mund. «Gute Nacht, schlaf gut, mein Engel.»

Am nächsten Tag ließ er ihn in sein Arbeitszimmer kommen. «Ich möchte dein Bruder sein, dein Freund, dein Gefährte. Ich bin dein Weg in die Unendlichkeit.»

****

Ich habe Don Mariano nie kennengelernt, ihn aber oft rauchen gesehen.

Als die Anzeige gegen ihn öffentlich wurde, versuchte ich mir sein Bild ins Gedächtnis zu rufen. Die Vorstellung, Don Mariano, der große Gelehrte, eine der angesehensten Persönlichkeiten der Kurie der Region Bergamo, könnte mit einer so großen Schuld belastet sein, hatte alle in der Stadt erschüttert, auch Leute wie mich, die mit der Kirche nichts im Sinn haben.

Des Öfteren kam es vor, dass ich ihn neugierig beobachtete, während ich im Café del Tasso auf der Piazza Vecchia, der exakten geometrischen Mitte von Bergamo Alta, einen Aperitif nahm. Besonders beeindruckt hat mich die gierige und gleichzeitig feine Art, mit der der Prälat seinem Laster frönte: Er hielt eine lange, dünne Zigarette zwischen Zeigefinger und Daumen, wobei die Spitze nach oben wies. Zunächst betrachtete er aus einem halben Meter Entfernung die Zigarette zwischen seinen Fingern, die wie ein Gewehr auf der Lafette mit dem Lauf nach oben zeigte, dann führte er sie mit einer langsamen Bewegung auf einer imaginären horizontalen Achse zum Mund. Sobald seine Lippen den Filter umschlossen, machte er einen unendlich tiefen, fast gierigen Zug. Es sah eher nach Saugen denn nach Rauchen aus. Schließlich presste Don Mariano den Rauch in dicken Wolken durch die Nasenlöcher wieder heraus.

Ich erinnerte mich exakt an diese ausladende, gleichförmige, perfekt stilisierte Bewegung, die eine massive Golduhr an einem locker getragenen, dicken Armband ins Schwingen geraten ließ. Trotz dieser etwas derben Note wirkte Don Mariano, wie er so dem Laster des Rauchens im Stile eines großen Aristokraten mit eindeutigem Hang zur Genusssucht verfallen war, auf mich weitaus eleganter – ob Sommer, ob Winter, stets war er in seinen langen, perfekt sitzenden Talar gekleidet –, als all die steinreichen Unternehmer und Geschäftsmänner, die, sobald sie ihn erblickten, wild mit den Armen fuchtelten, um ihn an ihren Tisch zu bitten. Und Don Mariano nahm die Einladung immer an. Er trank nicht, er biss nicht in das glatte, wohlschmeckende Fruchtfleisch einer Olive, er redete nicht einmal, und auf die meist anzüglichen Witze seiner laizistischen Mitbürger reagierte er lediglich mit einem Kopfnicken. Aber: Er rauchte. Eine nach der anderen. Er inhalierte so tief, dass man selbst bei Tageslicht die Glut noch drei Tische weiter rot aufleuchten sah.

Als der Skandal bekannt wurde, war das im Großen und Ganzen alles, was ich über Don Mariano Presti wusste – nicht unbedingt ausreichend für einen Kommentar, um den mich meine Zeitung gebeten hatte, gleich nachdem die Presseagenturen gemeldet hatten, zwei weitere vermeintliche Opfer hätten nur drei Tage nach Giovanni Lanzi ebenfalls Anzeige erstattet. Bei den neuen vermeintlichen Opfern handelte es sich um zwei Dreißigjährige, ehemalige Drogensüchtige, mehrfach vorbestraft wegen Bagatelldelikten, die ungefähr fünfzehn Jahre zuvor von der Gemeinschaft *Nova Spes* aufgenommen worden waren, einer der unzähligen karitativen Einrichtungen, die der emsige Don Mariano während seiner langen Jahre als Priester aufgebaut hatte.

Am 19. Oktober, sofort nach der Redaktionssitzung um elf, hatte mich Massimo Gramellini, der Chefredakteur von *La Stampa*, angerufen und mich gebeten, einen Artikel zu schreiben. Allzu gern hätte ich abgelehnt – über Pädophilie wusste ich praktisch nichts, die abgeschiedene Welt der Priesterseminare war mir völlig fremd. Zudem hegte ich nur karges Interesse für die erst kürzlich wieder aufgeflammte, fast krankhafte Beschäftigung mit dem geistlichen Leben im Land, seitdem die x-te Auseinandersetzung zwischen katholischen Gläubigen und Nichtgläubigen in eine neue Phase der Gehässigkeit getreten war.

Aber Gramellini mit seiner charmanten, manipulierenden Art hatte insistiert. «Du kannst schreiben. Wir haben die Meldung, die Geschichte dazu haben wir auch, du musst nur noch in die Tasten hauen», hatte er gesagt, dabei auf Ironie beziehungsweise Selbstironie gesetzt, als er ganz bewusst einen typischen amerikanischen Journalisten aus den dreißiger Jahren imitierte. Mit diesem erpresserischen Getändel aus seinem Repertoire hat er meinen Einwand («Massimo, ich kenn mich in der Sache doch überhaupt nicht aus»), den ich für unmissverständlich hielt, einfach ignoriert.

Im Grunde lief es immer so. Wenn Gramellini einen Artikel von mir wollte, schickte er mir in der Regel zuerst eine E-Mail mit der entsprechenden Meldung der Nachrichtenagentur ANSA. Dann rief er mich an, entschuldigte sich tausendmal, weil er mich in meiner literarischen Arbeit unterbrochen hatte, schmierte mir ein wenig Honig um den Mund, wartete, bis ich meinen üblichen Einwand hervorbringen würde («Massimo, ich kenn mich damit nicht aus»), dann erklärte er mir kurz, welcher Artikel ihm vorschwebte, den ich dann eben schreiben sollte. Dabei beschränkte er sich nicht etwa darauf, mir die Fakten darzulegen, er gab mir auch noch den Grundtenor des Kommentars vor. Mir blieb also nichts anderes übrig, als «in die Tasten zu hauen».

Ich fuhr den Computer hoch, rief meine E-Mails ab, unterhielt mich noch kurz mit dem Chefredakteur, griff mir ein Werk aus meinem Bücherregal, setzte mich eine Dreiviertelstunde lang an den Schreibtisch, und voilà: Fünf einfache Züge nur, und die Sache wurde mit Hilfe der unterschiedlichsten Anlässe – eine Vergewaltigung in der Nähe eines Zigeunerlagers, ein Massaker in einer Schule von South Dakota, die x-te Kürzung der Forschungsgelder für die Universität – zu meiner Sicht auf die Welt, einer Sicht, die ich selbst bis vor kurzem nicht gekannt hatte.

Trotzdem funktionierte es. Die Artikel wurden gelesen, kommentiert und gut bezahlt. Meine Tätigkeit für *La Stampa* verlief unter Gramellinis Anleitung zu beidseitiger Zufriedenheit. Seit Jahren war er für die Rubrik zuständig, in der es in sechshundert Anschlägen tagtäglich um die unzähligen Facetten ging, aus denen sich unsere irdische Realität in jedem Augenblick zusammensetzte. Seine Stärke beruhte auf einer Mischung von Talent und Technik. Er hatte das schnelle Auge und den Ballinstinkt eines genialen Tennisspielers, der ans Netz stürmt. Und wenn dir das Leben aus nächster Nähe einen vor den Latz knallt? Dann duckst du dich nicht weg, sondern wirfst dich dem Angriff entgegen und platzierst deinen Volley.

Aber dieses Mal wollte Gramellini etwas anderes von mir. Gerüchten zufolge soll sich neben dem Priesterseminar ein Sanatorium für drogenabhängige oder schwer psychisch kranke Priester befinden, das von den Padri Venturini in aller Heimlichkeit geführt werde, wobei Don Mariano angeblich der Beichtvater für einige pädophile Pfarrer sei. Außerdem, heißt es, werde in der Einrichtung ein Priester von der Elfenbeinküste behandelt, der schwerste Vergehen an Kindern begangen habe und den man aus der Gemeinde seines Missionslandes nach Bergamo befördert hatte, um den Skandal zu vertuschen.

«Du bist vor Ort, du kennst die Stadt, knöpfe dir diesen Don Mariano doch mal vor», hatte Gramellini gesagt. «Hey, wir sind die Presse, Darling!» Ihm zufolge könnten wir damit «eine fette Story landen». Der pestkranke Wunderheiler, der Mann, der sich dem Grauen stellt und selbst darin untergeht, der Retter, der vom Geretteten verlassen wird.

Nach dem Telefongespräch bekam ich eine E-Mail mit einem kurzen Artikel über die Sanatorien der Padri Venturini, wahrscheinlich aus dem Zeitungsarchiv.

> Wenn man sich auf die Suche nach dem Zentrum der Padri Venturini in Trient macht, ist es fast unmöglich, sich nicht in den kleinen Sträßchen zu verlieren, die sich zu dem imposanten Castello del Buonconsiglio den Berg hochschlängeln. Die Via dei Giardini liegt noch in der Stadt, aber von dort ist es nicht weit ins Grüne. An der Nummer 46 befindet sich der Haupteingang der kirchlichen Einrichtung. Nicht selten steht das Tor weit offen, denn die Priester möchten die Stadt in ihre Initiativen mit einbeziehen. Doch es gibt einen Flügel, zu dem keiner Zugang hat.
>
> In tiefer Stille versunken liegt da ein Bereich, in dem sich Vorgänge abspielen, die unter allen Umständen geheim bleiben müssen. Was das betrifft, sind die Padri Venturini absolut unnachgiebig, denn in ihrem Zentrum werden Priester mit psychischen Problemen behandelt, auch Pädophile.

Seit der Gründung der Kongregation im Jahr 1926 haben sich die Padri Venturini auf die Betreuung von Priestern spezialisiert. Über Jahrzehnte hinweg eröffneten sie mit missionarischem Eifer neue Einrichtungen in verschiedenen Teilen der Welt. In Brasilien, genauer in Barretos, haben sie ihre wichtigste Zweigstelle, die jedes Jahr Dutzende von erkrankten Priestern aufnimmt. In Trient dagegen, dem Mutterhaus, beläuft sich die Zahl der Talar tragenden Patienten meist auf zehn, nicht mehr. Nur wenige wissen, was in dem Zentrum wirklich vor sich geht, aber die Bischöfe und der Vatikan kennen diese Adresse sehr gut und kommen gerne auf sie zurück, wenn sie einen Pfarrer zum Rückzug zwingen wollen. Medizinische, hormonelle und psychiatrische Therapien wechseln sich ab mit vielen Gebeten, über Monate, bis entschieden wird: Konvaleszenz oder Isolation im Kloster. Das Ganze findet in Zusammenarbeit mit weltlichen Spezialisten statt.

Es heißt auch, einige Prioren der Kongregation hätten, nachdem sie mit zahlreichen Fällen pädophiler Priester in Italien konfrontiert gewesen waren, bei der Erstellung der Aufnahmeprüfung für das Priesterseminar mit Psychiatern und Psychoanalytikern zusammengearbeitet, um Homosexuelle zu erkennen, die in Sachen Selbstbeherrschung als besonders gefährdet gelten. Offizielle Bestätigungen gibt es hierfür aber nicht. Innerhalb des italienischen Klerus sind die Padri Venturini berühmt für ihre äußerst strengen Regeln und ihre eiserne Disziplin.

Aus demselben Grund herrscht auch Unklarheit über die genaue Zahl und die Standorte der anderen Einrichtungen, in denen die Angehörigen der *Congregazione di Gesù Sacerdote* (so der offizielle Name) tätig sind. Es wird jedoch behauptet, allein in Italien gebe es mindestens drei oder vier weitere Einrichtungen. Fast mit Sicherheit lässt sich sagen, dass eine in den Abruzzen liegt, eine weitere wohl in dem mittelitalienischen Landstrich Sabina, eine dritte ist wahrscheinlich dem Priesterseminar in Bergamo angeschlossen.

Nach der Lektüre dieser wenigen Zeilen bereute ich es augenblicklich, Gramellinis Drängen nachgegeben zu haben. Der ausgedehnte Gebäudekomplex des Priesterseminars lag nur wenige hundert Meter von meinem Büro an der Piazza Rosate entfernt, doch die Vorstellung, an das antike, von Holzwürmern zerfressene Portal klopfen zu müssen, schreckte mich.

Dennoch griff ich zum Telefon und ließ mich von der Zentrale der Universität mit dem Priesterseminar verbinden. Don Mariano empfange keine Gäste, nein, auch nicht mit Termin, und Interviews gebe er auch nicht.

Nachdem ich aufgelegt hatte, starrte ich noch ein paar Minuten perplex den Hörer an. Mein direkter Kontakt mit der Realität endete hier, in diesem Plastikhörer, in der dämlichen Widerspenstigkeit unbeseelter Dinge.

Da ich es nicht schaffte, Gramellini anzurufen und ihm von meiner Pleite zu erzählen, beschloss ich, einen zweiten Versuch zu wagen. Außerdem gab es noch einen Grund, warum ich meine Nachforschungen nun doch weiter betreiben wollte. Und der wog schwerer als der simple Wille, nicht so schnell aufzugeben: Am selben Tag war in *La Stampa* ein ziemlich verstörendes Interview erschienen, in dem ein namhafter katholischer Intellektueller Don Mariano verteidigte und ihn von jeder Anklage freisprach, selbst falls sich herausstellen sollte, dass er sich tatsächlich der Pädophilie schuldig gemacht hätte. Dieser Verteidigungslinie zufolge müsse man einem Menschen, der, wie Don Mariano, im Ruf der Heiligkeit stehe, solche absonderlichen Verhaltensweisen – wie sie für hochrangige Persönlichkeiten nur allzu typisch seien – doch verzeihen. Die Geschichte der Kirche sei voll von Heiligen, die sexuelle Störungen gequält hätten, was sie aber keineswegs daran gehindert habe, das Gute in die menschlichen Seelen zu tragen.

Diese Argumentation fand ich haarsträubend. Ich besuchte meinen Freund und Studienkollegen Francesco Volpi im unteren Stockwerk, wartete, bis er den Examenskandidaten, mit dem er sich gerade unterhielt, abgefertigt hatte, ging zu ihm und sagte: «Ich nehme deine Einladung an. Gehen wir ins Schwimmbad?»

Meinen Hintergedanken, der mich zu diesem außerplanmäßigen Badespaß angetrieben hatte, verriet ich Francesco natürlich nicht. Bei besagtem Schwimmbad handelte es sich um das große Becken im Seminargebäude. Nachdem mein Freund seine anfängliche Verblüffung überwunden hatte – seit Jahren schon lud er mich ins Schwimmbad ein, ins Fitnessstudio, auf Fahrradtouren ins Grüne, ohne den geringsten Erfolg –, nahm er den Vorschlag freudig an.

Francesco war der gutmütigste Mensch, den ich kannte. In einem Ambiente wie dem akademischen, in dem fast alle dem Prozess zunehmender Auflösung unterlagen und mit ihrem charakterlichen Verfall die Verwesung der Welt, in der sie arbeiteten, nur noch schneller vorantrieben, stellte Francesco eine strahlende Ausnahme dar. Als einstiger brillanter Student der Geschichte der Politologie hatte er sich nach und nach alles von der Universität wieder zurückgeholt, wohl wissend, dass es sich dabei um eine wenig lukrative Investition gehandelt hatte. Wie viele unserer Kollegen schrieb auch er keine Bücher mehr, sondern beschränkte sich stattdessen darauf, Sammelwerke herauszugeben; er verrannte sich nicht mehr in die Illusion der Forschung, sondern hatte sich damit abgefunden, Jahr für Jahr die Didaktik des gleichen Seminars zu perfektionieren; er vertrat keine eigenen Thesen mehr, sondern veranstaltete seine Seminare und Tagungen in der Hoffnung, sich in den Gedanken anderer auszudrücken.

Obwohl Francesco noch nicht einmal fünfzig war, hatte er also keine Ambitionen mehr, sondern tat einfach seine Pflicht als Angestellter, und das mit einer gewissen Gleichgültigkeit. Angesichts des betrüblichen Niedergangs der Universität hatte er sich für eine ironische Taktik entschieden und stellte permanenten Frohsinn zur Schau. Außerdem betrieb er mit großem Eifer eine Reihe politisch korrekter Aktivitäten. Er ging zur Rückengymnastik, folgte dem Diktat des bewussten Konsums, nahm an Fahrraddemonstrationen gegen den dichten Autoverkehr teil, bei denen eine «kritische Masse» die Straßen ohne Geschwindigkeitsbegrenzungen verstopfte. Kurzum, da er kein gutes Leben haben konnte, wich er auf ein gesundes Leben aus.

Das Hallenbad des Priesterseminars war nur zu bestimmten Zeiten für die Allgemeinheit geöffnet, aber wir Universitätsprofessoren genossen das Privileg, jederzeit Zugang zu haben. An diesem Tag machten Francesco und ich von diesem Privileg Gebrauch, und so befanden wir uns gegen halb eins in der Halle mit dem sechsbahnigen Schwimmbecken.

Ich musterte ein paar Minuten lang das Gebäude und

fragte mich, wie ich nur von der Schwimmhalle zu den Unterkünften der Prälaten gelangen sollte und von da zu dem geheimen Flügel, den vermaledeiten Zimmern, wo die vermaledeiten Priester den Padri Venturini und Don Mariano ihre schändlichen Vergehen beichteten und sie in die Sphären menschlicher Abscheulichkeiten lockten. Einen Augenblick lang fühlte ich mich wie ein Undercover-Agent.

Auf Francescos Drängen hin sprang ich schließlich ins Wasser. Schon nach einer Bahn ging mir die Puste aus. Jetzt fühlte ich mich nur noch wie ein Mann, der auf die vierzig zusteuert und extrem untrainiert ist.

Während ich noch ein paar unbeholfene Züge schwamm, fiel mir auf, dass wir nicht mehr allein waren. Als wir die Halle betreten hatten, war sie komplett leer gewesen, nun aber war eine Gruppe junger Männer gekommen, die ungefähr das Alter unserer Studenten haben mochten. Als die Seminaristen uns Fremdlinge erblickten, begannen sie ordinär zu lachen und sich gegenseitig aufzuziehen, wobei in ihrem Gebaren etwas eindeutig Schwules lag. Zu meinem Erschöpfungszustand gesellte sich nun noch ein weiteres Unbehagen, das vage etwas mit Schamgefühl zu tun hatte – ich hatte mir von Francesco nämlich eine Badehose geliehen, doch da dieser zwei Größen kleiner trug, saß das gute Stück äußerst knapp.

Ich stieg aus dem Becken, setzte mich an den Rand und beobachtete die Seminaristen. Unter ihnen befand sich ein Farbiger mit der sprichwörtlichen körperlichen Imposanz eines Nubiers: breite Schultern, deutlich konturierte Muskeln, keinerlei Unterhautfett. Er sprang ins Wasser und begann delphinzuschwimmen. Mit kräftigen Schlägen aus dem Kreuz heraus tauchte er aus dem Wasser auf und wieder unter und erzeugte mit diesen fließenden Bewegungen, die so elegant wie kraftvoll waren, einen wahren Wellensturm. Während ich langsam wieder Atem schöpfte, kam ich nicht im Entferntesten auf die Idee, er könnte ein mysteriöser, grausamer Kinderschänder sein. Glücklicherweise hatte mir die Enttäuschung über meine lächerliche, gescheiterte Mission meine ganze bildliche Vorstellungskraft geraubt. Als ich den Seminaristen über den Widerstand des Wassers siegen sah, so glatt und potent, hegte ich zum ersten Mal in meinem Leben eine große Bewunderung für die Undurchlässigkeit der menschlichen Haut. Nie zuvor hatte ich wirklich begriffen, welch außergewöhnliches, wasserabstoßendes und zugleich transpirierendes Gewebe uns umspannt.

Als ich mich bereits fertig angezogen hatte, kam Francesco in den Umkleideraum. Ich wartete, bis auch er so weit war, dann, nachdem jede Nacktheit verschwunden war, setzten wir uns auf eine der Bänke, um uns ein wenig zu unterhalten. Ich rückte mit dem wahren Grund für meinen Besuch heraus und erzählte ihm alles, von dem Verdacht auf Pädophilie, der Anfrage von der Zeitung, meinem Widerstreben. Francesco machte ein paar harmlose Scherze über das Klischee der Priester mit speziellen sexuellen Vorlieben. Dann schwieg er, er hatte den Kopf gesenkt, ein Schatten von Melancholie streifte sein Gesicht, was gar nicht recht zu ihm passen wollte.

«Stell dir vor», sagte er nach einer kurzen Pause ernsthaften Sinnierens, während er nervös seine Badehose in den Händen drehte, «heute kam eine Mail von einem Studenten, den ich nicht mal kenne und der von mir die Abfahrtszeiten der Busse in die Città Alta wissen wollte.» Wieder schwieg er. «Die behandeln uns jetzt schon wie Angestellte bei der Auskunft», fügte er noch hinzu und unterstrich mit einem Schulterzucken seine Enttäuschung.

Im selben Moment betraten die Seminaristen den Umkleideraum. Da es eng im Raum wurde, schlug ich Francesco vor, uns zu verdrücken. Als ich in Richtung Tür blickte, sah ich den schwarzen jungen Mann vor mir. Er war bereits komplett nackt. Bevor wir überhaupt aufstehen konnten, war er schon ausgezogen. Da ich also noch immer saß, befand ich mich nun auf Augenhöhe mit seinem Glied. Es war – überflüssig zu erwähnen – gewaltig. Entschieden zu groß, unverhältnismäßig groß, auch im Verhältnis zu seinem nicht gerade schwachen Körper. Obwohl in Ruheposition, wirkte es prall und kräftig. Seine Beschaffenheit vermittelte den Eindruck einer erstaunlichen Autonomie dem restlichen Körper gegenüber, als führte es ein unanfechtbares Eigenleben. Ein höchst wirksames Instrument, jederzeit beliebig einsetzbar. Da war es, fertig zum Gebrauch, um jedermann, ob männlich, ob weiblich, jung oder alt, eine so große sexuelle Lust zu bereiten, dass sie zwangsläufig in Unterwerfung enden musste.

Der junge Mann stellte sein pralles Fleisch jedoch ohne jeden Hintergedanken zur Schau. In seinem heiteren Lächeln lag nichts Perverses, in der Haltung seines Körpers, der dieses Glied von beachtlichen Ausmaßen halten musste, lag auch nichts Obszönes. Der enorme Penis wurde mir mit der Selbstverständlichkeit, mit der man eine gängige Meinung kundtut, präsentiert.

Für mich war es das Merkwürdigste, was ich seit langem

gesehen hatte. Sexuelles Fleisch, in höchstem Maße materiell, zugleich ein reines Symbol für grenzenlose Phantasien, Suggestionen, Begierden, Ängste und Interpretationen, die niemals eine endgültige Bedeutung finden würden. Es war ein repräsentatives Bild, gleichzeitig war es das repräsentierte Objekt – eine Tätowierung aus Fleisch auf Fleisch.

Ich hatte genug. Also ging ich zurück ins Büro und schrieb den Artikel für Gramellini auf die altbewährte Art:

> Vielleicht wird unsere Zeit als eine Zeit beginnender Regression in Erinnerung bleiben, die einer geheimnisvollen und finsteren, aber auch herrlichen Vergangenheit entgegensteuert, einem neuen Mittelalter der großen Sünder und großen Kathedralen.
>
> Gestern kommentierte in dieser Zeitung ein höchst gebildeter und angesehener katholischer Intellektueller in einem schockierenden Interview die gegen Don Mariano erhobenen Beschuldigungen wegen sexueller Belästigung (hervorgebracht hatten diese ein ehemaliger Seminarist sowie zwei ehemalige Patienten eines Betreuungszentrums für Drogensüchtige) und erklärte, er könne nichts Skandalöses daran finden, wenn ein Mann der Kirche ab und zu ‹ein paar Knaben anfasse›, wenn er dafür «Tausende rette». Nachdem er daran erinnert hatte, wie viele heilig und selig Gesprochene Psychopathen gewesen seien oder unter schweren sexuellen Störungen gelitten hätten, ließ sich der hohe Gelehrte sogar zu der Behauptung hinreißen, bei Pädophilie – dem gesunden Menschenverstand nach zu urteilen, das wohl abscheulichste Verbrechen – handele es sich, «kirchlichem Realismus» zufolge, um nichts anderes als um ‹eine scheinheilige Erfindung›. Da die Demarkationslinie zwischen einem Erwachsenen und einem

Kind in gewissem Maße immer auch durch Konventionen festgelegt sei, bestehe kein gravierender Unterschied zwischen einer einvernehmlichen homosexuellen Beziehung zwischen zwei Erwachsenen und dem Missbrauch eines Kindes durch einen Erwachsenen.

Obwohl diese Ansicht besorgniserregend ist, so ist sie doch in der christlich-katholischen Tradition sowie, ganz allgemein, in der Anthropologie eines Heiligen tief verwurzelt: Gerade weil ein Pfarrer als Minister für Gottesverehrung dem göttlichen Prinzip näher steht als seine Mitmenschen, steht er auch dem satanischen näher. Wenn sich ein Mann der Kirche stark an einem Heiligen als Vorbild orientiert, ist er kein normalsterblicher Mensch mehr unter normalsterblichen Menschen, sondern wähnt sich als Anwärter der Heiligkeit über jegliche Moralität erhaben. Bisweilen auch über jegliche Legalität.

Es handelt sich dabei um eine Ansicht, die in den letzten Jahren ein Comeback erlebte, als die Welle der sogenannten Säkularisierung und der Entzauberung der Welt zunächst die westlichen Gesellschaften überflutete, um dann langsam wieder den Rückfluss einzuleiten. Am Ufer hinterließ sie schlimme Verwüstungen, glühende marianische Kulte. Man wartet auf Wunder oder unterwirft sich Wunderheilern, die zu christlichen Heiligen erklärt werden.

Teil dieser zurückfließenden Welle ist die sogenannte weiße Delegation des kirchenunabhängigen Staates, die die Behandlung von Drogenabhängigen kirchlichen Einrichtungen wie der *Nova Spes* von Don Mariano Presti überlässt. In den «Räumen des Schweigens», in denen die jungen Verzweifelten den Fürsorgern ihr Herz öffnen, soll die Heilung nicht von einem ärztlich-wissenschaftlichen Gutachten ausgehen, sondern vom Segen eines religiösen

Geschenks. Jedenfalls befindet sich in diesen Räumen ein Mensch in absoluter Gewalt eines anderen Menschen.

Auch wir Laizisten, vor allem wir, würden uns wünschen, dass die Kirche sich selbst und der göttlichen Eingebung treu bliebe und auf die Keuschheit ihrer Pfarrer achtete, um unseren Söhnen und Töchtern einen Raum zu bewahren, der vor der zornigen Wucht sexueller Libido geschützt wäre. Wir würden uns wünschen, dass die Kirche dieses teure Geschenk so gewissenhaft wie möglich behüten möge, und sollte sich die Keuschheit tatsächlich als ein unerreichbares Ziel herausstellen, so müsste sie sich zumindest die alte christliche Tugend bewahren. Dann hätten wir eine Kirche mit weniger Anwärtern auf die Heiligkeit, dafür mit mehr rechtschaffenen Menschen. Eine Kirche, die noch in der Lage wäre, sich über etwas zu empören eingedenk des «Skandals», auf dem sie gründet: auf Jesus Christus, dem Gott, der sich so weit herablässt, Mensch zu werden, und nicht auf dem Menschen, der sich so hoch erhebt, um Gott zu werden.

Der Artikel erschien am 20. Oktober in *La Stampa*. Er stand auf der Kommentarseite und wurde auf der ersten Seite kurz angerissen. Wie mir der Chefredakteur später erzählte, hatte er bei den Oberen der CEI für große Empörung gesorgt. Um ehrlich zu sein, beunruhigte mich diese Tatsache ein wenig. Doch leider war dies nicht allein der Grund, weswegen ich die Sache noch bitter bereuen sollte.

Der Junge ist verliebt. Was ist daran so seltsam? Der Junge ist immer verliebt.

Seine erste große Liebe heißt Guendalina. Sie ist fünf Jahre alt, hat große blaue Augen wie Scheinwerfer und ein Herz aus Stein. Während der langen Nachmittage im Hof des Kindergartens der Imeldine-Schwestern, gleich hinter der Kirche Santa Maria dei Miracoli, verehrt der Junge seine Liebste, er schenkt ihr Bonbons und andere Süßigkeiten, doch sie erwidert seine Liebe mit der unerbittlichen Grausamkeit, zu der nur Kinder fähig sind. Er verzehrt sich nach ihr, sie entzieht sich ihm, er erklärt sich ihr, sie verlacht ihn, er legt all seine Geschenke vor ihre Mädchenfüße, sie tritt sie mit den Füßen.

Jetzt, in der Nacht, beherbergt die kleine Dachstube einen Jungen, der im Schlaf weint. Die Mutter, die eine Sonde für die Tränen ihrer Söhne hat, hört ihn, eilt zu ihm und wiegt ihn in den Armen. Es ist nichts, versichert ihm die Mutter, es ist nichts, nur ein böser Traum. Doch der Junge hört nicht auf, unerbittlich fährt er fort, sich in Tränen aufzulösen.

Sie drückt ihm einen Kuss auf die blutleeren Lippen und fragt: «Was hast du, mein Kleiner, warum weinst du?»

«Nichts. Es ist nichts. Nur ein böser Traum», erwidert nun der kleine Schlafwandler, während er weiterschläft. Er schläft, und auch im Traum liebt er seine unglückliche Liebe.

Eines Tages aber gesteht der tief verzweifelte Junge der Mutter die Geschichte. Er erzählt ihr alles über Guendalina, das Mädchen mit den großen blauen Augen und dem Herzen aus Stein.

«Beachte sie einfach nicht mehr», rät ihm die Mutter, «tu so, als wäre sie gar nicht da.»

«Das kann ich nicht», gibt der Junge zurück. «Ich liebe sie doch so!»

Dann beschert ihm Schwester Lorenza das Mirakel, eine weitere Zeugin der unglücklichen Liebe zwischen dem kleinen Schlafwandler und der schönen Guendalina mit dem Herzen aus Stein. Eines Tages fragt der Junge in der Mensa die Schwester, ob sie unter dem Tuch, das ihre Stirn halb verdeckt, denn auch richtige Haare habe. Die junge Nonne antwortet nicht – nicht mit Worten. Sie nimmt den Jungen an der Hand und führt ihn durch die unendlich langen Gänge, die von ernsten Heiligenstatuen bewacht werden.

Als sie im abgelegeneren Teil des Gebäudes eine Klosterzelle erreichen, schließt die Schwester die Tür hinter ihnen. Im flach einfallenden Licht des Sonnenuntergangs nimmt Schwester Lorenza das Tuch ab. Ihre Hände lösen schwarzes, gebürstetes, in der Vermählung mit Christus gezüchtigtes und nun wallendes Haar.

Der Junge ist verwirrt und zittert. Die Gestalt der Schwester, mit dem Rücken zum Fenster, das zum Kanal mit der untergehenden Sonne geht, hebt sich dunkel vor dem Jungen ab, dunkel, doch von Licht umrahmt. Ihre Haare existieren, und doch existieren sie nicht, Schwester Lorenza ist kahlköpfig und doch ist sie behaart, ihr Kopf verschwindet in der Aureole einer Flamme. In diesem Schimmer ist die Unendlichkeit zu erahnen. Der Junge weicht einen Schritt zurück.

«Nein ... hab keine Angst. Komm her, mein Kleiner. Hier, fass mal an.»

Schwester Lorenza nimmt die Hand des Jungen und legt sie auf ihren Kopf. Der Junge ist von seinem Herzschmerz geheilt. Jetzt ist seine Liebe diese junge Schwester mit dem wallenden Haar.

Ein Jahr später kommt der Junge in die Schule und verliebt sich in die Lehrerin. Er liebt sie mit einer starken, reinen Liebe. Er rezitiert Gedichte für sie. Für sie lernt er lesen und schreiben und rechnen. Er geht sogar so weit, dass er für sie lügt, dass er dem Schulinspektor direkt ins Gesicht lügt, als die tüchtige Lehrerin eines Tages einem frechen Klassenkameraden einen Klaps verpasst.

«Nein, das stimmt nicht», nimmt der Junge sie in Schutz. «Sie hat ihn nämlich nur gestreichelt.»

Doch die undankbare Lehrerin erkrankt. Sie erkrankt, und wer weiß, vielleicht stirbt sie sogar. Aber eins ist sicher: In der Person, die den vakanten Posten seiner Liebe besetzt, erblickt der Junge das reine Bild des Todes.

Angst, Verwirrung und Albträume sind zurück. Tagsüber lebt der Junge permanent mit leichtem Fieber, die Augen gesenkt, die Gedanken bei der Lehrerin. Nachts träumt er von der Feuerblase, in der die Welt untergeht. Er steht auf, lautlos, setzt sich vor den Spiegel im Flur und wartet auf die ewige Wiederkehr der Feuerblase. Die Mutter spricht zu ihm, doch diesmal sieht er sie nicht, er antwortet ihr auch nicht. Sein Blick geht in die Leere, er blickt nicht in die Leere, sondern er erblickt die Leere. Der Spiegel weigert sich, ihm ein reflektiertes Bild zurückzugeben, als hätte er einen kleinen Vampir vor sich.

Nacht für Nacht vollführt der Junge diese falsche Bewegung. Lautlos steht er auf und betrachtet sich in diesem blinden Spiegel. Dort, mitten im Flur stehend, sieht er die Blase, die eine leere Blase, aber eine Feuerblase ist.

Der Junge ist ein Gefangener des Traums, in eine Zeit der perfekten Vergangenheit entführt, in der alles schon gewesen ist, in der das Maß voll ist.

Das ist die These eines renommierten Neuropsychiaters, den die Mutter heimlich aufgesucht hat. Denn der Vater sagt, dass «alles bald vorbei sein wird», dass es besser ist, «nicht zu dramatisieren», die «Kapriolen des Kleinen nicht so ernst zu nehmen».

«Vielleicht hat Ihr Sohn gar keine Angst vor dem Tod, sondern es geht um ein Erlebnis aus der Vergangenheit. Signora, könnte es sein, dass jemand Ihrem Sohn etwas angetan hat? Vielleicht zittert der Kleine wegen einer Katastrophe, die sich längst ereignet hat.»

Kleine Schlafwandler kommen selten vor. Man beschließt, sich den Jungen genauer anzusehen. Für ein paar Nächte wird er im Schlaflabor übernachten.

Bevor der Junge in den Schlaf fällt, spielt er, um die Angst zu vertreiben, mit den Saugnäpfen der Elektroden, die an Handgelenk und Schläfen angebracht sind. Er berührt sie, berührt sie wieder und wieder, und unter seinen Fingerkuppen spürt er das glatte Haar von Schwester Lorenza.

November

Marisa Comi lernte ich am 19. November kennen, an einem Prüfungstag, einem der schlimmsten Tage im Leben eines Universitätsprofessors.

Denn an solchen Tagen wird man Zeuge der Katastrophe unseres öffentlichen Bildungswesens. Der Ruin des tausendjährigen Konstrukts humanistischen Wissens nimmt die somatischen Formen deines Studenten an, der am anderen Ende des Tisches sitzt, seine zumeist sowieso schon unsinnigen Sätze noch vollends verstümmelt, die Innereien ranzig gewordener Fachkenntnisse hervorwürgt oder erbrochenes Wissen wiederkäut. Dein Scheitern steht direkt vor dir, kaum einen Meter entfernt. Du müsstest nur die Hand ausstrecken, um es zu packen. Nur ein Wort sagen, um dem Ganzen ein Ende zu bereiten. Doch du tust es nicht. Du sitzt nur da und siehst zu, gelähmt von der Faszination des Desasters. Wie hypnotisiert lauschst du der Leier des Studenten, der kurz vor dem Examen steht und dennoch nicht in der Lage ist, Verben zu konjugieren, Sätze vernünftig aneinanderzureihen, seine eigenen Gedanken zu artikulieren. Deine Ohren öffnen sich dem Gestammel, denn darin vernimmst du die stumme Schwingung der Erde, in der sich dein Körper eines Tages zersetzen wird. Du wirst unterjocht von der Verzauberung ländlicher Friedhöfe. Du schließt nicht einmal die Augen, du wendest deinen Blick nicht ab; vor dir spielt sich in Zeitlupe das Schauspiel einer Katastrophe ab. Und es ist die deine.

An jenem Novembermorgen – wie sollte man so etwas vergessen? – behauptete eine Studentin, die Französische Revolution hätte sich Ende des 15. Jahrhunderts ereignet. Ich gab ihr Zeit, um sich zu korrigieren, weil ich fest davon überzeugt war, sie hätte den Zeitpunkt mit der Entdeckung Amerikas verwechselt. Aber es war kein Versprecher gewesen. Ihre Unkenntnis in Geschichte machte es möglich, sich um dreihundert Jahre zu vertun. Ich ließ sie bestehen – im Vergleich zu den anderen hatte sie immerhin ein diskretes Wissen über das Schmalspurprogramm meines Seminars über Theorie und Technik der Fernsehsprache bewiesen.

War ich ein schlechter Professor? Das fragte ich mich permanent, wusste darauf aber keine Antwort. Was ich allerdings wusste, war, dass meine Nachsicht eine Folge kollektiver Resignation war. Hätte ich meine persönlichen Kriterien bei der Benotung der Studenten angewendet, wären neun von zehn durchgefallen. Tagtäglich verliehen wir den Magister im Fach Philologie an Studenten, die weder Foscolo noch Gadda gelesen hatten, in Kommunikationswissenschaften an Studenten, die nicht wussten, wer Hitchcock war, und in allen anderen Fächern an Studenten, die sich nicht richtig ausdrücken konnten, weder schriftlich noch mündlich. Was ich ebenfalls wusste, war, dass in vielen Fällen nicht nur Abiturienten, sondern sogar unsere Hochschulabsolventen gnadenlose Halbalphabeten waren.

Ein halbes Jahrhundert Wohlstand hatte nicht ausgereicht; sechzig Jahre nach Kriegsende waren wir noch immer ein kulturell rückständiges Land. Sämtliche Fakten bestätigten das: Zur Jahrtausendwende hatten in Italien gerade mal 42 Prozent der Erwachsenen einen Schulabschluss, der europäische Durchschnitt lag bei 59 Prozent; nur 9 Prozent der Italiener hatte einen Hochschulabschluss, während man in Europa auf 21 Prozent kam.

Bisweilen kam es vor, dass ein Kollege dies als äußerst diffamierend empfand und sich über die Äußerungen dieses oder jenes Ministers erboste, der versprach, die Zahl der durchgefallenen Studenten zu verdoppeln, Schuluniformen wieder einzuführen, arbeitsscheue Dozenten umzuschulen. Und so verschaffte sich der Kollege, vom reaktionären Teufel in Versuchung geführt, kurze Lust und grollende Genugtuung, indem er die absolut unfähigen Studenten beleidigte. Aber so werden Illusionen zerkaut. Illusionen und gelbe Galle. Eine trockene Mahlzeit.

Ich hielt es keineswegs für angebracht, mir auch nur die kleinste Genugtuung zu verschaffen. Ich hielt mich schön an das weitverbreitete Gefühl der Unzufriedenheit. Genau hier musste man ansetzen. An der Resignation, an der Verweigerung.

An jenem Novembermorgen bemerkte ich gleich beim Betreten der Universität, während ich mir einen Weg durch die Menge meiner wartenden Studentinnen bahnte – eine männliche Hörerschaft war in meinen Seminaren praktisch nicht vorhanden –, dass sich ein Eindringling unter ihnen befand. Zwischen den vielen, bewusst schlampig gekleideten jungen Mädchen fiel in geradezu schmerzhafter Überdeutlichkeit eine elegante Frau um die vierzig auf. Ein einziger hoher Ton im Strudel der endlosen Kakophonie.

Wie ich sie so akkurat sitzen sah in ihrem Rock, dem einzigen auf dem gesamten Flur, und den hübschen, übereinandergeschlagenen Beinen, kam mir sofort das Wort «Signora» in den Sinn. Aber mal abgesehen von ihrer ganzen Weiblichkeit, war es schlichtweg unmöglich, sie nicht zu bemerken: Sie hielt einen großen schwarzen Hund an der Leine.

Wenn ich mich recht erinnere, habe ich sie gefragt, ob sie als Erste drankommen wolle. Und ich glaube, sie antwortete, es wäre ihr lieber zu warten. Tatsache ist, dass Signora Comi schließlich den ganzen Vormittag und einen guten Teil des frühen Nachmittags im Flur wartete. Ich weiß noch, wie ich nach jeder abgenommenen Prüfung hoffte, sie würde als Nächste den Raum betreten, allein schon, um die Eintönigkeit der ewig gleichen Fragen zu durchbrechen. Aber sie wartete – hartnäckig, stoisch –, bis auch die letzte Studentin gegangen war.

Jedes Mal, wenn ich einen Blick auf den Flur warf, sah ich sie sitzen, mit ihren hübschen, übereinandergeschlagenen Beinen und ihrem Hund, der sich neben den Stuhl gekauert hatte. Sie schien entschlossen, das zermürbende Warten über sich ergehen zu lassen. Sie las nicht, redete nicht, ging nicht hinaus, um zu rauchen. Alles, was sie tat, war, auf ihrer Unterlippe herumzukauen. Ich erinnere mich deshalb so genau daran, weil dieser nervöse Tick dazu führte, dass sich ihr Mund dabei zu einer leicht obszönen Grimasse verzog und ihren Lippenstift verschmierte.

Sie kam als Letzte. Wenn ich mich nicht täusche, war

das Erste, was sie tat, nachdem sie sich mir gegenübergesetzt hatte, sich für den Hund zu entschuldigen und mir zu versichern, dass sie damit gegen keine Universitätsordnung verstoße. Der Hund – einer dieser Molosser mit kräftigem Kiefer, glänzendem Fell und tränenden Augen – hatte sich friedlich neben den Stuhl gelegt, auf dem sein Frauchen Platz genommen hatte.

«Er ist zu meiner persönlichen Verteidigung», erklärte sie mir.

Da ich gegen die Anwesenheit des Hundes nichts einzuwenden hatte, ging Signora Comi zum nächsten Punkt über. Als Zweites fragte sie mich, ob ich Kinder hätte. Ich bin mir deswegen so sicher, da sie damit ja einen wunden Punkt getroffen hatte. Dann erinnerte mich die Signora daran, dass wir uns schon einmal gesehen hatten, und rügte mich auf höfliche Art wegen meiner Gedächtnislücke. Sie sagte, sie habe an der Gedenkveranstaltung zum 11. September teilgenommen, da ihre Tochter die Vorschule Gianni Rodari besuche. Und über sie, ihre Tochter, wolle sie mit mir reden.

An das, was nun folgte, habe ich nur noch eine vage Erinnerung. Nachdem einmal feststand, dass die Signora hier war, weil sie vermutlich beeindruckt gewesen war, als ich *ex cathedra* meine Rede in der Schule ihrer Tochter gehalten hatte, schenkte ich ihr keine große Beachtung mehr. An diesem Tag war Marisa Comi für mich nur eine hübsche, elegante Signora um die vierzig, die, vermutlich in familiäre Probleme verstrickt, bei mir auftauchte, um für einige Turbulenzen in meinem enervierenden Trott mit den Studentinnen in ihren bauchfreien T-Shirts zu sorgen. Irgendeine

Madame Bovary aus unserer ewigen Provinz, die vielleicht der dünne Schleier von Prominenz, die mir die sporadischen Auftritte im Fernsehen beschert hatten, verführte.

Im Nachhinein betrachtet, brachte ich an jenem Novembernachmittag dem Fall der Signora Comi wirklich kein besonderes Interesse entgegen. Um ehrlich zu sein, ich schenkte ihr kaum noch Aufmerksamkeit. Ich war hundemüde, auf dem Stuhl, den sie im Moment besetzt hielt, hatten schon an die fünfzehn Studentinnen gesessen, die mich mit allem möglichen Gefasel regelrecht ausgelaugt hatten. Vor allem aber fand ich das, worüber Signora Comi mit mir reden wollte, abstoßend.

Denn Marisa Comi berichtete, am vergangenen Mittwoch sei ihre fünf Jahre alte Tochter mit einer Verletzung aus der Vorschule nach Hause gekommen. Sie, die Mutter, habe das erst bemerkt, nachdem sie Blutflecke im Höschen der Kleinen entdeckt hätte. Von dem Tag an habe das Mädchen aufgehört zu pinkeln und auch keinen Stuhlgang mehr gehabt. Seitdem waren vier lange Tage vergangen.

Abgesehen von dem Ekel, den ich empfand, erinnere ich mich noch an meine Verwunderung, denn ich verstand nicht, warum Signora Comi ausgerechnet zu mir gekommen war, um mir von den Leiden ihrer Tochter zu erzählen, bis sie schließlich auf meinen Artikel über die pädophilen Priester zu sprechen kam, der ungefähr einen Monat zuvor in *La Stampa* erschienen war. Nun bekam ihre Stimme einen obsessiven Klang.

«Sie sind überall», sagte sie in einem fort, ohne das Subjekt genauer zu benennen. «Sie sind überall, überall ... überall sind sie!» Ihre Angst war mit einem Mal so offensichtlich, dass auch der Hund unruhig wurde. Als der Molosser spürte, wie sich die Nerven im Körper seiner Herrin immer mehr anspannten und ihre Stimme umkippen ließen, erhob er sich auf alle viere.

Da fasste sich die Frau wieder. Sie hieß den Hund Platz machen und fuhr fort zu sprechen, diesmal mit etwas weniger Dramatik in der Stimme. Völlig beruhigt hatte sie sich dennoch nicht; sie beherrschte sich, gab sich offensichtlich Mühe, um nicht als Hysterikerin dazustehen. Sie wollte mich davon überzeugen, dass es zwischen dem Pädophilieverdacht, unter dem Don Mariano stand, und den Leiden ihrer Tochter einen Zusammenhang gab.

Doch bevor ich überhaupt versuchen konnte, die vermeintlichen, für mich absolut nicht nachvollziehbaren Verkettungen nachzuvollziehen, beendete Marisa Comi das Gespräch.

«In dem Artikel haben Sie es selbst geschrieben. Sie sind nicht wie sie! Das habe ich sofort begriffen, als ich Sie auf der Gedenkfeier sah. Lassen Sie uns nicht allein, Professore!»

Während sie das sagte, drückte sie mir einen Flyer in die Hand: die Einladung eines Elternkomitees zur Versammlung in einer Schule. «DIE KINDERSCHÄNDER SIND UNTER UNS. WIR MÜSSEN UNSERE KINDER BESCHÜTZEN» – so lautete das Motto der Veranstaltung. Bei besagter Schule handelte es sich um die Rodari.

Ehrlich gesagt weiß ich nicht mehr, wie ernst ich die finsteren Vermutungen von Marisa Comi tatsächlich nahm. Ich erinnere mich nur noch an meinen Unmut darüber, dass eine erwachsene, attraktive Frau zu mir kommt, sechs Stunden auf dem Gang wartet, um mir die Probleme von ihrem

Töchterchen zu erzählen, Probleme, die noch dazu auf obskure Art und Weise mit Sex zusammenhängen.

Um mich von dem anstrengenden Tag zu erholen, nahm ich einen Aperitif im Café del Tasso. Dort empfing mich Gianni, der Eigentümer, mit seiner üblichen Herzlichkeit. Er war ein typischer Geschäftsmann aus der Lombardei mit einem rein pragmatischen Geschäftssinn. Schon früher hatte sich Gianni mir gegenüber immer sehr höflich gegeben, aber seit ich mit meinem Artikel die Kirche angegriffen hatte – das war seine Lesart –, hatte er mich zu seinem Lieblingsgast auserkoren. Sah er doch in seinem luxuriösen Lokal, bestückt mit den besten französischen Weinen und allen erdenklichen exquisiten Likören, eine Art Zentrum laizistischer Gegenmacht zur Übermacht, die die Kirche seit Jahrhunderten in Bergamo ausübte.

Wenn es Zeit für einen Aperitif wurde und die deutschen Touristen erst einmal verschwunden waren, verkehrten im Café del Tasso vor allem wohlhabende Einheimische mittleren Alters. Einige von ihnen präsentierten dann ihre dreißig Jahre jüngeren kubanischen Ehefrauen, und die kubanischen Ehefrauen, dic in hautengen weißen Stoffhosen steckten, präsentierten ihre Pos, dank derer man sie geheiratet hatte.

Bergamo war eine Kleinstadt. Ich fragte Gianni über Signora Comi aus.

«Ihr Mann hat viel Kohle, richtig viel!», informierte er mich und rieb sich dabei die Finger. «Und er ist ein Hurenbock», fügte er noch hinzu, um das Persönlichkeitsprofil dieses Mannes zu vervollständigen.

Aus Giannis Mund handelte es sich dabei um keine moralische Beurteilung, weder Gutheißung noch Missbilligung war herauszuhören. Aus seinem Mund klang die Verknüpfung von Reichtum und Förderung der Prostitution wie eine natürliche Bestimmung.

Da betrat Matteo Barbieri, der Inhaber des Lehrstuhls für Politische Geschichte, mit dem mein Freund Francesco arbeitete, das Lokal.

Barbieri, zur Aperitif-Zeit Stammgast des Café del Tasso, war ein typischer altgedienter Fürst der italienischen Universitäten. Einer von denen, die in ihrer Jugend alle Bücher der Welt lasen, um dann im Alter festzustellen, dass ihr Fleisch ein ziemlich trauriger Anblick ist. Nach dieser Erkenntnis hatte Barbieri gehofft, er könnte die Lage verändern, indem er die Ordnung der Dinge umkehrte. Kaum war die Fünfzig-Jahre-Grenze überschritten, hatte er zunächst mit dem Lesen aufgehört, dann Frau und Kinder verlassen, weil sich eine seiner Studentinnen mit ihm eingelassen hatte. Im Gegenzug gab es eine großzügig spendierte Promotion. Das Ergebnis war allerdings enttäuschend: Obwohl er nun keine Bücher mehr las, hatte er noch immer ein trauriges Gemüt.

Doch mir war er nicht so sehr wegen seiner pathetischen Unmoral so unsympathisch, sondern vielmehr wegen der despotischen Schikanen, unter denen Francesco, sein Untergebener, täglich zu leiden hatte.

Dennoch nahm ich an diesem Abend seine Einladung an und leistete ihm die Viertelstunde, die man braucht, um einen «falschen Negroni» zu schlürfen, Gesellschaft. In einem Moment der Schwäche erzählte ich ihm sogar von meiner Frustration nach den qualvollen Prüfungen. Kameradschaftlich legte er mir eine Hand auf die Schulter, und mit der mitfühlenden Geste eines Professors, der sich seinem jungen Assistenten zuwendet, erläuterte er mir die Taktik, die er seit Jahren einsetzte, um die unendlichen Qualen mündlicher Prüfungen durchzustehen, die «Barbieri-Methode».

Sie funktionierte so: Er verteilte die Prüfungen auf die einzelnen Sprechstunden während des Semesters, die in seinem Büro hinter verschlossener Tür stattfanden; wenn er erst einmal mit der jeweiligen Kandidatin allein war – es waren in der Tat fast ausschließlich Frauen eingeschrieben –, ließ er seinen Phantasien freien Lauf und stellte sich vor, wie er das Mädchen vergewaltigte. Während sie sich abmühte und völlig verschüchtert seine Fragen beantwortete, hörte er schon gar nicht mehr zu, sondern starrte ihr direkt in die Augen, stellte sich vor, wie er hinter sie trat, sie auf den Schreibtisch knallte, ihren Oberkörper nach vorn drückte und hart von hinten nahm. Manchmal, wenn er Glück habe, käme es sogar vor, dass eine besonders wachsame Studentin, vielleicht auch nur eine besonders unverschämte, seine schmutzigen Gedanken riechen könne. In diesem Fall würde sie kurz verstummen und dann, natürlich nicht ohne Hintergedanken, fragen: «Professore, was starren Sie mich denn so an?»

Ein Anflug von Melancholie stimmte mich traurig; ich hatte weder das Recht noch die Kraft zu widersprechen und reagierte lediglich mit einem verbissenen Lächeln auf die schmutzigen Phantasien meines Kollegen. Ich beschloss, zu Fuß nach Hause zu gehen.

Mittlerweile hatte ich in Bergamo meinen Zweitwohnsitz. Unter dem Vorwand, mir die lästige Fahrt auf der Autobahn ersparen zu wollen – es war wirklich die Hölle, seit der Bau einer vierten Spur auf der Strecke täglich für Unfälle sorgte –, hatte ich mir eine kleine Wohnung gemietet für die Tage, an denen ich an der Uni lehrte. Zuerst hatte ich ein kleines Appartement in der Nähe des Instituts gefunden, das ich jedoch wegen der explodierenden Mieten in der Città Alta bald wieder aufgeben musste.

In den vergangenen zwanzig Jahren hatte sich in dieser Gegend vieles verändert. Bis Mitte der Achtziger trieben sich auf der Piazza Vecchia nach sieben Uhr abends nur junge Junkies und alte, betrunkene Möchtegernalpinisten herum, sowohl die einen als auch die anderen von einer erschreckend knochigen Magerkeit – die neue und alte Version eines nach jahrhundertelangem Hungern zurückgekehrten Barbarenstammes. Doch das war Schnee von gestern. Jetzt war Bergamo eine reiche Stadt, und die neuen Reichen entdeckten nun, nach der Mode des Häuschens im Grünen in den Neunzigern, die Altstadt wieder. Natürlich gab es Parkplatzprobleme, doch die Damen konnten in den Boutiquen vor ihrer Tür shoppen gehen und brauchten keine Überfälle von Albanern oder Rumänen auf ihre Villen zu fürchten. Seit Cristina Parodi, die berühmte Fernsehmoderatorin, aus Mailand weggezogen war, um sich mit ihrem Mann, dem mächtigen Filmproduzenten Giorgio Gori, in Bergamo Alta ein Haus zu kaufen, ist die Gegend sogar richtig schick geworden. Jedes Mal, wenn mir ein Makler von *Tecnocasa* eine Wohnung zeigte und all die Vorzüge hervorhob, nannte er stets auch voller Stolz die kurze Entfernung zum Haus von Gori und Parodi, als würde er mich auf die unmittelbare Nähe zum Petersdom oder zum Kolosseum aufmerksam machen wollen. Also wich ich auf Bergamo Bassa aus und bezog eine Zweizimmerwohnung auf der Piazza Pontida, an der Grenze zwischen der guten Gegend und dem sogenannten Immigrantenviertel.

Der wahre Grund für den Umzug war allerdings, dass es zwischen mir und Martina gerade nicht so gut lief. Die Entscheidung, mir in Bergamo ein kleines Appartement zu nehmen, fiel während eines dieser Abendessen, bei dem wir beide, völlig erschöpft nach einem harten Arbeitstag, nur deshalb sprachen, um nicht den Verdacht aufkommen zu lassen, zwischen uns hätte sich bleiernes Schweigen gelegt. Als wir beim Käse angekommen waren und sie mich gerade zum tausendsten Mal an mein nie eingehaltenes Versprechen erinnert hatte, keine kalorienreiche Kost mehr zu essen, von der ich nur dick würde und die meine Arterien mit mehrfach gesättigten Fettsäuren verstopfte, hatte ich sie gefragt, ob sie mich heiraten wolle.

Besser gesagt hatte ich, ohne groß darüber nachzudenken, ein «Warum heiraten wir eigentlich nicht?» in den Raum geworfen. Sie hatte ziemlich genervt entgegnet, sie hasse diese lächerlichen Veranstaltungen, die feierlichen Zeremonien, das weiße Kleid, die intriganten Pfarrer und so weiter. Vor allem aber, hatte sie mir wieder ins Gedächtnis gerufen, glaube sie ganz einfach nicht an Gott. Ich würde übrigens auch nicht an ihn glauben, hatte sie extra noch hinzugefügt. Nicht weniger vage, als ich meinen Heiratsantrag formuliert hatte, hatte sie ihn daraufhin abgelehnt: «Wir können eine Lebensgemeinschaft bilden.» Da wurde mir klar, dass Martina und ich nicht nur niemals Kinder haben würden, sondern auch niemals heiraten würden.

Ziemlich traurig, diese eheähnlichen Treueversprechen. Ich fand sie wirklich zutiefst traurig. Auch ein laizistischer, progressiver Mensch wie ich, der die Lebensgemeinschaften wollte, ja, sie sogar forderte, verspürte zwangsläufig einen bitteren – äußerst bitteren – Nachgeschmack auf der Zunge.

Während ich die Porta San Giacomo passierte und weiter in Richtung Città Bassa ging, wurde ich richtig melancholisch bei dem Gedanken an den Niedergang einer Form der Liebe, die gleichzeitig eine der größten Schöpfungen des menschlichen Geistes war: der romantischen Liebe.

Ich ging die Via Sant'Alessandro hinunter und stellte mir den großen Schritt vor: Nach einem Jahrhundert des sexuellen Nihilismus schreiten zwei menschliche Wesen, die ein unsicheres Dasein führen und sich bald in nichts auflösen werden, gegen jeden *sensus communis*, gegen jede Logik zum Altar, finden dabei das Absolute wieder und schwören sich vor Gott und der Menschheit ewige Liebe. Das katholische Ritual der Eheschließung, so sagte ich mir, ist zweifelsohne das letzte Überbleibsel einer weitverbreiteten Religiosität.

Bei dem Gedanken an die triste «Barbieri-Methode» erschien mir das Bis-in-alle-Ewigkeit-Gelübde gegenüber einem anderen Menschen umso großzügiger und umso mutiger (ein unangebrachter Mut), wenn man dabei keine transzendentale Gottespräsenz verspürte, wenn das Gelübde unter einem von Gott verlassenen Himmel abgelegt wurde.

Man konnte sich von alldem doch nicht ohne Melancholie verabschieden. Leute wie Barbieri, Leute wie ich wollten nur, dass ihnen per Gesetz das Recht zugesprochen würde, ihr Gefühlsleben nach dem Modell der drahtlosen Netzwerkverbindungen zu führen. Wir wollten den Kontakt, die Vereinigung und die Verschmelzung, aber ohne feste Bindung. Wir erwarteten, dass wir uns problemlos und mit vollem Recht sexuell und sozial mit einem anderen Menschen vereinigen und uns wieder von ihm lösen konnten, mit derselben prompten Leichtigkeit, mit der wir uns ins Internet ein- und wieder auswählen. Diese Freiheit forderten wir, wir erwarteten sie und würden sie auch bekommen. Früher oder später würden wir diesen Kampf schon noch gewinnen, wir Laizisten, Progressisten und Materialisten, wir Atheisten, Hedonisten und Nihilisten. Wir würden ihn gewinnen, aber – wie heißt es am Schluss eines alten Hollywoodfilms so schön? Es gibt Siege, die riechen nach Niederlage. Das hier wäre so einer.

Als ich schon fast zu Hause war, aß ich im Immigrantenviertel in einem kleinen Laden, der von Türken aus Ankara betrieben wurde, noch einen Kebab. In meiner Wohnung angekommen, öffnete ich das Fenster, damit das Wohnzimmer meiner kleinen Mietwohnung nicht so vollgequalmt wurde, dann setzte ich mich vor den Fernseher, wie so oft an meinen ersten Abenden als Junggeselle, und rauchte.

Eine ganze Weile zappte ich von einem Kanal zum nächsten. Irgendwann tauchten drei Männer auf, sie saßen an einem Tisch. Vor ihnen eine Frau. Ein Verhör.

«Signora Bazzi, würden Sie uns zeigen, wie Sie das Kind umgebracht haben?»

«Soll ich aufstehen?»

«Stehen Sie auf.»

Signora Bazzi steht auf – samt ihrer ziemlich unmodernen, voluminösen Dauerwelle, mit ihrem Kaufhaus-Cardigan und ihrem Erstkommunions-Goldkettchen. Sie steht auf, streckt ihre Arme aus, und vor den Augen der Ermittlungsrichter ahmt sie das Massakrieren nach. Mit der rechten Hand hält sie den Kopf des Kindes fest, mit der linken vollführt sie einen kräftigen Säbelhieb von oben nach unten und schneidet dem Kind die Kehle durch. Es ist eine umständliche, grobe, unprofessionelle Bewegung. Die Bewegung eines Geflügelschlachters. Grausames Schlachten auf niedrigstem Niveau.

Aber da ist kein Kind. Signora Bazzi zerquetscht das Nichts zwischen ihren Pranken, den Pranken der Mörderin-von-nebenan. Da ist kein Kind; das Opfer ist in zweifachem Sinne abwesend: Zum einen ahmt Signora Bazzi die Tat nur nach, zum anderen ist Signora Bazzi nicht Signora Bazzi.

Die Frau, die mir an jenem Abend auf dem Fernsehbildschirm vorführte, wie sie das Kind abstach, nachdem sie zuvor fast ihre komplette Familie niedergemetzelt hatte, war nicht Rosa Bazzi, die geständige Täterin des schrecklichen Blutbades von Erba, also des Verbrechens, das das Land seit Monaten in seinem Bann hielt. Die Geschichte von zwei ruhigen Bürgern einer tristen Provinz, die sich urplötzlich in die Henker ihrer lauten Nachbarn unterschiedlicher Nationalitäten verwandelt hatten. Die Schlachterin war nicht Rosa Bazzi, sondern Paola Messina, sie hatte die Rolle in der Doku-Fiction mit dem Titel *Erba – Tage des Hasses* gespielt, die an diesem Abend auf Canale 5 lief.

Während der Werbung steckte ich mir noch eine Zigarette an, ging im Zimmer auf und ab, um mir – wie ein Lebenslänglicher, der Freigang hatte – ein wenig die Beine zu vertreten. Das Fernsehspektakel hatte es geschafft, meine Traurigkeit über mein einsames Dasein auf schmerzlichste Weise noch zu steigern.

Seit ungefähr fünfzehn Jahren hatte die Ideologie des neuen Realismus das Fernsehen in Beschlag genommen und sich von dort aus überallhin ausgebreitet. Allerdings handelte es sich dabei um Irrlichter über aufgedeckten Gräbern; es triumphierte nicht das, was man als real vortäuschte, sondern das, was vorgab, wirklich real zu sein. Und um das zu erreichen, wurde das Tragische durch das Obszöne ersetzt. Eine Hyper-Täuschung, die, um ihre Authentizität unter Beweis zu stellen, immer tiefer in den grausamen Tönen des Lebens versank, in Blut und Sperma, im Verbotenen, im Verderben. Eine schauerliche Darstellung der Welt; und damit wir glaubten, es wäre tatsächlich die Welt, setzte man uns Leichen vor; um uns zu beweisen, dass wir lebendig waren, hielt man uns Totenscheine unter die Nase.

Ich hatte während des grausamen Spektakels an die Frau denken müssen, die ich wenige Stunden zuvor getroffen hatte. Was mag eine Mutter, die sich große Sorgen um die Gesundheit ihrer Tochter macht, angesichts einer solchen Doku-Fiction wohl empfinden? Ich fragte mich also, wie Signora Comi dieses Nichts wohl ausgefüllt hätte, das die falsche Signora Bazzi zwischen ihren Händen zerquetschte, während sie den echten Tötungsakt eines Kindes nachahmte. Womit hätte sie die Leere ausgefüllt? Wer weiß, vielleicht bewirkte diese Billigsendung, die man nur produziert hatte, um auf der Welle des Sensationsjournalismus zu reiten, bei der besorgten Mutter, dass sie auf dem Platz für das Opferlamm den Kopf ihrer geliebten Tochter liegen sah.

Ich war erschüttert, schaltete den Fernseher aus und knallte wütend das Fenster zu. Während die zwei Flügel gegeneinanderstießen, vernahm ich ein knackendes Geräusch. Ich machte einen Satz zurück. Ein dicker Nachtfalter fiel herunter. Obwohl er halb zerquetscht war, zappelte er noch immer wie wild auf dem Boden herum.

Ich hatte nicht den Mumm, ihn mit meinem Pantoffel zu zertreten. Schnell entfernte ich mich von diesen letzten Zuckungen des Lebens, schloss fest die Tür hinter mir und ging schlafen.

****

NIGERIANISCHER NEUGEBORENER NACH BESCHNEIDUNG IN TREVISO GESTORBEN. GEGEN DIE ELTERN WIRD ERMITTELT. HEUTE AUTOPSIE DES JUNGEN.

«Heute wird die Autopsie an dem zwei Monate alten Säugling durchgeführt, der gestern früh in der Morgendämmerung in Treviso im Krankenhaus starb. Dabei soll geklärt werden, ob der Junge an einer inneren Blutung gestorben war oder an einer Infektion.

Eine Frau wurde inzwischen verhaftet; die 34-jährige Nigerianerin, die in ihrem Umfeld bekannt dafür ist, dass sie Beschneidungen durchführt, hat den Jungen vorgestern mit einem Messer operiert. Die Anklage lautet auf Körperverletzung mit Todesfolge und unbefugte Ausübung des Arztberufs. Darüber hinaus sollen die Aussagen der

> Eltern des Jungen beurteilt werden. Das Beschneidungsritual sei nicht aus religiösen Gründen vollzogen worden, erklärten die Eltern, sondern aus einer Tradition heraus: eine Art Vorbereitung auf das Leben.»

Als ich am darauffolgenden Morgen meinen Computer hochfuhr, fand ich diese Meldung von der Nachrichtenagentur ANSA vor; Gramellini hatte sie mir gemailt, um, wie so oft, auf diese Art einen Kommentar bei mir anzufordern. Doch an diesem Morgen hatte ich ihm Dringenderes mitzuteilen. Ich rief ihn in der Redaktion an und erzählte ihm von Signora Comis Besuch.

«Ich rufe dich in genau zehn Minuten zurück», sagte er, nachdem er sich die Geschichte angehört hatte. In seiner Stimme lag diese typische Entschlossenheit, die er hatte, wenn er «einen ganz dicken Fisch an der Angel» wähnte.

Eine halbe Stunde später läutete das Telefon. Bevor ich ihn überhaupt begrüßen konnte, teilte er mir mit, er habe die Freisprechfunktion eingeschaltet. Neben ihm, in der Redaktion in Turin, sitze Giuseppe Vidotto, sein bester Reporter für Verbrechen aller Art. Da Vidotto die wichtigsten Pädophiliefälle der letzten Jahre übernommen hatte, würde er mich über die Lage aufklären.

Ich solle mich nicht wundern, wenn ich nichts mehr von Don Mariano und den Pädophilie-Verdachtsfällen gehört hätte. Trotz der zweiten Anzeige und trotz der Aufmerksamkeit, die *La Stampa* dem «Fall Presti» – so Vidottos Definition – habe zukommen lassen, habe dieser «keine Wellen geschlagen». Vielmehr habe sich herausgestellt, dass Giovanni Lanzi, der ehemalige Seminarist und Erstkläger, mehrmals wegen Persönlichkeitsstörungen in der Psychiatrie gewesen war, was ihn zu einem absolut unglaubwürdigen Zeugen mache. Und auch die beiden anderen Kläger, die ehemaligen Patienten der Gemeinschaft *Nova Spes*, seien wenig überzeugend: Beide hätten den Sprung aus der Drogenszene nie richtig geschafft, stattdessen hätten sich im Laufe der Jahre ihre Vorstrafen angehäuft, unter anderem versuchte Erpressung zuungunsten der Prälaten – Erpressung sei ihnen also nicht neu, falls es sich überhaupt um Erpressung handele.

Vor allem aber habe der Fall Presti deswegen keine «Wellen geschlagen», weil man nicht einmal beweisen konnte, dass dieses geheimnisvolle Sanatorium der Padri Venturini für Priester in Nöten auch tatsächlich existiere. Mit Sicherheit wisse man von ähnlichen Einrichtungen im Trentino, in der Provinz von Pescara und anderswo; dass eine davon allerdings an das Bischöfliche Priesterseminar in Bergamo angegliedert sein solle, sei wohl eher eine Großstadtlegende.

Natürlich seien derartige Anstalten höchst geheim, das liege in der Natur der Sache; zudem hätten kirchliche Institutionen alles getan, um die etwaige Existenz einer solchen Einrichtung in Bergamo zu verheimlichen. Doch selbst unter Berücksichtigung all dieser Faktoren müsse man feststellen, dass die hetzerischen Stimmen aus den Zeitungsartikeln von keiner Seite bestätigt worden seien. Man habe auch nicht herausfinden können, in welchem Flügel des Gebäudes eine derartige Einrichtung untergebracht sein könnte. Kurzum, entweder handle es sich um ein Gespenst oder schlicht und ergreifend um eine Falschmeldung.

Inzwischen sei Don Mariano in die schützenden vatikanischen Gemäuer nach Rom versetzt worden. Sollte sich am Stand der Dinge nichts Grundlegendes ändern, so sei es höchst unwahrscheinlich, dass es zum Prozess komme, und keine Zeitung würde es wagen, die Anklagen noch einmal zu thematisieren. *L'Eco di Bergamo* etwa habe bis dato die Angelegenheit in keiner Weise erwähnt, und auch die restliche, kirchenunabhängige Lokalpresse habe nach der «fast orgastischen Aufregung» der ersten Tage schließlich «die Finger von der Sache gelassen».

Während ich mir Vidottos Bericht anhörte, überkam mich ein Gefühl ungeheurer Erleichterung. Ich war erleichtert darüber, dass Don Mariano vermutlich unschuldig war, und noch mehr erleichtert war ich darüber, dass ich mich nicht mehr mit dem Fall beschäftigen musste. Aber Vidotto war noch nicht fertig. Er hatte noch mehr auf Lager.

Dadurch dass die Medien infolge der Vorwürfe gegen Don Mariano ihre ganze Aufmerksamkeit auf Bergamo und Umgebung gerichtet hätten, sei «etwas Sensationelles» zutage getreten: Es habe sich nämlich herausgestellt, dass man zu Beginn des laufenden Schuljahres Niva Beghetto und Maria Pellegrini an die Rodari-Schule versetzt habe, zwei Erzieherinnen, die in den «Fall Brescia» verwickelt seien.

Da ich keine Ahnung hatte, was Vidotto mit dem «Fall Brescia» meinte – in meinen Ohren klang er nach einem Verweis auf die Bombe von der Piazza della Loggia –, erklärte er mir die Sache.

Es begann im Winter 2005 mit einem kleinen Mädchen aus dem Abba-Kindergarten, das in ziemlich schlechter Verfassung war. Angesichts eines fehlenden Mantels des

Schweigens sprach sich die Nachricht von einem mutmaßlichen Kindesmissbrauch unter den Kindergärtnerinnen und Eltern schnell herum. Im Nu ging man von einem dichten Netz der Komplizenschaft aus. Das Ergebnis war eine Flut von Anzeigen, außerdem eine Unmenge von Ermittlungen, Dutzende Verdächtige und eine Festnahme.

Die Kindergärtnerinnen teilten sich in zwei Lager. Das erste ließ das Gebot der höchsten Vorsicht walten, vertraute auf die Unschuld der Kolleginnen und überließ die Ermittlungen den zuständigen Behörden. Das zweite wollte den Prozess beschleunigen und nahm mit improvisierten Methoden aktiv an den Untersuchungen teil. Einige Erzieherinnen des ersten Lagers empfanden die Situation als unerträglich und baten am Ende des Jahres um Versetzung in eine andere Einrichtung. Im Sommer 2006 wurde den Anträgen stattgegeben, und sie wurden einer anderen Vorschule zugewiesen. Fünf von ihnen kamen zum Istituto Sorelli, wo sie im September zu Beginn des neuen Schuljahrs ihren Dienst antraten.

Und dann geschah das Unfassbare. Sechs Monate nur, und den Eltern kam der Verdacht, ihre Kinder könnten von den Erzieherinnen des Istituto Sorelli missbraucht worden sein. Auch in diesem Fall hagelte es augenblicklich Anzeigen: dreißig innerhalb weniger Wochen, bei einer Gesamtzahl von achtzig Zöglingen des Kindergartens.

In beiden Fällen führten die Untersuchungen zu einem Prozess mit unzähligen Angeklagten, die sich anfangs in zwei Teile gliederten, dann in drei und schließlich wieder zu zwei zusammengefasst wurden. Der erste Prozess, der den Sorelli-Kindergarten betraf, wurde im Dezember 2006 vor dem Schwurgericht in Brescia eröffnet und endete am 6. April 2007 mit dem Freispruch aller Angeklagten wegen erwiesener Unschuld, «weil der Tatbestand nicht erfüllt» war. Der zweite Prozess, der den Abba-Kindergarten – den ersten Ansteckungsherd – betraf, lief dagegen noch. Der Urteilsspruch wurde für das darauffolgende Frühjahr erwartet.

Niva Beghetto und Maria Pellegrini waren in beide Prozesse verwickelt. In den ersten, den der Scuola Abba, als Zeuginnen; in den zweiten, den des Istituto Sorelli, als Angeklagte. Nachdem man sie freigesprochen hatte, stellten sie einen zweiten Antrag auf Versetzung. Dem wurde auch wieder stattgegeben. Nun endete ihre Odyssee in Bergamo. Nach einer so langen Reise waren die beiden, Gerüchten zufolge, auch Bettgefährtinnen geworden. Anderen Stimmen zufolge waren sie das schon vorher gewesen. Und dem Flyer zufolge, den ich in meinen Händen hielt, hatte die Geschichte, die vorbei zu sein schien, einen neuen Anfang genommen.

«Das kannst du nicht machen, *nicht* zu der Versammlung gehen! Kein Schriftsteller würde sich so eine Geschichte durch die Lappen gehen lassen.» Die Stimme des Chefredakteurs übertönte gebieterisch die immer gedämpftere des Reporters.

Die Versammlung sollte am selben Abend in der Rodari-Schule stattfinden, was die Direktorin bereits genehmigt hatte.

Ich ging hin. Zwar widerwillig, aber ich ging hin. Was mich antrieb, war vermutlich der infame Wunsch, hinterher kein schlechtes Gewissen haben zu müssen; vielleicht aber auch der etwas weniger infame Wunsch, einen realen Grund für die unerklärlichen Gewissensbisse zu finden, die uns in Vollmondnächten das Herz schwermachten.

Was sich am Abend des 20. November 2007 in der Rodari-Schule zutrug, war eine Art Informationsveranstaltung in Anwesenheit der Direktorin Frau Marangoni. Ihr, einem Grüppchen Eltern und einer Handvoll Erzieherinnen beschrieb Dottoressa Marilena Sommadossi, eine Psychologin von der Ortskrankenkasse aus Seriate, «das Übel der Pädophilie» in all seinen Aspekten; Ziel war es, die Zuhörer mit geeigneten Werkzeugen auszurüsten, um es zu bekämpfen.

Erstaunlicherweise hatte die Direktorin dem Publikum nicht die große Aula oder den Sitzungssaal zur Verfügung gestellt, sondern ein normales Klassenzimmer. So sahen sich die Eltern gezwungen, hinter den Bänken Platz zu nehmen, die eigentlich für die kleinen Körper ihrer Kinder gedacht waren. Ein Blick genügte, und man erkannte an ihrer hellen Haut, dass viele von ihnen aus dem Kaukasus stammten. Von den Vätern und Müttern aus dem Immigrantenviertel war an diesem Abend keine Spur zu sehen.

Ich kann bezeugen, dass Dottoressa Sommadossi fast eine Stunde am Stück sprach. Es war eine tadellose, schlüssige Rede. Je weiter sie gedieh, desto mehr wuchs unter den Zuhörern das unverkennbare Gefühl von Angst. Aber auch Ärger und Missmut machten sich breit, die nicht nur vom geschilderten Grauen ausgelöst wurden. Einige Lehrerinnen und Kindergärtnerinnen verließen noch vor Ende des Vortrags den Raum und protestierten damit gegen die «Panikmache», wie sie es nannten. Die Schulleiterin dagegen blieb bis zum Ende der Veranstaltung, merkte allerdings an, sie teile «die Befürchtungen ihrer Kolleginnen durchaus».

Die Dottoressa sprach vom Pult aus, hinter dem normalerweise die Lehrkräfte stehen. Links von ihr saß Marisa Comi, die sich während der gesamten Veranstaltung auf ihre Unterlippe biss, rechts von ihr eine füllige Frau um die fünfzig, die ich noch nie gesehen hatte; wie sich später herausstellte, handelte es sich um Sandra Modotti, eine der Anführerinnen von *Rinascita in Cristo*, einer katholischen Bewegung, die in der Gegend von Bergamo tief verwurzelt ist. Die Frau saß, in ihr schwarzes Kleid gehüllt, bis zum Ende des Vortrags schweigend, starr und ohne eine Miene zu verziehen, da.

Marilena Sommadossi hatte ihre Rede damit begonnen, Pädophilie als «die Epidemie des dritten Jahrtausends» zu bezeichnen. Die ihr vorliegenden wissenschaftlichen Daten zeugten von einer wahrhaftigen Explosion des Phänomens. Einer Studie vom 8. Juni 2007 zufolge gebe es allein in Italien jedes Jahr 41 000 neue Fälle von Gewalt gegen Minderjährige. Dementsprechend wäre jedes sechste italienische Kind einmal Opfer sexuellen Missbrauchs geworden. Natürlich – das betonte die Dottoressa ganz besonders – kämen auf jeden ermittelten Kindesmissbrauch mindestens hundert, die nie zur Anzeige gebracht worden seien, vor allem deshalb nicht, weil sie innerhalb der eigenen vier Wände durch Eltern oder Verwandte der Opfer verübt würden. Auf die «häusliche» Pädophilie folgte sodann die «touristische». Schätzungen zufolge begebe sich jedes Jahr ein «ganzes Heer von achtzig- bis hunderttausend Italienern» in weitentfernte Länder auf die Suche nach Sex mit Minderjährigen. Nicht zu vergessen die Nutzung des Internets, des formidablen Mittels der Kinderpornographie, das am Beginn eines «wirklichen und wahrhaftigen Booms» stünde …

Hier endeten die Notizen, die ich an jenem Abend machte. Ich weiß noch genau, wie ich angesichts dieser Zahlenflut an Stalins Worte dachte: «Der Tod eines Mannes ist eine Tragödie, aber der Tod von Millionen nur eine Statistik.» Die Gesichter der Eltern schienen Stalin recht zu geben: So mancher Familienvater – nach einem harten Arbeitstag sicher völlig gerädert – war sogar eingedöst.

Die Situation änderte sich jedoch schlagartig, als die Dottoressa die Symptome nach sexuellem Missbrauch darlegte.

«Der erlittene Missbrauch», begann sie, «zeigt sich fast immer in maskierter Form. Pädophilie ist ein Monster mit vielen versteckten Gesichtern.»

Dann zählte sie die verschiedenen Symptome bei Kindern auf, hinter denen sich erlittene Gewalt verbergen kann: Verweigerung der Außenwelt, Verweigerung zu sprechen, zu spielen, Verweigerung emotionaler Zuwendung oder aber Tendenz zum Lügen, später zu Promiskuität, zu Vulgaritäten mit sexuellem Hintergrund, zu Wutausbrüchen, zu Ausschweifungen aller Art.

Je weiter die Psychologin ihre Liste mit den Symptomen ausführte, desto mehr Unruhe breitete sich unter den Eltern aus. Nach und nach berieten sich Väter und Mütter gegenseitig, wandten sich an ihre Sitznachbarn, um eine Bestätigung oder das genaue Gegenteil zu hören. Sie rutschten nervös auf ihren Stühlen herum, schnaubten und bebten innerlich und hoben die Hand, um Fragen zu stellen. Jetzt erwiesen sich die Stühle ihrer Söhnchen und Töchterchen tatsächlich als zu klein, um die wachsende Unruhe ihrer Eltern zu fassen.

Indessen fuhr Signora Sommadossi mit ihrer Liste möglicher Symptome fort: autoaggressives Verhalten (Ritzwunden, Verbrennungen, sonstige Verletzungen), Fluchttendenz, Entfremdung gegenüber den eigenen Gefühlen als Schutz vor dem Schmerz, Appetitlosigkeit oder das Gegenteil (Esssucht); Masturbation, sexuelle Experimente aller Art; psychosomatische Symptome wie Bauchschmerzen, Migräne, Übelkeit; Schlafstörungen mit Albträumen, nächtliche Angstzustände, Bettnässen; unbegründete Ängste wie Angst vor der Dunkelheit, Angst vor Fremden, Angst vor der Zukunft, vor Erwachsenen, vor der Welt …

Jetzt verließen auch die restlichen Lehrerinnen, die zuvor geblieben waren, den Raum als Zeichen des Protests. Der Grund lag auf der Hand: Diesen Diagnosekriterien zufolge könnte man jedem beliebigen Kind sexuellen Missbrauch attestieren. Und etlichen Erwachsenen auch.

Eigentlich hätte ich mich liebend gern den Lehrerinnen angeschlossen. Das Klassenzimmer hatte sich im Nu in einen Brutkasten verwandelt. Allerdings war da keine Frühgeburt, die man unter allen Umständen am Leben erhalten wollte, sondern es zirkulierten archaische Ängste, alte Dämonen aus der Unterwelt. Ich spürte den abscheulichen Geschmack fanatischen Übereifers in meinem Mund, das Gefühl von Ekel.

In der Zwischenzeit nutzten viele Eltern das allgemeine Chaos und scharten sich um das Pult, um von Dottoressa

Sommadossi weitere Erklärungen zu erhalten. Sie belagerten die Psychologin von allen Seiten. Das Theater der Massenhysterie schätzt für gewöhnlich die Trennung zwischen Bühne und Parkett nicht. Bis die beleibte Frau schließlich alle wieder auf ihre Plätze wies.

Ich beschloss zu bleiben. Im Nachhinein habe ich mich oft gefragt, warum ich diese Entscheidung getroffen hatte, die, wie ich damals schon dunkel ahnte, durchaus mein Leben hätte verändern können. Und sicher nicht zum Positiven.

Lange Zeit lautete meine Antwort, die Pflicht des Reporters müsse über dem instinktiven Ekel stehen, den ich, wenn ich mich recht erinnere, sehr wohl empfand. Doch die Wahrheit ist wahrscheinlich die, dass es größere Leidenschaften und kleinere Leidenschaften gibt. Und Angst zählt zweifellos zur ersten Kategorie.

Nun war Marisa Comi an der Reihe; die Angst stand ihr regelrecht ins Gesicht geschrieben.

«Ich möchte im Moment eigentlich gar nicht groß etwas sagen, ich möchte Ihnen nur etwas zeigen», verkündete die Mutter des Mädchens, das vermutlich missbraucht worden war, und rang dabei die Hände.

Das Licht ging aus, und ein Assistent startete den Videoprojektor. Auf der Leinwand erschien eine von Lichtschimmer eingefasste Finsternis.

Die Handkamera fährt langsam einen dunklen Gang entlang, nur der schwache Schein einer Taschenlampe weist ihr den Weg. Sie wird von einer Person gehalten, die hinter dem Amateurfilmer geht. Das Bild ist verfremdet durch das mysteriöse Grün des Nachtsichtgeräts.

Der Gang endet vor einer angelehnten Tür. Die Tür öffnet sich, eine unberingte Hand hat sie vorsichtig aufgestoßen. In der hinteren Ecke des Zimmers schläft, in das gedämpfte grüngoldene Licht einer Nachttischlampe gehüllt, ein blondes Mädchen seinen tiefen Schlaf. Ein Engel, denkt man spontan.

Die Videokamera wagt es nicht, die heilige Grenze der süßen Träume zu überschreiten. Dennoch betritt sie die Schwelle, auf Zehenspitzen. Überaus diskret – das künstliche Licht der Taschenlampe kann den perfekten Schlaf der Kindheit in keiner Weise stören – legt sich das Auge der Kamera auf die Lauer und wartet. Wartet. Wartet.

Mehrere Sekunden verstreichen. Unendlich lange Sekunden. Ein idyllisches Bild, die Türschwelle führt in den Garten Eden, und es besteht kein Zweifel, dass noch etwas passieren wird. Jedes einzelne Pixel sagt voraus, was passieren wird: das Schlimmste. Das hier ist der Garten! Der Auftrag des Nachtsichtgeräts spricht deutliche Worte.

Plötzlich, ohne jede Vorankündigung, ohne ein Geräusch, ohne Seufzen oder Röcheln verzerrt sich der Mund des Mädchens fast krampfartig. Einen Augenblick noch verharrt er schweigend, weit aufgerissen, aber schweigend. Dann ertönt der Ton einer Schiffssirene. Einmal, zweimal, dreimal. Die Lider sind noch immer über die Augen gesenkt.

Der fürchterliche Schrei hat das Mädchen nicht geweckt. Schrei und Schreiende sind ein und dasselbe, nicht voneinander zu unterscheiden. Sie hören sich nicht, sie kennen einander nicht. Keiner stört den Schlaf des anderen. Sie entstammen demselben Albtraum, dorthin werden sie auch zurückkehren.

Schnitt. Das im Schlaf schreiende Mädchen löst sich im

Schwarz auf. Bildrauschen. Elektrostatische Aufladungen zischen auf der Leinwand. Erneut scharf.

Ein anderes Bett. Sehr groß. Ein Doppelbett. Ein Ehebett. Darüber ist eine Steppdecke mit einem riesigen Blumenmuster gebreitet. Ein tropischer Dschungel aus Mangroven aus dem Sommerschlussverkauf. Dann wieder das Mädchen von vorhin. Sie ist jetzt wach. Bis auf ihr Höschen ist sie nackt. Sie schaut in die Kamera. Sie wirkt ängstlich, scheint auf der Hut zu sein. Sie ist erschreckend und erschrocken. Ihr Blick verrät, dass sie nicht allein sein wird. Ihre Mutter hat ihre nächtlichen Albträume betreten. Schreiende und Schrei sind jetzt voneinander getrennt.

«Sag der Mama, welche Spiele sie dir im Kindergarten beibringen.»

Das Mädchen schweigt, dreht sich weg, dreht ihr den Rücken zu. Die Mutter setzt sie wieder aufrecht hin. Sie gibt ihr ein Handtuch.

«Zeig der Tante doch mal die Spiele, die sie dir beibringen. Und dann schauen wir sie uns auf dem Fernseher an.»

Das Mädchen nimmt das Handtuch, sagt aber nichts, rührt sich nicht.

«Margherita, bitte, zeig es doch der Mama und der Tante, zeig, was du gelernt hast.» Die Mutter insistiert, sie kommt ins Bild.

Das Mädchen verschwindet aus dem Bild. Das Bett ist leer. Nur die Mangroven wuchern überall.

«Sie muss schon vor die Kamera, sonst sieht man ja nichts!» Eine dritte Stimme hat gesprochen, eine unsichtbare Kehle, die der «Tante». Das Mädchen erscheint wieder.

«Sag schon, was für ein Spiel ihr im Kindergarten spielt, zeig es uns, dann schauen wir es uns zusammen an. Wie heißt denn das Spiel?» Die Mutter wird langsam ungeduldig, sie ist verzweifelt, ihre Stimme überschlägt sich.

«Hab's ver-ge-e-e-essen.» Das Mädchen hat endlich geantwortet. Einen Singsang.

«Wie, du hast es vergessen?»

«Hab's ver-ge-e-e-essen. Hab's ver-ge-e-e-essen.»

«Haben sie dir das Lied im Kindergarten beigebracht?»

«Ja, im Kindergarten … das Lied …»

«Wer hat dir das Lied beigebracht, wer hat es dir beigebracht?»

«Die Kindergärtnerin.»

«Welche Kindergärtnerin? Welche Kindergärtnerin?»

«Chevaliers de la Ta-ble Ro-nde, dites-moi si le vin est bon … s'il est bon s'il est a-gré-able, j'en boirai jusque à mon plaisir …» Das Mädchen singt. Es singt seinen Singsang. Es scheint ihm wieder gutzugehen.

Dafür wendet sich die Mutter völlig außer sich der Kamera zu. «Mein Gott, was singt sie denn da? Was ist das für eine Sprache?»

«Französisch. Es ist Französisch», sagt die Tante.

«Wer bringt dir denn solche Sachen bei, mein Schatz? Sag's der Mama, sonst muss sie noch weinen.»

«Die Kindergärtnerin. Die Kindergärtnerin bringt uns solche Sachen bei.»

«Welche Kindergärtnerin?»

«Die schwarze Kindergärtnerin.»

«Und macht sie auch schlimme Sachen mit dir, die schwarze Kindergärtnerin? Macht sie schlimme Sachen mit dir?»

«Ja, sie ist böse, die schwarze Kindergärtnerin.»

«Wo macht sie diese Sachen? An der Mimi oder am Po?»

«An der Mimi.»

«Hast du deswegen dort geblutet?»

«Ja, ich hab geblutet.»

«Und wer steckt dir den Puller rein?»

«Die schwarze Kindergärtnerin.»

«Aber die schwarze Kindergärtnerin hat keinen Puller!»

Das Mädchen wartet kurz. Sie schaut zur Mutter, schaut in die Kamera. Sie schlüpft aus dem Bild. Die Mutter schnappt sie sich und setzt sie wieder vors Objektiv.

Das Mädchen sagt: «Der schwarze Mann.»

«Was haben die schwarze Kindergärtnerin und der schwarze Mann mit dir gemacht?»

«Einen Zaubertrick», sagt das Mädchen.

«Führ uns doch mal diesen Zaubertrick vor, führ ihn uns vor.» Und wieder das Handtuch.

«Aber der Trick ist geheim!», weicht das Mädchen aus.

«Führ ihn uns vor, dann lassen wir dich in Ruhe.»

Das Mädchen nimmt das Handtuch und stopft es in sein Höschen. Sie beginnt es auf und ab zu reiben. Auf und ab. Auf und ab. Sie ahmt etwas nach. Sie ahmt den Geschlechtsakt nach. Vielleicht.

Es gibt nur sie, nichts und niemand ist bei ihr, auch die Mutter ist aus dem Bild verschwunden. Nur ein kleines blondes Mädchen auf einem Bett mit einer Blumensteppdecke. Aber sie führt den Zaubertrick vor. Sie reibt das Handtuch zwischen ihren Schenkeln. Sie ahmt etwas nach. Zweifelsohne ahmt sie etwas nach. Und wenn sie etwas nachahmt, dann den Geschlechtsakt. Die ganze Welt verschwindet in diesem Zaubertrick.

Als das Licht im Raum des Rodari-Kindergartens wieder anging, schien es auf eine kleine, sehr aufgebrachte Menge. Ein paar Eltern weinten, andere schimpften, auf wen oder was, war nicht ganz klar.

«Keine Panik, keine Panik, keine Panik», kreischte die Direktorin. Die Worte schienen die magische Kraft, die im Film zu spüren war, zu besitzen. Je öfter die Direktorin das Wort «Panik» wiederholte, desto leibhaftiger wurde das Beschworene. In diesem Raum war das schiere Benennen mittlerweile schon ein Heraufbeschwören.

Eine herrische Stimme übertönte alle anderen. Jetzt wurde es still. Es war die Stimme von Sandra Modotti, der «Tante».

«Letzte Woche kam die kleine Tochter der hier anwesenden Marisa Comi mit Verletzungen im Genitalbereich aus dem Kindergarten nach Hause. Auf Anraten von Dottoressa Sommadossi haben wir sie lange aufmerksam beobachtet. Leider haben wir guten Grund anzunehmen, dass diese arme, unschuldige Seele von einer ihrer Erzieherinnen sexuell missbraucht worden ist. Obendrein hat ebenjene Seele Gottes dies bereits indirekt bestätigt, nämlich in dem Film, den Sie eben gesehen haben, aber auch in anderen, noch viel unmissverständlicheren und abscheulicheren Aufnahmen, die wir Ihnen aber nicht zeigen möchten. Diese wurden im Übrigen bereits an die Behörden weitergegeben. Aus diesem Grund haben wir heute Vormittag Anzeige erstattet gegen Mati Wangari, die Erzieherin aus Nigeria, die als Verantwortliche für die Integration von Immigrantenkindern im Dienste dieser Schule steht. Wir haben allen Grund zu der Befürchtung, dass sie nicht allein agierte, und vor allem, dass Margherita, Signora Comis armes Töchterchen, nicht das einzige Opfer ist. Daher möchten wir Sie aufrufen, alle auffälligen Verhaltensweisen Ihrer Kinder genau zu beobachten, auch die scheinbar bedeutungslosen. Beobachten Sie Ihre Kinder ganz genau, aus Liebe zu Gott …»

Chaos brach aus. Ich verließ den Raum. Ich hatte genug gehört und gesehen.

«Professore, bitte warten Sie!»

Marisa Comi folgte mir auf den Flur. Das heißt, sie folgte mir nicht, sie flüchtete. Immer wieder sah sie sich um, ihr Kopf war mit einer Stola bedeckt. Ich erinnere mich, dass sie aussah, als wolle sie sich vor dem Tumult retten, den sie ausgelöst hatte. Der Lärm aus dem Klassenzimmer war auch noch aus einiger Entfernung zu hören.

Signora Comi dankte mir für mein Kommen, sie entschuldigte sich dafür, dass sie mich einer solchen Tortur ausgesetzt habe, und bevor ich auch nur ein Wort entgegnen konnte, bat sie mich, sie nach Hause zu begleiten. Vor mir stand eine gebrochene Frau. Ich tat ihr den Gefallen.

Es war nicht weit. Wir gingen zu Fuß. Signora Comi wohnte in der Via Sant'Alessandro, der Straße, die zur Porta San Giacomo hin anstieg. Eine Viertelstunde vom Kindergarten ihrer Tochter und weniger als zehn Minuten von meiner neuen Bleibe entfernt.

Den ganzen Weg über sprachen wir nicht. Das Schweigen wurde nur durch eine Frage von mir unterbrochen. Peinlich berührt, fast rot im Gesicht, erkundigte ich mich nach ihrem Mann.

«Es gibt keinen Mann mehr», gab sie trocken zurück.

«Margheritas Vater ist ein lasterhafter Mann.» Und als sie mein bestürztes Gesicht sah, fügte sie schnell hinzu: «Verstehen Sie mich nicht falsch, er hat nichts mit den Leiden der Kleinen zu tun. Das ist ja genau das Problem – Kinder interessieren ihn nicht, nicht mal seine eigene Tochter. Sie interessieren ihn erst, wenn sie groß sind.»

Ich kann wirklich sagen, dass diese fünfzehn Minuten zu den unangenehmsten Minuten meines Lebens gehören. Ich vermied es tunlichst, Marisa Comis Blick zu kreuzen. Was ich aber dennoch – unfreiwillig – aus den Augenwinkeln heraus erblickte, war nicht mehr das Gesicht einer hübschen Frau um die vierzig, sondern die Fratze einer närrischen Alten.

Und doch war da etwas an ihr, das mich unwiderstehlich anzog. Im Übrigen war ich mir sehr wohl darüber im Klaren, dass ich eben einem eindeutigen Fall von Massenhysterie beigewohnt hatte. Dennoch arbeiteten die Bilder, die diese Frau vorgeführt hatte, mit der ewigen Wahrheit einer Wunde in mir weiter. Nicht der Dialog in dem Video, der bewies gar nichts. Auch nicht die Nachahmung des Geschlechtsakts. Aber der Schrei im Schlaf der kleinen Margherita, der schon! Wenn der nicht wahr gewesen war, gab es überhaupt keine Wahrheit auf dieser Welt. So schreit keiner, der nicht wirklich verletzt wurde.

Ich erinnere mich noch genau, dass ich einen etwas bizarren Wunsch hatte, als wir dann vor ihrer Tür standen: Ich wünschte, Marisa Comi würde mich nach oben bitten. Aber nicht sie war es, die ich begehrte. Ich hoffte nicht darauf, dass ich mir durch diese Eingangstür Zugang zu ihrem Bett verschaffen könnte. Ich verspürte keine Gelüste auf ihren erwachsenen Frauenkörper. Es war die Sirene ihrer Tochter Margherita, die mich rief, es war der entsetzliche Schrei mitten in der Nacht aus der Kehle dieses kleinen Mädchens. Ich wünschte, ich könnte seine Geisterwelt betreten. Ich wollte zu den unvergleichlichen Schrecken der Kindheit. Ich wollte in den Film eintauchen.

Zum Glück bat mich Marisa Comi an diesem Abend nicht in ihre Wohnung. Leider würde sie dies später aber noch tun.

Der Junge ist oft krank. Er ist gesund wie ein Fisch im Wasser, sagen die Ärzte der Mutter, und doch ist er oft krank. Vielleicht sogar mehr als krank.

Wenn man es recht bedenkt, reicht bei dem Jungen, obwohl er kerngesund und stark ist, oft schon eine Kleinigkeit und er wird wieder krank. Einmal konnte der Junge nach einer seiner Schrei- und Tobsuchtsnächte am nächsten Morgen nicht mehr gehen. Er hob sein rechtes Bein, neigte sich leicht nach links, um das Gleichgewicht zu halten, vermied es aber tunlichst, den ganzen Fuß aufzusetzen.

Die Mutter dachte, er hätte sich den Knöchel verstaucht. «Hast du dir wehgetan?», fragte sie ihn. «Nein, Mama.» «Sei ehrlich, hast du mit deinem Bruder gestritten?» – «Nein, Mama, ehrlich, und wenn, dann kann ich mich nicht erinnern.» – «Schwör's!» – «Ich schwör's.»

Und tatsächlich war der Knöchel weder geschwollen, noch gab es einen blauen Fleck oder Spuren von Blut auf dem rechten Fuß des Jungen. Er aber humpelte fröhlich weiter, eine ganze Woche lang. Also ging die Mutter mit ihm zum Arzt.

«Signora, es handelt sich, in der Tat, um eine Bewegung, die den Schmerz vermeiden soll», sagte der Arzt zur

Mutter. «Eine Fehlhaltung, die es erlaubt, die Schmerzen im Falle eines Traumas zu mindern. Ein Trauma kann ich hier allerdings nicht erkennen.»

Der Arzt sprach ganz offen, fest davon überzeugt, dass der Junge nichts verstand. Er verstand ja auch nichts, aber er hatte dieses eine Wort aufgeschnappt: Trauma. Er begann damit zu spielen, wie mit einem Jo-Jo. Er spulte es ab und wickelte es wieder auf, er ließ es nach unten sausen und holte es wieder zurück, vor allem aber griff er danach, sobald er es – immer öfter – aus dem Mund der Mutter hörte, während sie mit dem Vater oder mit Tante Maria sprach. Also krallte es sich der Junge und hielt es fest in seiner Faust versteckt.

Seltsamerweise humpelte der Junge auch weiterhin, über Wochen. Dann, eines Tages, begriff die Mutter endlich: Der streunende Kater, der ab und zu bei ihnen im Garten war und um Futter bettelte, hatte ein Bein im rotierenden Messer eines Rasenmähers verloren. Und dieser Kartäuserkater mit seinem blaugrauen Fell war der Freund des Jungen. Er war sein Nachbar, wie die Kinder von nebenan, nicht mehr und nicht weniger, und jetzt humpelte der Junge für ihn.

Ein anderes Mal war unter dem Vulkan in der großen Stadt, in der der Junge geboren war, die Cholera ausgebrochen. Der Morbus gärte in den Meeresfrüchten, die im Schwemmland gezüchtet wurden, wo die große Stadt ihre Gifte entsorgte, die Leute standen Schlange für Massenschutzimpfungen, die Krankenpfleger brüllten in ihre Megaphone, die Kloaken spülten die Abwässer ins Freie, der Friedhofswärter vertuschte die Zahl der Toten, indem er sie nachts heimlich vergrub, die Gedärme der Kinder schleuderten Erbrochenes und Dünnschiss heraus, literweise und mit aller Wucht luden sie alle erdenklichen Körpersäfte ihrer infizierten Leiber ab. Alles war schmutzig, der Dreck war wirklich überall, der Cholerabazillus brachte die Dritte Welt in unsere Welt.

Damals hatte der Junge wochenlang keinen Stuhlgang mehr. Man musste ihm eine Spritze in den Po einführen und die Verstopfung mit einer Flut aus Wasser und einer Öl-Glycerin-Mischung lösen. Aber das machte dem Jungen nichts aus. Während sie ihn mit dieser lauwarmen Flüssigkeit durchspülten, fühlte er sich wie ein erstarrter Gegenstand, eine Puppe aus Plastik, die die Mutter und der Vater in ihren Händen hielten. Und doch nahm der Plastikpuppen-Junge in diesem Moment zum ersten Mal in seinem Leben seine Eingeweide bewusst wahr. Er, der Junge, war zu einem Objekt geworden, doch seine Sinne befanden sich in Aufruhr. Von nun an würde er immer der Stimme seines Darms lauschen.

Die schmerzlindernde Haltung, diese leichte Krümmung, die den Schmerz nicht tilgt, sondern ihm ausweicht, wurde nach und nach seine natürliche Haltung gegenüber dem Universum.

Die Mutter macht sich immer mehr Sorgen. Sie schaut ihren Sohn an und denkt: Er entgleitet uns, wir sind dabei, ihn zu verlieren.

Auch in den Nächten, in denen der Junge schläft, bekommt er nur schwer Luft, schnarcht, ist unruhig, es kommt zum Atemstillstand, es verschlägt ihm den Atem, ihm geht der Atem aus, er schreit mit erloschener Stimme, ein erstickter Schrei entweicht seiner Nase.

Jetzt werden die Ärzte nacheinander abgeklappert. Einer sagt: «Verdacht auf Epilepsie», ein anderer: «Der Junge scheint traumatisiert zu sein»; ein dritter rät, die Mandeln zu entfernen, das würde zumindest die Neigung zu Mittelohrentzündungen reduzieren, die Tuben wären frei, die Schlafstörungen gemildert.

Jetzt ist der Junge wirklich krank. Er schläft in einem kleinen Krankenhausbett, zusammen mit seinem Bruder. Auch das macht ihm nichts aus, denn in dem Zimmer – das, wie sein Vater sagt, «Krankensaal» heißt – ist viel Licht. Viel gelbes Licht. Und es geht nie aus.

Am nächsten Tag führt ihm ein Arzt im grünen Kittel ein großes hakenförmiges Ding in die Nase ein. In den Mund oder in die Nase? Der Junge ist sich nicht sicher; er ist benommen, halb schlafend, halb wach, wie in den Schrei- und Tobsuchtsnächten. Er, der Junge, ist sich nicht sicher, von wo der Haken eingeführt wird, aber er sieht ihn näher kommen. Noch ein Meter, ein halber Meter, zehn Zentimeter. Dann erinnert er sich an nichts mehr.

Als sie ihn entlassen, nimmt der Junge das Krankenhaus mit nach Hause. Er ist jetzt fest davon überzeugt, dass er schwerkrank ist. Die Mutter, der Vater, Tante Maria verheimlichen es vor ihm, weil sie nett sind und ihn liebhaben. Er aber beobachtet sie den ganzen Tag aufmerksam, und manchmal sieht er, dass sie einen Schluchzer unterdrücken, dass ihnen die Augen feucht werden. Sie lügen, weil sie es gut mit ihm meinen, aber dem Jungen entgeht nichts.

Alle machen ihm etwas vor, die Lehrerinnen, seine Freunde, die vom Basketball. Wenn er eine gute Note bekommt, wenn er ein ganzes Spiel durchhält, wenn einer zu ihm sagt: «Du bist mein bester Freund», dann machen sie das nur, weil sie wissen, dass er bald sterben wird. Warum denn sonst? Ist es nicht etwa so, dass sein Kinderleben nur ein einziges großes Schauspiel ist, um den Tod vor ihm zu verheimlichen? Sogar sein Bruder, der nur ein Jahr älter ist, verheimlicht ihn vor ihm. Aber mittlerweile weiß er sehr wohl, dass seine Tage gezählt sind. Er hat sie ja gesehen, die ganzen Kranken, in den Krankenhäusern. Es gibt sie nämlich schon, das kann keiner abstreiten. Und wie es sie gibt!

Eines Nachts verschwindet der Junge. Der Vater wacht auf, und das Bett des Jungen ist leer. Die Tür zum Garten mit dem Granatapfelbaum steht offen. Es ist eine Mondnacht, Neumond in der Mittsommernacht, das Gras ist frisch gemäht.

Der Vater geht zum Tennisplatz. Aber der ist leer. Er geht ins Dorf, zur Piazza del Vescovado. Aber die leuchtet nur einsam und verlassen im Licht der Laternen und der Sterne, in der höchsten Stille der vorletzten Stunde.

Als der Vater wieder zu Hause ist, stellt er fest, dass auch der Junge wieder zurück ist. Er ist verwirrt, wie immer, halb wach, halb schlafend. Aber er weint nicht, er schreit nicht, er murmelt auch nichts vor sich hin.

Als die Mutter ihn die Steintreppe hochsteigen sah, auf die der Granatapfelbaum seinen Schatten warf, wäre sie fast in Ohnmacht gefallen: Ihr Sohn hielt einen Dobermannwelpen mit kupierten Ohren im Arm.

Man wird nie erfahren, wo er ihn herhat. Oder – schlimmer noch – wer ihm ihn gegeben hat. Oder ob es einfach nur ein ausgesetzter Hund war.

Dezember

Die Eltern, die am 12. Dezember 2007 ihre Kinder zur Schule brachten, mussten wohl glauben, sie litten unter Halluzinationen. Sie sahen, wie Carabinieri den Tatort mit Absperrband umgrenzten, den Ort, der für sie bis vor kurzem noch der friedlichste Ort auf Erden gewesen war.

Sie sahen sie leibhaftig vor sich stehen, und tatsächlich waren diese Männer in den weißen Anzügen, die das Absperrband um die Schule ihrer Kinder legten, die Männer von der *R.I.S.*, der *Rechtsmedizinischen Investigativen Sonderkommission*, wie die aus der Serie *Die Sprache der Toten*. Sie sahen sie mit ihren eigenen Augen, klar und deutlich, mit den Augen, mit denen sie jeden Abend, bevor sie den Tag beschlossen, einen liebevollen Blick auf ihre tief und fest schlafenden Kleinen warfen und daraus ein Gefühl der Sicherheit für ein gutgelebtes Leben gewannen. Das war auch der Grund, weswegen die Mütter und Väter der Kinder von der Scuola Gianni Rodari nach dem Morgen des 12. Dezember ihren Augen nicht mehr trauen konnten. Von diesem Moment an war für sie alle das Unwirkliche zu etwas Alltäglichem geworden. Für diese Mütter und Väter musste die alte Vertrauenslinie zwischen Auge und Geist ein für alle Mal durchtrennt werden. Für diese Eltern würde die tausendjährige Gleichung zwischen Wissen und Sehen nie wieder gelten. Wenn die Mütter und Väter ihre Kleinen an der Hand nahmen, musste es ihnen so vorkommen, als hätten sie den Fernseher eingeschaltet. Was sie noch nicht wussten, war, dass der Fernseher gerade dabei war, sich über ihnen einzuschalten.

Am Morgen des 12. Dezember fand in der Schule also die erste Inspektion statt. Am Tag darauf wird im *Giornale di Bergamo* der erste längere Artikel über die angenommenen Fälle von Missbrauch im Immigrantenviertel erscheinen, und die Rodari-Schule wird in die «Schule des Grauens» umgetauft. Von diesem 12. Dezember an wird der Himmel über Bergamo nicht mehr der gleiche sein wie der Himmel über den anderen italienischen Städten.

Fortan wird jedes Zeichen als Symptom interpretiert werden, jede Unpässlichkeit als Missbrauch, jede Unsicherheit als böses Omen. Ein Miasma, ein dunstiger Pesthauch wird auf der Stadt lasten. In den Folgemonaten werden sich private Zusammenkünfte mehren, weitere öffentliche Versammlungen werden einberufen werden, Dutzende von Kindern werden zu ärztlichen Untersuchungen geschickt werden, Hunderte von Familien werden sich zu Verbänden zusammenschließen, Tausende von Dateien über Pädophilie und satanische Rituale werden aus dem Netz heruntergeladen werden. Rapide ansteigen wird die Zahl der Kinder, die nachts im Schlaf schreien und tagsüber von ihren Eltern gefilmt werden, während sie bluttrinkende Ungeheuer mit Kapuzen beschreiben oder böse Kindergärtnerinnen, die sie begrapschen und kratzen, und die Zahl der Kinder, die Sexspiele mit Puppen und Plüschtieren nachahmen, wird sich vervielfachen.

Nach diesem 12. Dezember wird über ganz Italien der Winter hereinbrechen, und in Bergamo wird sein frostiger Wind einen schrecklichen Schauder mit sich führen, der einem eiskalt den Rücken hinunterläuft. Ein Würgegriff, dass einem der Atem stockt. Ein Zittern des Verfalls, der das Ende aller Zeiten verkündet. In Bergamo und in der ganzen Welt werden sich Kinder unruhig im Schlaf hin und her werfen, sie werden unvermittelt schreien, krampfartige Bewegungen vollführen. Doch nur in diesem kleinen Geflecht aus Straßen zwischen der Piazza Pontida und dem Bahnhof werden sie – falls man ihnen zur Ablenkung Papier und Stifte in die Hand drückt – zuerst Geschlechtsorgane malen, Körper ohne Gliedmaßen, Menschen ohne Gesichter, dann werden sie sich selbst verletzen, mit den bunten Bleistiftspitzen werden sie sich Arme, Beine und Puller aufritzen.

Nach diesem 12. Dezember wird sich Bergamo in ein Land der Schlangen verwandeln. Die Angst wird eine Schlange sein; die Angst, es zu wissen, und jene, es nicht zu wissen. Jetzt wird keiner mehr dem Biest den Kopf zerquetschen können.

Vielleicht wäre es bis zu jenem Morgen noch möglich gewesen, Klarheit zu schaffen. Aber jede Geschichte hat ihren blinden Punkt; das ist genau der Punkt, an dem sich die Ereignisse, von allen unbemerkt, überstürzen. Handelt es sich um einen auf offenem Feld ausgetragenen Kampf zwischen zwei bewaffneten feindlichen Heeren, die sich direkt einander gegenüber aufgestellt haben, so versteckt sich das *quid obscurum* – so schreibt Victor Hugo in *Die Elenden* – in dem Moment, in dem sich die Geschichte der Heere in der Biographie der Regimenter auflöst.

Aber bei einer sozialen Pestilenz, bei einem Bruderkrieg, der eine Gemeinschaft in Friedenszeiten ausbluten lässt, wo soll man da den blinden Punkt suchen? Wie den Moment finden, in dem sich die Ereignisse zu überschlagen beginnen, in dem kläglichen Bürgerkrieg von Hausfrauen und Steuerberatern gegen furchteinflößende Geister? Wo soll man denn das soziale Äquivalent der unmerklichen Temperaturschwankungen suchen, das psychologische Pendant einer chemischen Reaktion? Was ist das Silbernitrat kollektiver Verbitterung?

Nur zwei Tage nach der Inspektion am 12. Dezember wurde die erste große öffentliche Versammlung abgehalten, bei der man den Eindruck hatte, alle Ängste, alle Befürchtungen, alle bösen Vorahnungen unzähliger Familien würden lautstark explodieren. Später glaubten viele, dies sei der Moment gewesen, in dem sich die Ereignisse überschlugen. In Wahrheit verhielt es sich aber ganz anders.

Das Teatro Donizetti, in dem am 14. Dezember die hitzige Versammlung stattfand, war nur ein marginaler Punkt der Explosion, die sich anderswo entlud; das Theater war das Hypozentrum, der Punkt auf der Erdoberfläche, knapp über oder unter der Explosion, doch die Explosion selbst entlud sich anderswo. Im Himmel oder unter der Erde, das kann keiner mehr so genau sagen. Ob die Detonation nun überirdisch oder unterirdisch war, machte aber ohnehin keinen Unterschied.

In Wahrheit handelte es sich bei dem blinden Punkt dieser ganzen Geschichte mit ihren wirklichen oder vermuteten Gräueltaten – denn Gräueltaten waren es allemal – um die drei Wochen zwischen dem ersten Treffen in der Schule am 20. November und der ersten Inspektion während des Unterrichts am 12. Dezember. Doch über diese drei Wochen weiß niemand Genaueres.

Was man weiß, ist, dass Ende November in der Carabinieri-Kaserne Bergamo, Via XXIV. Maggio, die ersten Anzeigen gegen die nigerianische Staatsbürgerin Mati Wangari sowie die beiden italienschen Staatsbürgerinnen Niva Beghetto und Maria Pellegrini eingingen. Man weiß auch, dass Dr. Piero Gatti, Staatsanwalt von Bergamo, Dr. Marilena Sommadossi zur Sachverständigen ernannt hatte, die Psychologin, die auf der ersten Versammlung in der Rodari-Schule sprach. Mehr weiß man nicht.

Keiner kann behaupten – zumindest nicht öffentlich –, dass Bergamo in diesen zweiundzwanzig Tagen zwischen dem 20. November und dem 12. Dezember vom Geschwätz vollkommen aufgewühlt war. Denn die Zeit des Geredes, der Gerüchte aus dem Pesthaus, sollte erst noch kommen. Während sich anderswo die Ereignisse überschlugen, brauten sich in jenen Tagen auf der Oberfläche der Geschehnisse nur leichte Turbulenzen, Kräuselungen, Schaumkronen zusammen. Natürlich ist zu vermuten, dass es noch mehr Versammlungen der Eltern gegeben hatte, vorstellbar wären auch heimliche, angstvolle Zusammenkünfte, geheime Absprachen, strenge Verhöre, gestohlene Videoaufzeichnungen. Aber eben nur vorstellbar.

Vor allem aber wäre es durchaus plausibel, sich vorzustellen – zu nichts anderem hatte Sandra Modotti ja bereits bei dem Treffen vom 20. November geraten –, dass in vielen

Wohnungen die eigenen Kinder unter krankhafter Bewachung stünden, heimlich beobachtet von ihren Eltern mit dem gleichen gierigen, doch gequälten Blick des Jungen, der die Finsternis erforscht, hoffend und fürchtend, dort den Haken des Ungeheuers zu erblicken.

****

Was diese schicksalsschwere Zeit von Ende November bis Mitte Dezember angeht, erinnere ich mich noch an die starke Faszination, die ich persönlich für die Kindheit verspürte und an die nicht weniger starke Ablehnung derselben. Ich war ihr Opfer, und tatsächlich hatte ein ambivalentes Gefühl zwischen Anziehung und Abstoßung von mir Besitz ergriffen; ich war magisch angezogen von meiner eigenen Kindheit und abgestoßen von der Kindheit anderer. Sicherlich aufgrund der starken suggestiven Kraft, die die Versammlung vom 20. November auf mich ausgeübt hatte, begann ich allmählich die psychischen Spuren einer weitentfernten und beklemmenden Vergangenheit – meiner Vergangenheit – aufzuspüren.

Der Junge, der ich gewesen war, überfiel mich im Schlaf, er erschien mit der gleichen Lebendigkeit wie auf den Fotos, die meine Eltern damals von mir geschossen hatten und die jetzt in Erinnerungsalben klebten. Mein kleines Ich belagerte als blonder, pausbäckiger Knirps schonungslos meine Albträume genauso, wie die Monster und Vampire die seinen einst belagert hatten. Vor allem träumte ich oft von einem Krankensaal, einem Mann im grünen Kittel, der mir etwas Hakenförmiges in die Nase einführte, ich hörte die Stimme meines Vaters («Die Cholera … von da kommen die Toten … das Straßenpflaster ist verseucht …»), ich ertrug die Erinnerungen an vergangene mediterrane Sommer, ich sah einen bunten Streifenvorhang aus Plastik wieder, einen Sonnenfleck auf dem Estrichboden, die vertikale Flugbahn eines Bluttropfens. Ich schlief wieder die Nächte meiner Kindheit.

Das Wiedererwachen meiner ersten Lebensjahre war bisweilen so gewaltsam, dass es auch bei Tage Überfälle auf mein Leben gab: Gefühle, die mein Nervensystem vor Jahrzehnten schon begraben hatte, kamen nun wieder hoch, ich durchlebte erneut Ängste und Verwirrungen, über die ein verborgenes intuitives Gedächtnis der Nerven und Eingeweide wachte.

Das überraschte mich, da ich dachte, ich hätte mich von meinen ersten Lebensjahren längst verabschiedet, für immer. Natürlich wusste ich, dass ich eine sehr spezielle Kindheit hatte, dass ich ein äußerst seltener Fall war, ein überaus aktiver Schlafwandler, einer dieser *sleepwalker*, die im Schlafanzug auf den Simsen der mondbeschienenen Gebäude herumspazieren, und doch: Der Gedanke, dass diese auffallenden Schlafstörungen, die einst die Abgründe meiner Kindheit waren und später vom schwarzen Loch der Jugend verschluckt wurden, noch immer etwas mit mir zu tun haben könnten, hatte mich seit meinem dreißigsten Lebensjahr nicht mehr beschäftigt.

Doch jetzt, nach dem Treffen vom 20. November – sicherlich forciert durch die Vorkommnisse an der Rodari-Schule –, begannen aufwühlende Erinnerungen aus den Abgründen meiner Kindheit aufzutauchen.

Abgesehen von meiner persönlichen Anspannung in jenen Tagen deutete in meinem Notizbuch jedoch nichts auf die Dinge hin, die sich in Bergamo noch zutragen sollten. Trotzdem war klar, dass auch ich, ebenso wie die Eltern, die sich am 20. November versammelt hatten, Sandra Modottis Aufforderung gegen Ende der Veranstaltung ernst nehmen musste, nämlich «unsere» Kinder genau zu beobachten. Was mich betrifft, so strich ich allerdings den Passus, in dem wir aufgefordert worden waren, dies «aus Liebe zu Gott» zu tun. Auch ich machte mich also daran, «unsere Kinder genau zu beobachten», aber ich tat es auf meine Art und wie es meinem Wesen entsprach. Das heißt, ich tat es, indem ich mich zu mir selbst hinabbeugte und in mich hineinhorchte.

Gleichzeitig war ich fest entschlossen, die Anfrage der Zeitung, die Pädophilie-Verdachtsfälle weiterzuverfolgen, strikt abzulehnen. Gramellinis Insistieren war zwecklos. Ich berichtete ihm von der Versammlung am 20. November, doch danach, ungeachtet seines unaufhörlichen Geredes vom «Vierspalter auf der Titelseite», versuchte ich ihm über Tage hinweg klarzumachen, ich hätte seitdem nichts mehr gehört und vor allem wolle ich auch gar nichts mehr hören.

Im Nachhinein stelle ich allerdings fest, das eine oder andere Anzeichen für das, was die Stadt gerade ausbrütete, gab es durchaus. In Erinnerung habe ich vor allem eine Episode, die mir damals unbedeutend erschien.

In meinem neuen Miniappartement fehlte es im Grunde an allem. Um bei Martina nicht den Eindruck zu erwecken, mein Absteigequartier würde den Weg für eine Trennung ebnen, hatte ich es sogar vermieden, mir frische Unterwäsche mitzunehmen. Eines Nachmittags entdeckte ich nach der Uni auf dem Nachhauseweg in der Via Zambonate einen Kurzwarenladen, der einen Sonderverkauf mit Rabatten von 50 Prozent versprach. Das wunderte mich, denn der Sommerschlussverkauf lag schon eine ganze Weile zurück, vielmehr näherte sich bereits das Weihnachtsgeschäft.

Es war einer dieser Läden im alten Stil, mit einem verblassten Schild, das dreißig Jahre zuvor von Hand bemalt worden war. Hier setzte man einzig auf die Qualität der Ware und ignorierte dabei jede Marketingstrategie und Modelaune. Das Schaufenster war ein einziger undurchdachter Haufen, eine wilde Ansammlung verschiedener Waren mit Werbeschildchen, die Edelstoffe, Zuverlässigkeit und Preisvorteile anpriesen. Ein Schaufenster, das stolz darauf zu sein schien, nie einen Dekorateur gesehen zu haben.

Ich trat ein. Die Verkäuferin war, im Gegensatz zu ihrem Laden, jung. Sie war sehr dünn, hatte tiefe Augenringe, und unter ihrem Rock trug sie eine dicke Strumpfhose, die ihre Magerkeit nur noch betonte. Die Frau vermittelte mir den Eindruck, als wolle sie nicht ihr Fleisch beschauen lassen, sondern ihre Knochen.

Nachdem ich sie beim Eintreten gegrüßt hatte, was nicht erwidert worden war, drückte ich meine Verwunderung über die Rabatte aus. Auch darauf erhielt ich keine Antwort. Leicht verlegen teilte ich ihr mit, dass ich ein paar Unterhosen kaufen wolle. Da ich aber meine Größe nicht wusste, fragte ich, ob ich sie anprobieren könne.

«Aber nur über Ihre eigene», gab sie gereizt zurück. Das war das erste Mal, dass ich sie sprechen hörte.

Während ich in der improvisierten Umkleidekabine hinter einem Vorhang in ein Exemplar aus gekämmter Baumwolle schlüpfte, hörte ich wieder ihre entnervte Stimme.

«Wir müssen schließen, weil wegen denen alles den Bach runtergeht! Dabei verkaufen sie nur Lumpen, und die lassen sie auch noch von Sklaven fabrizieren. Denen ist doch alles zuzutrauen!»

Offensichtlich beantwortete die Verkäuferin gerade mit Zeitverzögerung meine erste Frage. Als ich ihre Worte hörte, zuckte ich zusammen – es waren die gleichen, die schon der Hausmeister gesagt hatte, als im Schulgarten die tote Katze gefunden worden war. «Denen ist doch alles zuzutrauen.» Eine Welle geheimer Übereinstimmung durchfuhr mich, und die Welt schien sich im erratischen Irrsinn der Symbole aufzulösen.

Ich lugte hinter dem Vorhang hervor, um zu sehen, worauf die Verkäuferin anspielte. Da saß sie vor ihrem Schaufenster, reglos, die Hände in den Schoß gelegt. Sie blickte nach draußen.

«Zum Glück haben wir meine arme Mutter schon letztes Jahr zu Grabe getragen», sagte sie.

Ich folgte ihrem Blick durchs Schaufenster. Auf der gegenüberliegenden Straßenseite standen drei Billigkaufhäuser nebeneinander, allesamt von Chinesen betrieben.

«Ich dachte, ich könnte bis Weihnachten durchhalten. Aber dann habe ich begriffen, dass es dieses Jahr kein Weihnachten geben wird.» Sie sagte das, ohne sich mir zuzuwenden, den Blick noch immer starr auf die andere Straßenseite gerichtet.

Ich kaufte sechs Unterhosen, die so altmodisch waren,

dass man sie unmöglich vor einer Frau hätte tragen können, es sei denn, es handelte sich um die Kurzwarenverkäuferin.

Bevor ich ging, fühlte ich mich verpflichtet, dieser leidgebeugten Frau alles Gute zu wünschen. Sie kassierte und beließ es bei einem angedeuteten Kopfnicken. Sie schien wie hypnotisiert von ihrer eigenen Schwermut. Als ich gerade gehen wollte, fuhr sie auf ihre unsynchrone Art fort:

«Aber das ist nicht gerecht! Meine Familie führt dieses Geschäft seit drei Generationen. Eine Gemeinheit sondergleichen! Und kommen Sie mir bloß nicht mit, das ist eben der Lauf der Dinge … Wenn man leidet, dann gibt es immer einen anderen, der dafür sorgt, dass man leidet.»

Einen Augenblick stand ich wie angewurzelt in der Tür, auf der verzweifelten Suche nach ein paar tröstenden Worten. Sie erlöste mich, indem sie weitersprach.

«Schon seit einer ganzen Weile geht es mir so, dass ich negative Schwingungen wahrnehme, immer wenn ich die Via Greppi entlanggehe, zur Via Quarenghi, die ganze Via Sant'Alessandro hoch bis zur Città Alta», sagte sie, faltete dabei die Hände und führte sie an ihre Lippen.

Ich sah sie perplex an, was ihr nicht zu entgehen schien.

«Ich mache Yoga, wissen Sie …», fügte sie erklärend hinzu.

An jenem Abend verzichtete ich darauf, die Essensfrage beim Chinesen um die Ecke zu lösen. Die Verkäuferin hatte mich mit ihrem Handelsneid angesteckt.

Aber in den darauffolgenden Tagen wechselte ich jedes Mal, wenn ich in die Nähe ihres Ladens kam, instinktiv die Straßenseite. Ich hatte absolut nicht vor, dieser verhärmten Frau wiederzubegegnen. Aus einem dummen Aberglauben heraus ging ich sogar so weit, die Unterhosen, die ich bei ihr gekauft hatte, nie zu tragen.

Allerdings sollte ich die Frau dann doch wiedersehen, auf der Versammlung am 14. Dezember.

Waren bis zu der Untersuchung in der Rodari-Schule die Verdächtigungen und Ängste noch einem unterirdischen Verlauf gefolgt, so führten nach dem 12. Dezember ihre tektonischen Bewegungen dazu, die Erdkruste zu durchbrechen. Von diesem Moment an sprach man in der Stadt von nichts anderem mehr.

Aus diesem Grund wollten die Organisatoren dem Treffen am 14. Dezember den unmissverständlichen Stempel einer öffentlichen Versammlung aufdrücken und jeden Verdacht auf Verschwörung oder Parteilichkeit von vornherein zerstreuen – sie selbst sprachen in der Tat ja auch von einer «Bürgerversammlung». Sie hatten darum gebeten und auch erreicht, dass neben der Direktorin Maragoni ein Beamter des Kultusministeriums teilnahm.

Das Treffen im Teatro Donizetti war für den frühen Abend um halb sieben angesetzt. Ich sollte allerdings erst nach sieben Uhr dort erscheinen. Obwohl ich, wie alle in Bergamo, Zeit und Ort der Veranstaltung genau kannte, hatte ich mir fest vorgenommen, einen weiten Bogen um das Theater zu machen. Als ich mich dann aber, kurz nach Sonnenuntergang, zu Fuß von der Uni auf den Nachhauseweg machte, kam ich von meinem üblichen Weg ab, erreichte das Gebäude und trat ein. Wahrscheinlich redete ich mir ein, es habe mich zufällig dorthin verschlagen.

Den Saal betrat ich in dem Moment, als der Beamte seine einleitende Rede eben beendet hatte. Er saß auf der Bühne, hinter einem Tisch, der mit einem schweren roten Tuch bedeckt war, und reichte gerade der neben ihm sitzenden Direktorin der Rodari-Schule das Mikrophon. Alle anderen – sicher ein paar hundert Leute – saßen im Parkett, als sähen sie sich ein Theaterstück an. Der einzig stehende Mensch war ein Kameramann.

Ich weiß nicht mehr, was die Direktorin sagte. Ich weiß nur noch, wie verlegen sie vor der Kamera wirkte. Ständig unterbrach sie ihre Rede, jedes Mal, wenn ihr Blick vom Objektiv eingefangen wurde, kam nur eine Art Stottern aus ihrem Mund. Ihre linke Hand ging instinktiv zu den dauergewellten, aufgebauschten Haaren, während die rechte das Mikrophon so fest umklammerte, dass ihre Knöchel ganz weiß wurden.

Ein Pfeifkonzert unterbrach sie. Ein schwarzgekleideter Mann profitierte von ihrer Unsicherheit, erhob sich und fing an zu schreien: «Sagen Sie doch endlich die Wahrheit! Raus damit!»

Sofort schwenkte der Kameramann zu dem Schreihals. Man reichte ihm ein Mikrophon. Der Mann brüllte noch immer, obwohl seine – nun akustisch verstärkte – Stimme im ganzen Saal dröhnte.

«Nehmen wir einmal an, Sie hätten Kinder, nehmen wir einmal an, Sie wüssten mit Sicherheit, dass an diese Schule zwei Erzieherinnen gekommen wären, die früher Kinder missbraucht haben, was würden Sie tun, Frau Direktorin? Würden Sie Ihre Kinder auf diese Schule schicken?»

«Aber ich habe selbst Kinder, und sie besuchen meine

Schule! Außerdem herrscht überhaupt keine Sicherheit darüber, dass die Erzieherinnen Kinder missbraucht haben», gab die Schulleiterin verschüchtert zurück. Sie wurde buchstäblich unter Pfiffen begraben.

Der Ministerialbeauftragte griff nach dem Mikrophon. «Ich weiß, dass wir uns in einer Grauzone bewegen. Deswegen wurde der Minister auch immer über alles informiert und hat die Angelegenheit tagtäglich, Schritt für Schritt, verfolgt. Wir gehen davon aus, dass in ein paar Wochen alles überstanden ist. Wir müssen Ruhe bewahren und hoffen, dass alles nur ein Strohfeuer war», sagte er.

Hier wurde das Pfeifen ohrenbetäubend. Die Worte des Beamten hatten die aufgebrachten Seelen der Anwesenden keineswegs beruhigen können. Worte waren in diesem Saal Steine – wenn man «Blut» sagte, floss Blut, wenn man «Feuer» sagte, wurde Feuer gelegt. Vor allem aber wollten diese ängstlichen Eltern gar kein Strohfeuer. Das Haus stand längst in Flammen. Alles, worauf sie hoffen konnten, war ein Erlöserfeuer.

«Was hätte ich denn tun sollen? Aufgrund von bloßem Gerede die beiden Kindergärtnerinnen, die eben erst an meine Schule gekommen waren, entlassen? In Brescia hatte man sie freigesprochen. Ich verteidige unsere rechtsstaatlichen Prinzipien. Es gibt keine Beweise.»

Das war das Letzte, was ich an diesem Abend von der Direktorin vernahm. Eine wütende Mutter polterte auf die Bühne und hielt wild gestikulierend ein Blatt Papier hoch.

«Beweise? Sie möchten Beweise?», schrie sie. «Hier haben Sie Ihre Beweise!»

Nachdem die Direktorin und der Ministerialbeauftragte

das Blatt betrachtet hatten, wanderte es zurück ins Parkett und ging von Hand zu Hand.

Ein Mädchen, mit Buntstiften gemalt, vor einem Hintergrund, oben blau, unten grün. Alles nach dem üblichen Muster: Das Mädchen ist blond, die Haare stehen in alle Richtungen, das Gesicht ist kugelrund, Nase, Augen und Mund sind drei gerade Linien und eine gekrümmte. Der Himmel ist blau, die Wiese grün, die Bluse geblümt. Nur mit der Sonne stimmt etwas nicht: Sie ist schwarz. Mit der Sonne und mit der unteren Körperhälfte des Mädchens – sie fehlt völlig.

Das Mädchen, dessen halber Körper «entmannt» ist, wurde von einer Kinderhand gezeichnet. Ein Selbstbildnis. Gezeichnete wie Zeichnerin sind von der Hüfte abwärts nicht vorhanden. Sie schweben auf der Horizontlinie zwischen dem Blau des Himmels und dem Grün der Wiese, wie Rumpf und Kopf, die vom Körper abgetrennt sind.

Das Bild zeigt es eindeutig: Der Körper dieser monströsen, aus Fleisch und Nichts bestehenden Kreatur, ist der fehlende Teil. Nicht der übriggebliebene, der gemalte.

«Mama, darf mich jetzt jeder anfassen?»

Eine kreischende Kinderstimme hallte durch den Saal. Während man sich im Parkett die Zeichnung weiterreichte und dabei erschauderte, hatte eine Mutter das Mikrophon an sich gerissen und die Stimme ihrer kleinen Tochter nachgeahmt. «Können Sie sich das vorstellen? Seit Tagen schon ist meiner Tochter schlecht, sie muss spucken, nachts schläft sie nicht, sie hat Angst vor der Dunkelheit, sie stottert. Vielleicht können Sie mir ja sagen, warum? Was ist der Grund? Gibt es denn eine andere Erklärung?», kreischte sie. Dann reichte sie das Mikrophon weiter.

«Mama, warum sind deine Fingernägel so lang?» Die Stimme einer zweiten Mutter überschlug sich. «Aber ich tu dir doch nicht weh», sagte sie mit ihrer Erwachsenenstimme, um dann fortzufahren: «Aber die Kindergärtnerin hat mir wehgetan! Mama, ich will, dass du dir die Nägel schneidest.»

Nun wurde die Versammlung zu einer einzigen Litanei. Nach und nach meldeten sich alle besorgten Eltern zu Wort, um ihr eigenes Leid und das ihrer Kinder zu beklagen. Da war die Mutter, die der einstigen Fröhlichkeit ihrer Tochter nachtrauerte («Ich will das Lachen meiner Tochter zurück!»), jene, die versuchte, die ihre zu trösten («Meine Kleine, nicht weinen! Das wusste ich nicht. Du bist mir doch das Liebste auf der Welt»), dann waren da die Eltern, vor allem die Väter, die voller Sorge die Anzeichen für die Leiden ihrer Kleinen aufzählten («Meine Tochter will sich vor ihren eigenen Eltern nicht mehr ausziehen»; «Mein Sohn will nicht mehr essen, und wenn er etwas isst, spuckt er es in den Teller»; «Neulich bin ich in ihr Zimmer und habe gesehen, wie sie ihrer Puppe wehtut. Da … genau da, verstehen Sie?»).

Trotz ihres Kummers war es für einen außenstehenden Beobachter wie mich offensichtlich, dass diese Väter und Mütter nicht nach den Ursachen fragten, sie suchten nicht nach Lösungen, sie schienen nicht einmal richtig verstehen zu wollen. Irgendwann wurden auch keine Anklagen mehr erhoben. Diese Versammlung war kein Ort möglicher Entscheidungen, sie war nur Theater, reines Theater, aber ohne Trennung zwischen Bühne und Parkett. Die vierte Wand, die unsichtbare, war durchbrochen worden. Und jetzt begnügte sich jeder, wenn er an der Reihe war, damit, für einen Augenblick Protagonist seines eigenen Schmerzes zu sein und für die verbleibende Zeit Zuschauer des Schmerzes der anderen.

Der Kameramann zeichnete alles auf.

«Warum hat uns keiner gewarnt? Warum hat uns keiner etwas gesagt? Es ging alles so schnell. Und jetzt, plötzlich, ist mit allem Schluss. Warum hat man nicht schon vorher etwas unternommen? Jetzt ist Schluss mit den Ausflügen, den Spielen in der Turnhalle, dem Schultheater. Wie konnte es nur so weit kommen? Und wir haben nichts bemerkt! Ihr könnt euch sicher vorstellen, was uns jetzt bevorsteht! Wir werden es jetzt mit Kindern zu tun haben, denen die Lehrer nicht einmal mehr einen Kuss auf die Wange drücken dürfen, wir werden in einer Schule unterrichten, die die Eltern nicht mehr betreten dürfen, um ihren Kindern das Pausenbrot zu bringen. Warum? Wie konnte es so weit kommen?»

Das war die letzte Wortmeldung, die ich mir anhörte. Ich kann mich nicht mehr an das Gesicht des letzten Redners erinnern. In meinem Notizbuch steht nur in Anführungszeichen: «Grundschullehrer. Männlich. Mittleren Alters. Gelockerte Krawatte. Ein gebrochener Mann.»

Als er zu Ende geredet hatte, verließ ich den Saal. Diesmal eilte mir Signora Comi nicht nach. Weil Signora Comi gar nicht an der Versammlung teilnahm. Weder sie noch Sandra Modotti nahmen teil.

Der letzte Lehrer, zu dem ich mir Notizen gemacht hatte,

sollte sich noch als guter Prophet entpuppen. Nach dem Treffen wurden nämlich die drei verdächtigen Erzieherinnen auf ministerielle Weisung hin bis auf weiteres vom Dienst suspendiert. Darüber hinaus erließ das Direktorat der Rodari-Schule in Übereinkunft mit dem Ministerium und dem Elternbeirat eine neue, äußerst strenge Schulordnung mit achtzehn Punkten, an die sich alle Lehrer/-innen und Erzieher/-innen strikt zu halten hatten.

Unter Punkt 9 stand: «Vermeiden Sie möglichst, dass die Kinder tanzen»; unter Punkt 11: «Sorgen Sie für größtmögliche Selbständigkeit, wenn die Kinder auf die Toilette gehen, und beschränken Sie dabei Ihre Hilfe auf das Nötigste»; unter 13: «Vermeiden Sie unter allen Umständen körperlichen Kontakt mit den Kindern, denn selbst einfache Gesten der Zuneigung (Küsse auf die Wange, Streicheln, etc.) könnten missverstanden werden»; unter 18: «Führen Sie konsequent Tagebuch mit: Jahr, Monat, Tag, Stunde, Minute».

Beim Durchblättern meines Tagebuchs, das ich zu der Zeit führte, fällt mir nun auf, dass mich die Reaktion der Eltern mehr verstörte als die Bedrohung, auf die sie reagiert hatten.

Mich schreckte vor allem ihre Überzeugung, dass es zwangsläufig einen Urheber des Bösen geben musste. Es war die gleiche Vorstellung, die auch die Verbitterung der Kurzwarenverkäuferin nährte. Jemand leidet, jemand ist krank – wenn also jemand leidet, wenn jemand krank ist, dann muss es auch einen Verantwortlichen für dieses Leid geben. Fassungslos folgerte ich, dass man in dieser vom Aberglauben umnachteten Welt den natürlichen Tod nicht mehr als mögliche Ursache für das Sterben sah.

In diesem Jahr fand in der Scuola Materna Rodari das alljährliche Weihnachtsspiel zwar statt, aber hinter verschlossenen Türen. In Anbetracht der Tatsache, dass die neue Schulordnung den Eltern den Zugang zum Schulgelände verwehrte, führten die Kinder das Stück im Garten auf – dort, wo man die verstümmelte Katze gefunden hatte –, damit die Väter und Mütter durch das Gitter an der Via Greppi zusehen konnten.

Obwohl ich mir auch hier wieder fest vorgenommen hatte, der Sache fernzubleiben, schaute ich am 21. Dezember trotzdem bei der Schule vorbei. Ich blieb nur ein paar Minuten, schön abseits vom Gitter stehend.

Ich stellte fest, wie sehr mich der Gedanke erschreckte, die Kinder, die möglicherweise einem Scheusal in die Hände gefallen waren, wiederzusehen. Nachdem ich den Film über die kleine Margherita gesehen hatte, nachdem ich die Zeichnungen der Kinder betrachtet und das von den Eltern geschilderte Leid gehört hatte, überkam mich das absurde Gefühl, es wäre ein Sakrileg, diese gequälten Kreaturen leibhaftig vor mir zu sehen.

Dafür sah ich ihre ausgegrenzten Eltern. Die Ärmsten drängten sich um das Gitter, das den Schulhof umschloss. Sie befanden sich draußen, doch in Wirklichkeit waren sie die gefangenen Tiere.

Gerade als ich Anstalten machte zu gehen, kam eine alte Frau zu mir auf die gegenüberliegende Straßenseite, wo ich mich verschanzt hatte. Sie schob eine weiße Haarsträhne, die sich gelöst hatte, wieder unter ihr Kopftuch und steuerte direkt auf mich zu.

«Sind Sie Journalist?», wollte sie wissen.

Ich verneinte sofort. Doch die Frau schien meine Verweigerungshaltung zu ignorieren.

«Ich bin eine alte Lehrerin.» Sie wählte diese Selbstdefinition, die andere als wenig schmeichelhaft empfunden hätten. «Ich habe Hunderte von Kindern unterrichtet. Auch die hier kenne ich praktisch seit ihrer Geburt. Die Armen …» Sie unterbrach sich. Unterdrückte ein Schluchzen, fuhr dann aber fort, während sie in die Richtung des Schulgartens zeigte, in dem gerade das Stück aufgeführt wurde. «Ich könnte Ihnen auf Anhieb sagen, welche angefasst wurden und welche nicht, allein an der Art, wie sie gehen.»

Dann verschwand die alte Lehrerin dorthin, woher sie gekommen war.

Silvester

Wir tasten uns auf einem schräg abfallenden Boden in einem schmalen, finsteren Tunnel entlang. Die einzigen Lichtquellen verströmen einen schwachen, blutigen Schimmer, die einzigen Farbtupfer sind die rostbraunen Ablagerungen von den ewig tropfenden, in den Fels gehauenen Rohren. Wir treiben im Fluss einer schweigenden und verstörten Menge, nackt wie am ersten Tag der Schöpfung. Vielleicht auch wie am letzten. Eine kleine Gruppe von Lemuren, die durch die Höhlen des Erdreichs zieht.

Martina und ich folgen ihr in Gewölbe mit graugrünen Quarzitplatten, wo der spitze Stein perfekte rechte Winkel bildet. Zuerst peitscht uns das Tosen titanischer Duschen, die aus drei Metern Höhe auf unsere Köpfe niederdonnern, dann steigen wir in ein Gewölbe hinab, das von intensiven Schwefeldünsten durchzogen ist. Die Luft ist extrem feucht, das Wasser hat Körpertemperatur, die Grotte ist vom gutturalen Echo des Geplätschers durchdrungen. Wir schweben, nur unsere Köpfe schauen heraus.

Um uns herum tauchen, ebenfalls in Schweigen gehüllt, die Köpfe der anderen Badenden über der Wasseroberfläche auf, die ein bläuliches Licht von unten beleuchtet. Sie haben die tief eingegrabenen Augenhöhlen und die glatten Schädel der Seelen des Purgatoriums. Ich drehe mich um. Martina ist verschwunden, hat sich in den würzigen Dämpfen verflüchtigt. Da ich also allein bin, folge ich dem Schwarm noch weiter hinab in ein zweites Becken. Der Boden gibt nach. Ich versinke.

Als ich wieder auftauche, bin ich unter freiem Himmel. Den Körper im heißen Wasser, den Kopf in der Kälte einer arktischen Nacht. Aber mir ist nicht kalt. Mir ist weder warm noch kalt. Ich befinde mich in der physiologischen Vorhölle. Der Temperaturunterschied zwischen dem kochend heißen Wasser und der eisig kalten Luft lässt dampfende Nebelbänke aufziehen. Im Dunst erkenne ich ein ganzes Heer an Gespenstern. Wie auch ich folgen sie mit ihren Blicken den Dunstschwaden, die in den Himmel steigen. Unter meinem Kinn zischt das Wasser. Dort oben, in weiter Entfernung, funkelt ein Sternenmeer.

Ich sehe Martina wieder. Den Beckenrand entlanggleitend, kommt sie auf mich zu. Der Kontakt mit ihrem warmen Körper unter Wasser beschert mir eine zaghafte Erektion. Die Angst fällt von mir ab. Ich steige also nicht zwischen verdammten Seelen die Höllenflüsse hinab. Ich bin noch am Leben. Ich bin in einem Wellnesshotel. Ich bin in einem Außenbecken der Therme Vals in der Schweiz und nehme als Gast des Hotels Therme ein nächtliches Bad.

In diesem kleinen Dorf am Ende der Welt, im hintersten Winkel eines engen Tals in Graubünden, hat der Architekt Peter Zumthor ein großartiges Thermalbad errichten lassen, das einem der schlimmsten Albträume George Orwells entsprungen zu sein scheint. Martina und ich hatten die kuriose Idee, hier Silvester zu feiern, vielleicht, um unsere

Beziehung ein wenig aufzufrischen, vielleicht aber auch – was wahrscheinlicher ist –, um ein geeignetes Ambiente für ihr Dahinsiechen zu finden.

Seit unserer Ankunft habe ich den starken Eindruck, dass uns dieser Kurzurlaub weniger Gelegenheit für eine Wiedergeburt bietet, sondern uns vielmehr in einen endgültigen Todeskampf stürzt. Ich bin kurz davor, es Martina zu sagen, halte mich dann aber doch zurück.

Ich weiß, dass ich unter Stress stehe, wahrscheinlich kurz vor einer Depression. Die Sache mit dem mutmaßlichen Kindesmissbrauch quält mich. Ich weigere mich partout, mich in irgendeiner Weise zu engagieren oder etwas zu schreiben, lese aber alles, was die regionalen und überregionalen Zeitungen darüber bringen. Fast scheint mir, man würde über gar nichts anderes mehr berichten. Seit Wochen lebe ich im Sog eines Universums der Antimaterie, dessen leerer Mittelpunkt in der Via Greppi liegt, und zwar exakt an dem Punkt, wo der Kindergarten der Scuola Gianni Rodari angesiedelt ist. Silvester in den Thermen müsste mich eigentlich entspannen, mich befreien, mich reinigen. Aber dem ist nicht so.

In der Verfassung, in der ich gerade bin, kommt es mir so vor, als würde das Nachtbaden die tiefere Bedeutung von Wellnessprogrammen zutage fördern: den Bau einer Vorhölle zwischen Leben und Tod, eine amphibische Welt zwischen dem Flattern des lebendigen Organismus und dem Hineingleiten in die Ruhe des Anorganischen, ein Grenzgebiet zwischen dem Leid des Lebenden und dem endgültigen Stillstand des Toten.

Jetzt begreife ich: Die Leidenschaft für Wellnesszentren

ist kein Anzeichen für eine überschäumende, unerschöpfliche Vitalität, sie ist keine x-te sexuelle Erregung, sondern ihr Gegenteil. Sie ist der Ausbruch eines niemals gestillten Todestriebes. Die Entspannung, die diese Luxussanatorien anbieten, fördert nicht das Streben nach einem glücklichen Dasein, sondern die Sehnsucht nach einem pränatalen Zustand. Den Lebenden wird das Ende jeder Anspannung versprochen.

Am nächsten Tag bekomme ich die Bestätigung, als ich den ganzen Tag im *Spa*-Bereich des Hotels verbringe. Während ich darauf warte, mich den Behandlungen zu unterziehen, die das Programm *Well-Being and Relaxation* für mich vorsieht, beobachte ich eine ins Larvenstadium rückentwickelte Menschheit. Junge Menschen, die sich nach fünfundsiebzigminütigen *Lomi-Lomi*-Massagen erheben und sich wie extrem entkräftete Achtzigjährige auf die anatomischen Liegen hieven. Ganze Tage dösen sie in einem neonatalen wie auch postkoitalen Zustand vor sich hin. Vom Neugeborenen haben sie das totale Ausgeliefertsein, vom Erwachsenen die Traurigkeit nach dem Orgasmus, die – wie Ovid schon wusste – das Tier überfällt, wenn es tiefe Lust empfunden hat. Sie kommen mir vor wie kindliche Greise. Wie Föten mit der Fähigkeit zur Erektion.

Drei Stunden später, nach einer ausgiebigen Lymphdrainage und einer *body exfoliation*, bin ich wie sie. Eine Masseuse in Schwesterntracht reicht mir eine Schale mit japanischem Tee. Ich nippe gerade mal daran, dann lege auch ich mich hin, um die unerbittliche alpine Landschaft von einer Chaiselongue aus zu betrachten, die klugerweise vor einer Glaswand zu den verschneiten Gipfeln hin aufgestellt ist.

Das haben sie sich wirklich clever ausgedacht, die Bewohner von Vals (die Therme und das Hotel sind Eigentum der Gemeinde) und der Architekt Zumthor. Ich persönlich sehe in dieser voyeuristischen Gestaltung des Thermalbades ein kleines sadistisches Meisterstück. Die schmerzliche Welt ist da draußen, da draußen sind der Fels und das Eis der Gipfel, da draußen sind die Strapazen, das Leid, das altbekannte Leben, im Widerstreit mit den Dingen dieser Welt. Da draußen ist sogar ein siebenstöckiges Gebäude, das zu Zeiten des Kalten Krieges als wertbeständiges Gut von einer westdeutschen Genossenschaft erbaut wurde, als man nach der Wahl des sozialdemokratischen Kanzlers Willy Brandt fürchtete, man müsse vor einer neuen kommunistischen Ära fliehen. Vor allem aber sind da draußen auch die Kinder der Rodari-Schule, die im Schlaf schreien.

Doch all das ist, wie gesagt, da draußen, in gebührendem Sicherheitsabstand, während wir hier schön im Warmen liegend das Schauspiel genießen, mit einer Geisha in weißem Kittel, die uns die Fußsohlen massiert. Das Sublime der Wellnesszentren. Es ist nicht Vergnügen, kein Hedonismus. Es ist die Bürde zu leben, an die man sich während der tiefen Erschöpfung des verfrühten Alterns erinnert.

Die Hoteldirektorin, Frau Zumthor, bestätigt mir das, als sie sagt, da sie immer jüngere Gäste beherbergten, hätten sie versucht, «abends für ein bisschen Musik und Tanz zu sorgen». Aber die jungen Pärchen, die nach einem Tag regenerativer Behandlungen völlig «weich gekocht und durchgewalkt» seien, wollten sich sowieso alle um zehn «aufs Ohr legen». Trägheit, Benommenheit als letzter Wille. Man erwartet nicht mehr zu genießen; man begnügt sich damit, nicht zu leiden.

Nicht einmal für den letzten Tag im Jahr ist ein Moment der Euphorie geplant. Nach stundenlangen Thermalbädern, nach einem makrobiotischen Abendessen kann man auch wirklich nur noch schlafen gehen. Meistens ist es Frau Zumthor zufolge so, dass die Gäste, auch die jüngeren, nicht einmal Mitternacht abwarten und sich schon vorher auf ihre Zimmer verziehen. Sicher nicht, um sich den Freuden der Lust hinzugeben, nehme ich an.

Seit Martina und ich hier sind, haben wir noch kein einziges Mal miteinander geschlafen. Nach einem laschen Versuch am ersten Abend haben wir aufgehört, so zu tun, als wäre uns ernsthaft danach. Man könnte meinen, wir seien jeder Lust beraubt, auch jeden Lebensimpulses.

Am letzten Abend, während wir im Hotelrestaurant, das vom *Gastro-Michelin* mit einem Stern ausgezeichnet wurde, speisen und ich Martina dabei beobachte, wie sie ihr Radicchio-Mousse futtert, komme ich zu dem Schluss, der Sieg der Wellnesszentren liegt in der Besiegelung der Niederlage einer jeden Utopie, die darauf abzielt, einen neuen, regenerierten, reintegrierten Menschen zu erschaffen. Hier beschränkt sich die Idee von Regeneration aber darauf, den Menschen als Sammelbecken für großstädtischen, toxischen Müll zu betrachten, der – bestenfalls – hin und wieder entgiftet werden kann. In den Sphären der Wellnesszentren ist körperliches Wohlbefinden nicht mehr das Ziel für den Menschen in der Gesellschaft, sondern für den Menschen im Urlaub, es geht nicht um den Horizont der Zukunft, sondern um den eines Wochenendes. Hier zerfließt in der zähen Weichheit einer Fangopackung die Utopie in der Anti-Utopie.

«Es reicht! Hör endlich auf damit!», platzt Martina heraus, die wohl meine Gedanken erraten hat. «Entspann dich! Denk nicht mehr an diese Kinder. Du musst deinen Kopf mal freikriegen.»

Ich schau mich um, auf der verzweifelten Suche nach einem Gesprächsthema. Mein Blick fällt auf eine Überschrift in der Schweizer Zeitung, die ein Gast am Nebentisch gerade durchblättert.

> Jeder, der heutzutage eine Liebesbeziehung eingeht, weiß, dass seine Geliebte ihn mit großer Sicherheit irgendwann einmal betrügen wird. Oder schlimmer noch: dass er sie betrügen wird.
>
> In der Schweiz ist es mittlerweile Usus, dass eine ständig wachsende (der ohnehin schon großen) Zahl von jungen Vätern, ohne konkreten Verdacht auf Untreue, eine Vaterschaftsbestimmung durch einen DNA-Test bei dem Neugeborenen durchführen lässt.
>
> Viele Privatkliniken rüsten sich bereits, um regelmäßige Dienste anbieten zu können, die melodramatische Eifersuchtsszenen entschärfen und dafür den normalen Pärchenalltag in eine alles verschlingende Belagerungspsychose verwandeln.
>
> Die Schweiz, ausgerechnet die Nation, die auf einem geradezu zwanghaften Sicherheitsdenken gebaut ist, befindet sich in puncto weltweiter Unsicherheit ganz vorn.

Trotz meiner spärlichen Deutschkenntnisse habe ich den Artikel schon nachmittags gelesen, als ich die Zeitung auf der Suche nach Meldungen über die Geschehnisse in Bergamo durchblätterte.

Ich kläre Martina über den groben Inhalt des Artikels auf und kommentiere ihn gleich für sie mit. Von allen Unsicherheiten, die das Selbstbewusstsein des heutigen Menschen zerfressen, ist die emotionale Unsicherheit die schädlichste und damit auch die am meisten unterschätzte. Schon D. H. Lawrence war der festen Überzeugung, dass unsere Epoche eine tragische ist und wir uns deshalb weigern, sie ernst zu nehmen. Das Ende der absoluten Liebe, so fahre ich fort, verleiht der Zeit, in der wir leben, ihre tragische Couleur. Wir büßen heute nicht die Folgen der Liebe ab, sondern die ihres sozialen Todes. Die erhabene, beschwingte, romantische Idee von der Liebe lastet als lebenslange Freiheitsstrafe auf uns.

Während ich weiter dieser Linie folge, in der Hoffnung, die Konversation dadurch zu beleben, sehe ich, wie Martina die Traurigkeit ins Gesicht geschrieben steht. Nicht auszuhalten. Meinen eigenen Kummer kultiviere ich ja förmlich, aber den ihren kann ich nicht ertragen. Ich würde alles tun, um ihn zu vertreiben. Jetzt wage ich sogar den Versuch eines Lächelns.

«Ich bin schwanger.»

Martina hat die Gabel neben dem Teller abgelegt, ihren Mund mit der Damastserviette abgetupft, tief Luft geholt, dann hat sie es gesagt: «Ich bin schwanger.»

«Das kann nicht sein.»

Ich habe spontan geantwortet, ohne mich zu fragen, ob es sich nicht etwa um eine Provokation handeln könnte. Ich bin sehr direkt, halbe Sachen gibt es bei mir nicht.

«Im Ernst, ich bin schwanger», sagt sie noch einmal und deutet ein Lächeln an, in dem eine kleine Hoffnung auf einen glücklichen Ausgang, auf irgendein stinknormales Happy End durchschimmert.

«Von mir kann es nicht sein.»

Ich sage es gegen jeden offensichtlichen Tatbestand und gegen jede Vernunft, aber ich sage es. Die tiefe Überzeugung von meiner eigenen Unfruchtbarkeit und die meiner Generation beherrscht mich vollkommen.

Jetzt erstarrt sie. Schüttelt den Kopf. Sieht sich um. Sie wappnet sich. Fehlt nur noch, dass sie sich die Augen reibt, um aus einem Albtraum zu erwachen.

Dann versucht sie es noch einmal. Sie streckt den Arm nach mir aus, ruft meinen Namen und sagt: «Ich bin schwanger. Ich erwarte ein Kind von dir.»

Ich erschaudere. Der Gedanke an Nachwuchs kommt mir wie ein Sakrileg vor.

«Treib ab!»

So! Ich habe es gesagt. Jetzt ist es raus. Ich fühle mich erleichtert.

Gleich darauf wird mir klar, dass es meine Fixierung auf diese Bergamo-Geschichte war, die für mich gesprochen hat. Der Gedanke an ein Kind liegt wirklich außerhalb meiner Vorstellungskraft. Die Ansteckung mit dem Morbus verwandelt jedes Ereignis in meinem Leben, auch Martinas Verkündigung, in eine Schreckensmeldung. So gesehen kommt mir mein restliches Erdendasein wie eine unheilbare Krankheit mit einem langen Verlauf vor.

Aber zu spät. Als ich mir darüber klar werde, ist Martina schon gegangen. Ihr Platz am Tisch ist jetzt leer.

Jetzt, wo ich allein war, fiel mir wieder ein, dass ich Gramellini einen langen Artikel für die Silvesterausgabe versprochen hatte. Der Chefredakteur wünschte einen Report über die Bluttaten, die die Nation das ganze vergangene Jahr über in Atem gehalten hatten.

Wie immer fand ich in meinem E-Mail-Postfach ein Briefing, diesmal über die drei Verbrechen, die beim Publikum das größte Interesse auf sich gezogen hatten, was die Statistiken der Informationsprogramme sowie die der Tages- und Wochenzeitungen bewiesen.

> 9. Januar. In Erba, einer Kleinstadt in der Provinz Como, werden Olindo Romano und seine Frau Rosa Bazzi festgenommen. Die zwei friedlichen Bürger – er Angestellter bei der Müllabfuhr, sie Hausfrau – werden beschuldigt, im vergangenen Monat das Blutbad an ihren Nachbarn verübt zu haben. Was sie überführt, sind Blutflecken sowie eine verworrene Zeugenaussage des einzigen Überlebenden. Sie selbst leugnen die Schuld, dann gestehen sie, dann widerrufen sie wieder. Ihre Festnahme entlastet nun endgültig Azouz Marzouk – Tunesier, Ehemann, Vater und Schwiegersohn der drei Opfer –, der zunächst zu Unrecht des Verbrechens beschuldigt wurde.
>
> Die ausländerfeindlichen Jäger afrikanischer Krimineller müssen die Sache als ganz normalen Mord in einem Mietshaus zurückstufen. In der Tat scheint es, als sei der Grund für so viel Grausamkeit lediglich ein schlechtes nachbarschaftliches Verhältnis gewesen. Lästige Geräusche, typische Keifereien im Treppenhaus. Das Städtchen Erba ist erschüttert, das ganze Land dagegen ist über Monate wie gebannt von den Morden.

13. August. In Garlasco, Provinz Pavia, entdeckt man die Leiche der 26-jährigen Chiara Poggi in ihrem Haus in der Via Pascoli 8. Gefunden hat sie Alberto Stasi, ihr Verlobter, der sich, bevor er die Polizei verständigte, am blutigen Ort des Verbrechens aufhielt, ohne sich auch nur die Schuhe schmutzig gemacht zu haben. Nicht einmal ein kleiner Fleck, nichts. Er ist der Einzige, gegen den ermittelt wird. Die Angehörigen des Opfers nehmen ihn zunächst in Schutz. Sie möchten ihn auf der Beerdigung dabeihaben. Als sich dann allerdings die Indizien zu seinen Lasten häufen, kehren sie ihm den Rücken. Obwohl er wochenlang strengen Verhören unterzogen wird, bleibt er stur. Er wird nie gestehen, der Mörder seiner Verlobten zu sein. Auch dann nicht, als die *R.I.S.* pädopornographisches Material auf seinem Computer entdeckt und man damit beginnt, das Motiv für sein Vergehen aufzuzeigen. Über Monate, allen offensichtlichen Tatbeständen zum Trotz, wird dieser blonde BWL-Student hartnäckig seine Unschuld beteuern. Über Monate ist das Land wie gebannt von dem Mord.

2. November. Ein 22-jähriges Mädchen aus England, Meredith Kercher, wird tot in seiner Wohnung aufgefunden. Um die Leiche jede Menge biologische Spuren – Blut und andere organische Substanzen. Der Zustand des Tatorts zeigt für die Ermittlungsbeamten eindeutig: Die Täter haben versucht, das Opfer zu vergewaltigen, sind aber offenbar auf Gegenwehr gestoßen. Als Tatverdächtige gelten zunächst drei: Amanda Marie Knox, 20 Jahre alt, Amerikanerin, Mitbewohnerin des Opfers; der Verlobte von Knox, Raffaele Sollecito, 24 Jahre alt; Lumumba Diya, genannt Patrick, 38 Jahre alt, kongolesischer Musiker, in Perugia wohnhaft und Betreiber eines Nachtlokals. Eine

obskure Szenerie voller Unsittlichkeit und Obszönität. Meredith steht dem allerdings fern. Ihre Unschuld hat ein Opfer aus ihr gemacht. Auch darüber besteht für die Ermittlungsbeamten kein Zweifel: «In moralischer Hinsicht war die junge Meredith absolut integer», erklärt der Polizeichef. Die festgenommenen Verdächtigen weisen jede Schuld von sich, sie leugnen die Tat und beschuldigen andere. Ein paar Tage später wird der Hauptverdächtige, Patrick Lumumba, komplett entlastet. Die «vierte Person», Rudy Guede, betritt die Bühne. Vermutlich ist er der Vergewaltiger und Mörder. Über die Komplizenschaft der anderen noch immer nichts als vage Schatten. Das behäbige Städtchen Perugia erweist sich als Hauptstadt krimineller Verbrechen. Das übrige Land zeigt sich wie gebannt von dem Mord.

Während ich wieder und wieder die Texte las, fragte ich mich, welche Verbindung es zwischen den drei «abscheulichen Delikten» wohl geben könnte, vor allem zwischen ihnen und dem, was sich in Bergamo gerade abspielte, oder aber: zwischen ihnen und meinem Leben. Keine einzige – so die Antwort auf meine beiden Fragen.

Welche Geschichte könnte sie je in einem gemeinsamen Kontext vereinen, der sie von ihrem Irrsinn befreien würde? Vielleicht keine einzige, sagte ich mir noch einmal, und vielleicht hatte es auch gar keinen Zweck mehr, danach zu suchen. Vielleicht hat zur letzten Jahrhundertwende, zur letzten Jahrtausendwende, eine neue Ära begonnen. Und dabei handelte es sich nicht um das Zeitalter des Wassermanns.

Nach dem Fall der Berliner Mauer herrschte in den

Neunzigern ein großes Gerede vom «Ende der Geschichte». Dann hieß es wieder, nein, die Prophezeiung sei falsch, die traurigen Vorkommnisse im Kampf gegen den Terror hätten die Geschichte, die man schon für tot erklärt habe, wieder in Gang gebracht. Aber vielleicht – so sagte ich mir jetzt, in meinem von Martina geräumten Hotelzimmer sitzend – lag es gar nicht daran, dass uns die schicksalhaften Kernpunkte, die epochalen Ereignisse fehlten, womöglich hatten wir einfach nur einen zu kurzen Atem.

Solange die Menschen im vergangenen Jahrhundert noch in der Umlaufbahn der Geschichte lebten, brachte die Zeit in ihren Leben immer auch ein Streben nach Vollendung mit sich, damit man den gegenwärtigen Augenblick überwinde, hin zu einem Ende, das gleichzeitig das Ziel wäre, hin zu einem endgültigen und konzentrierenden Moment, auf den man am Ende zurückblicken und nach einem wohlwollenden Blick über die eigene Schulter sagen könnte: «So ist es also gelaufen, genau so. Hier ist mein Leben, meine Geschichte. Die Geschichte aller.» Ein Ende, das etwas vollenden würde, ein Ziel, das etwas erfüllen würde – das war das heimliche Leid, die Angst und der Wunsch der Menschen zu Zeiten der wahrhaftigen Geschichte. Das war ihr gewaltsames Streben.

Aber in dieser neuen Form der Zeit, die das Leben zu einer knappen Sensationsmeldung degradierte, liefen die Dinge anders. Klatschmeldungen kennen keine Vollendung, sie vermissen sie auch nicht im Geringsten, Klatschmeldungen versteifen sich auf den Moment, sie verbeißen sich in die Gegenwart, die durch das letzte Verbrechen brandneu daherkommt, druckfrisch auf den Tisch in der Morgenausgabe und bereits steinalt zur Stunde der medialen Dämmerung, zu den 23-Uhr-Sendungen. Aus diesem Grund waren Klatschmeldungen immer schon auch Verbrechensmeldungen. Ein Verbrechen pro Tag, und jeder Tag ein Verbrechen.

Während ich mir all das notierte, überfiel mich wieder dieses Gedankenchaos aus einzelnen Fragmenten meines bisherigen Lebens, den Fragmenten der Erinnerung an meine Kindheit und den aktuellen Meldungen aus den Nachrichten. Der Junge, dem man Mitte der Siebziger die Polypen entfernt hatte, jener vergewaltigte, wie die ANSA einen Tag zuvor berichtet hatte, und jener, der noch gar nicht auf der Welt war, sie alle schienen mir in höchstem Maße miteinander verbunden zu sein, gleichzeitig aber auch hoffnungslos getrennt voneinander. Diese drei verschiedenen Jungen steckten alle ineinander, wie chinesische Schachteln, doch um zum Vorschein zu kommen, forderte jeder einzelne, wie bei einer Matroschka, die Enthauptung des anderen.

Die Redaktion hatte mich um einen Artikel gebeten, der die wichtigsten Verbrechen des vergangenen Jahres rekapitulieren sollte, wobei man anscheinend der festen Überzeugung war, es gäbe einen alles umfassenden größeren Zusammenhang. Vielleicht lagen sie dabei ja gar nicht mal so falsch. Vielleicht waren diese drei Vergehen ja gar nicht so verschieden voneinander – so sagte ich mir, während ich aus der Asche der x-ten Zigarette die Zukunft las –, vielleicht waren es ja gar keine Einzelfälle ohne wechselseitige Beziehungen, sondern Vorfälle, die auf ein gemeinsames Gefüge warteten, das sie an die großen Themen der Menschheit anbinden würde.

Die vermeintliche Mustergültigkeit der Tragödie war lediglich ein Notalibi, das wir unserem aufgeregten Interesse für das Verbrechen des Tages lieferten. Nicht doch, keine Sensationsgier, wenn ich bitten darf! – versicherten wir uns unverdrossen und sprachen uns somit gegenseitig frei. In diesem Provinzmord spiegelt sich unsere ganze Nation wieder, das häusliche Gemetzel ist aufschlussreicher als zehn soziologische Aufsätze zusammen, der absurde Kindsmord erhellt den schaurigen Glanz der griechischen Tragödie, die große Kunst, die durch die Jahrtausende hindurch ihr schwarzes Licht auf die menschliche Natur wirft.

Und wenn dem nicht so war? Wenn es wirklich nichts zu verstehen gab? Wenn die Katastrophenmeldungen keine Zwischenstationen waren, sondern unser Endziel? Wenn die Unfälle auf der Autobahn, die Gelegenheitsdelikte, die Naturkatastrophen, die als einzelne Punkte das weiße Blatt des Lokalteils füllten, nichts als ein paar Tintenspritzer aus der Schreibfeder einer idiotischen Gottheit waren? Wenn diese Meldungen nicht nur auf den ersten Blick blutig und kurzlebig, hypnotisch, aber sinn- und perspektivlos erschienen, sondern auch auf den zweiten Blick und auf den dritten und vierten, bis in alle Ewigkeit?

Was sollte aus uns werden und aus dem eben verstrichenen Jahr, wenn die Sensationsmeldungen nicht darauf warteten, in die Geschichte einzugehen, sondern schlicht Gefangene in unserer Gegenwart blieben?

Januar

Am 17. Januar 2008 wurden Niva Beghetto, Maria Pellegrini und Mati Wangari, die drei Kindergärtnerinnen der Scuola Materna Rodari, die man vorsichtshalber schon einen Monat zuvor vom Dienst suspendiert hatte, festgenommen.

Die Carabinieri klopften um 5.45 Uhr, in der frostigen Morgendämmerung, noch vor Sonnenaufgang, nicht nur an die Sperrholztüren der Wohnungen der Kindergärtnerinnen in der Città Bassa, genauer: im Immigrantenviertel; nein, unter einem Himmel, an dem nur noch Sirius, der Morgenstern, leuchtete, klopften die Männer vom Dezernat für Sexualverbrechen auch an das antike Nussbaumportal des Seminario Vescovile in der Oberstadt.

Neben den Kindergärtnerinnen wurden auch Mario Cantarella, ein junger Seminarist, der Don Mariano Prestis Assistent und Chauffeur war, verhaftet, sowie Nari Lamua, ein Priester von der Elfenbeinküste, der für eine Auszeit im Seminar zu Gast weilte. Don Mariano selbst, auch per Haftbefehl gesucht, war allerdings nicht auffindbar, weil man ihn nach Rom, auf vatikanisches Hoheitsgebiet, beordert hatte.

Sie wurden beschuldigt, die Kinder aus der Scuola Materna Rodari entführt und ins Priesterseminar auf dem

Hügel des San Giovanni in Arena gefahren zu haben, wo sie ihnen Drogen verabreicht haben sollen; danach hätten sie die Kinder in Einzelzellen des Dormitoriums gebracht und dort sexuell missbraucht. Der Missbrauch habe im Rahmen schwarzer Messen und anderer satanischer Rituale stattgefunden.

Die Untersuchungshaft war von Marzia Salimbeni, der Ermittlungsrichterin in Bergamo, angeordnet worden, und das nach zwei langen Monaten voller Untersuchungen, psychologischer Gutachten über die Geschichten der vier vermeintlichen Opfer des Missbrauchs, Überprüfungen der Bankkonten, Internetverbindungen und Telefonaten. Nachdem die Ermittlungsrichterin ihre Gründe für die Restriktionsmaßnahmen dargelegt hatte («eine hohe Wahrscheinlichkeit für geheime Absprachen zwischen den sechs Beschuldigten sowie für eine Wiederholung der Straftaten der Vergewaltigung zahlreicher Minderjähriger»), beschrieb sie das angenommene Verbrechen wie folgt:

> Die Minderjährigen wurden von den Erzieherinnen Beghetto, Pellegrini und Wangari aus der Schule geführt. Mario Cantarella, der persönliche Fahrer von Don Mariano Presti, zerrte sie in einen Wagen und brachte sie in die Città Alta in die privaten Unterkünfte des Bischöflichen Priesterseminars.
>
> Dort wurden die Kinder unter Mithilfe anderer, noch nicht identifizierter Erwachsener, unter Drohungen und Anwendung von Gewalt genötigt, den Geschlechtsakt zu vollziehen, manchmal auch mit scharfen Gegenständen, oder sich an den sexuellen Spielen mit den Beschuldigten zu beteiligen.

Die Verdächtigten ließen sich von den Minderjährigen an den Genitalien und anderen erogenen Zonen berühren, sie fotografierten und filmten die Kinder während dieser «Spiele». Bevor sie sie zu den sexuellen, oftmals blutigen Praktiken zwangen, spritzten sie ihnen teilweise betäubende oder andere Substanzen, die ihnen die «Spiele» erleichtern sollten.

Die Personen, gegen die ermittelt wird, praktizierten mit den Kindern auch satanische Rituale voller Blut und Gewalt, terrorisierten sie mit schrecklichen Verkleidungen wie Kapuzen, Gewändern des Teufels oder des schwarzen Hasen, dann wieder waren sie vollständig nackt, schlugen die Kinder und drohten sogar mit der Ermordung der Eltern, sollten die Kleinen das schreckliche Geheimnis preisgeben. Es ist anzunehmen, dass jede einzelne dieser Aktionen akribisch und bis ins kleinste Detail mit einer Videokamera aufgezeichnet wurde.

Aufgrund der Schwere der Delikte sollten nur die Angeklagten und deren Verteidiger über den Inhalt des Reports informiert werden, es galt, die Aussagen der Kinder durch das Untersuchungsgeheimnis zu schützen, überhaupt sollte die ganze Operation größter Geheimhaltung obliegen – wie es in solchen Fällen so schön heißt. Leider brachten einige Internetseiten die Meldung aber schon am Nachmittag. Innerhalb weniger Stunden hatte sie sich wie ein Lauffeuer verbreitet, von Mund zu Mund, mit krampfartiger Wucht, in fiebrigem Raunen: Eine satanische Sekte hat im Bischöflichen Priesterseminar unter Mithilfe von Kindergärtnerinnen Kinder vergewaltigt.

Dann, als die 20-Uhr-Nachrichten immer näher rückten,

legte sich eine atemlose Stille über Bergamo. Die Geschäfte schlossen eine halbe Stunde vor Ladenschluss, die Büros waren so einsam und verlassen wie an Festtagen, die Straßen leer gefegt wie vor einem Endspiel der Weltmeisterschaften. Auf einen Schlag schien es, als würde das gesamte städtische Universum einen Schritt zurückweichen und den Atem anhalten.

In den Nachrichten auf Canale 5 wurde die Meldung gleich zu Beginn gebracht, wobei aus einer nicht näher benannten Quelle in Anführungszeichen zitiert wurde: «‹Sie haben die Kinder vergewaltigt und das Ganze gefilmt.› Sieben Festnahmen in Bergamo. Unter den Angeklagten Priester und Erzieherinnen.»

Jetzt konnte die Stadt wieder Atem schöpfen. Das Warten hatte ein Ende. Hunderte, Tausende von Männern, Frauen, Alten und Kindern konnten tief durchatmen. Aber die Luft war nicht wie früher. Der Morbus war jetzt überall. Aerob und ätherisch. Innerhalb der wenigen Minuten, in denen der Nachrichtensprecher die Meldung verlesen und man den Beitrag gesendet hatte, war Bergamo zu einer pestkranken Stadt geworden. Man konnte zwar wieder Luft in seine Lungen pumpen, aber seufzen war nicht mehr erlaubt. Man konnte – eventuell – auf die Wahrheit hoffen, vielleicht sogar auf Gerechtigkeit, doch reine Unbedarftheit würde es von diesem Moment an nicht mehr geben. Für keinen.

Am 18. Januar titelten die Zeitungen: «Kinder von ihren Erzieherinnen im Kindergarten unter Drogen gesetzt», «Sie sollen verschwinden, für immer!», «Keine Gnade für die Kinderschänder» und so weiter, in immer neuen Variationen zum Thema.

Der wirkungsvollste Titel stand in *La città*, einer kostenlosen Stadtzeitung, die nur in Bergamo erschien: «Die Kinder aus dem Kindergarten: ‹Der Teufel hat uns vergewaltigt.›» Das war nicht etwa deswegen so beeindruckend, weil die Schlagzeile gestimmt hätte (hat sie nicht, denn wie bei allen übrigen war auch hier der Text zwischen den Anführungszeichen frei erfunden), sondern weil der obskure Schreiberling dieser kostenlosen Tageszeitung – in deren Redaktion nicht mehr als sechs, sieben Leute die Kurzmeldungen der Presseagenturen wiederkäuten – das Thema wie ein Raubtier gewittert hatte: den Teufel.

Noch bis einen Tag zuvor war das Urböse des Universums – mit doppeltem «U» – unvorstellbar wie das Leben auf dem Mars gewesen, ein wenig überzeugendes Trugbild, längst verschluckt vom Schatten der uns umgebenden Dinge: der Gasrechnung, die bezahlt werden muss, dem Wochenende am Meer, der zusehends fetter werdenden Ehefrau. Natürlich registrierte man, dass irgendetwas nicht stimmte, dass die Zeit gerade neben der Spur war. Furchtbare Verdächtigungen zirkulierten, dunkle Vorahnungen und das Gefühl von Ohnmacht befielen einen angesichts der Flüchtigkeit der Dinge und der Menschen, als würde mit einem Mal der Asphalt unter den Füßen aufweichen.

Doch keiner hätte vor dem 17. Januar genau sagen können, woher diese Merkwürdigkeiten rührten. Die vage Beklemmung, die viele verspürten, war kein Naturereignis. Sie war weder auf das Ozonloch zurückzuführen noch auf eine Fiebererkrankung – obwohl Grippeviren heutzutage schon zwölf Monate im Jahr ihr Unwesen treiben und Grippe längst kein jahreszeitlich bedingtes Übel mehr ist.

Jetzt aber war das Übel zur Gewissheit geworden. Jetzt, nach den 20-Uhr-Nachrichten, leuchtete in Bergamo das Urböse des Universums, das einen Tag zuvor noch so lichtlos gewesen war, in weit scheinender Offensichtlichkeit.

In den folgenden Wochen tauchten plötzlich überall Ärzte auf, die erklärten, sie hätten «unmissverständliche Symptome von sexuellem Missbrauch» an Kindern festgestellt. Berühmte Psychiater konnten die «Vorstellung von einer weitverbreiteten Schuld» nur bestätigen, Kinderschutzverbände begrüßten die Aufdeckung des Pädophilenkomplotts, die Eltern der mutmaßlichen Opfer begannen, ihr Leid mit dem Fernsehpublikum zu teilen.

Ab sofort hatten die entlastenden Zeugenaussagen und die unzulänglichen Beweise keinerlei Bedeutung mehr. Nach den 20-Uhr-Nachrichten wäre es sinnlos gewesen, darauf hinzuweisen, wie erschreckend der Fall bei genauerer Betrachtung an den Prozess des Sorelli-Instituts in Brescia erinnerte, bei dem die beiden Erzieherinnen schließlich von den Richtern freigesprochen worden waren, die das Phänomen als «geistige Kolonialisierung» erklärten.

Es wäre sinnlos gewesen, einen Zusammenhang zwischen den beiden Fällen, die sich so hochgradig ähnelten, herzustellen. Ganz im Gegenteil, es wäre kontraproduktiv gewesen, denn angesichts des Klimas, das nach den Festnahmen in Bergamo herrschte, hätte jede Wiederholung einer bekannten Episode die Beweiskraft nicht in Frage gestellt, sondern nur noch unterstrichen. Jede Ähnlichkeit, jede Wiederholung wäre schnurstracks dem Konto des Teufels gutgeschrieben worden. Nicht seiner Fähigkeit zu betrügen oder zu manipulieren, sondern seiner bis zum gestrigen Tag nur vermuteten Existenz.

In einer verseuchten Stadt würde die Wiederkehr von Klischees immer als unanfechtbarer Wahrheitsbeweis gelesen werden, gleichzeitig aber auch als Zeichen des Bösen. Denn eine verseuchte Stadt kennt keine andere Realität als die ihrer Gemeinplätze, und denen zufolge soll die Welt ein schlechter – zumindest ein schäbiger – Ort sein.

Aus demselben Grund würde jedes Gerücht, das von diesem Tag an hartnäckig in der Stadt kursierte, selbst wenn es nicht nachweisbar sein sollte – vor allem, wenn es nicht nachweisbar sein sollte –, die These vom Teufelspakt nur noch erhärten. Und tatsächlich munkelte man nach den Verhaftungen sogleich über spezifische körperliche Merkmale, anhand derer man Sexualtäter erkennen könne, und auch über genaue Untersuchungen der Spielzeuge, die die Peiniger im Priesterseminar benutzt hätten, um die Kinder anzulocken. Vor allem aber spekulierte man über die Existenz von Aufnahmen aus den Überwachungskameras der Schule sowie über den Fund perverser Videos, die die Vergewaltiger gedreht hätten.

Fortan würde man permanent so reden, als handle es sich um Tatsachen, aber niemals würde es Beweise für diese imaginären Merkmale, für besagte Untersuchungen oder Videoaufnahmen geben, niemals würde auch nur ein einziges Bild gezeigt werden.

Und genau deshalb schenkten wir der Sache Glauben, Aufmerksamkeit und Gehör. Wenn es so weiterginge, würde schon bald eine ganze Stadt in der gierigen Blase des Geredes, des Klatschs und Tratschs verschwinden. Dort, in der gemütlichen, glitschigen Höhle würde jedes Wissen zu einem Zeugnis degradiert werden, und jedes Zeugnis zu einem Zeugnis für Laster, Schmutz und Niedertracht. Denn Niedertracht ist immer dort, wo sich alles vermischt.

Und so wurde jede Verneinung zu einer Behauptung. Man hatte eine Umlaufbahn der Sprache betreten, in der man sich nicht mehr artikulierte. Von der unwiderstehlichen Schwerkraft des schwarzen Planeten angezogen, wirbelten die Verben und Substantive durch die Luft. Alles, was man von diesem Moment an behauptete, bewegte sich in niederträchtigen, konzentrischen Wellen, die von einem leeren Zentrum ausgingen.

****

Es war keineswegs so, dass ich von alldem nichts bemerkt hätte, und wie ich es bemerkte! Und als ich erfuhr, dass Marisa Comi die «zweite Taufe» von ihren Mitbrüdern der *Rinascita in Cristo* empfangen würde, war die Versuchung gar zu groß.

Es war Montag, der 21. Januar, wenige Tage nach der Verhaftung der drei Kindergärtnerinnen und der beiden vermuteten Komplizen von Don Mariano. Nachdem ich über das bevorstehende Ritual informiert worden war, eilte ich sofort zu Simona Terzi, einer Kollegin für Kulturanthropologie, die seit Jahren über die Strömungen der *Charismatischen Erneuerung* forschte.

Simona Terzi – gegerbte Haut, so schmal wie eine Hostie, aber überschäumend vor überspannter Energie – lieferte mir, noch lauter tönend als sonst, ihre anthropologische

Deutung der Vorkommnisse in Bergamo. Ihre Forschungen über die *Rinascita in Cristo* sowie andere analoge Strömungen hatten es ihr ermöglicht, den Ritualen beizuwohnen, obwohl sie als erklärte Atheistin nur von rein wissenschaftlichem Interesse getrieben wurde. Aus der Sicht der Gläubigen war der Weg, der zu ihnen führte – egal, welcher Weg – immer vom Heiligen Geist erleuchtet.

Rinascita in Cristo, so erklärte mir die Terzi, sei zum einen die Antwort des Katholizismus auf den erstaunlichen Vormarsch der Pfingstbewegung protestantischen Ursprungs, zum anderen aber auch die endgültige Kapitulation vor ihm (übrigens sei Sandra Modotti auf nationaler Ebene eine anerkannte Anführerin dieser Bewegung).

In den letzten Jahren hätten die Pfingstkirchen vor allem in Afrika und Südamerika dem Katholizismus Millionen von Gläubigen entrissen. In Rom habe man in den geheimen Gemächern des Vatikans beschlossen, zum Gegenangriff überzugehen und eigene charismatische Bewegungen ins Feld zu schicken, die denen der Protestanten ähnelten.

Das Ergebnis war ein weltweites Erstarken der Pfingstbewegung, ein Sieg für die «Dritte Kirche». Eine von Mystizismus und Puritanismus durchtränkte Kirche, die sich einer wörtlichen Auslegung der Heiligen Schrift und einer prophetischen, irrealen und emotionalen Form des Glaubens verpflichtet fühlte. Eine Kirche, in der die wundersamen Heilungen keine außergewöhnlichen Ereignisse mehr darstellten, in der das Heidentum mit seinen magischen Ritualen kein unbequemer Verwandter mehr war, den man besser im Keller versteckte, und in der das Mittelalter mehr bedeutete als nur die Vergangenheit des Christentums.

Obschon Johannes Paul II. die Arme der Heiligen Römischen Kirche weit für weltliche Strömungen geöffnet hatte, da er in ihnen die «Antwort des Heiligen Geistes auf die dramatischen Herausforderungen des sich zu Ende neigenden Jahrtausends» aufkeimen sah, sei der Konflikt nur hinausgeschoben worden. Die unabhängige interne Organisation, die Nichtanerkennung der kirchlichen Hierarchien, die direkte Verbindung mit einem persönlichen Gott – all das würde auf längere Sicht eine Unterwerfung der laizistischen Bewegungen unter die Römische Kirche unmöglich machen.

Nun gebe es kein Zurück mehr: Die gesamte Glaubenskraft habe sich auf den Heiligen Geist konzentriert, der die Kirche mit Gnade und Charismen überschüttet habe. Und der Heilige Geist wirke, wo immer er wolle.

«Die Waffenruhe ist beendet. Endlich ist der Krieg ausgebrochen. Heute taufen sie Marisa Comi im Namen des Heiligen Geistes. Sie ist ihre Kriegserklärung.»

Mit diesen Worten beendete die Terzi ihren Vortrag. Dann erwähnte sie noch kurz die verbindende Funktion, die Don Mariano Presti als spiritueller Assistent der von Sandra Modotti geführten Bewegung innehatte. Der Version meiner Kollegin nach zu schließen, handelte es sich dabei um die reinste Verschleierung. Don Mariano war seit Jahren in der Diözese für die *Rinascita in Cristo* verantwortlich; er war vom Bischof zum Aufpasser ernannt worden. Wegen Marisa Comis Anklage wollte er nun jedoch mit der Bewegung nichts mehr zu tun haben.

«Ich werde zu dem Taufritual gehen. Wenn du willst, nehme ich dich mit. So etwas darfst du dir nicht entgehen lassen. Es ist *das* Ereignis der Dritten Kirche.»

Ich haderte mit mir, ob ich die Einladung meiner Kollegin annehmen sollte oder nicht. Denn eigentlich fand ich ihre Sicht der Dinge ziemlich abstrus. Die Exzesse dieser Charismatiker kannte ich zwar nicht, die ihren dafür umso besser; sie sah die Welt gerne als einziges Schlachtfeld, auf dem sich die Bestien gegenseitig bekriegen. Trotzdem schätzte ich ihre wütende Intelligenz, und seit mir Martina den Laufpass gegeben hatte, genoss ich die Gesellschaft meiner Kollegin bisweilen sogar. Im Übrigen hatte sich die Terzi auch erst kürzlich von ihrem Ehemann getrennt – Verzweiflung verbindet. Also nahm ich ihr Angebot an.

Die Versammlung fand im ehemaligen Lazarett der Città Alta – einem heruntergekommenen Gebäude hinter dem Kapuzinerkloster – statt, in einem hoffnungslos anonymen Saal, den nur riesengroße Fotografien von Statuen schmückten sowie Zeichnungen und Gemälde von Engeln aus den verschiedensten Epochen und in unterschiedlichsten Stilen. Die melancholischen Engel von Dürer, die die Offenbarung des Johannes auf Patmos demonstrieren sollten, und jene alchimistischen, die Lorenzo Lotto in den «esoterischen Bildern» der Intarsien in der benachbarten Kirche Santa Maria Maggiore versteckte, vermischten sich mit Postern, auf denen muskulöse, beflügelte Wesen aus japanischen Mangas abgebildet waren, allesamt mit Reißnägeln an den Wänden fixiert.

Als die Terzi und ich den Saal betraten, waren da schon ein paar hundert Gläubige, die sich in den Reihen mit den grauen Plastikstühlen drängten und sangen.

«Er muss wachsen, Christus muss wachsen, Christus

muss immer mehr wachsen!», schrien die Chorsänger und wiesen mit ihren Zeigefingern nach oben, um keine Missverständnisse bezüglich der Richtung seines Wachstums aufkommen zu lassen.

«Aber ich muss kleiner werden, ich muss kleiner werden, immer ein wenig kleiner werden.» Jetzt wiesen die Zeigefinger nach unten.

«Christus muss siegen, Christus muss immer weiter siegen! Und er muss den Beelzebub austreiben, er muss den Beelzebub austreiben.» Die Gläubigen stampften mit den Füßen auf den Gegner von Jesus Christus. «Er muss den Beelzebub austreiben, immer mehr austreiben!»

Als ich sah, wie sich all die Buchhaltergestalten mit ihren Dickbäuchen und die Hausfrauen mit ihren Krampfadern abmühten, unter ihren Füßen mit Hacke und Spitze, wie in einem dämonischen Twist, die Schlange des Bösen zu zertreten, konnte ich ein Lachen nicht mehr unterdrücken. Es war das erste seit Wochen.

Simona Terzi gab mir zu verstehen, abzuwarten. Ihrer Geste nach zu urteilen, würde der interessantere Teil erst noch kommen.

Und tatsächlich trat bald darauf Sandra Modotti an den improvisierten Altar. Auf einen Schlag herrschte absolute Stille, als wäre ein unsichtbarer erratischer Block in den Saal gedonnert. Alle knieten sich nieder, manche legten sich sogar bäuchlings auf den Boden. Die Terzi und ich glitten flugs in den Schatten hinter den Gläubigen.

«Zeugen, wir sind alle Zeugen», brüllte die Modotti mit einer erstaunlichen Baritonstimme. «Christus ist tot, und er ist auferstanden, so steht es in der Frohen Botschaft, und dank unserer Erfahrungen können wir dies auch bezeugen. Wir müssen ihn nicht ans Kreuz genagelt sehen. Wir selbst haben mit eigenen Augen das Wunder erblickt. Das genügt uns vollauf. In unserer Epoche schenkt man Zeugen eher Gehör als Erziehern, deshalb müssen Letztere, wenn sie Beachtung finden wollen, ebenfalls zu Zeugen werden. Heute ist man nur dann authentisch, wenn man ausschließlich über sich selbst spricht. Alles andere ist abstrakt, sinnlos und grundverkehrt.»

Hier unterbrach sich die Predigerin, damit sich ihre Worte in der Stille setzen konnten, dann fuhr sie mit einem Zitat aus dem Johannesevangelium fort: «Was von Anfang an war, was wir gehört haben, was wir gesehen haben mit unseren Augen, was wir betrachtet haben und unsere Hände betastet haben, vom Wort des Lebens, was wir gesehen und gehört haben, das verkünden wir auch euch.»

«Amen, so soll es sein.»

«Liebe Brüder und Schwestern», predigte Sandra Modotti weiter, «lasst uns bei diesem Vers verweilen. Der Evangelist wendet sich an Menschen, die den Messias nicht kennengelernt haben und viele Zweifel hegen könnten. Also ermuntert er sie dazu, Vertrauen zu haben, denn er selbst war Augenzeuge. Au-gen-zeu-ge, prägt euch das gut ein! Was war Johannes?»

«Ein Augenzeuge!», antworteten alle unisono.

«Und ihr? Was seid ihr? Auch ihr seid Augenzeugen! Zeugen eures Übertritts, meine Brüder und Schwestern. Eures neuen Glaubensweges.»

Alle Anwesenden nickten zustimmend mit dem Kopf, so mancher applaudierte gar spontan.

«Denkt nur an die Fernsehnachrichten», sprach die hohe Gebieterin weiter. «Was tun sie denn, um uns von der Wahrheit der Meldungen zu überzeugen? Sie schicken einen Sonderberichterstatter vor Ort, der Augenzeuge der Geschehnisse wird. Und deswegen sind wir, wir alle, deswegen ist jeder Christ, der Jesus persönlich getroffen hat, ein Augenzeuge seiner Existenz – seiner und der des Teufels.»

Ein dumpfer Aufschrei. Als die Versammelten den Namen von Gottes Gegner hörten, stießen sie einen gutturalen Laut aus.

«Ja!», rief die Modotti zufrieden. «Ich merke, ihr habt verstanden, ihr seid mit mir! Aber zunächst möchte ich Zeugnis vor euch ablegen. Vor zwanzig Jahren waren ich und mein Mann Stefano, den ihr alle kennt …» – sie wies auf einen Mann in der ersten Reihe – «ziemlich wohlhabend. Wir besaßen hier in Bergamo ein Bauunternehmen, das bestens lief. Wir waren reich und dachten, wir seien glücklich. Der einzige Schatten in unserem Leben, ein entsetzlich dunkler Schatten, war lange Zeit unsere Kinderlosigkeit. Es wollten einfach keine kommen. Und als sie kamen, dann nur, um den Fluch zu bekräftigen. Ganze drei Kinder musste ich noch vor ihrer Taufe zu Grabe tragen. Zwei waren spontane Abgänge, und das dritte wurde mir wieder genommen, als es bereits das Licht der Welt erblickt hatte. Noch nie hätten sie so einen robusten Jungen gesehen, meinten die Ärzte zu mir, trotzdem starb er noch in derselben Nacht in meinen Armen. Ich überließ mich ganz und gar der Verzweiflung, ging zu Kartenlegern, Astrologen, Medien, Magiern und was es sonst noch alles so gibt. Damit mir das Schicksal wohlgesinnt war, oder, um mich ihm endgültig zu ergeben.»

Während die Modotti mit ihrer Geschichte fortfuhr, durchforstete ich den Saal nach Marisa Comi. Seit dem 20. November, also seit der ersten Versammlung in der Rodari-Schule, hatte ich sie nicht mehr gesehen. Da sie in der Zwischenzeit eine Berühmtheit geworden war, wollte auch ich, wie alle, ihr leibhaftiges Gesicht mit dem aus den Zeitungen vergleichen. Allerdings konnte ich sie in der Menge nicht ausfindig machen.

Also beobachtete ich den Ehemann von Sandra Modotti. Er war gerade damit beschäftigt, lange, leidenschaftliche Umarmungen mit etlichen Frauen auszutauschen, die von den Schicksalsschlägen des Ehepaars so erschüttert waren, dass sie weinten. Selbstverständlich bevorzugte er dabei die jüngeren, und ebenso selbstverständlich schien er die sinnlichen Berührungen zu genießen. Ich machte die Terzi darauf aufmerksam.

«Die Gaben des Heiligen Geistes können ganz verschieden sein», flüsterte meine Kollegin mir zu. «Alle schreiben Stefano Modotti die Gabe der Barmherzigkeit zu, das Charisma der Seelsorge.» Sie hielt kurz inne und betrachtete die Gläubigen. «Ja, ich weiß, was du denkst. Er nutzt das aus, und nicht zu knapp! Aber auch das gesteht man ihm gerne zu.»

Sandra Modotti wiederum hörte ich sagen: «… Eines Tages hat Stefano, wer weiß, vielleicht in der Hoffnung, den Treffer seines Lebens zu landen, dem vehementen Drängen eines Finanzberaters nachgegeben und all unser Hab und Gut in dieses Teufelszeug investiert – in sogenannte ‹Derivate›, die an argentinische Anleihen gebunden waren. In einer einzigen Nacht, am 16. Januar 2000, haben wir alles verloren. Das hat uns an den Bettelstab gebracht. Es wäre sinnlos, sich jetzt damit aufzuhalten, was in den folgenden Tagen und Monaten alles geschah. Wir waren ganz einfach tief gesunken. Ein Abgrund ist immer finster, blind wie ein Bandwurm, der sich in unseren Gedärmen einnistet. Und über die Finsternis gibt es weiß Gott nichts Interessantes zu erzählen. Was ich euch aber noch sagen möchte, ist, dass ich zweimal versucht habe, mir das Leben zu nehmen. Das erste Mal mit Tabletten, das zweite Mal wollte ich mich mit Autoabgasen vergiften. Und als ich über einen dritten Versuch nachdachte, erschien mir einer von ihnen …» Die Frau wies auf die Engelposter an der Wand. «Ich war geblendet. Doch er sagte: ‹Nicht mich sollst du ansehen, sieh nach oben!› Neun Monate später brachte ich mein Kind zur Welt.»

Nach dieser Geschichte waren die Gläubigen zutiefst ergriffen. Ergriffen und betört. Die Modotti nutzte das, um ihre prophetischen Äußerungen wiederaufzugreifen.

«Und jetzt sollen wir, die wir Christi Augenzeugen sind, unseren eigenen Kindern, den Augenzeugen des Teufels, nicht glauben! Sie sagen, dass ihren Aussagen nicht zu trauen sei, dass wir sie beeinflusst hätten, dass die Kinder nicht wüssten, was sie da von sich geben. Ich aber entgegne ihnen: Herr, vergib ihnen, denn sie wissen nicht, was sie tun! War es vielleicht nicht unser Herr Jesus Christus, der am Kreuz sagte: ‹Lasset die Kinder zu mir kommen, denn aus ihnen spricht die Unschuld›? Die Ungläubigen sagen zu uns: Wir Erwachsenen dürfen nicht an den schwarzen Mann glauben, ich aber entgegne ihnen: Wie sollten wir unseren Kindern nicht glauben? Unsere Feinde verlachen uns: Wie könnten wir nur an den Teufel glauben? Ich aber bedauere sie und sage: Wie könnt ihr nur *nicht* an ihn glauben? Wie könnt ihr nur ohne einen Glauben leben, ohne irgendeine Religion? Hier, meine Brüder und Schwestern, geht es einzig darum, zu glauben oder nicht zu glauben: an das Böse und an das Gute. Der Teufel ist eine reale Entität. Akzeptiert diesen Krieg gegen den Dämon, und das ganze Land wird es euch danken!»

Die Menge der Gläubigen brach in Jubelgeschrei aus. Da griff Sandra Modotti nach einer kleinen Kiste auf dem Altar. Sie holte eine Monstranz heraus, die in grüne Tücher gehüllt war. Während sie eins nach dem anderen auffaltete, psalmodierte sie ihre Anrufungen: «Entzünde in uns das Feuer, o Herr, entzünde in uns das Feuer, o Herr, und taufe uns mit deiner Macht! Herr, hilf uns, heile uns, führe uns, rette uns … Erlöse, Herr Jesus Christus, all die Brüder und Schwestern, die durch die Schuld deiner Jünger leiden mussten, deiner Pfarrer, die, anstatt dir zu dienen und dich zu rühmen, einen bösen Schatten auf deine Kirche geworfen haben … Erlöse uns von dem Bösen, o Herr …»

So wic die Worte in Gesang übergegangen waren, so verwandelte sich jetzt der Gesang in einen Fluss harmonischer, absolut unverständlicher Laute. Eine Zungenrede, eine mysteriöse, archaische Melodie glitt über die Lippen der Priesterin. Es war eine klare, jedoch allen unbekannte Sprache, was der Frau ermöglichte, in persönlichen Dialog mit ihrem Gott zu treten. Eine klingende Blase, in der sich die unhörbaren Harmonien, die vom Kreisen der Gestirne in der Himmelsmechanik herrührten, mit dem Lallen eines Kindes vermischten. In dieser wirbelnden, lieblichen Strömung endeten alle Schwangerschaften glücklich, alle Neugeborenen waren gesund und munter, Milch floss immer reichlich aus den Brüsten der Mütter, alle Krankheiten wurden geheilt, alle ungeklärten Perspektiven festgeklopft, alle Gewitter entluden sich an verlassenen Orten.

In den ersten Reihen herrschte helle Aufregung. Eine Frau war ohnmächtig geworden. Ein Kapuzinermönch, der kniend im Gebet versunken war, hatte sie in liebevoller Fürsorge aufgefangen und ihren Kopf und Rücken gestützt. Andere Gläubige kamen mit höchst besorgter Miene herbeigeeilt.

«Das ist das Ruhen im Heiligen Geist», erklärte mir die Terzi. «Ein innerer Friede, der sich in einem plötzlichen Ohnmachtsanfall äußert. Ein Zustand absoluter Ruhe, der eintritt, wenn jede andere Form der Kommunikation mit Gott aufgrund allzu großen Leids unmöglich ist.» Sie sagte das ohne jeden Sarkasmus in der Stimme, eher mit einem Hauch von Traurigkeit.

Ich beschloss zu gehen.

Kurz vor dem Verlassen des Saals drehte ich mich noch einmal um und warf einen letzten Blick hinein. Für einen Augenblick sah ich jetzt, umgeben von Gläubigen, die alle ihre Hände auf ihren Kopf gelegt hatten, Marisa Comi – eine rote Spinne in einem von den anderen gewobenen Netz. Sie bereiteten sie auf die «zweite Taufe» vor.

Ihr Gesicht erinnerte mich in keiner Weise mehr an das jener Frau, die ich in meinem Sprechzimmer in der Universität kennengelernt hatte. Vielmehr hatte ich den Eindruck, ich könne durch sie hindurchsehen, wie bis zum Boden einer Wanne mit leicht bewegtem Wasser. Die Seligkeit, die ihren Augen abzulesen war, leuchtete im reflektierten Licht. Ich für meinen Teil sah nur Menschen, die anderen Menschen ihr Gewissen überließen und auch noch dankbar dafür waren.

Angetrieben von Ekel und einer heftigen Abwehrreaktion, verließ ich den Saal.

Ein Mann kam ebenfalls herausgeschossen. Er machte einen ziemlich verärgerten Eindruck, als hätte ihn das Ritual der Taufe im Heiligen Geist in Rage gebracht. Es war Stefano, der Mann von Sandra Modotti.

In diesem Moment war ich nicht einmal so geistesgegenwärtig, um mich darüber zu wundern. Ich hatte die Nase voll von all diesen Söhnen einer Geschichte, die seit Jahrtausenden nicht müde wurde, Milch aus den Brüsten des Teufels zu saugen. Nein, danke. Da war mir die Gesellschaft meiner kleinen Privatdämonen dann doch lieber.

Ich ging ins Café del Tasso – auch um diese späte Zeit konnte man sich durchaus noch einen kleinen Aperitif genehmigen.

Kaum dass ich eingetreten war, bereute ich es auch schon wieder. Am anderen Ende des langen, antik möblierten Saals, den ein riesiges Deckengewölbe mit Rundbögen schmückte, saß Giuseppe Vidotto, der rasende Reporter von *La Stampa*, der mich im November am Telefon über die Situation der pädophilen Priester aufgeklärt hatte.

Vidotto war einer der unzähligen Journalisten, die nach der Festnahme der drei Erzieherinnen in Bergamo eingefallen waren. Alle wichtigen Zeitungen hatten mittlerweile einen Korrespondenten in der Stadt, und der «Journalistenzirkus», wie sie sich selbst nannten, hatte seine Zelte ausgerechnet im Café del Tasso aufgeschlagen.

Als Vidotto mich erblickte, sprang er von dem Tisch auf, an dem er und ein paar Kollegen eifrig am Bechern waren, und stürmte auf mich zu. Gianni, der Lokalbetreiber, verfolgte kopfschüttelnd die sportliche Leistung des Mannes.

«So ein Wahnsinn, Professore … der reinste Wahnsinn!», rief Gianni mehrmals empört, während er hinter seiner Theke stand und mit einer eingelegten Kirsche einen Cocktail verzierte.

Seitdem diese ganze Geschichte ins Rollen gekommen war, war Gianni, der König der Skeptiker – trotz seines Antiklerikalismus –, in eine Melancholie versunken, die nicht zu übersehen war. Sogar seine übliche Gesprächigkeit hatte er abgelegt. Die einzigen Worte, die er noch herausbrachte, waren: «So ein Wahnsinn … der reinste Wahnsinn …»

Vidotto lieferte mir die Informationen, die er in den letzten Tagen zusammengetragen hatte; selbst mein offensichtliches Desinteresse konnte ihn anscheinend nicht davon abhalten. Der Herausgeber und der Chefredakteur von *La Stampa* hatten nämlich die Hoffnung nie ganz aufgegeben, jemand könnte in Form eines längeren Artikels Vidottos Berichte kommentieren, und so hatten sie diesen gebeten, mich auf dem Laufenden zu halten.

In jenen Tagen war man wild entschlossen, auf irgendwelche Verbindungen zwischen den verschiedenen Figuren dieser undurchschaubaren Geschichte zu stoßen, auf einen Geheimpfad, der im Dschungel vermeintlicher Parallelen von einem Akteur zum nächsten führte, um so die Existenz eines Komplotts nachzuweisen. Dabei war es für den Sonderberichterstatter von *La Stampa* wie für jeden anderen Journalisten gleichgültig, ob mit den fraglichen Beweisen tatsächlich eine von einem hypothetischen Pädophilennetz angezettelte Verschwörung enthüllt wurde oder die Sache zu Schaden der unschuldig Angeklagten aufgebauscht wurde. Ob das Komplott nun das Werk der Angeklagten oder der Ankläger war, machte für die Zeitungsschreiber keinen großen Unterschied, Hauptsache, es gab überhaupt ein Komplott.

Wie so viele, hatte sich auch Vidotto schon sein eigenes Theorem zurechtgelegt. Die Erklärung folgte sogleich. Er meinte, er verfolge gerade eine Spur, die möglicherweise Don Presti mit Mati Wangari verbinde, und diese wiederum mit Andrea Comi, dem Vater von Margherita, der ersten Anklägerin.

Seine Worte machten einen starken Eindruck auf mich, denn seit die Zeitungen begonnen hatten, permanent Mati Wangaris Foto zu bringen, war die afrikanische Immigrantin, die man grausamster Verbrechen beschuldigte, für mich zu einer faszinierenden Gestalt geworden. Den Fotos auf den Lokalseiten nach zu urteilen – dasselbe galt für die Aufnahmen von ihrer Verhaftung, die sämtliche Fernsehsender nur allzu gern in ihren Nachrichten ausgestrahlt hatten –, war die Wangari eine Frau von bemerkenswerter, fast erschreckender Schönheit. Sie hatte eine tiefschwarze Haut, einen üppigen Busen und einen kugelrunden Hintern, wie es für farbige Frauen typisch ist, beides jedoch in geradezu gigantischen Ausmaßen. Zu allem Überfluss war sie, im Gegensatz zu den meisten ihrer Landsmänninnen, auch noch ungeheuer groß. Ihr ganzer Körper vermittelte mir den Eindruck, als müsse man, um ihn zu besitzen, ihm erst Leben einhauchen wie einer dieser Statuen aus Stein, die das Gewicht ganzer Gebäude tragen. Kein Mann könnte allein der sexuellen Energie standhalten, die ihr Körper ausstrahlte. Kein anderes Fleisch würde mit diesem Übermaß an Fleisch fertig werden.

Aber Mati Wangari war auch aus anderen Gründen eine bemerkenswerte Frau. Ende der achtziger Jahre war sie entlang der Sklavenhandelsroute heimlich aus Nigeria nach Italien eingewandert, hatte mit einer rückwirkenden Genehmigung ihren Aufenthalt legalisiert, im Anschluss daran ein glänzendes Abitur an einer Abendschule abgelegt und sogar noch ein Studium der Erziehungswissenschaften absolviert. Da sie zu den wenigen afrikanischen Frauen gehörte, die bereits Anfang der Neunziger in Bergamo lebten und so eine Ausnahme war unter den Männern, die für gewöhnlich zuerst kamen und sich später um eine Familienzusammenführung bemühten, war sie schon bald zu einer Art Leitfigur in ihrer Gemeinde geworden: Sie hatte den Verband *Neue Welt* gegründet und damit innerhalb der afrikanischen Community spontan entstandenen sozialen Netzen eine rechtliche Heimat geschaffen; sie hatte ein Gewerbe auf die Beine gestellt, mit Erfolg: Das *African Center*, einen Bazar mit breitgefächertem Angebot, auf dem Lebensmittel und Kleidung verkauft wurden und der außerdem Telecafés sowie Friseur- und Kosmetiksalons für afrikanische Kundinnen beherbergte. Zu guter Letzt fungierte sie als kulturelle Vermittlerin sowie als Projektleiterin für die Integrationspläne der Rodari-Schule. Und ganz nebenbei hatte sie auch noch einen ihrer Landsmänner geheiratet und fünf Kinder mit ihm gezeugt.

Nach den angeblichen Entdeckungen von Vidotto scheint es allerdings auch in der bemerkenswerten Geschichte der Mati Wangari ein dunkles Kapitel zu geben. Denn Vidotto erzählte, er habe dank seiner Informanten bei der Einwanderungsbehörde Mailand herausgefunden, dass Mati Wangari zunächst mit einem Pilgervisum nach Italien gekommen war.

Vidotto teilte mir diese Information in einem fast feierlichen Ton mit. Ich zeigte mich aber in keiner Weise verwundert, also erklärte er mir geduldig: Es sei das Visum, mit dem alle nigerianischen Prostituierten, die auf den Umgehungs- und Landstraßen auf den Strich gingen, in unser Land kämen. Das Pilgervisum. Das vermutete Ziel sei in unserem Fall aber nicht San Pietro, sondern die Wallfahrtskirche Madonna di Caravaggio in der Diözese Bergamo, ebenjene von Don Presti. Doch damit nicht genug: Fast alle Kundinnen von Wangaris Schönheitssalon seien Straßennutten, und einige ihrer Angestellten anscheinend auch.

Kurzum, Vidottos Ansicht nach war der Schönheitssalon im Grunde ein Bordell. Noch heute erinnere ich mich an den genauen Wortlaut, als ich ihn fragte, was Andrea Comi damit zu tun habe.

«Comi», meinte Vidotto, «ist der typische erfolgreiche Unternehmer aus Bergamo: nur Haus, Kirche, Arbeit und Nutten im Kopf. Einer von der Sorte, die vor allem deshalb in Rumänien Fabriken gründen, um sich mit preiswertem Frischfleisch einzudecken. Für solche Leute ist die Ausbeutung von Billigarbeitern nur ein Vorwand, um sich ein paar willige Dienerinnen heranzuziehen. Wenn solche Typen die neuen Herrscher werden, sind wir auf dem besten Weg, in die Zeiten vor der Französischen Revolution zurückzukehren.»

Die Rede sei von Leuten, die sich jedes Jahr einen anderen Porsche anschafften. «Jedes Mal wird einem das neueste Modell präsentiert, aber im Getränkehalter ist immer dasselbe Zeug», schloss Vidotto mit geheimnisvoller Stimme.

Als ich von ihm wissen wollte, was er damit meine, antwortete er: «Komm, ich zeig's dir. Andrea Comis Porsche Cayenne ist gleich hier um die Ecke geparkt, hinter dem Mercato del Fieno.»

Ich folgte ihm auf die Piazza, auf der früher der Markt abgehalten wurde und die jetzt der einzige bewachte Parkplatz der Altstadt war. Wie immer, wenn ich zufällig hier vorbeikam, wechselte ich ein paar Worte mit dem albanischen Parkwächter.

Wenige Minuten später war ich wieder bei Vidotto, der neben einem protzigen Sportwagen stand. Er zeigte mir ein eigenartiges Gefäß, hübsch drapiert neben dem Schaltknüppel in dem Getränkehalter für Champagnerflaschen.

Als ich meine Augen den verdunkelten Scheiben näherte, erkannte ich einen großen, durchsichtigen Plastikbehälter, der über und über mit weißen Pillen gefüllt war.

«Das sind Cialis-Tabletten, kein Kokain», meinte Vidotto schnell. «Die neue Droge der Hurenböcke.»

Nachdem ich nun also rundum aufgeklärt worden war, verabschiedete ich mich von Vidotto und zog ab. Seine unausgereifte Verschwörungstheorie kam mir noch abstruser vor als die von der Terzi. Andererseits pflegte damals jeder einen kleinen Verschwörungsalbtraum mit sich herumzutragen.

Zu dieser späten Stunde blieb mir im Prinzip nichts anderes übrig, als nach Hause zu gehen. Ich hätte nur, wie sonst auch, zur Porta San Giacomo und die Stadtmauer entlanggehen müssen, weiter die Via Sant'Alessandro hinunter, und schon wenige Minuten später hätte ich mich einen weiteren Abend lang vor den Fernseher pflanzen können.

Doch ich entschied mich für einen kleinen Umweg; ich wollte genau den Weg gehen, den – der Rekonstruktion der Ermittlungsrichterin nach zu schließen – die Entführer mit dem Auto genommen haben müssten, um die Kinder von der Schule zu ihrer Folterkammer im Priesterseminar zu bringen.

Was mich antrieb, war das verstörende Gefühl, das mich seit Wochen fest im Griff hatte und mich nun an diesem Abend, nach der Versammlung von *Rinascita in Cristo* und dem Gespräch mit Vidotto, komplett aus der Bahn geworfen hatte. Nicht leicht zu beschreiben, meine Gemütsverfassung – eine Art fiebrige Sehnsucht nach den flüchtigen Erinnerungen an meine Kindheit. Ein Verlangen nach den vergessenen Augenblicken meines früheren Lebens als Kind, nach vermutlich schrecklichen und verdrängten Erlebnissen, die dennoch eine unglaubliche Aura der Zärtlichkeit umgab.

Konkret spürte ich, wie eine längst gelöschte Episode zaghaft an meine Erinnerung anklopfte. Sie kündigte sich mit den immer gleichen Bildfetzen an: ein Mann im grünen Kittel mit einem Haken gewappnet, ein bunter Plastikvorhang, die Stimme meines Vaters, die in einem fort «Die Cholera …

die Cholera» wiederholt, ein Lichtfleck, ein Zementestrich mit Blutspritzern. Sie terrorisierten mich, und doch wollte ich sie immer wieder sehen. Als ich den Geschmack meiner Kindheit wieder schmeckte, geriet ich in das Dilemma, ob es nun besser wäre, es zu wissen oder es nicht zu wissen, das Dilemma eines von Eifersucht gequälten Ehemanns.

Den Weg der entführten Kinder abzugehen war zweifellos ein lächerlicher Akt. So etwas tun nur zwanghaft veranlagte Menschen. Ich weiß noch genau, dass ich mir das den ganzen Weg über vorwarf. Ich weiß aber auch noch, dass ich diese kleine Reise auf den Spuren des Grauens unternehmen musste; zu sehr litt ich unter dem haarsträubenden Missverhältnis zwischen dem kläglichen Leben dieser Stadt, ihrer Leute (im Grunde meiner Stadt, meiner Leute), und dem gespenstischen Schatten des Bösen, den die Anklagen der Kinder auf sie warfen – dem Missverhältnis zwischen ihren Geschichten von notorischer Trostlosigkeit oder täglichem Stoizismus und dem schwarzen Märchen von kinderfressenden Ungeheuern. Mir schien, als gäbe es einen unüberwindbaren Widerspruch zwischen der Banalität eines mit Cialis zugedröhnten Unternehmers, eines von käuflicher Liebe abhängigen Junkies, und der unfassbaren Perfidie einer Organisation von Kinderschändern.

In diesem Moment dachte ich, die einzige Möglichkeit, gegen dieses immense Ungleichgewicht anzugehen, wäre, es mit dem Meterstab meines bescheidenen Schrittes, des Schrittes eines Zweibeiners, abzumessen, der unter freiem Himmel in seiner pathetisch aufrechten Haltung dahinmarschiert.

Also ging ich, meinem persönlichen Bürgersteig ausgeliefert, die ganze befahrbare Strecke, die vom Bischöflichen Priesterseminar zur Rodari-Schule führte, zu Fuß. Ich ging um den Dom herum, überquerte die Piazza Giuliana und erreichte über die Via Rosate den Viale delle Mura. Von da an hielt ich mich an den Schutzwall, bis zur Kirche San Michele; bei der Porta Sant'Agostino verließ ich dann die Stadtmauer und folgte der breiten Kurve des Viale Vittorio Emanuele, bis dieser links die Via Brigata Lupi (ich liebe den Namen dieser Straße, der die Partisanenkämpfe ehrt) und rechts die Via Botta kreuzt. In Letztere bog ich ein und gelangte zur Via Sant'Alessandro. Auch die ging ich hoch, bis zum Ende, bis zur Piazza Pontida. Und trotzdem: nichts. Ich fand nichts. Auf dem ganzen Weg, den ich brauchte, um gegen das Ungleichgewicht anzugehen, das meine Sinne verwirrte: nichts. Dieser Spaziergang brachte keine Klärung, keine Orientierungshilfe. Kein Zeichen, keine Eingebung, nicht einmal ein Indiz. Ich hatte die ganze Strecke zu Fuß zurückgelegt, womöglich hatten auch meine guten Schuhe darunter gelitten – vergeblich. Ich war ein Mensch, der sich auf der Erdoberfläche bewegte, doch das Leben hatte mir nichts zu sagen.

Schließlich erreichte ich die Piazza Pontida, die unsichtbare Grenze zwischen der Villengegend, dem «guten Viertel», und dem verrufenen Immigrantenviertel. Ich ging weiter. Als ich den Largo Cinque Vie überquert hatte, da, wo die Via San Bernardino beginnt, wurde ich Zeuge einer Fellatio. Der orale Akt vollzog sich vor meinen Augen (und vor denen einer Überwachungskamera, die installiert war, um gegen Straßenprostitution anzugehen) an der Kreuzung einer Hauptstraße, von den Lichtern unzähliger Bars beleuchtet.

Fast fühlte ich mich erleichtert. Das Mädchen, das in einem gut einsehbaren Auto einem reiferen Herrn gegen Bezahlung Lust bereitete, war weder eine Pornodarstellerin noch die Hauptfigur in einer boshaften Tratschszene, und sie war auch kein Hirngespinst unserer hypertrophen Vorstellungswelt. Sie war das wahre Leben, das nackte, krude Leben.

Ich wusste, dass das Immigrantenviertel eine Hochburg des Straßenstrichs war. Schon immer hatte sich das untadelige Bergamo für die Schaffung dieser Enklave ausgesprochen, für etwas, was man damals noch nicht «das Laster» nannte. Ein Ghetto der Selbstabsonderung mitten in der Altstadt. Die einzige Neuigkeit, die die hochschlagende Welle des Verdachts im Rahmen von Mati Wangaris Festnahme zu bieten hatte, befand sich fest verschlossen im Auge dieser Kamera, die gerade jene Sexspiele aufzeichnete.

Zu Beginn des neuen Jahres hatte, nach vorauseilenden energischen Protesten, ein Freiwilligenkomitee tatsächlich damit begonnen, die sexuellen Begegnungen im Immigrantenviertel abzufilmen, denn plötzlich hatten sich private Videokameras zu denen gesellt, die die Stadt schon vorher zur Bekämpfung von Straßenprostitution installiert hatte. Das einzige Ergebnis wird wahrscheinlich ein riesiger Berg an pornographischem Material sein.

Die weitaufgerissenen Augen der Kameras, die die sexuellen Betätigungen keinesfalls stören wollten, würden zu einem Übermaß an Überwachung führen. Ein Haufen versprengter Bilder mit unaussprechlichen, unerträglichen Szenen. Dies würde das einzige Resultat des Aufstands der Bewohner dieses Viertels sein, mehr aber auch nicht. Jener

Abend, der ohnehin schon langsam zur Nacht wurde, schien mir eine treffende Metapher für eine Stadtbevölkerung, die nunmehr die unbedeutende Rolle des Zuschauers besetzte, gefangen in der falschen Alternative zwischen Phlegmatismus und Ohnmacht.

Das dürfte eigentlich nicht weiter verwundern. Tag für Tag, Nacht für Nacht kamen wir doch an einem ganzen Heer von Prostituierten vorbei, allein in Mailand waren es mehr als zehntausend. Und wir waren ihre Kunden.

Acht Millionen, darauf belief sich die Zahl der Freier in Italien. Das war ein erheblicher Teil der männlichen Bevölkerung, die in einem Stadium unterentwickelter Sexualität verharrte, in dem der sexuelle Akt eine finstere, sadistische Nuance bekommt und zu einer von Besitzansprüchen und Verachtung genährten Übung wird, zu einer Aufforderung zur Unterwerfung, gleichzeitig aber auch zu einer Kapitulation vor der erotisch-sentimentalen Frustration.

«Halt's Maul und lutsch mir den Schwanz.» Wir wollten Frauen, die reine Objekte waren, derer wir uns nach Lust und Laune bedienen konnten. Und unsere Lust entsprang der Tatsache, dass wir die einzigen menschlichen Wesen in einer Welt der Objekte waren. «Dreh dich um, dann besorg ich's dir von hinten.» Wir wollten eine Frau aus Fleisch und Blut vögeln, aber wir wollten es so treiben, als würden wir uns einen runterholen. «Das gefällt dir wohl, du Schlampe!» Die Frau aus Fleisch und Blut musste sich im Schein einer Sexphantasie entmaterialisieren. «Bitte deinen Herrn und Gebieter um Gnade.» Ficken musste heißen: sich entmaterialisieren, sich annullieren. Wir träumten davon, dass unser Schwanz wie ein Atompilz explodiert.

Unser Verlangen hatte eine düstere Färbung, die gleichen schwarzvioletten Töne, die am Schauplatz der unzähligen Sexualverbrechen zu beobachten waren, die scheinheilige Spanner und dreckige Hurenböcke tagtäglich in unserem Land gegen Frauen verübten. Und vielleicht – warum nicht? – auch am Schauplatz der Sexualverbrechen, die gegen Kinder verübt wurden.

Das waren also meine Gedanken, während ich von der Via Don Luigi Palazzolo in Richtung Via Quarenghi ging, wobei ich um die Via Greppi einen weiten Bogen machte, um keinesfalls die Rodari-Schule zu passieren.

Überall, zu beiden Seiten der Via Quarenghi, folgte ein Ladenschild auf das nächste, afrikanische, chinesische, ecuadorianische Geschäfte – *Metzgerei Quarzazate*, *Bazar Marrakesch*, *Savana Market* –, Orientierungsschilder in einer Landschaft, deren Ortsnamen aus einem Repertoire an Stereotypen stammten.

Ich für meinen Teil drehte mich in alle Richtungen, auf der verzweifelten Suche nach dem *African Center*, dem Bazar mit dem angegliederten Bordell von Mati Wangari. Aber ich konnte es partout nicht finden. Es gab einen *Manioca Shop*, eine *Bamba Boutique*, sogar einen *African Air Saloon*, aber weit und breit kein *African Center*. Die Ladenbesitzer und viele ihrer Kunden oder Freunde, die vor den Geschäften herumstanden, musterten mich so, wie ihre Vorfahren den ersten europäischen Entdecker gemustert haben mussten. Wahrscheinlich, so sagte ich mir, hat seit Ausbruch des Skandals kein Weißer mehr diese Gegend betreten. Zumindest nicht nachts und nicht zu Fuß.

Ich kam an einem Hamam vorbei. «Tausendundeine

Nacht» stand auf dem verheißungsvollen Schild am Eingang. Von 19–22 Uhr nur für Männer. Das neue Afterwork-Programm. Schnell noch einen Aperitif und dann ab zur Massage. Die Happy Hour des westlichen Arbeitnehmers in diesem fortgeschrittenen Tertiär. Ich trat ein.

Gleich am Eingang saß eine alte Megäre hinter einem Büroschreibtisch und scannte mich mit einem misstrauischen Blick.

«Eine Massage», sagte ich. «Ich hätte gerne eine Massage.»

«Was für eine Massage?»

«Zur Entspannung, eine Massage zur Entspannung», gab ich zurück, wobei ich am liebsten ein «in Gottes Namen» hinterhergeschickt hätte.

Sie nickte, fast heiter gestimmt. Gut, sie kommen also wieder, musste sie sich gedacht haben, sie kommen immer wieder. Der Notstand ist beendet. Einen richtigen Notstand hat es im Grunde nie gegeben.

«Ganzkörper?»

«Ganzkörper», gab ich zurück, was immer das auch heißen mochte.

Die Puffmutter führte mich in eine dunkle, duftende Höhle, wies auf eine Liege und gab mir einen albernen Lendenschurz. Ich band ihn mir um und legte mich hin. Langsam begann ich mich im Schweißbad würziger Dämpfe aufzulösen.

Als das Mädchen eintrat, dachte ich, es sei ein Versehen, ich hoffte es sogar – sie war bezaubernd, mit ihren langen Gliedmaßen und den riesengroßen Augen, so zierlich gebaut, eine Berberprinzessin, eine Madonna der afrikanischen Hochebenen. Viel zu schön, um sich zu mir herabbeugen zu müssen, und völlig unter ihrer Würde, mich anfassen zu müssen. Fünfzig Euro für eine ganze Stunde, wo doch eigentlich ich ihr dienen müsste!

Das war dann aber auch schon mein letzter bewusster Gedanke an diesem Tag. Das Mädchen legte mir seine Hände auf. Auf dem Bauch liegend, verlor ich mich in der debilen Benommenheit des Genusses. Eine zarte Lust von geringer Intensität, aber umso durchdringender. Ihre Hände auf meinen Beinen, auf meinen Hüften, auf meinem Po. Sie machten mich zu einem unbefleckten Mann, einem Meerestier, einer Robbe, einem Thunfisch, zu einem Kind.

Dann sollte ich mich umdrehen. Jetzt – endlich – lag ich auf dem Rücken.

Ich hörte sie Nettigkeiten in mein Ohr flüstern: «Bist du müde? So viel Arbeit … mein Armer … viel Stress. Jetzt kümmere ich mich um dich … kümmere ich mich um dich …»

Ja, kümmere du dich um mich, kümmere du dich um mich, mein Schatten der Hochebenen, mein nächtlicher Höhenflug, hauche den Sand deiner Wüsten auf mich. Mein Geist ist noch romantisch, obschon mein Körper in den Abscheulichkeiten käuflicher Liebe versunken ist, im Wankelmut der Gelüste, die sich zum obersten Gesetz des Marktes aufgeschwungen haben.

Geradezu enorm, das Ausmaß an psychischem Leid. Aber das betrifft uns nicht, das ist nicht unsere Schuld. Es ist die Qual des Auseinanderklaffens zwischen der Zeit des Lebens und der Zeit der Welt. Wir irren durch die Ruinen des Jahrhunderts der unzähligen Lieben. Unsere Epoche läuft nicht im Takt mit sich selbst. Unser Herz schlägt mit fast zwei Jahrhunderten Verspätung. Ein schleichender Infarkt.

Die Hände auf dem Hals, auf der Brust, auf den Hüften – es sind nicht mehr Brust und Hüften eines Mannes, es sind noch nicht Brust und Hüften einer Frau. Die Hände auf den Schenkeln, auf den Hüften, auf dem Penis.

«Ganzkörpermassage?»

«Ganzkörper … ja, ja … Ganzkörpermassage.»

Sie berührt meinen Penis, wie sie zuvor meine Hände, meine Knöchel, mein Steißbein berührt hat; ohne den Griff zu lockern, ölt sie ihn ein, wie sie zuvor die Hüften, den Rücken, die Schultern eingeölt hat. Ohne Unterbrechung. Er ist kein Geschlecht, er ist kein Symbol, nur ein fleischiger Auswuchs, irgendein anderer Körperteil, ein kavernöses Gewebe, ein offensichtlich nicht sehr großer Körperteil. Und den massiert sie eben auch, nicht mehr und nicht weniger.

Martina hat mich nie so massiert. Sie ist meine Lebensgefährtin – zumindest war sie das –, und nicht meine gebenedeite Dienerin. Ich sehe sie vor mir … sie ist so weit weg. Ich sehe sie überall, zwischen meinen Studentinnen, zwischen den verzweifelten Müttern von der Versammlung im Teatro Donizetti, zwischen den Gläubigen von *Rinascita in Cristo*. Nein, sie ist nicht schwanger, nicht von mir. Sie hat sich nur einen Scherz mit mir erlaubt, sie hat gelogen. Sie wollte mich hinters Licht führen. Die Gläubigen haben schon recht: Keinem ist mehr zu trauen. Es werden keine Kinder mehr gezeugt. Schwangerschaft, Geburt – längst Legende! Es werden keine Kinder mehr in die Welt gesetzt. Nicht in diese Welt.

Ich strecke die Hand nach ihr aus. «Jetzt nehm ich dich.»

Gefällt mir, meine Ansage. «Hab dich schon!», rufe ich, als sich meine Arme um sie schlingen. Doch die Masseurin weist mich zurück, entschlossen, aber sanft. Mütterlich. «Nur massieren … nur ich berühren … du ruhig, du entspannen.» Ja, mütterlich. Mütterlich. Ich muss ihr recht geben: Dies ist die andere Himmelshälfte der Prostitution. Sie ist mit allen Wassern gewaschen, meine Prinzessin der Hochebenen, sie hat es auf den Abhängen des Atlasgebirges gelernt: Das Höchste der Gefühle ist es nicht, den anderen zum Objekt unserer Lust herabzuwürdigen, sondern zuzulassen, dass die Lust ihre Spielchen mit uns treibt. Und damit uns herabwürdigt. Bis zu diesem tristen, einsamen, finalen Orgasmus. «Du ruhig … du entspannen … nur ich berühren.»

Unser ganzes Leben lang fürchten wir, ein Mann mit dem Pimmel eines Jungen zu sein. In Wirklichkeit sind wir kleine Jungen mit dem Gemächt eines Mannes. Wir regredieren. Wir regredieren unemanzipierten Beziehungen entgegen, wohltuender Unterwerfung entgegen, himmlischen Dekompensationen entgegen. Unser Erwachsenenleben ist mittlerweile nur noch eine einzige Kindheitserinnerung.

Wir haben es nicht mehr mit freien, stolzen Frauen zu tun, sondern nur noch mit untreuen Sklavinnen der Liebe. Sie sind Sklavinnen und wir Sklaven. Eine Welt voller Sklaven. Sklaven von Sklaven von Sklaven. Alle Revolutionen sind gescheitert. Vor allem die sexuelle.

Während ich mir an jenem Abend im Immigrantenviertel Befriedigung verschaffte, schlief Margherita, Signora Comis kleine Tochter, nicht in ihrem Bett. Mutter und Tochter –

erschöpft, verängstigt und ohne einen Mann an ihrer Seite – wurden vom Ehepaar Modotti aufgenommen. In einem Haus, in dem vier Kinder unterschiedlichen Alters lebten, würde sich die kleine Margherita weniger allein fühlen.

Marisa und Margherita Comi blieben sechs Tage und sechs Nächte im Hause Modotti. Im Morgengrauen des siebenten Tages wiesen die beiden letztgeborenen Söhne der Modottis, Mirco und Nicola, vier und fünf Jahre alt, klare Symptome von sexuellem Missbrauch auf.

Innerhalb weniger Stunden wurde aus der geheimen Aufdeckung der erlittenen Gewalt eine öffentliche Aufdeckung. Auf die Anklage der Mutter folgte die Anhörung von Mirco und Nicola, die ebenfalls den Gianni-Rodari-Kindergarten besuchten und die Erzieherinnen Niva Beghetto, Maria Pellegrini und Mati Wangari beschuldigten, sie hätten sie aus dem Kindergarten entführt, ihnen Drogen gegeben und zum Bischöflichen Priesterseminar in der Città Alta verschleppt, um sie dort zu «schlimmen Spielen» mit erwachsenen Männern zu zwingen.

Unter anderem nannten sie dabei auch Stefano Modotti, den Namen ihres Vaters.

«SIE KAMEN VON EINER FERNEN GALAXIS. WIR SIND NICHT MEHR ALLEIN IM UNIVERSUM.»

Der Junge hat lesen gelernt.

Jetzt steht er vor dem Zeitungskiosk am Campo S.S. Apostoli, in seinem schmalgeschnittenen Lodenmantel und seiner Mütze mit den Ohrenklappen aus Wolle fest auf den Kopf gedrückt, als Schutz vor lästigen Ohrenentzündungen. Er reckt den Hals zu der Zeitung, die mit Wäscheklammern an einer Schnur befestigt ist, und liest: «Sie kamen von einer fernen Galaxis. Wir sind nicht mehr allein im Universum».

Der Junge ist zum Zeitungskiosk des Campo S.S. Apostoli gegangen, um für hundert Lire Panini-Fußballbilder zu kaufen, aber dann hat er die kleine Menschentraube vorgefunden und gesehen, wie all die Erwachsenen ihre Hälse nach der Zeitung reckten, da waren die Fußballbilder gleich vergessen, und der Junge hat sich neben die Erwachsenen gestellt und sich ganz groß gemacht, er wollte das lesen, was die anderen lasen: In Mexiko sind Außerirdische gelandet, eine Delegation von Vertretern aller Nationen ist dorthin geeilt, um sie zu empfangen. Die aber haben alle aufgefressen. Alle schön der Reihe nach.

«Sie kamen von einer fernen Galaxis. Wir sind nicht

mehr allein im Universum.» So steht es in der Zeitung von seinem Vater. Das Ende der Welt ist gekommen.

Die Erwachsenen bleiben mit offenen Mündern stehen, sie sind fassungslos, geben sich gegenseitig irgendwelche Erklärungen. Jemand lacht, warum auch immer. Der Junge lacht nicht. Er liest, lauscht, liest noch einmal. Dann nickt er mit seinem kleinen Kopf, der so schön geschützt ist von der Mütze mit den Wollohren, die von einem Band unter seinem Kinn zusammengehalten werden. Nein, er ist nicht erstaunt, und er lacht auch nicht. Er wusste ja, dass sie früher oder später kommen würden. Seine nächtlichen Albträume haben es ihm schon angekündigt, als sie mit Lichtgeschwindigkeit durch die siderischen Räume reisten.

Nein, nichts zu machen, jetzt sind sie hier. Der Junge zieht die Mütze fest über seine Ohren, dreht sich um und geht gesenkten Hauptes nach Hause.

Zu seiner Mutter sagt er nichts. Er will sie nicht erschrecken. Er wartet auf seinen Vater. Als der dann endlich nach Hause kommt, gibt er ihm einen Kuss und fragt: «Papa, ist Mexiko weit weg?»

Da lacht sein Vater, nimmt ihn in den Arm und sagt, er brauche keine Angst zu haben, die Außerirdischen seien nicht auf der Erde gelandet. Aber der Junge kann ihm nicht glauben, es steht schließlich in der Zeitung, in der Zeitung seines Vaters, an die sein Vater doch immer glaubt, jeden Abend auf dem Sofa, in genau der Zeitung, der er sein ganzes Wissen zu verdanken hat. Tag für Tag kommt die Welt über die Seiten des *Corriere della Sera* (die Zeitung heißt so, weil sein Vater sie immer *abends* mit nach Hause bringt) in die Wohnung des Jungen. Und diese Welt haben jetzt die Außerirdischen durch die schmale Tür betreten. Wesen anderer Galaxien, um die menschliche Spezies aufzufressen. So steht es in der Zeitung seines Vaters: «Um die menschliche Spezies zu vernichten.»

Der Vater lacht wieder. Es stimmt nicht, sagt er. Das war nur ein Täuschungsmanöver. Der *Corriere della Sera* hat heute gestreikt, und eine andere Zeitung hat eine falsche Ausgabe herausgebracht. Der Junge versteht nicht. *Il Male*, die andere Zeitung heißt *Il Male* (Das Böse, italienische Satirezeitschrift; Anm. d. Übersetzerin).

Das versteht der Junge! «Das Böse» sind die Außerirdischen, die gekommen sind, um die menschliche Spezies aufzufressen.

«Quatsch! Mein Gott, das ist doch nur ein Scherz!», greift die Mutter ein.

Irritiert geht der Junge ins Bett. Er weiß nicht, ob er seinem Vater oder der Zeitung seines Vaters glauben soll. An den Scherz glaubt er jedenfalls nicht! Das hat seine Mutter gesagt. Und sein Vater macht eigentlich nie Scherze.

Am nächsten Morgen sehen sie, wie der Junge mit den Pflanzen spricht. Das erste graue Licht einer Dezember-Morgendämmerung erhellt noch kaum den Flur, doch der Junge steht schon da und unterhält sich mit dem Efeu, der sich um einen künstlichen Stamm rankt – Pflanze und Stamm haben sie in dem Kaufhaus *Standa* in der Strada Nuova gekauft.

Sie scheinen sich zu streiten, der Junge und die Pflanze, denn ab und zu schlägt er mit seiner kleinen Hand gegen die Blätter. Aber was sie miteinander reden, ist nicht zu verstehen, sie flüstern, murmeln oder zittern nur leicht.

Die Mutter ruft ihn, ebenfalls mit unterdrückter Stimme:

«Toto … Toto … Toto …» Das ist sein Kosename. Sein ein Jahr älterer Bruder hat ihn so getauft, als er den Namen noch nicht richtig aussprechen konnte. Aber der Junge reagiert auf die Lockrufe der Mutter nicht, er hat weder Vor- noch Nachnamen, er hat ausschließlich ein Ohr für den Efeu.

Also berührt die Mutter ihn sanft an der Schulter, schiebt ihn ins Bad und zieht ihm das Höschen aus. Sie hat nämlich zufällig herausgefunden, dass sich der Junge beruhigt, wenn er gepinkelt hat. Er legt sich wieder schlafen.

In den nächsten Tagen scheint der Junge ruhiger zu sein. Die Außerirdischen sind nicht auf dem Campo S.S. Apostoli gelandet. Vielleicht hat die Lagune von Venedig sie ja zurückgedrängt, wie sie es schon viele Jahre zuvor mit den Hunnen von Attila, der «Geißel Gottes», getan hatte. Das hat er in der Schule gelernt, in einer Extrastunde, die der Geschichte Venedigs gewidmet war, der einzigartigen Stadt, in der der Junge lebt.

Alles ist gut, alles ist gut, die Außerirdischen sind nicht gelandet, und dem Jungen macht das Lernen Spaß. Er hat ein sorgsam gehütetes Heft, in das er Postkarten mit der Geschichte von Venedig einklebt. Wie bei seinem Album mit den Panini-Figuren. Alles ist gut, alles ist gut, der Junge geht gern zur Schule.

Doch eines Tages wird die Schule plötzlich geschlossen. Eigentlich hätte er nachmittags noch dort bleiben sollen, aber sie schließen die Schule einfach und schicken die Kinder nach Hause, ohne zu warten, dass die Eltern kommen, um sie abzuholen.

Der Junge geht allein die große Straße entlang, die voller Leute ist. Er versteht nicht, was eigentlich los ist, aber er kennt die Straße: immer geradeaus bis zum Campo Santa Sofia, dort wohnt er, in dem alten Gebäude, dem Palazzo Sagredo. Den kennt jeder. Er steht genau neben dem Ca' d'Oro, dem Haus aus Gold.

Der Junge sieht sich um. Er kennt die Straße, aber jetzt liegt irgendetwas Seltsames in der Luft. Die Erwachsenen scharen sich um die Zeitungsstände, sie bilden kleine Grüppchen, sie sind ganz aus dem Häuschen, staunen und liefern sich gegenseitig Erklärungen. Vielleicht, so denkt der Junge, sind die Außerirdischen ja doch gelandet. Vielleicht sind sie von einer anderen Galaxis auf die Erde gekommen. Vielleicht sind wir jetzt nicht mehr allein im Universum.

An diesem Abend wird zu Hause kein Wort gesprochen. Die Mutter, der Vater und die Oma schauen sich die Nachrichten an. Der Junge versteht nicht.

«Das Opfer ist durch Patronen aus einer Schusswaffe getötet worden, die im Innern eines Renault 4 abgefeuert worden waren … So wurde die Leiche aufgefunden … Blutspuren auf dem Wagenhimmel über der hinteren Sitzbank …» Der Nachrichtensprecher liest schnell, den Blick stets auf das Blatt gesenkt.

Der Junge schaut hin, hört zu, aber er versteht nicht. Jetzt sieht er Bilder von einem alten Mann, der in einen Kofferraum gezwängt ist. Er liegt dort hineingestopft, ganz elendig, mit dem Kopf zur Seite gedreht, wie ein Sack mit Fleisch in einem dunklen Anzug. Um das Auto herum recken Dutzende von Erwachsenen ihre Hälse, um den dunklen Sack Fleisch mit dem seitlich gedrehten Kopf zu betrachten. Und noch immer versteht der Junge nicht.

Dann heißt es in den Nachrichten: «… Blutspuren auch auf der Innenscheibe des hinteren Fensters … sowie auf dem Bodenbelag des Laderaums … Obengenanntes organisches Material ist eindeutig menschlichen Ursprungs.»

Jetzt hat der Junge endlich begriffen: Der alte Mann, der im Kofferraum ermordet wurde, gehörte der menschlichen Spezies an. Dann müssen ihn also andere Wesen getötet haben, die von einer weitentfernten Galaxie kamen – eine außerirdische Spezies.

«Ihr zwei könnt euch glücklich schätzen! Seid froh, dass ihr den Krieg nicht miterleben musstet», seufzt seine Oma, die Augen stur auf den Fernseher gerichtet. Dann bringt die Mutter ihn und seinen Bruder ins Bett.

Als sie allein sind, fragt der Junge seinen Bruder: «Wer war der alte Mann, den sie umgebracht haben?»

«Ein Präsident, ein sehr wichtiger …», antwortet sein um ein Jahr älterer Bruder.

Also kauert sich der Junge in sein Bett, zwängt sich unter die Bettdecke und dreht den Kopf auf die Seite. Ohne es zu bemerken, bettet er seinen eigenen Kinderkörper wie den Leichnam dieses wichtigen alten Mannes, den sie heute umgebracht haben.

Am nächsten Morgen, kurz vor dem Morgengrauen, steht der Junge wieder im Flur, um sich mit dem rankenden Efeu zu streiten. Diesmal versucht die Mutter erst gar nicht, ihn anzusprechen. Sie berührt nur leicht seine Schulter und schiebt ihn durch das erste morgendliche Licht bis zum Ende des Flurs ins Bad, damit er pinkelt.

Februar

Marisa Comi, die große Anklägerin, war Anfang Februar das erste Mal in einer Talkshow zu sehen. Die Mutter der kleinen Margherita hatte Enrico Mentanas Einladung, in der Sondersendung von *Matrix* aufzutreten, angenommen; am Nachmittag des 7. Februar wurde aufgezeichnet, die Ausstrahlung erfolgte am selben Abend um 23.30 Uhr auf Canale 5. Den Zeitungen zufolge teilte sich von diesem Moment an nicht nur Bergamo, sondern ganz Italien in zwei Fraktionen: Auf der einen Seite standen die Verfechter der Unschuld der Angeklagten, auf der anderen die Überzeugten von ihrer Schuld.

Doch das stimmte so nicht ganz. In Wirklichkeit gab es schon vor diesem 7. Februar weit und breit keine Unschuldsverfechter mehr. Der Fall der Rodari-Schule hatte die öffentliche Meinung des Landes in eine Lage gebracht, in der wir alle zu Schuldverfechtern wurden. Es gab zwar zwei gegensätzliche Fraktionen, doch denen ging es einzig um die Frage, wem die Schuld zuzuschreiben sei.

Der Fraktion der Schuldverfechter ersten Grades – nennen wir sie der Einfachheit halber so – gehörten die an, die die Beschuldigungen der Kinder für zutreffend hielten und die Verbrechen von im Netz organisierten Pädophilen für wahr. Die Anhänger dieser Fraktion waren in erster Linie brave Bürger, Mütter und Väter, die es gewohnt waren, mit Ruhe und Verstand den kleinen Miseren des Alltags zu begegnen, den vielen Mikrokonflikten und plötzlichen Nöten, denen sich auch das moderne Leben in einer Wohlstandsgesellschaft nicht entziehen konnte.

Sie hatten bis zu dem Moment den Anstieg der Inflation um einen Punkt pro Jahr, die Verdoppelung der Preise für Obst und Gemüse, den kontinuierlichen Anstieg der Feinstaubwerte, die unsere Luft belasteten, als etwas Unvermeidliches akzeptiert. Aber viele dieser rechtschaffenen Leute waren nun seit dieser Geschichte, die sicher nicht mehr als normale Erfahrung zu verbuchen war und darüber hinaus auch noch ihre Kinder bedrohte, zu Opfern einer hochexplosiven Massenhalluzination geworden. Man hatte sich für eine gemeinsame, zornige Flucht in Phantasiewelten entschieden. In den Augen der Schuldverfechter ersten Grades war das Netz der Pädophilen für jede erdenkliche Schandtat verantwortlich, und mit diesen Augen sahen sie überall und auf Schritt und Tritt eine Schandtat. Die barbarischen Pädophilen hatten ihnen den Schlaf geraubt.

Die Fraktion der Schuldverfechter zweiten Grades hingegen beschuldigte die Schuldverfechter ersten Grades. Sie warf ihnen vor, sich dieser pestartigen Kollektivphantasie völlig hingegeben zu haben, sich mit Wollust Wahnvorstellungen verschrieben zu haben.

Die Anhänger dieser Fraktion hassten nicht weniger leidenschaftlich als die anderen; für sie waren die Feinde nicht Triebtäter, die unschuldige Wesen vergewaltigten, sondern lediglich psychisch Labile, besessen von ihren Verfolgungsphantasien. Ob man nun die Beschuldigungen der Kinder von der Rodari-Schule für unzutreffend hielt oder ob man sie ernst nahm, in beiden Fällen traf die Gegenpartei bitterer Hass.

Ein ganzes Volk war dazu verdammt, mit einer permanenten, unwiderruflichen Bedrohung leben zu müssen. Es hatte nicht mehr nur unter wirtschaftlich ungesicherten Verhältnissen zu leiden, unter emotionalem Wankelmut in Partnerschaften, unter Lebens- und Arbeitsbedingungen, die immer weniger von Recht und Gesetz geschützt waren, sondern erlebte jetzt auch noch die Zerrüttung traditioneller sozialer Beziehungen, auf die man sich in der Vergangenheit selbst in den schlimmsten Momenten noch hatte verlassen können.

Aufgrund dieser Massenpsychose konnte man keinem mehr über den Weg trauen. Man hatte keine Nachbarn mehr, die man fragen konnte, ob sie einem mit einem Päckchen Nudeln oder etwas Salz aushelfen würden. Auf jedem Treppenabsatz könnte sich im Schatten ein potenzieller Pädophiler verstecken. Die hysterischen Ankläger hatten durch die Schaffung ihrer dämonischen Sündenböcke den Leuten den Schlaf geraubt.

Zwei unterschiedliche Begebenheiten veranschaulichen recht deutlich das «Jeder-gegen-jeden-Klima», das in jenen Tagen in der Stadt herrschte.

Im Januar gingen in Bergamos Kindergärten und Grundschulen die Windpocken um. Anfang Februar schickten chinesische Immigranten, die in der Via Quarenghi wohnten, ihre Tochter wieder zur Schule, obwohl die Bläschen noch nicht ganz verschwunden waren. Kaum dass die Kinder die Lehrerin auf die gelblichen Verkrustungen auf dem Arm des Mädchens aufmerksam gemacht hatten, wurde die kleine Yao Ming auch schon wieder nach Hause beordert. Eine Gruppe von Eltern italienischer Kinder hatte nämlich sie für die Ausbreitung des Virus verantwortlich gemacht.

Die Anschuldigung war aus zwei Gründen eindeutig falsch: Zum einen wird von medizinischer Seite immer wieder versichert, dass Windpocken, wie auch andere Kinderkrankheiten, die mit Hautausschlägen einhergehen, nur während der Inkubationszeit ansteckend sind, nicht aber in der Remissionsphase. Zum anderen war das Mädchen mit seinen Pusteln erst nach der Ausbreitung der Krankheit zurückgekehrt, und nicht vorher. Sie war also eindeutig nicht die Infektionsquelle, sondern deren Opfer.

Das konnte ein Freiwilligenkomitee aus Eltern und Verwandten der italienischen Kinder allerdings nicht davon abhalten, als Streikposten die Schule zu belagern, um den Immigrantenkindern den Eintritt zu verwehren. Der «Streikposten der Schande» existierte zwar nur wenige Minuten, machte aber ein Eingreifen der Ordnungskräfte erforderlich, damit die kleinen Chinesen, Marokkaner und Bolivianer wieder am Unterrichtsgeschehen teilnehmen konnten.

Die zweite Begebenheit trug sich ein paar Tage später zu. Am 7. Februar, als die Kinder zum Mittagessen im Speisesaal saßen, weigerte sich ein Mädchen aus der zweiten Klasse zu essen. Sie rührte die Suppe nicht an, ließ das Schnitzel auf dem Teller liegen, und auch den Kuchen ließ sie unangetastet. Eine Lehrerin kam zu ihr, sprach mit ihr und versuchte sie zu einem Happen zu überreden.

«Wissen Sie, dass mein Papa meiner Mama die Kehle durchgeschnitten hat?», so die Reaktion des Mädchens.

Die Lehrerin verständigte umgehend die Carabinieri. Diese eilten zur Wohnung des Mädchens, konnten die Mutter aber nicht vorfinden, und nachdem sie vergeblich ihr Handy mit Anrufen bombardiert hatten, tauchten sie unvermittelt beim Arbeitsplatz des Vaters auf, um ihn einer Vernehmung zu unterziehen.

Erst nachdem die Mutter gesund und munter in einem Kosmetiksalon aufgestöbert werden konnte, erinnerte sich eine der Lehrerinnen des Mädchens daran, dass sie wenige Tage zuvor ein Experiment durchgeführt hatte, in dem jeweils eine Farbe mit einer Kindergeschichte kombiniert werden musste. Für Rot, Rotkäppchen, für Blau, König Blaubart, und so weiter. Auf einer Buchseite über die finstere Legende von König Blaubart war eine Figur zu sehen, die sich stark an die von Gilles de Rais anlehnt, einen Peiniger von kleinen Jungen in der historischen Realität, den die *pruderie* des Volksmärchens zu einem Mörder von Ehefrauen gemacht hatte. Auf dieser Darstellung durchschneidet König Blaubart einer seiner unglückseligen Gemahlinnen gerade die Kehle.

Auf der Sitzung des Stadtrats am darauffolgenden Tag fragte ein Mitglied der Opposition – Anhänger der Fraktion der Schuldverfechter zweiten Grades und offensichtlich ziemlich genervt von der Psychose, die sich immer weiter ausbreitete –, ob er ein Anliegen vorbringen dürfe, das nicht auf der Tagesordnung stehe.

«Lasst uns die Rodari-Schule abreißen und irgendwo anders wiederaufbauen», schlug er vor. «In diesem schrecklichen Klima kann man einfach nicht mehr leben!»

Wie immer in solchen Fällen machten die Medien die Sache nur noch schlimmer – Miseren sind schließlich ihre Nahrung. Der violente Hunger von Radio- und Fernsehsendern, Zeitungen sowie dem Internet führte nur dazu, dass er die Gemüter beider Fraktionen arg verbitterte. Da Pädophilie von Natur aus ein unsichtbares Verbrechen ist – aus der Sicht der Täter und Opfer natürlich keineswegs –, machten sich die Medien, deren Futter ja ausschließlich die sichtbaren Dinge sind, sofort auf die Suche nach dem perfekten Foto.

Zunächst schossen sie nur zögerliche Aufnahmen von den Gesichtern der vermuteten Täter, als diese verhaftet wurden. Doch abgesehen von der Wangari hatten die Angeklagten wenig zu bieten, was sie den gierigen Massenmedien zum Fraß hätten vorwerfen können: Über die Prälaten hatte sich eine Glocke strengster Verschwiegenheit gestülpt, und die Gesichter von Niva Beghetto und Maria Pellegrini waren so nichtssagend wie ihre Vita, die man unsinnigerweise bis ins letzte Detail unter die Lupe genommen hatte. Nichts, da war wirklich rein gar nichts zum Zerfleischen. Ihre Biographien waren ein einziges Skelett. Bis zu dem Tag, als es in Brescia die ersten Verdachtsfälle gegeben hatte, schienen sie eine dermaßen normale Existenz gefristet zu haben, dass es normaler gar nicht ging – besser gesagt, sie schienen überhaupt nicht existiert zu haben.

Da die Medien ja nun die Verbrechen nicht zeigen konnten und sie auch bei den Tätern ihren Hunger nicht stillen konnten, wandten sie sich, noch immer auf der Suche nach dem perfekten Bild, der anderen Seite zu und wurden endlich bei den Opfern fündig.

So kam es, dass sie ab Januar begonnen hatten, in geradezu liturgischer Wiederkehr ein Klassenfoto der vermeintlichen missbrauchten Opfer zu veröffentlichen. Das Foto, das anlässlich einer Aufführung des Schultheaters im vergangenen Dezember entstanden war, hatte man dergestalt bearbeitet, dass die Gesichter unkenntlich gemacht worden waren, ganz wie das Gesetz es vorschreibt. Zu sehen waren also an die dreißig Kinder, die als Engel, Teufel, Hirtenmädchen, Ochse, Esel, die Heiligen Drei Könige und die Heilige Familie selbst verkleidet waren, allesamt mit grob gepixelten, entstellten Gesichtern. Die roten Kreise um die unscharfen Köpfe sollten die Ankläger beziehungsweise die angenommenen Opfer markieren.

Von ihrer Identität blieb allerdings nichts übrig, nichts, was die Beschuldigungen hätte erhärten oder entkräften können. Keine seltsam verzogenen Lippen, kein Blitzen in den Augen, keine markante Linie auf der Stirn, keine Lebenslinie auf der Hand, von der man das Grauen, die Schuld oder das Delirium hätte ablesen können. Nur rote Kreise. Das ganze Geheimnis dieses entsetzlichen Übels steckte in den Gesichtern der Kinder, doch die Gesichter waren verschwunden, verschlungen von einer kleinen chromatischen Turbulenz. Die Zeitungsleser, Fernsehzuschauer und Internetsurfer verbrachten Stunden damit, diese vom Kinderschutzgesetz grob gerasterten Gesichter zu befragen.

Trotzdem wäre es falsch, wenn man behauptete, die

Medien hätten in jenen Tagen der Wirrnis nicht auch wissenschaftlich fundierte Rationalität oder wohlbegründete Skepsis zu Wort kommen lassen. Vor allem die Tageszeitungen brachten unzählige Kommentare von renommierten Psychiatern und Kriminologen, die das ganze Konstrukt der Beschuldigungen in Zweifel zogen. Während die eher im Norden beheimateten Zeitungen wie *Il Giornale*, *Libero*, *La Padania* längst einen Anti-Pädophilen-Kreuzzug führten, räumte insbesondere *La Repubblica* den etwas kritischeren Positionen viel Platz ein, die der Entwicklungspsychologe Massimo Ammaniti in einem langen Artikel sehr gut auf den Punkt brachte. Der Beitrag erschien in der Ausgabe vom 10. Februar auf der Titelseite.

Gerade wenn man dem Foto, das während der Schüleraufführung geknipst worden war, eine emblematische Bedeutung beimessen wolle, so sei, Ammaniti zufolge, die Unzulänglichkeit des Konstrukts der Beschuldigungen darauf zurückzuführen, dass dieses sich ausschließlich auf die Anschuldigungen der Kinder berufe. Und Kindern könne man nicht trauen (nicht einmal mehr Kindern, hört man es raunen). In ihrem Fall handele es sich also in der Tat um gesichtslose Anklagen.

Vor allem aber könne man ihnen deswegen nicht trauen, weil die Erinnerungen an den Missbrauch, die erst nach dem Skandal an die Oberfläche kamen, nicht immer glaubwürdig waren. Erinnerung, so erklärte Ammaniti, ist ein äußerst komplexes Phänomen. Nicht selten kommt es selbst bei alltäglichen Erlebnissen vor, dass man meint, sich an Sachen zu erinnern, die in Wahrheit einer rein fiktiven Vorstellung entspringen. Ist die Erinnerung stark emotional geprägt, wie sexueller Missbrauch oder Gewalt, so ist – und das gilt in besonderem Maße für Kinder – die unbewusste Realitätsverzerrung oder Verdrängung sogar die Regel.

In den Neunzigern, so bemerkte der Psychiater, hat eine Untersuchung in den Vereinigten Staaten unter der Leitung von Professor Ceci all dies bestätigen können. Eine repräsentative Gruppe von Kindern zwischen drei und fünf Jahren war einer ganz normalen Routineuntersuchung beim Kinderarzt unterzogen worden, um dann in den Folgemonaten wiederholt über diesen Besuch befragt zu werden. Nach und nach hatten sich bei den Kindern, die von den Erwachsenen absichtlich ein wenig manipuliert worden waren, schreckliche Umdeutungen eingeschlichen: Sie hatten von angeblichen Gewaltanwendungen berichtet; demnach hätte der Arzt ihnen mit aller Gewalt Stäbe in Vagina und Anus eingeführt. Mehr als ein Kind hatte sogar steif und fest behauptet, der Doktor habe ihm, wie bei Folterungen im Mittelalter mit der Garrotte, einen Strick um den Hals gelegt und es gewürgt.

Das Experiment hatte also eindeutig gezeigt, dass Kinder bei wiederholter Befragung gemäß den Erwartungen der Erwachsenen (auch gemäß den unausgesprochenen Erwartungen) antworten, um sich der Angst zu entziehen, die mit den Fragen einhergeht. Nach und nach sind sie immer mehr vom Wahrheitsgehalt ihrer Geschichten überzeugt. Nicht anders verhält es sich nur allzu oft bei uns Erwachsenen, wenn wir meinen, wir wären zu dem Mann oder zu der Frau geworden, die wir uns herbeiphantasiert haben.

Was Bergamo angeht – Gleiches gilt für die anderen vorausgehenden Fälle –, so könnte eine «Ansteckung über die Macht der Worte» stattgefunden haben. Die Eltern könnten, nachdem sie untereinander angeblich wahre Informationen ausgetauscht hatten und ohnehin durch Bilder von Vergewaltigungen terrorisiert waren, bei den Kindern Phantasien ausgelöst haben, die mit ihren Befürchtungen, nicht aber mit den tatsächlichen Begebenheiten übereinstimmten. Auf diese Weise wurde – in gutem Glauben – die Suggestion zur Autosuggestion. Der visionäre Kreis schloss sich. Die Wirkung trat den Rückzug an und schuf damit die eigene Ursache.

Die mögliche mentale Konfusion entspringt vermutlich einer höchst ehrenwerten, moralischen Sorge: Das Opfer muss mit all seinen Beweggründen und all seinem Schmerz an erster Stelle stehen. Leider hat in vielen Fällen der Lauf der Dinge unserer degenerierten Welt dazu geführt, dass das Opfer erst später kommt. Es steht an zweiter Stelle.

Das unbestrittene seelische Leid der Kinder aus Bergamo könnte von dem Stress herrühren, den das Martyrium ewiger Befragungen, unzähliger Arztbesuche und familiärer Ängste, die sich auf sie übertragen hatten, mit sich brachte. Es könnte also sein, dass nicht nur die Vergewaltigung sie quälte, sondern die Vorstellung davon, sozusagen das Phantasma der Vergewaltigung, wobei es noch nicht einmal ihr eigenes Phantasma wäre, sondern das ihrer Eltern. In einem solchen Fall spricht man in der Psychiatrie von «sekundärer Opferrolle».

Wie unglaublich es auch erscheinen mag, aber zu oft hat die Erfahrung schon gezeigt, dass es nur eine Sache gibt, die für mehr mentales Chaos sorgt als das Entsetzen: die Angst. Auf der anderen Seite wurde aber ebenso oft beobachtet, dass ihre Folgen identisch sind. Nicht immer folgt auf das Grauen die Angst, sie kann ihm auch vorausgehen. Bisweilen stellte sich das, was später kam, als älter heraus als das, was früher da war. Und so erkennen wir, dass wir an der Peripherie unseres eigenen Leids leben, während sein Zentrum stets leer bleibt.

Am allermeisten sollte man jedoch «kaskadenförmigen» Erzählungen misstrauen. Und zwar deshalb, weil die narrative Kohärenz bei Geschichten über sexuellen Missbrauch eine höchst problematische Angelegenheit ist. Die missbrauchten Personen schwanken ständig zwischen tiefer Überzeugung und tiefer Skepsis, zwischen Wissen und Nicht-Wissen, was die Formulierung einer schlüssigen Geschichte ziemlich schwierig macht. Zudem kann ein Trauma viel besser durch Empfindungen und Bilder als durch Worte ausgedrückt werden. Nicht ohne Grund spielen bei der Diagnose eines posttraumatischen Belastungssyndroms (PTBS) Flashbacks eine zentrale Rolle sowie Erinnerungen, die dem Unbewussten entstammen und die vielleicht gerade deshalb immer wieder als obsessive Symptome ins Bewusstsein drängen.

Man sollte «kaskadenförmigen» Erzählungen deswegen am meisten misstrauen, weil die traumatische Erinnerung nicht narrativ ist. Ein Trauma ist kein Roman, das darf man nicht vergessen.

Was mich angeht, so sorgte ausgerechnet dieser Artikel, der durch den Fachjargon eine so sachlich-nüchterne Note bekam, bei mir für einen Moment tiefster Ergriffenheit – noch heute ist dieses Gefühl für mich sofort abrufbar.

Während ich Ammanitis Artikel noch ein wenig nachwirken ließ, konnte ich gar nicht mehr aufhören, diese hilflosen Gewaltopfer zu bemitleiden, denen nur einzelne Versatzstücke der Erinnerung blieben und damit auch nur einzelne Versatzstücke der Katastrophe. Aus diesem Grund, so sagte ich mir, starben sie jeden Tag ein Stückchen mehr, weil sie nicht mehr in der Lage waren, Anfang und Ende zusammenzubringen.

La Repubblica war nicht die einzige Zeitung, die Beiträgen wie dem von Professor Ammaniti ein Forum bot, was jedoch keinerlei Wirkung nach sich zog. Egal, wie viele Denkanstöße die Zeitungen auch boten, egal, wie sehr Experten auch zur Vorsicht mahnten – am 7. Februar, 23.30 Uhr, war Marisa Comi, beleuchtet von den Scheinwerfern der *Matrix*-Studiobühne, auf Canale 5 zu sehen.

Die Mutter der kleinen Margherita erklärte nichts, sie argumentierte nicht, sie folgte keinem logischen Gedankengang. Sie tat das deshalb nicht, weil sie es gar nicht nötig hatte. Sie war eine Frau, die viel durchgemacht hatte, eine leidende Mutter, und alles, was sie sagte, basierte auf der unumstößlichen Autorität des Leidens.

«Ich habe sehr gelitten, also habe ich das Recht zu sprechen.» Das war ihre steinerne Kanzel, von der sie ihre Zeugenaussage predigte. In der Tat, denn eingedenk der Lehre der *Spirito-Santo*-Bewegung tat Signora Comi an diesem Abend genau das: Sie machte ihre Zeugenaussage. «Ich habe gelebt, ich habe gelitten, ich habe etwas zu erzählen.» Auf diesen formidablen Grundstock stützte sich alles, was sie sagte.

Nach einer langen Einführung wies Enrico Mentana gegen Ende der Sendung die Regie an, die Szene auszustrahlen, die er selbst als «erschütternd» bezeichnete.

Die Zuschauer von *Matrix* sahen also, wie die kleine

Margherita, nichtsahnend, dass sie gefilmt wurde, den Kopf des Golden-Retriever-Welpen packte, um ihn in die Öffnung ihres Unterleibs zu schieben. Sie tat das mehrmals, ein-, zwei-, dreimal. Der kleine Kopf des Hundes verschwand zwischen den Schenkeln des Mädchens. Sein kupierter Schwanz zuckte und zitterte vor laufender Kamera, wie nach Luft japsend.

Die Ausstrahlung der Szene hatte für einen kleinen Skandal gesorgt. Kinderschutzverbände sowie einige Zuschauer forderten die Entlassung des Programmdirektors, ein Abgeordneter der Opposition schlug eine Anhörung durchs Parlament vor, so mancher Leitartikler verlieh seiner Bestürzung Ausdruck. Schließlich kehrte man aber zur Tagesordnung zurück. Wie immer.

In den folgenden Wochen schrieb Dottoressa Sommadossi auch weiterhin ärztliche Gutachten über die Erzählungen der Kinder. Die Ermittlungen mussten ausgeweitet werden. Zu den ersten Klägern waren noch fünf weitere hinzugekommen, und so war die Zahl der Kinder der Rodari-Schule, die angaben, sie seien Opfer von Gewalt seitens der Erzieherinnen und Priester des Seminario Vescovile geworden, um ein weiteres gestiegen.

Ferner trat genau das ein, was Professor Ammaniti befürchtet hatte: Allerlei «kaskadenförmige» Erzählungen wurden vorgetragen und von der Staatsanwaltschaft auch noch ernst genommen. Als Konsequenz daraus wurde gegen Stefano Modotti, den Vater von zwei Anklägern, bei der Ermittlungsrichterin ein Antrag auf Untersuchungshaft gestellt.

Diese gab dem Antrag statt. Stefano Modotti wurde am 14. Februar in seiner Wohnung in der Via del Carmine festgenommen. Er erklärte sich für unschuldig, das Gleiche gilt für die anderen, gegen die ermittelt wurde.

In Bergamo herrschte eine Art Ausgangssperre, die in Wahrheit nie verhängt worden war. Allmählich begann man unter der Last eines drohenden Luftangriffs zu leben. Die gesamte Stadt schien stillzustehen, die Familien verloren ihren Zusammenhalt, die Straßen ihre Lebendigkeit. Gleichzeitig verstärkte sich aber der Eindruck, die gefürchtete Bombardierung hätte schon stattgefunden. Nicht ein Gebäude war eingestürzt, weder in der Ober- noch in der Unterstadt, trotzdem schien alles in wüstem Chaos versunken, schien alles dem Verfall geweiht zu sein. Alle Bürger fielen ausnahmslos in eine tödliche Traurigkeit. Die Kinder sahen sich schlagartig von ihren Eltern getrennt, die Ehefrauen von ihren Männern, die Geschwister von ihren Geschwistern. In jenen Tagen verloren die Menschen ihren angeborenen Mut. Erschüttert vom Beben des Unglücks, bei dem man nicht mehr wusste, ob es der Zukunft oder der Vergangenheit zuzuschreiben war, nicht wissend, welchem Rat zu folgen war, irrten sie verzweifelt umher, drückten sich an den Hauswänden entlang wie Blinde, die bei jedem Schritt über ihre eigene Angst und ihre eigenen Widersprüchlichkeiten stolpern. Und in der Zwischenzeit wurden jene, die bis gestern noch Leute begraben hatten, selbst begraben.

****

Nach der Ausstrahlung der letzten *Matrix*-Sendung am 7. Februar war in Bergamo jeder Tag zum Markttag geworden. Dieser Markt wurde im Café del Tasso abgehalten. Aus diesem Grund ging ich nicht mehr dorthin.

Die Journalisten, die sich dort einfanden, wurden tatsächlich von Tag zu Tag immer mehr, sodass mittlerweile auch schon der hintere Saal für sie reserviert war. Man hatte den Ausschluss der Öffentlichkeit zwar nicht offiziell deklariert, doch die Stammgäste mieden den Bereich ohnehin, wohl wissend, dass sich hier einer der zentralen Infektionsherde der Angstepidemie befand, die sich immer mehr in der Stadt ausbreitete. Und so saßen die Journalisten unter dem wuchtigen Deckengewölbe, fühlten sich pudelwohl und wünschten den Pädophilen von Bergamo – obwohl sich das Verfahren noch in der Phase der Ermittlungen befand – «den unausweichlichen, vom Himmel gestürzten Tod» *(La Stampa)* oder bekundeten, nachdem sie aus dem Evangelium zitiert hatten, öffentlich den «Wunsch, derartige Personen für immer von der Erde zu verdammen» *(Corriere della Sera)*.

Der Markt hatte in dem Moment eröffnet, da die Pools von Rechts- und Staatsanwälten begriffen hatten, dass es viel geschickter wäre, ihre Dienste direkt im Café del Tasso anzubieten. Um nutzlose Zurückhaltung und geschäftsschädigende Trägheit zu vermeiden, begaben sich die Assistenten der Anwälte also direkt ins Tasso und verhandelten mit den Meistbietenden über die Ablieferung der letzten Ernte «sensationeller Entdeckungen».

Am 18. Februar bekam ich einen Anruf von Gramellini, der mich eindringlich bat, im Tasso vorbeizuschauen. Er wisse natürlich sehr genau, dass ich über die Sache nicht schreiben wolle, und er respektiere das auch, aber Vidotto habe «etwas wirklich Wichtiges» herausgefunden. Also ging ich hin.

Schließlich hatte ich seit Wochen keinen Artikel mehr geschrieben, und ich konnte nicht ständig Anfragen der Zeitung ablehnen – das redete ich mir zumindest ein, um vor mir selbst eine Rechtfertigung zu haben. In Wirklichkeit hoffte ich, bei diesem «etwas wirklich Wichtiges» handele es sich um das mysteriöse Video, das die Pädophilen gedreht haben sollen. In der ganzen Stadt munkelte man darüber, und die ganze Stadt, mich eingeschlossen, verkündete öffentlich, es möge bitte nicht existieren, während man insgeheim doch gerne ein Auge darauf geworfen hätte. Das hatte nichts mit Boshaftigkeit zu tun, sondern mit totaler Erschöpfung; die Belastung, die das Kollektivbewusstsein auszuhalten hatte, um sich diese Schreckensszenen vorzustellen, auf die man ununterbrochen anspielte und über die man permanent berichtete, war buchstäblich nicht mehr auszuhalten.

Selbst ich lief in dem Moment Gefahr zu glauben, dass der Drang, die Vergewaltigung der Kinder zu sehen, wenn auch nur für einen Augenblick, nicht auf eine offensichtliche Perfidie zurückzuführen wäre, sondern auf den Zustand totaler Erschöpfung: Der Überlebensinstinkt der Bürger, zermürbt von entsetzlichen Phantasien, möchte dem Grauen entfliehen, indem er in sie eintaucht. Lieber mit eigenen Augen sehen – selbst wenn das hieß, das Grauen zu sehen –, als sich noch länger das Unvorstellbare vorstellen zu müssen.

Im Café del Tasso wartete ich zusammen mit Vidotto auf einen der Verteidiger der mutmaßlichen Opfer. Die Anwältin, eine Frau im Kostüm, Anfang dreißig, führte uns in eine

Mietwohnung, zwei Stockwerke über dem Café del Tasso gelegen. Hier, in unmittelbarer Nähe zur Kirche Santa Maria Maggiore und nur wenige Meter vom Priesterseminar entfernt, hatte die Klägerfraktion ihr Hauptquartier bezogen. In vorderster Linie.

Als wir eintraten, machte uns die Anwältin mit einem Lächeln auf die Ironie des Schicksals aufmerksam: Die Wohnung, wie auch der Großteil der Immobilien in der Città Alta, gehöre der Kurie, die natürlich nicht ahne, dass ihre Mieter eine Klage in Milliardenhöhe gegen sie anstrengten. Danach wurde die Frau wieder ernst, ging zu einem Plasmafernseher, suchte etwas und kam mit einer DVD und einer Zeitschrift zurück.

Einen Moment lang war ich fest davon überzeugt, dass diese buntschimmernde Silberscheibe das Grauen in sich barg. Ich setzte mich und machte mich darauf gefasst, von ihm zermalmt zu werden. Mit einem Mal überfiel mich mit einer nie gekannten Wucht das Gefühl von Angst angesichts meiner verschollenen Kindheitserinnerungen, wo ich doch schon seit Wochen meinte, ich müsse sie um alles in der Welt wiederfinden. Ich hatte eine kurze Halluzination, optischer wie akustischer Art. Ich sah den üblichen Mann im grünen Kittel, der mir einen Haken in die Nase einführt, ich sah den üblichen Krankensaal, ich hörte die Stimme meines Vaters: «Die Cholera … von da kommen die Toten … das Straßenpflaster ist verseucht …» Dann sah ich nur noch, wie der Plastikvorhang mit den bunten Streifen einen Sonnenfleck auf dem Zementestrich verdunkelte. Als der Blutstropfen auftauchte, der sich wie in Zeitlupe langsam dehnte, elastisch und von der Schwerkraft angezogen, überkam mich ein Gefühl von Ohnmacht. Allzu gern überließ ich mich diesem Zustand des Beinah-Sterbens, dem genüsslichen Gefühl des Untergangs.

Die buntschimmernde DVD barg nicht das Grauen in sich. Die Anwältin führte uns lediglich eine Reportage vor, in der sich die Zeitschrift *Oggi* mit dem «Fall Bergamo» befasst hatte. Der Beitrag, der auch das unvermeidliche Foto der Kinder mit den rotumrandeten Köpfen brachte, des weiteren etliche Erzählungen, unzählige Zwischentitel und an die zwanzig weitere Fotos, stellte zwei junge Frauen in den Mittelpunkt, beide recht hübsch, beide blond, beide verärgert. Es handelte sich um zwei Mütter, die bereit waren, sich filmen zu lassen, um die Anklagen ihrer Kinder, einem Sohn und einer Tochter, zu untermauern. Diese sollten wir gleich in dem Beitrag sehen.

Bevor die Anwältin den Fernseher einschaltete, mussten wir ihr versprechen, dass wir niemandem von dem Treffen erzählen würden. Unsere Quelle müsse geheim bleiben. Sie liefere uns hiermit einen echten Knüller, doch damit verstoße sie gegen jedes Berufsethos. Dieser Film gehöre eigentlich in die Hände der Staatsanwaltschaft. Im Klartext: Was wir uns da leisteten, sei im Grunde eine richtige Sauerei. Schließlich wies sie uns noch darauf hin, dass wir in wenigen Sekunden sehen würden, wie die Kinder uns unbestreitbare Beweise für sexuellen Missbrauch lieferten, vor allem aber würden wir hören, wie sie Don Mariano Presti (den «schwarzen Mann») und Mati Wangari (die «schwarze Kindergärtnerin») direkt beschimpften. Wir würden hören, wie sie «Namen nennen».

Es wurde dunkel. Der Film startete.

Zwei Kinder. Ein Junge und ein Mädchen. Er dunkelhaarig, sie blond. Beide nackt, beide auf einem kleinen Bett aus hellem Buchenholz mit verziertem Kopfende und abgerundeten Kanten. Kein Trauma ist in Sicht, Verletzungen sind undenkbar. Adam und Eva im irdischen *IKEA*-Kinderparadies.

Die hübsche blonde Mutter redet dem Kind gut zu («Zeig uns doch mal, was sie mit dir gemacht haben, mein Kleiner, zeig es uns»), und der ungefähr fünf Jahre alte Junge rollt sich auf das Mädchen. Er reibt seine Hüfte gegen ihr Schambein. Er imitiert den Geschlechtsakt, wie ein Fünfjähriger ihn eben imitieren kann (mit den ungeschickten, ruckartigen Bewegungen eines zwanzig Kilo schweren Wurms); das Mädchen weint wirklich. Die pornographische Darstellung menschlicher Liebe – aus der Sicht eines Hundes.

Ich ging, noch bevor die Kinder die Namen nennen sollten.

Ich erinnere mich vage daran, dass ich mir, während ich die Treppe hinunterstieg, sagte: Jetzt reicht's! Das war das letzte Mal, dass sie dich zu so was überreden konnten!

Als ich auf der Piazza Vecchia stand, hatte ich plötzlich das dringende Bedürfnis, etwas möglichst Banales zu tun. Unruhig stiefelte ich über die antiken Pflastersteine, hin und her, her und hin, dabei fiel mein Blick in das Schaufenster eines Bekleidungsgeschäfts. Der Winterschlussverkauf dauerte nur noch ein paar Tage, aber der Februar war ohnehin so mild gewesen, dass einige Bäume schon am Blühen waren.

Ich winkte einem Taxi und ließ mich ins *Orio Center* fahren, das große Einkaufszentrum, das wegen des florierenden

Shopping-Tourismus in unmittelbarer Nähe zum Flughafen entstanden war. Seit Ryanair auch Bergamo anflog, landeten dreimal täglich Flieger aus dem Vereinigten Königreich; Engländer, Waliser und Schotten stiegen in Bergamo aus, gingen schnell mal shoppen, kippten ein paar Bierchen in der Stadt, um dann, vollbepackt mit wundersamen Waren zu Niedrigpreisen, wieder nach Hause zu fliegen.

Stundenlang strich ich durch die Korridore dieser Kathedrale aus Gips, die mit klimatisierter Luft erfüllt war. Ich blieb bis zehn, bis Ladenschluss. Ich hatte alles Mögliche gekauft, sogar ein Paar erbärmliche Mokassins.

Danach ging ich in ein Tex-Mex-Restaurant und verzehrte einsam mein Abendessen. Wenn man mich gelassen hätte, wäre ich noch länger sitzen geblieben. So glitt ich weiterhin durch diese Leere, die mich zum raschen Verweilen, zum ewigen Provisorium, zu langer Kurzlebigkeit antrieb, die mich Gesten stummen Handels, des modernen Konsums ausführen ließ. Ein paar Stunden lang war ich diesem Shopping-Paradies aufrichtig dankbar. Es versprach nichts. Und dieses Versprechen hielt es.

Zu Hause angekommen, fühlte ich mich wieder einsam … und schaltete dummerweise den Fernseher an. Eine schmierige Person erschien.

Mit dem Zeigestock eines Meteorologen wies der Mann auf eine Reihe von Zeichnungen, die den «Fall Bergamo» illustrierten. Jedes einzelne Bild zeigte nach Art eines Kindercomics eine Episode der «schrecklichen Geschichte» – so definierte sie zumindest der Unheilsverkünder. Sämtliche Stationen des Kreuzweges, die die kleinen Opfer, der Rekonstruktion der Ermittlungsrichter zufolge, von der Schule bis zu ihrer Folterkammer durchlaufen haben mussten, waren hier als klar begrenzte, schattenlose Linien gezeichnet. Wie in einem *Tim und Struppi*-Album. Der Mann mit dem Stock aus Eschenholz ging alle der Reihe nach durch. Mit Methode, mit Bravour, mit Begeisterung. Dann legte er den Zeigestock ab, rieb sich die Hände und tupfte sich mit einem Taschentuch die Spucke aus den Mundwinkeln.

Ich erschauderte, schaffte es aber nicht, den Fernseher auszuschalten. Ich fühlte mich als Teil einer Gemeinschaft von Millionen Männern und Frauen, die, wie ich, angesichts solcher Obszönitäten regelrecht erstarrten. Ihr Ekel war mein Ekel. Ihre Abneigung war meine Abneigung gegen mich selbst. Ich war nicht mehr allein. Mit einem Mal glaubte ich zu verstehen: Dieses schmierige Wesen mit dem Meteorologenstab war kein unglücklicher Zufall, es war kein schlechter Scherz der Natur. Es war das pulsierende Zentrum unserer Gesellschaft.

Es galt, vor dem Augenscheinlichen zu kapitulieren. So verlief unser Leben, in diesem frühlingshaften Februar, während die Mandelbäume zwei Monate zu früh blühten. Dumpf verlief es zwischen der Hektik des Kaufrauschs, tagsüber, und dem Schauder medialer Gräuel, nachts. Des Tages gingen wir einfach nicht zur Arbeit, um im Winterschlussverkauf noch einen Kaschmirpullover mit Rundausschnitt zu ergattern, des Abends stürzten wir vor den Fernseher, um mit dem Grauen zu kokettieren. Und diese beiden Dinge waren eng miteinander verknüpft, so ungern ich das auch zugab. Aber so verlief unser Leben, in diesem falschen Frühling. Es schwankte zwischen zwei Perspektiven, die gleichermaßen schrecklich, wenn auch scheinbar gegensätzlich waren: zwischen unendlicher Banalität und unvorstellbarer Angst. Das war unser Leben, und so sehr es uns auch widerstrebte, es einzugestehen – letztlich war es uns ganz recht so.

Wie viele meiner damaligen Brüder und Schwestern, die sich zu Hunderttausenden, auf Hügeln und in Tälern des ganzen Landes verstreut, die auf die Fernsehbildschirme gemalten Gräuel von Bergamo ansahen … wie viele von ihnen empfanden denn wirklich Angst und Mitleid, Mitleid und Angst?

In Wahrheit ist es doch so, dass wir Comics immer schon mochten. In den Villengegenden träumte man von Gewalt. Wir alle, die wir schlafmützig in unseren kleinen Palästchen saßen, von wohlwollenden Einkaufszentren beschützt, mit einer hoffnungslos chaotischen Politik und einer Demokratie, die auf die Aufrechterhaltung der Strom- und Gasversorgung reduziert war, wir alle warteten geduldig auf die Ankunft der Albträume, damit sie unseren schlaffen Leben wieder ein wenig Energie einflößten. Der *Anchorman* unseres falschen Frühlings, der mit seinem Meteorologenstab auf das Grauen zeigte, war natürlich der Mann ohne Botschaft, der seine Wüste gefunden hatte. Und seine Wüste waren wir.

Das Einzige, was mir in den folgenden Tagen gelang – abgesehen davon, dass ich Professor Ammanitis Artikel las oder mir im Fernsehen Sendungen über «die Schule des Grauens» ansah –, war, permanent darüber nachzudenken, dass auch ich irgendein Trauma erlitten haben musste. Mittlerweile gab es dafür schon eine ganze Reihe von Anzeichen: Benommenheit, Zerstreutheit, starkes Vermeidungsverhalten, Albträume, Schlafstörungen, erhöhte Reizbarkeit, innere Unruhe. Vor allem aber quälten mich Flashbackattacken, mit denen ich erstmals im Dezember zu kämpfen hatte und die nun immer heftiger und überfallartiger auftraten.

Die aufdringlichen Kindheitserinnerungen bestürmten mich nicht mehr nur beim Aufwachen oder nachts in Form von gewaltsamen, befremdlichen Albträumen, die den beunruhigenden Eindruck hinterließen, die Träume eines anderen geträumt zu haben; jetzt präsentierten sie sich immer häufiger auch mitten am Tage.

Ich ging ins Café del Tasso. Der kleine Sohn eines deutschen Touristenpaares hatte sich der Kontrolle der Eltern entziehen können, trippelte auf mich zu, und mit einem Mal sah ich mich als Kind wieder, wie ich fröhlich auf meinen Vater zuhüpfte. Der aber bremste mich mit vorwurfsvollen Blicken, weil ich meine fünfzig Lire Taschengeld beim Flippern verspielt hatte. «Hast du schon alles ausgegeben? Du weißt doch, wie hart dein Vater dafür arbeiten muss!» Seit diesem verdrängten Mikro-Kindheitstrauma waren dreißig Jahre vergangen, doch die Worte meines Vaters verletzten mich noch immer.

«Professore, soll ich Ihnen einen Espresso machen?», fragte der Betreiber des Tasso, während ich mich an der Theke festhielt, um nicht umzukippen. Ich blieb stehen, stumm und betrübt, auf den letzten Metern geschlagen von der Vorhaltung meines Vaters, von der ich dachte, ich hätte sie längst vergessen.

Genauso gut konnte es passieren, dass ich vor zweihundert Studenten ein Seminar über die ersten kommerziellen Privatsender Anfang der achtziger Jahre abhielt und plötzlich vom Bild eines blonden Jungen überwältigt wurde, der in den Augen einer Nonne verzweifelt nach einem liebevollen Blick suchte, damals, Mitte der Siebziger, in den schmalen Bänken des Montessori-Kindergartens St. Maria dei Miracoli in Venedig. Und so konnte eine Sekunde später dieser vierzigjährige Universitätsprofessor spüren, wie der Urin vergangener Zeiten seine Unterschenkel herabrann, hervorgelockt von dem Blick einer keuschen, unfruchtbaren Nonne mit dem Namen Lorenza, die seit Jahren schon unter der Erde liegt, einst aber seine kindliche Verliebtheit erwidert hatte.

Diese Bilder brachen stets ohne jede Vorankündigung auf mich herein, mit der Wucht einer psychischen Attacke und der Leibhaftigkeit einer Halluzination. Mit ihrer unerbittlichen Präsenz trafen sie mich wie stumpfe, schale Objekte aus einer weit zurückliegenden, unauffindbaren Vergangenheit. Ferne Echos der Flugabwehrgeschütze eines nie geführten Krieges.

Schlimmer noch als diese Gedächtnissplitter, die sich urplötzlich in die weiche Masse meines Gehirns bohrten, waren die Erinnerungen, die ich nicht einordnen konnte. Mit wachsender Hartnäckigkeit verfolgte mich nämlich das beklemmende Gefühl, ich müsste mich um alles in der Welt an eine Episode aus meiner Kindheit erinnern, die jedoch trotz verzweifelter Versuche, sie wieder auszugraben, die Schwerkraft in den Abgründen der Erinnerung einfach nicht überwinden konnte.

Ab und an kehrte für einen kurzen Moment immer wieder dieses konfuse Bild von dem Mann im grünen Kittel mit seinem Haken wieder, von meinem Vater, der in einem fort wiederholte «die Cholera … von da kommen die Toten … die Cholera», von einem Zimmer, versunken in der Trägheit eines unerträglich heißen mediterranen Augusttages, von einem blutbefleckten Zementestrich.

Es war der psychische Abdruck einer unvorstellbaren Mattigkeit, die nichts aus ihrem komatösen Schlaf hätte reißen können, und doch war es ein aufrüttelndes Bild. Ein paar Sekunden lang trieb es auf der Wasseroberfläche, halb versunken, wie der Rücken einer Leiche, die von der Strömung abgetrieben wird. Dann rief es ein Strudel wieder zu sich.

Mir ging es ziemlich schlecht. Albträume und Wahnvorstellungen jagten einander. Manchmal saß ich den ganzen Tag in der Wohnung, nicht selten vor dem Fernseher. Zu den Angstzuständen, die «der Fall Bergamo» bei mir ausgelöst hatte, kamen nun auch noch Depressionen wegen der Trennung von Martina. Nach unserem katastrophalen Silvester im Thermalbad war sie gegangen und hatte einen Großteil ihrer Kleidung aus unserer Mailänder Wohnung mitgenommen. Ihre Eltern und die Schwester verweigerten mir jede Information und meinten lediglich, sie werde sich melden, wenn sie es für angebracht halte.

Und als ob das nicht genug wäre, kam auch noch der zermürbende Trott an der Uni hinzu. Die Prüfungsphase im Januar hatte mich moralisch völlig geschafft, was mittlerweile immer öfter vorkam, seit die Studenten aufgehört hatten zu studieren und wir Professoren auch gar nicht mehr davon ausgingen, dass sie studierten. Wenn ich mich recht erinnere, versuchte ich sogar, die «Barbieri-Methode» anzuwenden, um diese endlos langen Tage der Frustration durchzustehen.

Ich befolgte also den Tipp meines alten Kollegen und hielt die mündlichen Prüfungen in meinem Sprechzimmer hinter verschlossener Tür ab, sodass ich, kaum dass ich allein mit der Studentin im Zimmer war, sie in meinen Phantasien vergewaltigen konnte. Während die jeweilige Studentin sich dann abmühte und völlig verschüchtert meine Fragen beantwortete, hörte ich schon gar nicht mehr zu, sondern starrte ihr direkt in die Augen, stellte mir vor, wie ich hinter sie trat, sie auf den Schreibtisch knallte, ihren Oberkörper nach vorn drückte und hart von hinten nahm. Ich sah, wie ich brutal in sie eindrang, ohne es wirklich zu wollen, wie ich ihr meinen Penis zunächst durch ihre Eingeweide, dann in ihr Herz rammte. Sie antwortete mit einer vehementen, schwungvollen Bewegung, alles wurde von einem wilden Durcheinander an Röcheln und Schreien überflutet. Trotzdem hatte mein Körper mit diesem Theater der Exzesse nichts zu tun; ein Übermaß an Seele beherrschte es, eine verdorbene Seele. Meine Seele.

Gar nicht so einfach, sich die möglichen Reaktionen Hunderter verschiedener Mädchen auszumalen. Ich stellte fest, welch enorme Kraft das meine Phantasie kostete, was, ehrlich gesagt, keineswegs mit Lust belohnt wurde. Nein, um Lust handelte es sich dabei wahrlich nicht, zumindest nicht um das, was man üblicherweise unter Lust versteht. Ich setzte meinen Verstand unter Drogen, überließ mich einem krankhaften Delirium und begnügte mich damit, mich in eine durch und durch persönliche, für niemanden zugängliche Vorstellungswelt zurückzuziehen, in eine wachsende Erregung des Geistes, die die Welt verschlingt und sich ausdehnt bis zum äußersten Rand, an dem keine Menschenseele mehr anzutreffen ist. Es war ein ekstatischer Rausch, weil man an der Mauer perfekter Einsamkeit angelangt war.

Nie kam es vor, dass eine besonders wachsame, vielleicht auch nur eine besonders unverschämte Studentin «meine schmutzigen Gedanken riechen konnte», wie Barbieri sich auszudrücken pflegte. Keine einzige verstummte und fragte mich herausfordernd: «Professore, was starren Sie mich denn so an?» Allerdings bedauerte ich das in keiner Weise. Ich wünschte mir gar nicht, zur Tat zu schreiten. Es war kein Verlangen. Es war, ganz im Gegenteil, die radikalste Form von Kasteiung.

Zu allem Überfluss begann nun im Februar auch noch das neue Semester, inklusive der Sprechstunden für die Studenten. Exakt an dem Tag, da Marisa Comi in der Show von Enrico Mentana auftrat, kam Giulia in mein Büro, die Studentin, die bei mir ihre Magisterarbeit über *Sex and the City* geschrieben hatte.

Giulia hatte im November ein hervorragendes Examen abgelegt. Jetzt, bevor sie sich auf den Weg in die Erwachsenenwelt machte, stattete sie ihrem Professor noch einen letzten Besuch ab. Die besseren Studenten – oder vielleicht auch nur die engagierteren – taten das immer. Sie kamen, um sich zu bedanken, selbstredend, aber sie kamen vor allem, um ihrem Professor, der ihnen so viel beigebracht hatte, die einzige, wirklich wichtige Frage zu stellen: Sie kamen alle unweigerlich und fragten einen nach dem Sinn des Lebens.

Erst zögerten sie, schmierten einem Honig um den Mund, doch früher oder später rückten sie immer mit der unmöglichen Frage heraus: «Und jetzt … Was wird jetzt aus mir?»

Ein Moment vollkommener Mutlosigkeit. Vor nunmehr zwei Jahrhunderten hat die Romantik uns gelehrt, wir sollten in der Jugend die Gattung des unruhigen, leidenden, doch kreativen Geistes sehen. Heute aber, mit dieser gestammelten Frage nach einer Richtung für die eigene Zukunft, in diesen paar Minuten, die dem Erledigen bürokratischer Angelegenheiten geraubt wurden, gab sich die Jugend zwar noch immer unruhig und leidend, aber kaum mehr kreativ.

Diese Jungspunde, die von Auslandsaufenthalten redeten, um eine Sekunde später, ohne eine Spur von Überzeugung, etwas von Weiterbildung zu faseln, von einer Teilzeitbeschäftigung oder einem Job beim Flughafen Orio Al Serio, bla bla bla, diese Jungspunde, die einen Zynismus zur Schau stellten, dem sie nicht gewachsen waren und dabei unsinnige Begriffe wie «Marketing-Experte», «Planung und Organisation von kulturellen Events» vor sich hin plapperten, die sich darüber hinaus minimalistischen Lebensentwürfen hingaben, die man auf so primitive linguistische Konstrukte wie «die richtigen Leute kennenlernen», «in den richtigen Kreisen verkehren», «den Fuß in die Tür kriegen» reduzieren konnte … diese Jungspunde spürten (schade für sie, und schade für uns) nichts romantisch Prekäres mehr in ihrer Existenz. Doch sie wussten – sachlich und nüchtern – um ihren prekären Stand in der Gesellschaft. Und ich beharrte stur auf meinem Standpunkt: Das Prosaische hielt ich bei einem Zwanzigjährigen für ein Vergehen.

Ihr Prekariat war ein gepeinigtes Land, in dem kein Kreuz fehlte, sondern eines neben dem anderen lag, wie die Trümmer einer verlorengegangenen Einheit. Das Leben eines jeden Einzelnen von uns war mittlerweile nur noch eine rein private Angelegenheit, man konnte es drehen und wenden, wie man wollte.

Das gekünstelte Gespräch zwischen den Studentinnen und ihrem Professor über die Zukunft fand über ein Leben statt, das nicht mehr Teil eines gemeinsamen Schicksals zu sein schien. Dabei ähnelte das Sprechzimmer des Professors nicht im Entferntesten dem sicheren Hafen, von dem aus die jungen Frauen ihrem zukünftigen Leben hätten entgegensteuern können. Vielmehr schien es eine übelriechende Quelle von aufkeimender Verzagtheit, Groll und Frustrationen. Sowohl ihre Fragen als auch meine Antworten sollten den Weg eines Lebens vorzeichnen, das dazu verdammt war, keine Biographie zu haben.

Bei Giulia, meiner schönen und gescheiten Studentin, verhielt es sich nicht anders, bis vielleicht auf die Tatsache, dass ich auch bei ihr versuchte, die «Barbieri-Methode» anzuwenden. Während diese junge Hoffnungsträgerin alle erdenklichen Plattitüden über ihre Zukunftsprojekte hervorstammelte, stellte ich mir vor, wie ich sie hier, in meinem Büro, fickte. Ich gab mir alle Mühe, vor meinem geistigen Auge zu sehen, wie ich sie von hinten nahm. Ich brachte es sogar fertig, aufzustehen und um sie herumzugehen, unter dem Vorwand, ein Buch aus dem Regal holen zu müssen.

Was ich sah, war die Naht eines rosaroten Höschens, das

aus der Hüftjeans herausschaute und mit einer neckischen Schleife versehen war. Was ich außerdem sah, war die Rille zwischen ihren Pobacken, die den Weg für einen möglichen Moment der Lust markierte, für einen Augenblick absoluter Freiheit, wenn einen bisweilen, in raren Momenten des Glücks, die Abgründe des Sex aus dem Arbeitstrott herausreißen. Ich sah sie, aber ich stürzte mich nicht hinein.

Als Giulia gegangen war, fragte ich mich, ob ich mir durch die Tatsache, dass ich es nicht getan hatte, nun ihre Dankbarkeit verdient hätte, oder ob mein sexueller Impuls nicht etwa der einzige kümmerliche Rest gewesen wäre, den ich ihr hätte bieten können, sozusagen als Gegenleistung für ihr sinnloses Vertrauen in meine Fähigkeit, ihr Wege für die Zukunft aufzuzeigen. Irgendwie hatte ich den starken Eindruck, dass ich im Grunde nicht mehr für sie hätte tun können, als dem Bedürfnis nachzugeben, sie zu schänden – um nichts anderes hätte es sich gehandelt.

Ich beschloss, einen Psychiater aufzusuchen. Ich ließ mir in der Villa Turro, dem Sitz der Abteilung für Neurowissenschaften des Mailänder San-Raffaele-Krankenhauses, einen Termin geben und fragte Francesco Volpi, ob er mich begleiten würde.

Das Therapiezentrum war mir bereits aus den neunziger Jahren bekannt; wegen meiner Panikattacken war ich damals in ein Forschungsprogramm für Angststörungen unter der Leitung von Professor Smeraldi aufgenommen worden. Doch obwohl ich die katatonische Ruhe im Park des ehemaligen Hauses für geistige Gesundheit der Villa Turro, gleich hinter der Via Padova, bereits kannte, bat ich meinen

Freund mitzukommen, da ich hoffte, seine schicksalsergebene Gutmütigkeit könnte die Therapie unterstützen.

Der Psychiater, der nun vor mir saß, war nicht der von damals, aber er hatte sich mein Krankenblatt aus dem Archiv geben lassen. Ich beschrieb ihm meine Symptome, außerdem erwähnte ich die Trennung von Martina und meine sexuellen Phantasien über die Studentinnen. Er notierte sich alles, ohne mich zu unterbrechen, ganz im Stil der Schule von Smeraldi. Er wollte lediglich wissen, ob ich während meiner Phantasien eine Erektion hätte und ob ich danach masturbierte. Beides verneinte ich. Mein Körper schien bei dieser eigenartigen Form von Erregung keine Rolle zu spielen. Es handelte sich um ein Begehren rein geistiger Natur.

Professor Ceriasi – so hieß er – blätterte in dem Werk *Statistisches und diagnostisches Handbuch psychischer Störungen*, dann kam er zu dem Schluss, dass ich dringend eine Auszeit bräuchte: Ich würde unter akutem Stress leiden. Die Geschichte mit dem Kindesmissbrauch habe uns alle aus der Bahn geworfen, sagte er, sich selbst mit eingeschlossen, außerdem müsse ich die Trennung von Martina verarbeiten. Ceriasi verschrieb mir neben *Prazepam*-Pillen gegen die Angstzustände auch *Seroxat*, ein Antidepressivum, das die Wirkung des Serotonins verstärkt. Nebenwirkungen gebe es kaum, außer unter Umständen einer Anorgasmie, die trotz Erektion auftreten könne. Aber auch die, so versicherte mir der Arzt, würde verschwinden, sobald das Medikament in die Toleranzphase getreten wäre.

Francesco hatte im Wartezimmer Platz genommen. Als ich ihm die Diagnose und die möglichen unerwünschten

Nebenwirkungen des Präparats mitteilte, musste er lachen. «Von wegen, unerwünschte Nebenwirkungen! In so einem Zustand würdest du jede Frau glücklich machen. Wenn Martina das erfährt, kommt sie schnurstracks zu dir zurück, glaub mir.»

Ich zwang mich, auf seine aufgesetzte gute Laune mit einem Lächeln zu reagieren. Lange hielt es nicht. Kaum waren wir draußen in dem kleinen Park, wies mich mein limbisches System auf eine noch nicht näher identifizierte Gefahr irgendwo innerhalb meines Blickfeldes hin. Diesmal handelte es sich nicht um eine Quasi-Todeserfahrung, ebenso wenig um den Blitzüberfall einer unbequemen Erinnerung. Es war ein Mensch aus Fleisch und Blut, der bedrohlich zitternd in mein äußeres Blickfeld geraten war: Marisa Comi saß auf einer Bank an dem Kiesweg, der den Park in zwei Teile teilte, und rauchte.

Mein Bewusstsein befahl meinem Körper, einen weiten Bogen um sie zu machen, doch meine Augen wurden von den ihren förmlich angezogen, und meine Beine bewegten sich wie magnetisiert in ihre Richtung. Signora Comi erhob sich und kam mir entgegen.

Seit ich sie an dem Abend nach der Versammlung im November nach Hause begleitet hatte, waren wir uns nicht mehr begegnet. Sie schien erfreut, mich zu sehen. Ich stellte ihr Francesco vor, wir wechselten ein paar höfliche Worte, dann erklärte sie mir, warum sie hier war. Margherita, ihre Tochter, sei in San Raffaele in der Abteilung für Entwicklungspsychologie in Behandlung. Im Moment sei sie in einer der zwei wöchentlichen Therapiesitzungen.

Leider dürfe sie als Mutter nicht dabei sein. Die fünfundvierzig Minuten Wartezeit seien eine solche Qual, dass sie sogar wieder mit dem Rauchen angefangen habe, sonst würde sie das gar nicht durchstehen. Fast sechs Jahre lang hätte sie nicht mehr geraucht, seit dem Tag, da sie als werdende Mutter erfahren habe, dass in ihrem Bauch ein kleines Wesen heranwachse. Für ihr Mädchen würde sie jedes Opfer bringen, wirklich jedes. Die Kleine sei durch die Hölle gegangen, aber die Ärzte hätten die Hoffnung noch nicht aufgegeben, dass man sie mit einer entsprechenden Behandlung heilen könne. Es sei ein langer Leidensweg, aber sie würden es schaffen. Die Ärzte würden zu den besten der Welt gehören, meinte sie.

Außerdem wache über sie alle ja der riesige Engel aus Glasfaserkunststoff, den sich der Gründer der Klinik, Don Verzé, zu seinem achtundachtzigsten Geburtstag geschenkt habe. Ungefähr zehn Minuten lang habe die Statue dank eines Krans, der mit einem Ausleger von hundertzwanzig Metern ausgestattet sei, im Himmel geschwebt, bevor man sie in zweiundfünfzig Metern Höhe auf der Kuppel der neuen Abteilung für Molekularmedizin von Cascina Gobba abgesetzt habe. Sie messe acht Meter und sei über drei Tonnen schwer. Als an dem Tag die Nationalhymne, die das Orchester der Luftwaffe angestimmt habe, verstummt sei und das Tuch über dem geflügelten Wesen endlich gelüftet wurde, habe lange Zeit absolute Stille geherrscht, und alle hätten den weißen Giganten bewundert, als ob er sie allesamt verzaubert hätte. Fast habe man gehofft, der Engel mit den goldgeränderten Flügeln könne, mit dem Zeigefinger in den Himmel weisend, in seiner Linken den Fisch, der in der biblischen Geschichte Tobias' Vater heilt, seine gesamte

Flügelspannweite von zehn Metern entfalten und sich aufschwingen, zurück in das Blau des Himmels, woher er gekommen war.

Welch eine prachtvolle Statue! Man habe sogar extra eine neue Zusammensetzung aus Harz und Glasfaser erprobt, um dieses geflügelte Wesen besonders stark und resistent gegen die Zersetzung durch Wasser und Wind zu gestalten. Ob ich denn wisse, dass eine Firma aus Bergamo den Auftrag bekommen habe?

Jetzt war es an mir, etwas zu sagen. Ich erklärte Signora Comi, warum ich hier war. Ich hätte das ohne weiteres verschweigen können, weiß allerdings auch noch, dass es mir das kleinere Übel zu sein schien, falls sie vorgehabt hätte, noch weiter über den Glasfaserengel zu monologisieren.

Als ich meinen kurzen, unfreiwilligen Bericht über meine psychischen Probleme beendet hatte – die sexuellen Phantasien ließ ich weg –, tat Marisa Comi einen tiefen Seufzer.

«Ich wusste von Anfang an, dass Sie in die Sache verwickelt sind», sagte sie. Erst jetzt bemerkte ich, dass ihr Tick, sich ständig auf die Lippe zu beißen, verschwunden war.

Wir verabschiedeten uns voneinander. Bevor ich mich zum Gehen wandte, gab ich ihr noch meine Visitenkarte. Auf die Rückseite schrieb ich sogar meine Handynummer und bat sie, sich jederzeit bei mir zu melden, wenn ich irgendetwas für sie tun könne.

Nach dieser absurden Geste fragte ich mich, warum ich das getan hatte. Vielleicht wollte ich das Anormale an der Situation mit einer normalen Höflichkeitsgeste verdrängen. Oder mich hat schlichtes solidarisches Empfinden für einen leidenden Menschen dazu getrieben. Oder aber – und das war wahrscheinlicher – ich war der Leidende.

Beim Gehen wandte ich mich noch einmal um. Signora Comi saß wieder auf der Bank. Sie hatte sich noch eine Zigarette angesteckt.

Marisa Comi rief mich noch am selben Abend an. Kurz nach Mitternacht vibrierte mein Handy, das stummgeschaltet war, auf dem kleinen Glastisch neben dem Fernseher, den ich als Ablage für Zeitungen und Zeitschriften nutzte.

Das Gespräch war äußerst kurz. Ich erinnere mich genau an jedes einzelne Wort, das wir tauschten.

«Professore, Marisa Comi ist am Apparat. Sind Sie in Bergamo?»

«Ja.»

«Ich wollte Sie bitten, zu mir zu kommen, Margherita geht es nicht gut.»

«Ist denn keiner bei Ihnen, Signora?»

«Nein, ich bin allein.» Sie brach in Tränen aus. Dann unterdrückte sie ein Schluchzen und konnte gerade noch hinzufügen: «Vielleicht ist Margherita ja auch schon nicht mehr da.»

«Beruhigen Sie sich, ich bin gleich bei Ihnen», hörte ich mich sagen. Mir war, als wäre die Hand eines unsichtbaren Puppenspielers aus meinen Eingeweiden hervorgekrochen und hätte meine Stimmbänder gekitzelt, damit ich diese Worte ausspräche.

In den wenigen Minuten, die ich bis zur Via Sant'Alessandro brauchte, fragte ich mich permanent, was Marisa Comi mit diesem rätselhaften Satz wohl gemeint haben mochte.

War Margherita tot? Hatten die Ungeheuer sie entführt? War die Kleine wahnsinnig geworden vor lauter Leiden? War die Mutter wahnsinnig geworden? Sollte ich jemanden um Hilfe rufen?

Ich erreichte das Haus, klingelte, ging rechts eine Treppe nach oben. Signora Comi stand schon wartend an der Tür. Sie trug ein weißes Satinnachthemd und rauchte. Ohne ein Wort zu sagen, führte sie mich in den Flur – denselben Flur, den ich in dem Video gesehen hatte, in dem die kleine Margherita im Schlaf schrie.

Am Ende des langen, schlauchartigen Ganges stand die Tür zum Kinderzimmer einen Spaltbreit offen. Hier würde Margherita aber nicht herauskommen, denn sie war schon im Flur. Sie stand aufrecht, bewegungslos, die Hände schlaff an den Hüften herabhängend, die blauen Augen weit aufgerissen. Sie starrte in einen großen Wandspiegel, den sie fast mit der Nasenspitze berührte.

«Margherita?»

Ich hatte den Namen des Mädchens gerufen, und zwar, so glaube ich, um die Angst zu verscheuchen. Heftiger Schwindel packte mich. Ich fürchtete umzukippen. Ich hätte alles getan, um diese Szene ungeschehen zu machen.

«Margherita?»

Ich weiß noch, dass ich mich beim zweiten Mal, als ich ihren Namen rief, fragte, ob dieses kleine seelenlose Menschenwesen, das sein eigenes Spiegelbild anstierte, ohne auch nur irgendein Lebenszeichen von sich zu geben, denn auch das Mädchen war, das auf den Namen Margherita Comi hörte. Im Grunde war es ja das erste Mal, dass ich sie leibhaftig vor mir sah.

«Sie hört Sie nicht … Sie hört Sie nicht. Sie ist gegangen …», rief Signora Comi in höchster Verzweiflung.

Im selben Moment rührte sich die Kleine, als hätte sie das Schluchzen ihrer Mutter gehört oder als wolle sie diese mit einem leisen Zeichen trösten. Doch gleich darauf wäre es sowohl ihrer Mutter als auch mir lieber gewesen, sie hätte das nicht getan.

Denn das Kind riss seinen Mund schrecklich weit auf, so weit, dass die Nase zu verschwinden drohte und die Augen zu zwei schmalen Schlitzen wurden. Und dieser Krater, der sich mitten in ihrem Gesicht gebildet hatte, blieb einen Augenblick lang leer, dann begann die Kleine ihn mit ihren Händen zu füllen. Sie ballte die Finger ihrer rechten Hand zu einer winzigen Faust und versuchte wie besessen, sie sich in den Mund zu stopfen. Sie schien sie verschlingen zu wollen, gleichzeitig sah es aus, als bezwecke sie, das Loch ihres aufgesperrten Kiefers zu füllen. So klein die Faust auch war, sie schaffte es einfach nicht, die Mauer aus Zähnen zu überwinden.

Signora Comi lehnte sich an die Wand, glitt nach unten und kauerte sich auf den Fußboden. Sie tat das behutsam, denn sie wollte nicht ohnmächtig werden und dadurch die Situation ihrer Tochter nur noch verschlimmern. Eigentlich hätte ich ihr zu Hilfe eilen sollen, doch die scheußliche Grimasse, die das Mädchen vor dem Spiegel zog, war auch für mich zu viel des Guten.

Sie spielt dir was vor, sie spielt dir was vor, wiederholte ich mir immer wieder. Das Ganze ist nur Show. Sie übt bloß die schmerzverzerrte Grimasse, um vor dem Richter ihre Anklage durchzukriegen.

Aber so etwas kann man gar nicht nachspielen. Was wir hier vor uns hatten – ich stehend, die Mutter auf dem Fußboden kauernd –, war der Schrecken der Kindheit, der die Finsternis zerreißt.

Auch ich war einmal ein Kind gewesen.

Ich weiß noch, wie ich mich bei diesem Gedanken ein wenig beruhigte. Die kleine Margherita log nicht, sie spielte uns nichts vor, sie zeigte aber auch nicht die Wahrheit. Vor diesem Spiegel, verloren in einem ungewissen Schwemmland, wollte sie sich lediglich davon überzeugen, dass sie tatsächlich existierte. Und das tat sie auf die einzig mögliche Art: über den Schmerz.

«Machen Sie sich keine Sorgen, Signora Comi, Ihre Tochter ist nicht verrückt geworden. Sie ist nur Schlafwandlerin. Tragen Sie sie vorsichtig ins Bad zum Pinkeln. Sie werden sehen, dann beruhigt sie sich», sagte ich zu der völlig verstörten Mutter.

Mit einem Mal war mir nämlich wieder eingefallen, dass meine Mutter mir einmal erzählt hatte, wie sie durch Zufall dieses empirische Heilmittel entdeckt habe, in einer dieser Schreckensnächte, in der ich das schlafwandelnde Kind gewesen war. Die Maßnahme erwies sich auch bei Margherita als erfolgreich.

Als das Mädchen wieder in seinem Bett lag, bat mich Signora Comi, über Nacht zu bleiben. Wir setzten uns in die Küche und rauchten eine Zigarette. Schweigend. Dann verschwand Signora Comi ins Schlafzimmer, dem der Ehemann schon lange fernblieb. Ich legte mich angezogen auf das Sofa im Wohnzimmer.

Ich weiß noch, dass ich dachte, ich würde bestimmt kein

Auge zutun. Stattdessen fiel ich in einen tiefen Schlaf, einen traumlosen Schlaf. Denkbar wäre allerdings auch, dass meine Albträume zu grässlich waren, um sich beim Aufwachen an sie zu erinnern.

Und tatsächlich hatte ich am nächsten Tag Bissabdrücke auf meinem Unterarm. In dem Halbkreis aus blutunterlaufenen Punkten erkannte ich den unregelmäßigen Verlauf meines malträtierten Zahnbogens.

Auch wenn es keiner weiß – der Junge hat ein Radar eingebaut. Ein unfehlbares System, einen unsichtbaren Transistor mitten auf der Stirn, einen Sensor für nächtliche Streifzüge mit einem einzigen Ziel: Position und Entfernung zum Körper der Mutter zu erfassen. Und in der Tat wird es immer dann aktiviert, wenn der Junge in seiner kleinen Dachkammer die Augen schließt und schläft.

Es funktioniert folgendermaßen: Kaum dass der Junge eingeschlafen ist, strahlt ein Sender in regelmäßigen Abständen einen Impuls aus psychischen Wellen aus, der sich im Raum ausbreitet, auf der Suche nach dem Körper der Mutter. Kurz nach dem Senden aktiviert die Antenne einen Empfänger, der das reflektierte Echo empfängt. Das Intervall zwischen der Aussendung und der Rückkehr des Echos gibt die Distanz zum Zielkörper an. Der Impuls breitet sich immer mit derselben Geschwindigkeit aus. Mit Lichtgeschwindigkeit.

Im Übrigen befindet sich die Mutter immer am selben Ort: Hinter der Wand seiner Dachstube, hinter dem Abstellraum mit der Waschmaschine, gleich hinter der Schlafzimmerwand steht das große Bett mit den Messingknäufen. Dort schläft die Mutter. Drei Meter, zwei Wände, wenige

Sekunden Warten. Und doch ist jenes Intervall ein unendliches Intervall, der Abstand zwischen den beiden Zimmern ein unermesslicher Zwischenraum, das Warten auf die Rückkehr des Echos eine stets enttäuschte Hoffnung. Es sind wenige Meter, wenige Sekunden, dennoch übermittelt das Radar des Jungen Nacht für Nacht den siderischen Räumen interstellarer Galaxien immer nur diese eine verzweifelte Botschaft an seine Mutter: «Mein Traum von dir ist noch nicht zu Ende geträumt.»

Wenn der Rückimpuls eintrifft, wird die Lage nicht besser, sondern spitzt sich nur noch mehr zu. Das Echo des Körpers der Mutter verwandelt den Raum, der sie von dem des Sohnes trennt, in eine beklemmende Masse. Die Leere füllt sich, das Nichts kondensiert, gerinnt, versteinert, und der Felsblock lastet schwer auf dem Geist des Jungen. Jetzt ändert das Radar seine Funktion: Jetzt erfasst es ein Erdbeben. Jetzt sind die psychischen Wellen, die sich von der Stirn des Jungen ausbreiten, Erdbebenwellen. Die Dachkammer pendelt vor und zurück, in Richtung der Wellenausbreitung, die Erdkruste bebt und bricht auf, die tektonischen Platten driften ab und schieben sich unter die Kontinente.

Die Materie, in der sich die Welle durch Kompression und Expansion ausbreitet, ist allerdings die psychische Masse, die weiche Masse eines Kindergehirns. Im Vergleich zu dieser Erschütterung sind die Bodensenkungen, die Überschwemmungen, die Seebeben, die Einbrüche von Brücken und Dämmen, die verheerenden Zerstörungen und Opfer von Menschenleben zweitrangig. Soll sie ruhig versinken, die Welt, Hauptsache, der Junge wird beim Einsturz unter seiner Mutter begraben.

Aber das tritt gar nicht ein. Die Erde bebt. Ja, die Erde bebt, doch nur einer wird davon erschüttert.

Die Mutter macht sich indessen immer größere Sorgen. In den Nächten, in denen die Erde bebt, schreit der Junge zwar nicht im Schlaf, er läuft nicht herum und er weint auch nicht. Er schläft bis morgens durch. Aber wenn dann um halb sieben der Wecker klingelt, findet die Mutter ihren Sohn am Boden liegend vor. Ganz artig, die Hände neben den Hüften, die Füße eiskalt, schläft er auf dem Rücken auf dem amarantroten Teppich. Wie ein Reiter, der aus dem Sattel geworfen wurde, sieht er aus, wie ein Unfallopfer, ein Körper, der aus dem Bett geschleudert wurde. Das Bett dagegen ist unversehrt.

Großes Leid braucht große Hilfe. Wenn der Vater eine Reise antritt, holt die Mutter den Jungen sofort zu sich ins große Ehebett. Sie schließt die Tür ab und legt den Schlüssel unter ihr Kopfkissen. So gibt es für den kleinen Schlafwandler keine Fluchtmöglichkeit.

Er, der Gefangene, kann nun selig schlafen. Er wartet, bis ihn der Schlaf übermannt, und hofft, dass sich seine Mutter noch eine Zigarette anzündet. Sie liegt neben ihm und raucht. Dank der rotleuchtenden Glut der Zigarette kann sich der Junge in der Dunkelheit des Kosmos orientieren.

Eines Abends – sie sehen gerade fern – schlagen plötzlich die Türen der Anrichte gegeneinander. Sie öffnen und schließen sich von allein. Dann fallen die Vasen aus Capodimonte-Porzellan um.

«Mama, das Erdbeben!»

Es ist 21.06 Uhr. Gleich wird die Erde einige Minuten

lang beben, doch bevor es losgeht, hat er schon vor dem Erdbeben gewarnt, nicht einmal zehn Sekunden hat er dafür gebraucht. Es war ihm sofort klar gewesen. Er war auch nicht sonderlich erschrocken. Er hat es einfach nur mit resignierter Miene angekündigt, wie jemand, der sowieso schon Bescheid weiß und es ja auch längst gesagt hat.

Man flieht über die Treppe. Die Mutter, der Junge und sein ein Jahr älterer Bruder fliehen. Der Vater ist nicht da. Er ist auf Dienstreise in Indien oder Mexiko, vielleicht in China, und der Mutter schlottern die Knie.

«Du brauchst keine Angst zu haben, Mama», sagt der Junge, der große Erdbebenexperte, «gleich ist es vorbei.»

Sie verbringen die Nacht auf einer der Gondeln, die am Bootssteg des Campo Santa Sofia vertäut sind. Wasser ist der sicherste Ort, sagen sie. In Rettungsdecken gehüllt, schlummern sie, eingelullt vom Stampfen des Wassers. Der Himmel ist von einem bizarren Schimmern durchzogen, die Tauben schwärmen in Scharen und zeichnen perfekte Ellipsen in den Himmel, die Sterne leuchten flackernd wie Satelliten.

«Bei der San Stae haben sie ein Meeresungeheuer gesehen», meint ein Mann scherzhaft zu seiner Nachbarin und zeigt dabei auf einen Punkt ganz hinten, dort, wo der Canal Grande in einer Kurve verschwindet. Sie bringt ihn zum Schweigen, indem sie ihn auf die weitaufgerissenen Augen des Jungen aufmerksam macht.

Aber der Junge fürchtet sich nicht vor dem Ungeheuer. Soll er doch kommen, der große Seedrache. Sollen sie doch landen, die Außerirdischen, in der Wüste von Mexiko. Warum sind sie eigentlich nicht bei uns auf der Erde geblieben, sondern gleich wieder abgehauen? Warum haben sie uns allein gelassen, und wir müssen zittern und werden von den Beben dieser bösen Welt erschüttert?

Er blickt noch immer in Richtung San Stae, wo sich der Canal Grande in einer Kurve weiterschlängelt und schließlich verschwindet. Dann schläft der Junge, auf dem Körper der Mutter liegend, ein. Das letzte Bild ist das von schwarzem Wasser, das aus dem Nichts auftaucht. Eine brennende Enttäuschung.

März

Man hatte uns vor eine Art verfrühtes Jüngstes Gericht gezerrt, mit dieser fatalen Mischung aus medialer Präsenz und dem vergifteten Gefühl einer «weitläufigen Schuld». Eine neue Version des alten Schuldgefühls.

Seit Beginn der Untersuchungen verfolgten die Ermittlungsrichter, angeregt vom *Elternverband Bergamo AGEB*, die Spur eines vermeintlichen Netzes, das sich durch die Verbindung zwischen Pädophilen und hochgestellten Persönlichkeiten der Stadt erweitert haben könnte. Deswegen hatte Staatsanwalt Piero Gatti bei der Ermittlungsrichterin die Erlaubnis eingeholt, eine beachtlich hohe Zahl an Telefonleitungen abhören zu lassen.

Die Presse wiederum war höchst erfreut darüber, eine ähnliche Linie wie die Richterschaft einschlagen zu können, und kooperierte, indem sie die Vergangenheit und das Intimleben unzähliger Persönlichkeiten Bergamos einer strengen Prüfung unterzog; und das, obwohl diese Leute letztlich in keiner Weise mit der Geschichte in Verbindung gebracht werden konnten. Seit Januar veröffentlichte die Lokalpresse Auszüge aus Gesprächen – und waren sie aus strafrechtlicher Sicht noch so irrelevant –, die man in den Korridoren des Gerichtsgebäudes aufgeschnappt hatte.

Im Grunde stellte das alles auf lokaler Ebene die Wiederholung dessen dar, woran man sich auf nationaler Ebene längst gewöhnt hatte. Hatte sich Macht in vergangenen Zeiten auf Geheimnisse gegründet, so gründete sie sich jetzt auf das Obszöne. Seit einigen Jahren war das Ablegen der Beichte ein raffinierter Schachzug der Regierung: Nach dem Verschwinden der Ideologien bekannten sich, dank direkter oder indirekter Verschwörung mit den Medien, die Politiker, egal aus welchem Lager, ungeniert zu ihrer eigenen Vergangenheit, schworen ihren Fehlern ab, trugen offenherzig ihre Laster zur Schau, erklärten der öffentlichen Meinung ihre schlimmsten Absichten – und wurden durch eine Plenarentscheidung großzügig freigesprochen. Um nicht als Lügner dazustehen – eine wahrhaftige Schmach –, hatte man kurzerhand beschlossen, schon im Vorfeld jede Schuld zu bekennen. Natürlich war dies keinesfalls ein Geständnis, das das Gewissen erleichterte. Es löschte es quasi aus.

Nach Marisa Comis Fernsehauftritt wurde nun auch im Leben normaler Bürger gestöbert, wodurch sich die Bereitschaft der Leute erhöhte, ihr Privatleben freizügig zu präsentieren. Rasch mussten wir feststellen, dass wir in eine soziale Sphäre eingetaucht waren, die in erster Linie pornographischer Natur war. Der Reiz, der vom Dunstkreis des Pädophilieskandals ausging, hatte unsere Augen verhext und uns dazu gebracht, unser aller Dasein als eine erotische Größe zu betrachten, die Welt als einen nackten Körper, den man visuell in Besitz nehmen kann.

Am verstörendsten an der ganzen Sache war jedoch die Begeisterung, mit der sich die Leute an dieser allgemeinen

Entblößung beteiligten. Ständig konnte es einem passieren, dass man den Fernseher einschaltete und in den Talkshows der lokalen Sender Mütter sah, die vor laufender Kamera von den sporadischen Seitensprüngen ihrer Gatten berichteten, Männer der Kirche, die sich freiheraus zu ihren unlauteren Begierden bekannten, Kinder und Jugendliche, die ihre Gewaltphantasien, in denen sie ihre Eltern umbrachten, beichteten.

Schon bald würde jedes Geheimnis gelüftet, jede Fleischeslust offengelegt, jede Sünde herausgeschrien sein. Man übte sich darin, mit heruntergelassenen Hosen zu leben, in einer Welt, in der es keinen Platz für das Unbewusste gab, da alles Verdrängte sofort fröhlich in die Redseligkeit der Massen sprudelte. Unsere ganze Vergangenheit, all das, was wir getan hatten oder gewesen waren, würde man uns noch jetzt, zu Lebzeiten, anlasten. Das Jüngste Gericht, sollte es überhaupt jemals zelebriert werden, wäre nichts als eine ordinäre Wiederholung.

Allein bei diesem Gedanken hätte uns heftiger Schwindel befallen müssen. Wer von uns wäre in der Lage gewesen, seine eigene Last vor den Augen der Welt zu tragen? Unglückseligerweise fühlten sich viele, zu viele von uns, wie erlöst von diesem obszönen Schauspiel.

So konnte es zum Beispiel passieren, dass Marzia Tomei, ein dreiundzwanzigjähriges Mädchen mit braunen Haaren und überhaupt sehr hübsch, in einer dieser aberwitzigen Talkshows reuevoll erklärte, mit einem ihrer Professoren ein Verhältnis gehabt zu haben. Ihren Worten nach zu schließen, sei dieses von kurzer Dauer und folgenlos gewesen, allerdings habe es noch vor Abschluss ihres Studiums begonnen. Diesem Umstand sei es wahrscheinlich zu verdanken, dass sie mit der besten Note abgeschlossen habe, da besagter Professor ihre Magisterarbeit betreute. Begonnen habe das Ganze während einer Klausur, als er ihr unmissverständliche Avancen machte, die sie erwiderte. Die Rede war von Matteo Barbieri.

Auch wenn diese Episode ziemlich unbedeutend war, so zog sie doch das Interesse der Medien auf sich. Barbieri beschloss, sich zu wehren. Er gab einem Lokalblatt ein ziemlich klägliches Interview, in dem er auf sein Recht pochte, jede erwachsene Frau zu lieben, die seinem Charme erliege. Er klagte die öffentliche Meinung der Sexphobie an, versuchte, den gesunden Menschenverstand zu widerlegen, demzufolge sich das Mädchen in seiner Gewalt befunden hätte, und in einer offenen Polemik gegen das, was er einen «schleichenden Puritanismus» nannte, ging er sogar so weit, ein paar recht gewagte Fotos zu erwähnen, die er als Liebhaber von dem – sexuell völlig enthemmten – Mädchen habe schießen dürfen.

Die Anwaltschaft von Bergamo zeigte sich von Barbieris Argumentation wenig beeindruckt und eröffnete ein Verfahren. In der folgenden Fakultätsversammlung setzte der Dekan der fremdsprachigen Philologie eine Diskussion über die zu ergreifenden Maßnahmen gegen den Kollegen auf die Tagesordnung. Bei der Angelegenheit handelte es sich um einen Präzedenzfall. Zu jedem anderen Zeitpunkt hätte man den Ausgang der gerichtlichen Ermittlungen abgewartet, zumal man ohnehin über kein geeignetes Instrumentarium verfügte, um ein derartiges Verhalten zu sanktionieren; aber zum damaligen Zeitpunkt hatte es fast den

Anschein, als könnten einzig das Gerede und der Skandal die zwischenmenschlichen Beziehungen regeln.

Die ganze Sache wurde insofern noch grotesker, als an diesem Tag die Professoren und Dozenten, noch bevor sie überhaupt auf den Punkt «vermeintliche Sex-Falle» zu sprechen kamen, zunächst erörtern mussten, wie sie auf die vom letzten Finanzplan beschlossenen Kürzungen der Gelder in Höhe von zweihundertfünfzig Millionen Euro reagieren sollten. Man würde gezwungenermaßen bei Strom, Gas, Wasser und Bürobedarf sparen müssen. Um mehr als zwei Kopien machen zu können, würde man ein eigens dafür geschaffenes Formular unter Angabe des Grundes unterschreiben müssen, und um einen Stapel Druckpapier zu bekommen, wäre eine Bewilligung des Präsidenten erforderlich. Man sank sogar so tief, dass man Klopapier unter «Bürobedarf» bei den Betriebsausgaben der einzelnen Dozenten verzeichnete – und tatsächlich mangelte es in den Toiletten der Studenten meistens genau daran.

Ausgerechnet während dieses bizarren Schauspiels wollte man auch darüber diskutieren, ob man gegen den Kollegen vorgehen sollte, und wenn ja, wie. Nun, da man endlich beim Thema angelangt war, bat Barbieri, sich als Erster äußern zu dürfen. Der Bitte wurde stattgegeben. Er sprach sich vehement gegen eine solche Diskussion aus und äußerte, das Sexualleben von Dozenten und deren moralisches Verhalten dürfe nicht Gegenstand dieser Sitzung sein und schon gar nicht von den Kollegen bewertet werden.

Als der Dekan darauf beharrte, bei der Tagesordnung zu bleiben, meldete sich Francesco Volpi zu Wort. Wie so oft trat er als Vermittler zwischen den Parteien auf; er forderte alle auf, Ruhe zu bewahren, und versicherte, ein ziviler Dialog zwischen Menschen, die sich gegenseitig schätzten, würde die aus dem «Mediensumpf aufsteigenden Miasmen» vertreiben. Viele der Anwesenden pflichteten ihm bei. Barbieri dagegen verließ, unverständliche Drohungen vor sich hin murmelnd, wütend den Saal.

Tags darauf begab sich Matteo Barbieri in Begleitung seiner Anwälte ins Amtsgericht, um eine spontane Aussage zu machen. Es war der 14. März, ein Freitag. Auf Veranlassung von Marco Ponchielli, Untersuchungsrichter am Amtsgericht Bergamo, inspizierte am darauffolgenden Montag eine Eingreiftruppe der Polizia Postale die Universitätsräume. Die Informatikexperten analysierten stundenlang sämtliche Computer des Lehrpersonals und beschlagnahmten einige davon für weitere Ermittlungen im Präsidium.

Zwei Tage später, am Sonntag, dem 16. März, stattete Francesco Volpi mir einen Besuch in meiner Wohnung ab. Ein Blick, und mir war klar, die Person, die ich da vor mir hatte, war nicht mehr die, die ich kannte. Das spärliche Haar hatte er komplett abrasiert, sein Blick war starr auf den Fußboden gerichtet. Er war gekommen, um mir zu sagen, dass er am nächsten Morgen bei der Polizei ein Geständnis ablegen würde.

Die Informatiker der Polizei hatten auf seinem Computer kinderpornographisches Material gefunden. Keine Fotos, sagte er, das nicht – der Hinweis war ihm wichtig. Nur Zeichnungen und dreidimensionale Animationen. Alle möglichen Schweinereien, sämtliche Konstellationen zwischen Alter, Größe und Geschlecht, zwischen Vätern und Söhnen oder Töchtern, zwischen Erwachsenen und Kindern oder Tieren. Keiner nehme daran Schaden. Es seien nur Phantasien, reine Phantasien. Aber für den Richter werde das keine Rolle spielen. Dabei habe er nie ein Kind angerührt. Eigentlich sei er immer noch der Alte, gleichzeitig sei er jetzt aber ein Verdammter.

Francesco zuckte mit den Schultern, eine Geste, die man oft bei ihm beobachten konnte. Einen Augenblick hatte es den Anschein, als hätte er seine Gabe, das Leben zu nehmen, wie es kommt, wiedergefunden.

«So schlimm wird's schon nicht werden», meinte er noch, bevor er sich zum Gehen wandte. «Im Endeffekt bleiben wir immer die Gleichen. Das Einzige, was uns passieren kann, ist, dass wir nackt sind. Aber ob nackt oder angezogen – wir bleiben immer die, die wir sind.»

Ich sagte nichts. Kein Wort. Ich weiß noch, dass ich ihn umarmen wollte. Doch ich hatte nicht die Kraft dazu. Das Bild von Margherita, die im Schlaf versuchte, sich die Faust in den Mund zu stopfen, hielt mich davon ab. Ich hatte Angst, ich würde mir ein Leben lang diese Geste menschlicher Anteilnahme gegenüber Francesco vorwerfen müssen. Heute weiß ich, ich werde es mir nie verzeihen, ihn nicht umarmt zu haben.

Am Montag, dem 17. März, 15.30 Uhr, rief Enrico Mentana bei mir an. Drei Anrufe ließ ich verstreichen, ohne abzuheben. Den Grund seines Anrufs konnte ich mir schon denken, und der war nicht gerade beruhigend. Beim vierten Mal innerhalb einer halben Stunde nahm ich den Hörer ab.

Wie ich mir gedacht hatte, wollte mich Mentana abends in der Show *Matrix* als Gast, weil das Thema diesmal «der

Fall Bergamo» war. Die Nachricht von der Festnahme eines Professors meiner Universität wegen Anschuldigungen, die in engem Zusammenhang mit dem Skandal der Rodari-Schule standen, hatten sämtliche Nachrichtenagenturen schon im Morgengrauen veröffentlicht. Es war die Meldung des Tages.

Ich versuchte mich der Sache zu entziehen, wie ich es bei Gramellini auch schon getan hatte, und wandte ein, dass die zwei Ermittlungsstränge überhaupt nichts miteinander verbinde. Aber der Leiter der Nachrichtensendungen von Canale 5 war natürlich wieder besser informiert als ich: Die Akte über Francesco Volpi liege bei Dottor Gatti, dem Staatsanwalt, der in Sachen Pädophilie anklagen und ermitteln lasse. Daraufhin warf ich ein, dass ich mich für ungeeignet halte, da meine Aussagen keine Rechtsgültigkeit besäßen, schließlich sei ich mit einem der beiden Verdächtigten befreundet. Auch das wusste Mentana bereits. Er meinte, wenn ich mich nicht über die Verstrickungen meines Freundes und Kollegen äußern würde, dann werde das ein anderer tun – und das sicher weniger taktvoll! Außerdem, so fügte er hinzu, stünde ich ja auch der Hauptklägerin näher. Offensichtlich hatten ihn seine Informanten also auch über meinen Umgang mit Marisa Comi aufgeklärt.

Ich versuchte Zeit zu gewinnen. Ein Teil von mir drängte mich noch immer dazu, mich aus der Sache herauszuhalten. Allerdings war diese Stimme mittlerweile kraftlos geworden, ein gedämpftes Echo, das allmählich verhallte. Eine andere, deutlich sonorere Stimme klagte diese falsche Neutralität an. Mit meinen eigenen Augen hatte ich gesehen, wie sich die kleine Margherita im Schlaf quälte, mit denselben

Augen hatte ich die Verzweiflung in Francescos Gesicht erblickt; innerhalb eines Tages, zwischen Sonnenaufgang und Sonnenuntergang, schien er um zehn Jahre gealtert. Ich konnte mich gar nicht mehr aus der Sache heraushalten! Und zwar aus dem einfachen Grund, weil ich längst drinsteckte. Vor allem aber war diese zweite Stimme, die mich antrieb, viel älter als die erste. Sie kam von weit her und trug den salzigen Geschmack der Sommertage meiner Kindheit mit sich.

Ich beriet mich mit dem Dekan, einem klugen Romanisten, der auch ausgezeichnete Qualitäten als Manager besaß. Ein Mann von Verstand und ein Mann von Welt. Ich erzählte ihm von Mentanas Einladung. Ich sagte, meiner Meinung nach könne man ihm trauen, es werde keine bösen Überraschungen geben. Seit Jahren hatte ich ein herzliches Verhältnis zu dem Moderator von *Matrix*. Mehr als ein Mal war ich schon in seiner Show gewesen, meist dann, wenn es um aktuelle Verbrechen und Gewaltvorfälle ging. Dort hatte ich stets das übertriebene Interesse der Medien für derartige Fälle scharf kritisiert, außerdem die damit einhergehende exzessive, krankhafte Leidenschaft, die das Publikum auch noch unterstützt.

Etliche meiner Freunde und Kollegen hatten dafür wiederum mich kritisiert: Das Fernsehen zu nutzen, um es gleichzeitig zu attackieren, so hielten sie mir vor, sei bestenfalls eine fromme Illusion, oder – schlimmstenfalls – eine teuflische List. Obwohl ich den bitteren Geschmack des Widerspruchs erkannte, ließ ich mich nicht beirren. Wenn du das Kampffeld nicht selbst bestimmen kannst, ist deine Niederlage schon so gut wie besiegelt. Das wusste auch ich nur allzu gut. Einfach nur mit einem guten Buch zu Hause sitzen – damit würde man sicher keine Festung im Kampf für die wahre Information und die kritische Lehre einnehmen. Selbst wenn wir Menschen von Geist und Verstand jeden Abend den Fernseher ausgeschaltet ließen, wir blieben doch immer Zuschauer. Denn, wie jeder wahre Krieger weiß: Auch der Rückzug vor dem Feind macht Kämpfen erforderlich. Rückzugsgefechte. Und wenn uns nur noch diese bleiben sollten, dann würden wir sie auch führen.

Das war ungefähr meine Position, die ich dem Dekan darlegte. Die Kriegsmetapher schien mir in Anbetracht der Lage äußerst geeignet. Der Dekan riet mir, die Einladung anzunehmen. So wie er die Sache sehe, seien wir, egal, was in der Rodari-Schule vorgefallen sei, zweifelsohne mit einer tragischen Hexenjagd konfrontiert. Er würde auf mich zählen, so beendete er das Gespräch. Er sei sicher, ich würde einen Beitrag dazu leisten, dass man wieder zur Vernunft käme.

Ich rief Mentana an. Er freute sich über die Zusage. Man würde mir ein Ticket für den Flug um 19.25 Uhr ab Linate reservieren. In Fiumicino werde dann ein Wagen bereitstehen, der mich zu den Studios auf dem Monte Caelius fahren werde. Die Sendung werde ab 23.15 Uhr live ausgestrahlt. Außer mir nähmen Massimo Panerai teil, Vorsitzender einer der unerbittlichsten Verbände im Kampf gegen Pädophilie, der Schauspieler Luca Barbareschi, der als Kind von einem Pfarrer sexuell belästigt worden sei, der Anwalt Paolo Setti, der Don Mariano verteidige, der Psychiater Massimo Ammaniti, Skeptiker bezüglich der Stichhaltigkeit der gesamten Anklage, und – zugeschaltet aus Mailand – Doktor

Antonio Corna, der einige der vermeintlichen Opfer untersucht habe. Nachdem Mentana mir also alle Teilnehmer aufgezählt hatte, fragte er mich nach meinem Standpunkt: Schuldverfechter oder Unschuldsverfechter? Ich konnte es nicht sagen. «Auch gut», schloss er lapidar.

Während der ganzen Prozedur beim Einchecken versuchte ich, Martina zu erreichen. Ohne Erfolg. Der von mir gewünschte Teilnehmer war zurzeit nicht erreichbar.

Dafür war das Flugzeug proppenvoll. Aufgrund eines weiter nicht erläuterten technischen Problems ließ man uns fast eine Stunde auf der Rollbahn warten. Schon bald war die Luft in der hoffnungslos überfüllten Kabine zum Ersticken. Nach einer halben Stunde stand ich kurz vor einer Panikattacke und musste zu dem Beruhigungsmittel greifen, das mir der Psychiater aus dem San-Raffaele-Krankenhaus für den Notfall verschrieben hatte. Ich ließ zwei *Prazepam* unter der Zunge zergehen und schlief bis zur Landung durch.

Als ich aufwachte, waren Panik und Angst verschwunden. Dafür drängte sich mir jetzt die beklemmende Erinnerung an diese eine Szene aus meiner Kindheit auf, mit der ich mittlerweile schon beinah täglich leben musste. Ich ahnte, sie würde so lange nicht von meiner Seite weichen, bis *Matrix* zu Ende wäre. Zumindest hoffte ich das. Ich hoffte, die schreckliche Angstpartie rührte daher, dass ich in der Talkshow auftreten musste, und nicht von etwas anderem.

Auf der Fahrt ins Zentrum verspäteten wir uns immer mehr. Kaum hatten wir Fiumicino hinter uns gelassen, begann auf der Höhe der Via della Magliana der Verkehr zu stocken. Der Verkehrsfunk meldete einen tödlichen Unfall. Kurz darauf befanden wir uns im Stau und bewegten uns mit Schrittgeschwindigkeit.

Als der Fahrer im Rückspiegel sah, wie nervös ich auf dem Sitz hin und her rutschte, versuchte er mich zu beruhigen. «Geknallt» habe es auf der Gegenfahrbahn. Wir würden nur in der Schlange der Schaulustigen feststecken.

Wie durch ein Wunder begann eine Viertelstunde später der Verkehr wieder zu fließen. Jetzt befanden wir uns am kritischen Punkt, die Leiche war nur wenige Meter entfernt. Danach würden wir entspannt weiterfahren können. Lästig war nur noch der Qualm, der von den konzentrierten Autoabgasen herrührte.

Der Fahrer begann zu fluchen. Es sei immer dasselbe! Ob ich eigentlich wisse, dass die Schlange von Gaffern der Hauptgrund für den stockenden Verkehr auf der Umgehungsstraße sei? Das liege gar nicht an denen, die dran glauben müssten. Für das Verkehrschaos in der Stadt würden die von der Gegenspur sorgen, wenn sie immer anhielten und sich an dem Spektakel erfreuten. Na ja, Mitleid sei es jedenfalls nicht, das sie dazu bringe, den Fuß vom Gaspedal zu nehmen. Wenn du wirklich Mitleid hast, dann schaust du nicht auch noch hin. Wenn deine Mutter, dein Sohn oder deine Schwester da in dem Blechhaufen liegt, schaust du nicht hin. Wenn du aber hinschaust, dann denkst du bestimmt: Glück gehabt! Besser der als ich.

«Es geht immer noch zu wie bei den alten Römern, Dottore. Wie sagten die so schön? *Mors tua, vita mea*, des einen Tod ist des andern Brot.»

Jetzt schaute ich auch hin. Beleuchtet von den Flutlichtstrahlern des Katastrophenschutzes, sah ich einen Feuerwehrmann auf einen LKW klettern, der gegen einen anderen Giganten der Straße gedonnert war. Man versuchte, den Körper des Fahrers aus der Karosserie zu zerren.

Ich dachte: Warum lassen sie ihn nicht einfach dort? Warum muss er denn unbedingt einen Holzsarg kriegen, wo er doch schon in einem maßgeschneiderten Blechsarg liegt? Dann wandte ich meinen Blick ab und schloss die Augen.

Ich öffnete sie erst wieder, als wir schon beim Circus Maximus waren. Wenige Sekunden später kletterte das Auto den Caelius-Hügel hoch. Wir waren angekommen. Gleich würden sich für uns die Tore zu den Fernsehstudios öffnen, zwischen der Mauer des Monumentalkomplexes der Villa Celimontana und der Kirche Santa Maria in Dominica – genau dort, wo man es am wenigsten erwartete.

Kurz vor Beginn der Sendung waren wir endlich da. Ich hatte nicht einmal Gelegenheit, mit Mentana ein paar Worte zu wechseln, wie ich es sonst immer tat. Es blieb gerade mal Zeit, dass ich mir ein Mikrophon anstecken und neben den anderen Gästen Platz nehmen konnte.

Ein Produktionsassistent klärte mich über den neuesten Stand der Dinge auf: Vielleicht werde man ein Video ausstrahlen, das die Überwachungskameras der Schule aufgezeichnet hätten. Die Bilder seien unscharf, doch einigen Stimmen zufolge handele es sich um das berüchtigte «Beweisvideo» für die Schuld der Kindergärtnerinnen. Anscheinend sei darauf die farbige Erzieherin zu erkennen, die ein Mädchen auf dem Arm halte und hinaustrage. Noch warte man allerdings darauf, dass der Sender die Ausstrahlung genehmige. Die Staatsanwaltschaft habe erfahren, dass der Sender im Besitz des Materials sei – wie immer es auch dorthin gelangt sein mag –, und darum gebeten, es zu den Akten zu nehmen. Den ganzen Nachmittag über hätten sich die Anwälte der Sendeanstalt und die Justizbehörde mit der Angelegenheit befasst.

Die Nachricht vom «Beweisvideo» versetzte mich wieder in Panik. Daher kann ich mich, ehrlich gesagt, kaum an den Ablauf der Sendung erinnern. Ich hatte zwar an der Talkshow teilgenommen, von Anfang an, aber was ich hinterher davon mitnahm, waren nur vage Eindrücke, einzelne Gesprächsfetzen, bereits gelöschte Versatzstücke von Erlebtem und Gehörtem. Mehr als zwei Stunden saß ich schwitzend unter den riesigen Scheinwerfern, die selbst mitten in der Nacht mit einem einfachen Klick eine künstliche Tageshelle herbeizaubern konnten, und doch sind meine Erinnerungen auch nicht klarer als die eines Fernsehzuschauers, der auf dem Sofa liegend vor dem Fernseher vor sich hindämmerte.

Ich erinnere mich an den zunehmenden Realitätsverlust, dieses Hineingleiten in einen irritierenden Horizont, in dem ich nicht mehr in der Lage war, zwischen einer authentischen Aussage und einer fiktiven Rekonstruktion zu unterscheiden, ja, in dem sich diese Unterscheidung für mich gänzlich aufzuheben schien.

Die Sendung nahm ihren Verlauf, und ich erinnere mich an das dichte Stimmengewirr, eine Wolke aus weißen Geräuschen, in denen das umfassende Wissen der Experten zu einer Reihe spontaner Meinungsäußerungen verkam, da vom Imperativ des Rhythmus zersplittert, dort von der nahenden Werbepause entwürdigt, da wieder vom unmöglichen Vergleich mit der Meinung eines Otto Normalverbrauchers ins Banale gezogen, dann schließlich von der Notwendigkeit des Widerspruchs unterbrochen. Ich erinnere mich daran, wie die Äußerungen der Psychiater, Kriminologen, Anwälte in trivialen Emotionalitäten, im flüchtigen Vibrato auf dem Bildschirm verpufften. Ich hatte das Gefühl, in einen ironischen Kommunikationsfluss zu schlittern – wobei jeder Sprecher, mich selbst eingeschlossen, immer das Gegenteil dessen meinte, was er äußerte –, in ein Rinnsal selbstverachtender Worte, deren Echo als Lachen, das uns alle begraben würde, widerhallte. Ich erinnere mich an das fast schon körperliche Gefühl des Eintauchens in den Fluss eines sinnlosen Seins, bei dem man nie Gefahr läuft, nass zu werden.

Und über dem Ganzen, tief am Horizont hängend, wie ein schwarzer Stern, der eine Landschaft der Verwüstung anstrahlt, die Worte, die jemand aus dem Publikum herausgeschrien hatte: «Verdorbenes Fleisch … chemische Kastration … Todesstrafe …»

Ich glaube, ich sagte wenig, sehr wenig, verlor mich meist im Vagen, wich den direkten Fragen aus. Ganz sicher bin ich mir nicht, denn den Mitschnitt der Sendung wollte ich mir nie ansehen. Das Einzige, was ich mit Sicherheit sagen kann, ist, dass meine Angst immer zunahm, wenn Mentana die eventuelle Ausstrahlung des «Beweisvideos» erwähnte.

Ich fühlte mich gefangen in einer Sackgasse, die eine Umkehr unmöglich machte, und hatte das Gefühl, mein Körper sei zu Stein geworden. Allein ihn auf dem Stuhl zu halten, machte mir zu schaffen. Ich spürte, wie seine Masse unwiderstehlich von der Schwerkraft eines elend tiefen Abgrundes angezogen wurde. Die kleinste Bewegung, wie die Beine übereinanderschlagen oder den Kopf drehen, hätte sich als fatal erweisen können. Nicht zu stürzen war die Hauptaufgabe, in jeder einzelnen Sekunde.

Gleichzeitig wurde mein Verstand von der nicht minder mörderischen Kraft der Vergangenheit aus seiner Gehirnschale gesogen. Die Angst vor der Kindheitserinnerung, von der ich seit Wochen meinte, ich müsse ihr auf den Grund gehen, strömte durch die Nasenlöcher in meinen Kopf, um mein Gehirn zu durchstöbern, immer dem Haken des Mannes im grünen Kittel folgend, der mich als Kind gesucht, gefunden und meine Polypen herausgerissen hatte.

Der immer näherrückende Moment, in dem ich mich dem «Beweisvideo» stellen musste, wie auch die Augen der Zuschauer, die uns von den Rängen herab fixierten, verstärkten meine Anspannung. Ich stellte mir den Blick eines jeden Mannes und einer jeden Frau vor, multipliziert mit hundert, mit tausend, mit Millionen von Fernsehzuschauern, die uns von ihren Wohnzimmern aus beäugten. Warum starrten uns diese Augen mit einer solchen Gier an? Warum dieses übermäßige Verlangen? Das fragte ich mich jedes Mal, wenn ein Gast aufgefordert war, sich zu äußern, und sich dabei auf die obszönen Details der Grausamkeiten versteifte, jedes Mal, wenn der Moderator vor dem Fernsehvolk das Schreckgespenst der Kinderschänder heraufbeschwor.

Warum, so fragte ich mich, wollen diese Leute unbedingt die «Schule des Grauens» sehen? Warum beschwören sie die Herrscher der Fernsehtempel so lange, bis sie ihnen ihre Tagesration an falscher Angst verpassen, die kleine Giftpille, ohne die sie gar nicht mehr einschlafen können?

Am Ende wurde das sogenannte Beweisvideo gar nicht ausgestrahlt. Der Moderator entschuldigte sich beim Publikum: Die Staatsanwaltschaft habe die Polizei ins Studio beordert und das Video beschlagnahmen lassen.

Nach dieser Meldung näherte sich die Talkshow ihrem Abschluss. Auf die Enttäuschung folgte das Ende. Wie immer. Gerade mal noch Zeit für einen letzten Kameraschwenk zum runden Tisch. Fasst euch kurz, bitte schön. Jeder zwei Minuten, höchstens.

Ich war der Letzte in der Runde; Mentana bat das Publikum um Aufmerksamkeit.

«Professore», begann er, «Sie kennen die Hauptklägerin persönlich, Sie kennen aber auch einen der Angeklagten, ein Kollege, ein guter Freund von Ihnen. Wie denken Sie über diese ganze Sache? Müssen wir uns für die Jagd auf Ungeheuer rüsten, oder belassen wir es bei einer harmlosen Hexenjagd?»

Für meine Antwort benötigte ich deutlich weniger als zwei Minuten. Ich ließ die Verzagtheit sprechen. Die Angst und die Verzagtheit.

«Was soll ich sagen … Das Böse existiert.» Ich glaube, ich beließ es bei diesem einen Satz: «Das Böse existiert.»

Während unter dem Abspann im Publikum der Applaus losbrach, schien ich es endlich begriffen zu haben. Der Fahrer hatte recht! Die Augen all dieser ganzen Leute waren magnetisch auf uns gerichtet, während wir unter dem Scheinwerferlicht palaverten, weil nämlich *wir* uns auf der

Seite befanden, auf der sich der Unfall zugetragen hatte. Unsere Fahrbahn war die des gewaltsamen Todes.

Millionenfach ergötzen sich die Fernsehzuschauer am Leid der anderen, wie auf der Autobahn, wenn sie die Geschwindigkeit drosseln, um die vom «Knall» zerfetzten Leichen auf der Gegenfahrbahn anzuglotzen. Sie werfen einen flüchtigen Blick auf den Tod und atmen erleichtert auf. Ihn hat's erwischt. Nicht mich. Gott sei Dank. *Gott sei Dank.* Scheiß drauf. Und jedes Mal nimmt ihr Hunger nach bluttriefender Realität zu. Und ihr gesättigtes Mitleid ab.

Dennoch konnte ich ihnen ihre gierigen Blicke nicht übelnehmen. Es ist nur ein Trick wie jeder andere auch, um weiterzumachen. Im Grunde sind diese Millionen Zuschauer lauter anständige Leute. Dank uns, die wir auf der Todesfahrbahn sind, ist das Leben auf ihrer Seite süß, es ist stumpfsinnig, es ist dumpf. Sogar der Tod ist süß, in diesem Puppenhäuschen, das vom blauen Licht des Fernsehers angestrahlt wird. Sogar der gewaltsame Tod ist süß, und selbst der zertrümmerte Schädel. Dank uns, uns Narren des Todes, sind da drüben auf der Gegenfahrbahn keine sterbenden Kinder, die in ihrem eigenen Blut liegen.

Im Hotel angekommen, schaltete ich mein Handy ein; ich hatte unzählige SMS von Freunden und Bekannten bekommen, die die Sendung gesehen hatten. Ohne sie zu lesen, löschte ich alle. Nur die vorletzte las ich.

Dort stand lediglich: «Danke. Marisa Comi.»

Bevor ich mir noch eine weitere *Prazepam* unter der Zunge zergehen ließ, um in einen tiefen Schlaf zu sinken, schickte ich jetzt eine SMS. An Martina.

Ich hab sie noch immer gespeichert. Sie lautet: «Wie stellst du dir die Zukunft unserer Kinder vor? Wir leben doch mit gesenktem, nur auf die Gegenwart gerichtetem Blick. Die Welt gehört den Herren des Krieges. Ich hab dich lieb, doch alles, was uns noch erwartet, ist der Zusammenprall. Es darf keine Zukunft geben.»

Jetzt schreit der Junge im Schlaf. Er schreit aus voller Kehle, er schreit sich die Kehle aus dem Hals. Alle wachen auf in dem großen zweistöckigen Haus. Der Vater, die Mutter, sogar der Bruder. Aber er nicht. Er schläft weiter. In seinem Schrei verlängert sich der Schlaf, wie ein ausgestreckter Arm, der nach etwas greifen möchte. Allen anderen gefriert das Blut in den Adern. Ihm nicht. Seine Venen sind leere Kanäle, Blut hat er keines mehr. Der Vampir hat es ihm bis auf den letzten Tropfen ausgesaugt.

Alle stolpern durch die Dunkelheit, sie rennen zur Dachkammer, wo der Junge schläft. Der entsetzliche Schrei hat sie gepackt, und nun eilen sie zu ihm und malen sich dabei aus, dass er in einer Blutlache liegt. Dabei ist der Junge schon gar nicht mehr in seinem Bett. Auch er rennt, doch er eilt keinem entgegen. Mit ausgetrockneten Venen poltert er blutleer, wie vom Teufel besessen, durchs ganze Haus, das nun ein belagertes Haus geworden ist. Stets eilt ihm der Schrei voraus, überall.

«Schließt das Tor, verriegelt die Türen, Dracula kommt! Wir müssen uns beeilen, wir müssen uns beeilen», schreit der Junge. «Wir haben keine Zeit zu verlieren, die Toten haben Hunger auf die Lebenden. Schnell, schnell, das ausgesaugte Opfer ist fast immer ein Kind. Schnell!»

Die Geschichte ist alt, sie kommt von weither: Die Könige baden im Blut der Kinder, die Hexen entführen und zerstückeln das zarte Fleisch, die Hexenmeister mischen es mit dem Sabbat-Brot, die Hostie blutet Christi Blut, das Blut Jesu Christi, das Blut des Jesuskindes. Ja, es ist der Junge, es ist wahrhaftig der Junge, es ist der Junge, den sie gekreuzigt haben. Schnell! Schnell! Das Jesuskind ist ans Kreuz genagelt.

Der Vater, die Mutter, auch sein Bruder versuchen ihn zu beruhigen. «Es ist alles in Ordnung, alles in Ordnung», flüstern sie ihm zärtlich zu, «da ist kein Vampir draußen vor der Tür.» Er aber hört sie nicht, er sieht sie nicht, er weiß nicht, wer sie sind. Und wenn er sie sehen könnte, würde er den entsetzten Ausdruck auf ihren Gesichtern sehen. Das Grauen hat sie angesteckt, die durchtrennte Kehle ist entsetzt und entsetzlich! Denn sein ist das Reich und die Kraft und die Herrlichkeit.

Dann aber lässt die Glocke des Doms – in dem in einem Fläschchen das geronnene Blut des heiligen Pantaleon, des heiligen Arztes und christlichen Märtyrers, verwahrt ist – einen Schlag ertönen, der die Toten überflüssig macht. Plötzlich wacht der Junge auf. Es ist drei Uhr nachts, und alles ist gut. Das Kreuz ist jetzt leer.

Am nächsten Morgen bemüht sich die Mutter, Mutter zu spielen, und nimmt dem Jungen die Beichte ab.

«Ich habe von einem Blutstropfen geträumt», sagt er. In der hintersten Ecke der Piazza, im Schutze der Strandkiefer, ist die Höhle des Vampirs mit den spitzgefeilten, scharfen

Eckzähnen. Ein unterirdischer Verschlag, in dem das Ungeheuer lebt, Weidenkörbe flicht, Stühle mit Stroh bespannt und dann das Stroh wieder herunterreißt. Wenn da ein Ball reinrollt, ist er weg. Dann ist das Spiel zu Ende. Dort fallen Blutstropfen als Regen. Keiner wagt sich in die Höhle. Ein bunter Streifenvorhang wirft seinen Schatten auf den Sonnenfleck. Der Blutstropfen auf dem Estrichboden. Nur der Junge hat das gesehen. An mehr erinnert er sich nicht.

Am nächsten Morgen versucht der Vater, Vater zu spielen, und spuckt große Töne. «Du brauchst keine Angst vor Dracula zu haben», sagt er zu seinem Sohn. «Wenn er kommt, schlag ich ihm sämtliche Zähne aus.»

Von da an hat der Junge auch tagsüber schreckliche Angst. Jetzt, da das mit den «ausgeschlagenen Zähnen» ausgesprochen ist, weiß er, dass es auch so kommen wird. Er weiß, man ist immer der, der so harte Strafen erleiden muss, nie teilt man sie selbst aus. Sein Vater wird sie erleiden. Wer das Böse beschwört, wird von ihm verschlungen, wer der Gewalt begegnet, wird von ihr vernichtet. Die Peiniger sind die anderen, daran besteht kein Zweifel. Die Opfer sind nämlich wir.

Von dem Tag an fürchtet der Junge an jeder Ecke, es könnte dort jemand stehen und seinem Vater «die Zähne ausschlagen». Argwöhnisch mustert er alle Passanten, er misstraut jedem, der sich ihnen nähert. Die Spaziergänge werden zu einem Albtraum mit geöffneten Augen. Jeder Moment könnte der richtige sein, jeder könnte derjenige sein, der seinem Vater «die Zähne ausschlägt» und ihn in einer Blutlache liegen lässt. Mittlerweile ist es dem Jungen fast schon lieber, wenn der Vater auf Dienstreise ist. Wenn dieser sich außer Reichweite seiner Albträume hält, ist er bestimmt sicherer.

Besser, sein Onkel geht mit ihm spazieren, der Bruder seiner Mutter. Aber nicht etwa, weil Onkel Franco ein Karatemeister wäre – wenn der Vampir erst einmal da ist, muss sowieso jeder dran glauben –, sondern weil dann wenigstens nicht sein Vater in der Blutlache liegen wird.

Wenn der Onkel keine Zeit hat, weigert sich der Junge, mit dem Vater rauszugehen. Er ist ein braver Junge – das sagt die Mutter ständig zu ihm –, aber zu zwei Dingen ist er nicht in der Lage: mit dem Vater rausgehen und sich dem Laden des Korbmachers nähern. Denn der Junge träumt jetzt immer öfter von dem Blutstropfen. Ein Sonnenfleck, ein Blutstropfen auf Zementestrich, vor einer Tür ein Vorhang aus bunten Plastikstreifen. So kündigt sich das Ende der Welt an.

Vater und Sohn können die Tür nur wie Schlachttiere passieren, denn es ist der Schlachthof des Schlachters, die Metzgerei des Metzgers. Fast jede Nacht geht der Junge jetzt dicht an der Tür vorbei, aus der Tür kommt ein Arm, aus dem Arm eine Hand. Es ist die Hand, die zupackt. Eine Hand mit Krallen.

Als der Junge dann seiner Mutter endlich auch diesen Traum beichtet, wartet sie, bis es Nacht wird, dann spricht sie mit ihrem Mann.

Am nächsten Tag überqueren Vater und Sohn die Piazza del Vescovado und gehen bis zu der Ecke im Schutze der Strandkiefer. Sie halten sich an den Händen.

Die Mutter wartet vor der Kirche auf sie – die mit dem Blut vom heiligen Pantaleon, dem glorreichen christlichen

Märtyrer. Immer wieder dreht sich der Junge nach ihr um und sucht ihren Blick.

«Na los, geh schon!», gibt ihm die Mutter durch Gesten zu verstehen.

An der Tür angekommen, bleiben Vater und Sohn auf der Schwelle stehen, wegen des Gestanks. Der Junge riecht den Mief der blinden, instinktiven, hemmungslosen Gier nach Menschenblut. Im Schädel des Korbflechters – diesem beängstigend großen, länglichen, dicken Kopf – liest der Junge den verknöcherten Auswuchs der kruden, blutrünstigen Seele.

Dann aber spricht der Vater zur Finsternis, und das Ungeheuer streckt seinen Hals. Da entdeckt der Junge zwei leere Augen in den Augenhöhlen, zwei weiße, weiche Kugeln, ohne den Nadelstich einer Pupille. Im Mund des blinden Korbmachers findet der Junge ein rosiges Lächeln, ohne Zähne, nur Zahnfleisch.

April

Das Menschenweibchen tritt von rechts ins Blickfeld der Kamera; es schiebt einen metallenen Wagen mit kleinen Gummirädern zwischen Hunderten parkender Autos hindurch, auch die sind aus Metall, aber mit Motoren versehen. Sie ist erwachsen, aber von zierlicher Statur – höchstens fünfzig Kilo schwer –, und hat sichtlich Mühe beim Schieben des Wagens, der überquillt vor eingeschweißten Fertigprodukten. Aber sie kämpft sich weiter vor. Es ist eine gute Ausbeute, in den nächsten Wochen wäre ihre Familie erst einmal versorgt. Die Jägerin trägt Röhrenhosen und eine Jacke mit Schulterpolstern. Ihr Haar ist im Nacken kurz geschnitten. Es handelt sich um ein Weibchen, aber Kleidung und Haarschnitt sind die eines Männchens. Sie geht weiter und verschwindet links aus dem Bild.

Kurz darauf erscheint das Junge. Ein ungefähr fünfjähriges Mädchen, circa ein Meter zwanzig groß und zwanzig Kilo schwer, trottet widerwillig hinter der Mutter her. Man ahnt, dass es ihr voller Zorn etwas hinterherbrüllt. Man ahnt es, doch man hört es nicht. Die Kamera, die die Tiefgarage des Supermarkts überwacht, hat kein Mikrophon. Es gibt also keinen Ton. Nur Bildflecken in allen Graustufen. Dennoch sagt uns dieses Video, dass die Kleine blond ist – ihre Haare erscheinen hellgrau.

Das Mädchen bleibt stehen. Es streikt. Stampft, ballt die Fäuste. Schreit. Dann weint es, brüllt und wartet. Schreit erneut. Die Mutter tritt nicht mehr ins Blickfeld. Die Mutter hört es nicht. Kein Erwachsener beachtet es. Und wir können die Kleine sowieso nicht hören.

Hinter einem Wagen der gehobenen Mittelklasse taucht ein weiteres Junges auf, gleichen Geschlechts wie das erste. Aber dieses hier ist ein wenig älter und ein paar Fingerbreit größer. Allerdings ist es schwarzhaarig – seine Haare auf dem Video sind dunkelgrau. Die beiden reden miteinander. Das Blonde scheint sich beruhigt zu haben. Das Dunkelhaarige hebt das Eis auf, das seine neue Freundin hat fallen lassen. Es leckt daran.

Hinter dem Wagen der gehobenen Mittelklasse kommt jetzt ein anderes ausgewachsenes Weibchen zum Vorschein. Es ist nicht das von vorhin. Dieses Muttertier ist von kräftiger Statur. Die Mutter trägt einen weiten Glockenrock, der ihr bis zu den Knöcheln reicht, ein buntes Tuch, das sich über ihrem üppigen Busen aufplustert, ihre schwarze Mähne ist im Nacken zu einem Knoten gebunden. Sie hält ein schmales Utensil in der Hand, eine Art langen, dünnen Stock mit einem geschwungenen Griff an dem einen Ende und einer Metallspitze am anderen.

Als das blonde Junge sie näher kommen sieht, weicht es einen Schritt zurück. Ganz offensichtlich hat dieses erwachsene Wesen, obwohl es derselben Spezies angehört, es erschreckt. Das erwachsene Wesen beugt sich über das Junge, es spricht zu ihm, streichelt es, nimmt es in den Arm. Vielleicht versucht es ja, der Kleinen gut zuzureden, aber das ist nicht sicher, der Ton fehlt ja. Die Stimme geht im Video verloren, auch die Mimik geht verloren. Die Kamera des Überwachungssystems erfasst die Nuancen menschlicher Gesichter nicht. Ihre Aufnahmen sind von niedriger Auflösung. Um jemanden zu identifizieren, ist das ausreichend, aber nicht, um in seinem Gesicht zu lesen.

Von links drängt sich nun ein anderes Weibchen ins Bild, es ist die Mutter des blonden Jungtiers. Der metallene Wagen ist verschwunden, die Frau schimpft und tobt und schreit. Doch das Video bleibt stumm.

Das andere Weibchen setzt das Mädchen ab, schüttelt den Kopf, gestikuliert wild, führt seine Hände zur Brust, öffnet dann die Arme mit den Handflächen nach oben. Das verschollene Junge ist wieder da und klemmt sich zwischen die Beine der Mutter, doch die Mutter will sich gar nicht wieder beruhigen. Noch immer brüllt sie, droht mit erhobenem Zeigefinger, fuchtelt wie wild mit der anderen Hand herum. Sie zieht ein Handy aus der Tasche und wählt eine Nummer.

Die andere wendet sich zum Gehen. Gleich wird sie nach rechts aus dem Bild verschwinden. Das erwachsene Weibchen von zierlicher Statur läuft ihr, von Zorn gepackt, hinterher. Sie bekommt sie von hinten zu fassen, zieht an ihren Haaren und zerrt sie zurück ins Bild. Das erwachsene Weibchen von kräftiger Statur windet sich, zückt das Utensil wie eine Waffe und trifft die Angreiferin auf Kopfhöhe. Die Metallspitze des Regenschirms durchdringt die weiche Höhlung. Sie durchbohrt das Auge und bleibt im Schädel stecken.

Dieses Video wurde zum ersten Mal am 9. April 2008 um 20 Uhr zu Beginn der Nachrichten im italienischen Fernsehen ausgestrahlt. Zu sehen war der brutale «Mord» an Maria Tirabassi, der jungen Mutter aus Clusone, der tags zuvor in der Tiefgarage des *Orio Center* in Orio al Serio verübt worden war. Dank der Überwachungskameras des Einkaufszentrums konnte die Täterin in weniger als vierundzwanzig Stunden identifiziert, ausfindig gemacht und verhaftet werden. Es handelte sich um Eleana Butinaru, aus Rumänien stammend, wohnhaft im Roma-Lager von Seriate, ein paar Kilometer südwestlich von Bergamo.

Wenn man bedenkt, wie häufig nationale und lokale Sender in den folgenden drei Tagen die Bilder von der Auseinandersetzung zwischen Signora Tirabassi und der Frau, die sich in der Tiefgarage deren Tochter genähert hatte, ausstrahlten, in fast jeder Nachrichtensendung, Unterhaltungssendung oder Gesprächsrunde, immer und immer wieder, hätte man ohne weiteres daraus schließen können, dass das Dilemma zwischen Sicherheit und Freiheit, zwischen Überwachung und Privatsphäre, dass also der Konflikt, der die westlichen Gesellschaften zu Beginn des neuen Jahrtausends erschüttert hatte, ein für alle Mal gelöst sei.

Wir hatten uns für die Sicherheit und damit gegen die Freiheit entschieden, für die Überwachung und gegen die Privatsphäre. In Wahrheit hatten wir entschieden, dass wir es mit einem falschen Dilemma zu tun hatten, denn Gewalt ist die schlimmste Form der Verletzung der Privatsphäre, es gibt kein größeres Vergehen an der Freiheit als das Vergehen selbst. Und de facto war Maria Tirabassi ja auch ihrer Freiheit beraubt – sie war tot.

Ihre Ermordung, die Ermordung einer jungen Mutter, erschütterte das Land. Doch die Ausstrahlung dieser Szene hatte nichts mehr mit Information zu tun. Natürlich konnte die Flüchtige dank des Videos gefasst werden, doch gesendet wurde das Ganze, als die Mörderin bereits im Gefängnis saß. Trotzdem brachten die Nachrichtensendungen zur Veranschaulichung ihrer Meldung den kurzen Ausschnitt unaufhörlich.

Nein, das hatte nichts mit Information zu tun. Es war mehr. Es war das erleichterte Aufatmen von Millionen Bürgern. Es lag etwas Feierliches, fast schon Liturgisches in der obsessiven Art, in der die Bilder wieder und wieder und immer wieder präsentiert wurden. Man zelebrierte ein kollektives Ritual zur Exorzierung des Bösen, man war dabei, die Hexe zu verbrennen. Man hatte die Dankesmesse gefeiert.

Wenn man die Erleichterungsseufzer aus den Häusern von Millionen Italienern vernahm, konnte man sich des Eindrucks nicht erwehren, dass der gemeine Bürger unserer opulenten Gesellschaft keine Angst mehr vor dem Auge der Kamera hatte, das ihn mittlerweile schon bei all seinen täglichen Verrichtungen begleitete. Dieses zufriedengestellte, wehrlose Individuum würde, ganz im Gegenteil, immer mehr auf die allgegenwärtigen visuellen Technologien vertrauen, um die eigenen Ängste zu lindern. Ab sofort würde der Bürger, der sich nunmehr in einen Fernsehzuschauer verwandelt hatte, nicht mehr fürchten, sondern hoffen, das allwissende Auge einer Kamera möge auf ihm ruhen, wie man sich einst den Schutz durch das Auge Gottes erhofft hatte.

Wir sind ja schon so weit, dass wir Gewalt entweder hinnehmen oder sogar anordnen. Dabei handelt es sich aber stets um Gewalt, die die anderen betrifft. Werden wir selbst direkt mit Gewalt konfrontiert, fühlen wir uns absolut hilflos. Vor unserem geistigen Auge sehen wir uns immer nur als passive Opfer. Oder als – ebenso passive – Zuschauer. Werden wir mit der Gewalt der anderen konfrontiert, können wir uns dem Schlächter als stumme Opferlämmer darbieten oder mit angehaltenem Atem die Treibjagd verfolgen. Kaum einer dieser Millionen entsetzter Fernsehzuschauer würde den Herren Medienmachern, die die Angst übermäßig schürten, etwas vorwerfen können. Angst war unsere letzte, wirklich große Passion.

Diese Millionen von Fernsehzuschauern würden auch keinen Grund sehen, die Politiker dafür zu rügen, dass sie sich die Angst zunutze machen wollten. Angst war mittlerweile die einzige kollektive Kraft, die noch in der Lage war, die Wählerschaft aufzurütteln. Der Grund war denkbar einfach: In diesem winzigen Teil dieser Erde hatte man, vom Todestanz auf den Fernsehbildschirmen verhext, einen nie dagewesenen, unschlagbaren Wohlstandspegel erreicht. Man konnte nur noch verlieren, es gab nichts mehr zu gewinnen.

Die achtziger Jahre lagen schon ein ganzes Weilchen zurück. Und sie würden auch nicht wiederkommen. Jetzt war nicht die rechte Zeit für Gelüste und Verführungen. Die Verführer gab es zwar nach wie vor, aber sie handelten nicht mehr mit dem Lebenstrieb. Noch immer galt dieselbe Regel der Erotik, die bei Sexphantasien immer so gut funktioniert hatte, jetzt aber setzte man nicht mehr auf Hoffnungen, sondern auf Ängste. Und wer sie schüren wollte, musste ihnen auch gerecht werden.

Zum Teufel mit denen, die diese Horden von grausamen Plünderern am hinteren Ende der großen Ebene leugneten.

Man musste doch nur seinen Blick schärfen, und schon war so manches Staubwölkchen zu erkennen. Zum Teufel auch mit der sprechenden Grille, die dich – während sie dir die Staubwolke zeigte, die auf das Nichts zuraste, am hinteren Ende der Ebene, im zweifelhaften Licht des Sonnenuntergangs – fragte: Wo bist eigentlich du in diesem ganzen Strom?

Das Näherrücken der Wahlen vom 13. und 14. April bot Bergamo einen weiteren Grund, sich in seinen Ängsten zu verstricken: Eleana Butinaru war nicht nur des vorsätzlichen Totschlags, sondern auch der Entführung Minderjähriger angeklagt. Die kinderraubenden Zigeuner waren also wieder unter uns – das heißt, sie waren nie wirklich verschwunden.

So beschloss man einen sofortigen osmotischen Stoffaustausch zwischen politischem Kampf und Verbrechensverhütung. Über die dünne Membran der Medien konnte der Stoff ohne weiteres von einer Seite zur anderen strömen, von der linken Kopfhälfte zur rechten, von der Zelle des Inhaftierten zum Kämmerchen des kleinen Angestellten, vom dunklen Zimmer kindlicher Albträume hin zur Wahlkabine. Die Konzentration des Stoffes änderte sich, doch die Lösung war immer Angst, Angst und nochmal Angst.

Ihren Höhepunkt erreichte die Osmose der Angst während der letzten Wahlversammlung der Lega Nord, am Freitag, dem 11. April. Obwohl der Stadtrat von Bergamo dem Mitte-Links-Bündnis angehörte, hatte die Partei mit Autonomieansprüchen schon immer eine breite Anhängerschaft in der Stadt und der ganzen Provinz gehabt. Ihr Ziel war es nun, diese zu vergrößern: Rauf auf die Kampfpferde des Grolls auf die Zentralregierung und der Angst vor allem Fremden, welches das Land unserer Ahnen zu bedrohen schien, seit die Welt zu einem kleinen Globus geschrumpft war, der von Massen an verzweifelten Immigranten überrollt wurde.

Es war nicht schwer vorauszusehen, dass den Tribunen dieses Volkes, das sich unterschwellig bedroht fühlte, jedes rhetorische Mittel recht sein würde, um ihre Ziele zu erreichen, mit Begeisterung würden sie in die Asche der erloschenen Leidenschaften blasen. Und sie würden sie wieder entfachen! Aus den Funken unter der Asche würden sie den Groll, den Neid, das Entsetzen schüren. Eine ganze Palette von erkalteten Leidenschaften, traurigen Leidenschaften – aber immer noch Leidenschaften.

Dafür bot sich eine denkbar günstige Gelegenheit, da die Wahlversammlung auf der Piazza Pontida abgehalten wurde, die ausgerechnet an das Immigrantenviertel grenzte, und auch zur «Schule des Grauens» in der Via Greppi waren es nur wenige Meter. Dieser Platz war natürlich ideal als neuer Schutzwall gegen die bevorstehende Invasion.

Am Ende der Veranstaltung vom 11. April hatte der Parteisekretär der Lega Nord kein Problem damit, die vielen falschen Schlagworte, die in den vergangenen Wochen die öffentliche Meinung von Bergamo verunsichert hatten, wild durcheinanderzuwürfeln: das Gespenst der Pädophilie, der linke Professor, der sich als Pornokonsument, Päderast oder Sittenstrolch entpuppt, die mordenden Immigranten, die kinderraubenden Zigeuner, und so weiter. All das vermischte sich in seiner Rede – ein einziger Brei aus ineinander verklebten Wortteilen, ohne jede logische, syntaktische oder narrative Verknüpfung.

Und doch hatte der Redner recht. Die verworrene Ansprache verlieh den Zuhörern eine Stimme. Das einfache Volk und die Kleinbürger, die vor der festlich geschmückten Tribüne standen und lauschten, waren aufgrund eines verstörenden Gefühls von universellem Chaos zusammengekommen. Das Chaos zwischen Männern und Frauen, zwischen Italienern und Ausländern, zwischen Schülern und Lehrern, zwischen rechtschaffenen Menschen und üblem Verbrecherpack. Was diese äußerst ungleichen Leute miteinander verband – die Geschäftsmänner, die in ihren grünen Lega-Nord-Hemden Steuern hinterzogen, die Hausfrauen, die in Fahnen gehüllt waren, auf denen Ritter aus dem Mittelalter mit gezücktem Schwert abgebildet waren, die Arbeiter, die von der kommunistischen Utopie zur Lega Nord übergewechselt waren –, was aus ihnen eine Gemeinschaft machte, war genau das, was sie so quälte: das Fehlen einer klaren und nachvollziehbaren Differenzierung. Das Chaos isolierte sie, in ihm fühlten sie sich fürchterlich einsam auf dieser Welt. Und das Chaos einte sie. Das Chaos war ihr Alpha und ihr Omega.

Um ihm zu entfliehen, um den Teufelskreislauf der Undifferenziertheit zu durchbrechen, waren jene vom Chaos regierten Männer und Frauen aufgerufen, zur Tat zu schreiten. Doch in einer Welt, in der Pfarrer kleine Kinder, Kindergärtnerinnen ihre Zöglinge und Lehrer ihre Schüler missbrauchten, in einer derart chaotischen Welt, die zuließ, dass eine «dreckige Zigeunerin» eine grundanständige Frau aus Clusone umbrachte, war ein Aktionsprogramm, um die Wurzel des Bösen gründlich und wirkungsvoll zu bekämpfen, undenkbar. Es ging einzig und allein darum, dem dunklen Ruf dessen zu folgen, was vereint und mobilisiert, es ging darum, bei der Aktion bis zum Äußersten zu gehen. Nur verrückt werden würde nicht ausreichen. Jene Männer und Frauen mussten noch einen weiteren Schritt tun: Sie mussten sich von der Menge abheben. Sie hatten das verzweifelte Bedürfnis zu jagen.

Unsere braven Leute hatten die Schnauze voll von diesem ewigen Sich-mit-dem-Opfer-Identifizieren. Immer! Jedes Mal, wenn sich ein Einbruch in eine Villa, eine Vergewaltigung oder ein Mord zutrug. Immer auf der Seite des Opfers. Nein, das Maß war voll! Sie würden nicht weiterhin in diesem Niemandsland versumpfen, zwischen Krieg und Frieden, in dieser stinkenden und heimtückischen, amphibischen Erde. Jetzt würden auch sie die grausame Seite des Aktionismus kennenlernen. Jetzt würden sie sich in eine jagende Meute verwandeln.

Ich weiß nicht, ob sich in den Köpfen der Militanten, die an der Wahlveranstaltung auf der Piazza Pontida teilgenommen hatten, derartige kriegerische Phantasien eingenistet hatten, vielleicht betört von den Worten des Redners und dem Schwert von Alberto da Giussano. Die Verantwortlichen für die Gewalttaten, die in den folgenden Tagen auf Bergamos Territorium verübt wurden, konnten jedenfalls nie identifiziert werden.

Tatsache ist, dass in den Tagen nach der Wahl (das Mitte-Rechts-Bündnis hatte gewonnen, wie leicht vorauszusehen war) von einem Übergriff mit Knüppeln auf drei wehrlose rumänische Immigranten im Stadtteil Malpensata berichtet wurde; von einem Überfall mit Schlagstöcken gegen Drogenabhängige im Parco Locatelli; von einem Schlag mit einer Eisenstange gegen einen Marokkaner, der italienische Frauen belästigt haben soll (prognostizierte Krankheitsdauer: fünf Wochen); von einem senegalesischen Straßenhändler, der von einem «Rachetrupp» brutal zusammengeschlagen worden war, da man seine Ware als zu teuer befunden hatte – und dessen Einlieferung ins Krankenhaus.

Nun, man weiß nicht, welcher Teufel diese Leute geritten haben mag, als sie diese Verbrechen begingen, ebenso wenig weiß man, ob einige von ihnen nicht auch am 11. April an der Wahlversammlung auf der Piazza Pontida teilgenommen hatten. Was man jedoch weiß, ist, dass die Lokalpresse diese Überraschungsangriffe, diese Überfälle, diese blitzraschen Fahrten in feindliches Territorium hinein und die ebenso raschen Fahrten wieder aus ihm heraus sehr wohl registrierte.

Keiner bekannte sich dazu. Mehr wusste man nicht. Doch eines wusste man mit Sicherheit: In diesem hereinbrechenden Frühling, während wir versuchten, die Angst zu besiegen, durchlebten wir überaus seltsame Tage, verseucht vom Klima der Pest.

Man glaubte, man hätte die Krankheit vom Planeten verdrängt, doch noch immer schien das Rot der untergehenden Sonne auf eine in Dämmerung getauchte Welt mit den karmesinroten Flecken der Pest.

In jenen Tagen und in diesem Klima waren die Vorermittlungen über den Fall der «Schule des Grauens» an einem entscheidenden Wendepunkt angelangt: Nun kam die Beweisaufnahme. Die Zahl der in die Untersuchungen verwickelten Familien war auf elf gestiegen, die der Kinder, die vermeintlich missbraucht worden waren, auf vierzehn.

Der Staatsanwalt hatte einen Antrag auf vorgezogene Beweisaufnahme gestellt und dabei auf die Gefahr zunehmender «Verfallserscheinungen» hingewiesen – dem wurde stattgegeben. Für einen Prozess, der sich in erster Linie auf die Erinnerungen der angenommenen Opfer stützen musste, bedeutete dies, dass die Beweismittel, deren möglichen Verfall man befürchtete, folgende waren: die Bereitschaft zur Zeugenaussage, eine stabile psychische Verfassung sowie der moralische Wille der Kinder. Mit anderen Worten: ihr labiler Geisteszustand.

Die Spezialisten, die beauftragt worden waren, die Glaubwürdigkeit der kleinen Zeugen zu beurteilen, hatten Anfang April ihre Gutachten vorgelegt. Margherita Comi, Tochter der großen Klägerin, wurde als geeignet befunden.

Die erste Vernehmung des Mädchens fand auf Antrag des Staatsanwalts am 28. April um acht Uhr morgens statt. Der frühe Termin sollte zum einen die Präsenz Schaulustiger verhindern, zum anderen den gewohnten Tagesablauf des Mädchens, das sonst um diese Uhrzeit in den Kindergarten ging, nicht noch mehr durcheinanderbringen.

Die Ursachen möglicher Verstörung sollten auf ein Minimum reduziert werden. Die Anwälte des Opfers hatten erwirken können, dass die Vernehmung mit einer Abhöranlage hinter einem Spionspiegel stattfände, damit das Kind die Angeklagten nicht sehen müsste. Auch der Psychologe, der dem Richter zur Seite gestellt werden sollte, war mit Bedacht ausgewählt worden; er würde dem Mädchen die Fragen stellen, die die jeweiligen Parteien vorbereitet hatten. Zunächst hatte man dabei an Dottoressa Sommadossi gedacht, die Margheritas Geschichte ja schon kannte. Genau aus diesem Grund war man allerdings wieder davon abgekommen und hatte sich für Dottoressa Anselmo entschieden, die Therapeutin, die das Mädchen seit Monaten im San-Raffaele-Krankenhaus behandelte.

Den Raum, in dem die Vernehmung stattfinden sollte, hatte man mit Papier, Buntstiften und allen erdenklichen Spielsachen ausgestattet, um ein möglichst einladendes, familiäres Ambiente zu schaffen. Zeit und Ort hatten unter höchster Geheimhaltung gestanden, um einen Massenauflauf von Journalisten zu vermeiden.

Trotz dieser Vorsichtsmaßnahmen wurde das Eingreifen der Staatsgewalt unabdingbar, um zu garantieren, dass Margherita zum Ort der Vernehmung gelangen würde, ohne auf Menschen zu treffen, die sie unter Umständen irritierten. Seit dem ersten Morgengrauen belagerten nämlich bereits zwei gegnerische Parteien das Gericht.

Kurioserweise schienen beide Gruppierungen religiöse Motive zu haben. Da waren auf der einen Seite die Unschuldsverfechter, die unter der Hegemonie der Pfarrgemeindemitglieder unverdrossen an Don Marianos reine Seele glaubten. Ihnen stand ein junger Priester vor; er hielt das Kreuz aus edlen Metallen hoch (Schmiedeeisen, Bronze, Silber und Gold), das für gewöhnlich bei den Prozessionen in der Karwoche zum Einsatz kam.

Auf der anderen Seite führten die Anhänger der Bewegung *Rinascita in Cristo* das kleine Grüppchen von Bürgern an, die entsetzlich wütend auf die verdächtigten Pädophilen waren. Die Leute versperrten den Eingang des Gerichtsgebäudes, indem sie sich unter der Inschrift des riesenhaften Kunststoff-Engels aufstellten, der auf der Kuppel des San-Raffaele-Krankenhauses thronte. Der geflügelte Koloss aus Glasfasern war nämlich als Abbild präsent: Seine erratische Masse erhob sich über die Köpfe der Schuldverfechter in Form eines großformatigen Plakates, wie man es aus der Werbung kennt.

****

Was mir zu jenem Morgen spontan einfällt, ist das starke Gefühl von Deplatziertheit. Kaum um halb acht beim Gericht in der Via Borfuro angekommen, noch bevor die Polizei die Demonstranten vertrieb, erblickte ich den Engel, ihm gegenüber das Kreuz, und spürte sofort, wie der Riss, der meinen Willen spaltete, immer tiefer wurde. Diesen Krieg hier konnten nur gläubige Menschen führen. Aber nicht ich. Dies hier war ein Religionskrieg.

Und doch blieb ich, denn ich hatte Marisa Comi versprochen, während der Vernehmung ihrer Tochter bei ihr zu bleiben. Ich redete mir ein, ich hätte eine moralische Verpflichtung dazu. Signora Comi war eine alleinstehende Frau, seit sie die Scheidung von ihrem Mann eingereicht und gebeten hatte, den Kontakt des Vaters zu seiner Tochter zu unterbinden. Innerhalb kürzester Zeit war beidem stattgegeben worden. Obwohl nicht offiziell gegen Andrea Comi ermittelt wurde, hatten Untersuchungen seine regelmäßigen Prostituiertenbesuche ans Tageslicht befördert und –

einigen, immer gewagteren Gerüchten zufolge – auch sein Verhältnis zu Mati Wangari, einer der Schlüsselfiguren im Anklagegerüst.

Wie an jeder Biegung im Verlauf dieses unerbittlichen Stroms, der mich in den Strudel der Ereignisse gerissen hatte, so habe ich mich auch hier gefragt, was denn der wahre Grund für meine Anwesenheit im Gericht am 28. April gewesen sein mag. Und die Antwort scheint mir sonnenklar: Ziel war es, für die Schrecken meiner Kindheit Partei zu ergreifen. Ich wollte nun, als Erwachsener, dem leidenden Jungen, der ich einst gewesen war, meine Treue schwören. Durch dieses Versprechen bot ich mich selbst dem Schicksal als Pfand dar.

In den Tagen vor der Vernehmung, nachdem mich Marisa Comi um Beistand gebeten hatte und ich mich mit meinen Zweifeln herumschlug, drängte sich mir unaufhörlich dieselbe Frage auf: Was passiert mit all den Ängsten, die uns als Kinder malträtierten, wo sind sie hin? Wenn wir jetzt, als Erwachsene, dem Grauen, das in die Träume unserer Kindheit hereinbrach, nicht treu bleiben, wenn wir den dunklen, tiefgründigen Ton jenes Schreis verleugnen, der mit der Macht eines Alleinherrschers die einzigen wirklich erinnerungswürdigen Nächte unseres Lebens bestimmte – was soll dann aus uns werden?

Wenn alles, was wir als Kinder erlitten haben – die große weite Welt bereits ahnend, im monströsen Schatten des lauernden Bösen –, wenn all das Suchen in dunklen Zimmern, den beruhigenden Worten von Mutter und Vater zum Trotz, einzig der Idiotie der Kindheit zuzuschreiben ist, wie sollten wir dann Anfang und Ende miteinander verbinden, die

Wahrheit des Erwachsenen mit der des Kindes? Wenn am Ende des Flurs kein Ungeheuer auf uns wartet, ist das Leben einfach nur eine einzige große Lüge.

Das sagte ich mir immer wieder, gleichzeitig sah ich wieder Margherita vor mir, wie sie im Schlaf schrie, ich sah wieder, wie sie ihre Faust verschlang, und von ihrer Kindheit beschworen, spürte ich auch die meine, drohend wie ein schwarzes Loch, das mich mit großer Sogkraft in meine Vergangenheit zog.

Ich musste der Anziehungskraft widerstehen; der tiefe Schlund wäre in der Lage gewesen, das gesamte Universum zu verschlucken, wenn ich nachgegeben hätte. Ich konnte nicht zulassen, dass die Kindheit – jenes antike Strahlungszentrum einer jeden Enttäuschung, einer jeden Verzagtheit, eines jeden Leidens bei Erwachsenen, zu denen wir nun mal heranwachsen – nur ein leeres Zentrum war. Ich konnte unmöglich dieses kleine menschliche Wesen allein lassen, in seinem dunklen Kämmerchen, schreiend vor Angst. Ich musste ihm treu bleiben. Auch ich musste ihm ein ungeteiltes Herz bringen. Das war der einzige ehrliche Akt der Keuschheit, den mir das Erwachsenenleben abverlangte.

Unzählige Elternpaare wiederholten wie ein Mantra: Wie sollten wir nur unseren Kindern nicht glauben? Und wie sollte ich ihnen nicht glauben, wo ich doch an überhaupt nichts glaubte und außerdem keine eigenen Kinder haben wollte? Das Dilemma lag auf der Hand: Entweder die Beschuldigungen der kleinen Unschuldsseelen waren richtig, oder nichts ergab einen Sinn. Grauen oder Irrsinn? Ich entschied mich für Ersteres.

Jetzt ist mir alles klar. Das war der Grund, weswegen ich am Morgen des 28. April neben Marisa Comi hinter einem halbdurchsichtigen Spiegel saß, während auf der anderen Seite deren fünfjährige Tochter sogleich für uns eine Vergewaltigung imitieren würde.

Wenn ich mich also am 28. April 2008, wenige Tage vor meinem neununddreißigsten Geburtstag, um halb acht Uhr morgens beim Gericht in der Via Borfuro befand, dann deshalb, weil ich glaubte, ich könne so zu dem Jungen zurückfinden, der in einem Sommer vor vielen Jahren, in einem am Hang liegenden Dorf der Amalfiküste mit einem Tropfen Blut den Estrichboden befleckt hatte. Dort stand ich also, hatte immer schon dort gestanden, nie würde ich mich von dort wegbewegen. Was immer auch der Grund für dieses Blut gewesen sein mochte.

Und so saß ich nun, nachdem ich die Spur des seit mehr als dreißig Jahren verdrängten Blutstropfens wiederaufgenommen hatte, neben Marisa Comi im Gericht, eingeklemmt zwischen unzähligen Körpern: Da waren die Mutter der Zeugin, der Anwalt der Klägerin, die Verteidiger, zwei Polizisten, die Ermittlungsrichterin Marzia Salimbeni, der Staatsanwalt Piero Gatti sowie die drei Angeklagten Niva Beghetto, Maria Pellegrini und Mati Wangari.

Nachdem wir den Raum im Gänsemarsch betreten hatten, waren wir alle – die Ermittelnden und die Ermittelten, Ankläger und Angeklagte – für einen Moment, der unendlich schien, in dieselbe stockdunkle Finsternis gehüllt. Sogleich war mir, als würde ich samt Haut und Haaren Feuer fangen. In dieser Dunkelheit intensivierte sich der Hass, und hätte die Finsternis auch nur ein paar Sekunden länger gedauert, hätte sie unsere Körper verschlungen.

Zum Glück ging dann aber ein Licht entlang der verspiegelten Glasfläche an, die wir nun vor uns erblickten. Das Licht kam von der anderen Seite der Scheibe. Wir würden auch weiterhin im Dunkeln bleiben, aber drüben erstrahlte im Schein von Oberflächenlampen ein Spielzimmer. Darin ein blondes Mädchen in einem fuchsiafarbenen Rock – die kleine Margherita – und eine Frau, die sich freundlich zu ihr herabbeugte – Dottoressa Anselmo. Sie waren umgeben von einer großen Auswahl an Spielsachen, die auf eine einladende, unordentliche Art auf dem Boden verstreut lagen. Beim Anblick dieses Bildes hätte man denken können, nicht Mann und Frau hätten vor ihrer Vertreibung das Paradies auf Erden bewohnt, sondern eine junge Mutter mit ihrer Tochter.

Die einzigen unstimmigen Elemente in dieser hübsch ausstaffierten Welt waren zwei eigenartige Puppen: eine männlich, eine weiblich, beide ganz und gar nackt und ganz und gar dem menschlichen Körper nachempfunden, bis auf die Geschlechtsteile sowie die Gelenke. Erstere waren nämlich viel stärker ausgeprägt als in Natura – übermäßig aufgeblasene Brüste, übertrieben große, runde Pobacken –, und Letztere waren viel beweglicher als normale Gelenke. Es lag auf der Hand, dass die Puppen dazu dienten, Sex zwischen Erwachsenen zu imitieren, puren Sex, und dafür mussten sie in der Lage sein, alle möglichen Verrenkungen zu vollführen. Obwohl sie von vielen anderen Stoffpuppen, Plastikpuppen, Marionetten, Plüschtieren umgeben waren – allesamt recht niedlich, wie Kinderspielzeug eben sein sollte –, vermochten es diese beiden Puppen, eine paradiesische Welt in ein heikles Licht zu rücken.

Es handelte sich um ziemlich umstrittene Anatomiepuppen, die einigen Trauma-Experten zufolge den kleinen Zeugen dabei helfen sollten, konkrete Erinnerungen aus dem Unterbewusstsein auszugraben oder sogar «den sexuellen Missbrauch vorzuführen», womit mögliche Befangenheit oder sprachliche Probleme umgangen werden könnten. Anderen Spezialisten zufolge könnten sich derartige Behelfsmittel vielmehr als irreführend oder sogar kontraproduktiv herausstellen.

Für die Befürworter des Einsatzes von Puppen war die Tatsache, dass ein Kind im Vorschulalter den Geschlechtsakt, der nicht in seinem Erfahrungshorizont liegen dürfte, perfekt nachahmt, bereits ein sicherer Beweis dafür, sexuell missbraucht worden zu sein. Die Kontrahenten dagegen warnten vor derartigen Verfahrensweisen und machten darauf aufmerksam, dass *gerade* in diesem Alter ein Kind nicht fähig ist, zwischen seiner eigenen Vorstellungswelt und der Realität, also zwischen Innen- und Außenwelt, zu unterscheiden. Kurzum, auf der einen Seite war man der Ansicht, dass Kinder nicht etwas erfinden können, was sie nicht kennen, auf der anderen Seite hielt man dagegen, Kind-Sein bedeutet eben genau, sich das Unbekannte vorzustellen, sich die Wirklichkeit herbeizuphantasieren.

Die Puppen waren das Letzte, was ich durch den Einwegspiegel sah, der den Blick auf diesen schaurigen Garten Eden freigab. Denn bevor die Vernehmung beginnen konnte, focht der Verteidiger die Rechtmäßigkeit meiner Anwesenheit an. Ich sei weder ein Angehöriger, noch hätte ich einen juristischen Titel, der meine Anwesenheit rechtfertigen würde. Nach der Aufforderung durch den Richter musste Marisa Comi also ihren Griff um meinen rechten Arm lockern. Man geleitete mich hinaus. Ich würde auf dem Flur warten.

Fünfundvierzig Minuten lang saß ich dort und sinnierte über das wenige, das ich in den Gesichtern der drei Angeklagten hatte lesen können, nach.

Die beiden Italienerinnen, Niva Beghetto und Maria Pellegrini, bestätigten das schale Bild, das seit Monaten durch die Medien vermittelt wurde, wobei sowohl das Fernsehen als auch die Printmedien vergeblich versuchten, irgendetwas Bemerkenswertes an ihnen zu entdecken. Selbst in diesem dramatischen Moment bekräftigten die zwei Angeklagten nur das Grau, das jedes einzelne Kapitel ihrer Biographie auszeichnete, mit ihrem Haarschnitt, ihrem Gesichtsausdruck, ihrer Kleidung. Zwei graue Mäuschen par excellence. Bis auf eine Ausnahme: Sie schienen nicht zwei selbständige Individuen zu sein, sondern nur noch eins. Die Art, wie sie sich an den Händen hielten, ohne auch nur eine Sekunde voneinander zu lassen, erweckte den Eindruck, die hässlichen Beschuldigungen, die sie über sich ergehen lassen mussten, hätten sie miteinander verschmelzen lassen.

Mati Wangari hielt sich indessen stolz etwas abseits, riesenhaft und gebieterisch, wie ich sie schon von den Videoausschnitten und Fotos her kannte. Aber auch bei ihr schien irgendetwas kaputt gegangen zu sein; sie saß da, erhobenen Hauptes zwar, doch ihre Sehnen am Hals traten so deutlich hervor, als koste sie dies alles ungeheuer viel Kraft.

Um 9.20 Uhr öffnete sich die Tür. Einer der zwei Polizisten kam heraus. Kopfschüttelnd. Ich versuchte ihn aufzuhalten.

«Was ist passiert?»

«Ich darf mit niemandem reden», gab er mit einer Stimme zurück, die klang, als täte er nichts lieber als das. Er ging in Richtung Kaffeeautomat am Ende des Flurs.

«Bitte, ich stehe Signora Comi und ihrer Tochter sehr nah.»

«Ich muss einen Tee holen, die Signora hatte einen kleinen Schwächeanfall.»

Ich sprang auf.

«Nichts Ernstes, nichts Ernstes, nur der Kreislauf», sagte der Polizist schnell, um mich zu beruhigen.

«Was ist passiert?»

Der Mann trat zu mir, damit seine Kollegen auf dem Gang ihn nicht hören konnten.

«Der Test hat zu nichts geführt. Die Kleine war einfach nur verwirrt und hat sich ständig widersprochen. Als man ihr die Anatomiepuppen zeigte, hat sie ganz normal weitergespielt, mit den anderen ...», sagte er.

«Und deswegen hatte Signora Comi einen Schwächeanfall?»

«Nein. Aber als die Signora sah, dass nichts passierte, war sie völlig außer sich. Sie hat darauf bestanden, dass der Richter zur Therapeutin sagt, sie soll das Mädchen dazu bringen, sich zu bekreuzigen. Irgendwann hat der Richter dann nachgegeben. Kaum dass die Dottoressa das Mädchen dazu aufgefordert hatte, ging es los – kurz zuvor war sie noch ganz fröhlich und zufrieden. Dann hat sie sich ein-, zwei-, drei-, vier-, fünf-, sechsmal bekreuzigt. Stocksteif und mechanisch, wie ein Automat.»

«Und das war so erschütternd?»

Der Polizist wartete ein paar Sekunden – auf der Suche nach einem inneren, unauffindbaren Licht.

«Sie tat es mit der linken Hand», sagte er schließlich. «Und sie ist nicht mal Linkshänder … Alle sechsmal. Mit der linken Hand.»

Die Hand des Teufels, dachte ich.

«Die Hand des Teufels», schloss er als Echo meiner Gedanken.

Nachdem der Polizist Signora Comi ihren Tee gebracht hatte, dauerte es weitere fünfzehn Minuten, bevor sich die Tür erneut öffnete.

Diese Zeit verbrachte ich am Ende des Gangs vor dem Automaten mit Snacks und Heißgetränken. Ich versuchte, meine Unruhe möglichst in Schach zu halten, indem ich mir die Nummern einprägte, die zu den jeweiligen süßen oder salzigen Snacks gehörten. Dann steuerte Dottoressa Salimbeni auf mich zu.

«Ich möchte mich dafür entschuldigen, dass wir Sie hinausbitten mussten, Professore», begann sie schon von weitem. «Aber mir blieb keine andere Wahl, nachdem Tanzi, der Verteidiger, darauf bestanden hatte. In einer so delikaten Situation ist die Anwesenheit von Fremden leider nicht gestattet.»

Mehr noch als ihre Höflichkeit beruhigte mich die Tatsache, dass mich die Untersuchungsrichterin als einen «Fremden» bezeichnete. Für beides war ich ihr dankbar.

«Allerdings könnten Sie uns noch behilflich sein … natürlich nur, wenn Sie möchten», fügte Dottoressa Salimbeni schnell hinzu.

Sie erklärte, dass Margheritas Vernehmung beendet sei. Der nächste Schritt wäre nun, einen der Beschuldigten zu identifizieren. Sie sprach von einer Identifizierung «auf amerikanische Art»; demnach wäre Margherita dann auf der anderen Seite des Spiegels, und man würde ihr durch die Scheibe hindurch sechs Männer zeigen, unter denen sich einer der Verdächtigten befände. Die Ermittlungsrichterin bat mich, einen der «Komparsen» zu spielen – ich glaube, so hatte sich Dottoressa Salimbeni ausgedrückt.

Ich sei ungefähr im selben Alter wie Stefano Modotti und hätte auch eine ähnliche Figur wie der Vater, der von seinen eigenen Kindern beschuldigt werde, an den Misshandlungen beteiligt gewesen zu sein. Alle würden davon ausgehen, dass Margherita ihn als einen ihrer Vergewaltiger identifizieren werde. Während die Richterin sprach, hatte sie wohlwollend eine Hand auf meine Schulter gelegt. Diese Hand war es, die mich schließlich überredete.

Alle sechs Statisten bekamen ein Schild in die Hand gedrückt, auf dem jeweils ein Tier abgebildet war. Im ersten Moment dachte ich an einen schlechten Scherz, dann erst fiel mir ein, dass Kinder viel schneller Tiere erkennen können, als sie zum Beispiel zählen lernen. Ich bekam das Pferd, Stefano Modotti den Hahn.

Mit meinem Gaul um den Hals betrat ich also den Raum, in dem kurz zuvor Margherita und Dottoressa Anselmo noch mit den Puppen gespielt hatten.

Das Zimmer war nicht mehr wiederzuerkennen. Ein

paar Meter vor dem Spiegelglas hing ein schwarzer Vorhang, sodass der Teil des Raumes, den man mit Hilfe der Püppchen und sonstigen Niedlichkeiten als Spielzimmer ausgestattet hatte, ausgeblendet war. Von dem kleinen Garten Eden keine Spur. Was blieb, war nur ein von grellen Scheinwerfern ausgeleuchteter, lebloser, schmaler Schlauch. Dort standen sechs Männer in Reih und Glied, allesamt von ihrem eigenen Bild verhext, das ein Spiegel knapp vor ihrer Nase reflektierte. Ich war der Zweite von links. Von Margherita aus gesehen, der Zweite von rechts. Vermutlich stellten wir uns alle gerade vor, wie sie uns von der anderen Seite des Spiegels musterte.

Das Ganze dauerte wirklich nur ein paar Minuten, die aber schon ausreichten, um mich in Panik zu versetzen. Kaum dass sich die Tür hinter uns geschlossen hatte, spürte ich, wie sich mein Herzschlag beschleunigte, ich Schweißausbrüche bekam, meine Arme und Beine kribbelten. Man hatte uns gesagt, wir sollten uns so wenig wie möglich bewegen und die Arme locker herabhängen lassen. Ich aber stand breitbeinig da, die Hände hinter dem Rücken verschränkt, in der Hoffnung, diese Haltung eines ruhenden Kriegers würde mir dabei helfen, die Prüfung besser zu überstehen.

«Jetzt die Katze bitte», ordnete eine Stimme aus dem Lautsprecher an.

Erst da beruhigte ich mich. Mir fiel die Anfangsszene eines amerikanischen Films ein, der ein paar Jahre zuvor in den Kinos gewesen war. Es ging um Verbrechen und die Verdächtigten, eine unglaublich komplexe Geschichte mit perfekt verknüpften Handlungssträngen. Auch wenn es seltsam klingen mag, aber die Tatsache, dass ich mir wie in einem Film vorkam, erheiterte mich plötzlich ungemein. In dieser deliranten Situation redete ich mir ein, falls mir der Titel des Films und die Namen der Hauptdarsteller wieder einfallen sollten, würde alles gut verlaufen. Im Grunde hatte man solche Szenen ja schon oft gesehen. Ich hatte nichts zu befürchten. Ich kannte das doch schon.

Die Stimme aus der Sprechanlage rief ein Tier nach dem anderen auf. Die Maus, den Hund, das Rhinozeros. Dann wurde auch der Hahn aufgefordert vorzutreten. Stefano Modotti verließ den Raum. Übrig blieb nur noch das Pferd, das sich in der Spiegelwand betrachten konnte.

Klein-Margherita hatte in mir den Mann gesehen, der ihr Schlimmes angetan hatte.

Die Mutter des Jungen ist tot. Es ist 14.35 Uhr, an einem x-beliebigen Nachmittag. Es dürfte so das zehnte Mal sein, dass die Mutter des Jungen stirbt.

Meist sieht das so aus: Die Mutter und der Junge liegen im elterlichen Ehebett, es ist Zeit für einen Mittagsschlaf, sie lachen, albern miteinander herum, umarmen sich, knutschen sich ab, dann, auf einen Schlag, stirbt die Mutter. Sie stößt noch einen letzten grollenden Seufzer aus, wird stocksteif, fällt auf den Boden und stirbt. Die Augen weit aufgerissen, der Körper reglos, ohne Leben. Vor einer Sekunde war sie noch die liebste Mutter auf der ganzen Welt, und jetzt, eine Sekunde später, scheint nichts mehr von ihr da zu sein.

Meistens braucht sie erst gar nicht auf den Boden zu fallen, weil sie sowieso schon liegt. Der Tod findet sie auf dem Bauch liegend vor, der Tod ist nur ein veränderter stumpfer Winkel zwischen Armen und Hüften, eine veränderte Neigung des Halses. Der Tod ist ein kurzer Moment der Ablenkung. Der Junge hat sich nur kurz weggedreht, ist vom Bett geklettert, um eine Murmel oder einen Spielsoldaten aufzuheben, und als er wieder hochgeklettert ist, war die Mutter schon nicht mehr da. Sie ist weg, einfach so, nicht einmal verabschiedet hat sie sich, kein Ciao, nichts, nicht einmal sein übliches Marmeladenbrot hat sie ihm gemacht.

Erst kann der Junge es gar nicht glauben. Aber jetzt hat er sich fast schon daran gewöhnt. Er ist jetzt schon ein Experte auf diesem Gebiet. Deshalb gibt er auch nicht auf, sondern ruft sie, provoziert sie mit kleinen Beschimpfungen und zärtlichen Neckereien. Er kitzelt sie, leckt sie ab, klebt ihr einen Popel ins Gesicht. Und sie? Keine Reaktion.

Also unterzieht der Junge, der von seiner Aufgabe als überlebender Helfer ganz in Anspruch genommen ist, den Körper der Mutter einer medizinischen Untersuchung: Er fühlt ihr den Puls, testet den Kniesehnenreflex, hält zwei Finger unter ihre Nase, um den Atem zu spüren.

«Siehst du, Mama, du atmest! Du kannst also gar nicht tot sein.»

Aber auch die Mutter ist ein Experte in Sachen Sterben, sie bleibt hartnäckig. «Mama, Mama, lebst du noch?» Die Frage des Jungen entfernt sich immer weiter von ihm und hallt durch die Ewigkeit. Kein Echo kehrt zu ihm zurück. Die Ewigkeit lässt ihn einfach hinter sich. Sie ist leer.

Und auf einmal weiß der Junge überhaupt gar nichts mehr. Angesichts des leblosen Körpers der Mutter hat er auf einen Schlag alles vergessen, was er bisher wusste. Er ist so hilflos, dass er anfängt zu weinen.

Aber es ist kein lockendes oder alarmschlagendes Weinen, es ist ein verzweifeltes Weinen. Der Junge ruft nicht nach Hilfe, er will auch nicht getröstet werden, denn der einzige Mensch auf der Welt, der ihm in diesem Moment helfen könnte, der ihn wegen seiner verstorbenen Mutter trösten könnte, ist ja eben seine Mutter, und die ist tot. Der Junge umschlingt den Leichnam der Mutter und schluchzt, fest verschlossen im perfekten Syllogismus der Trauer.

In diesem Moment wird die Mutter, von den Liebesbekundungen des Sohnes animiert, wieder zum Leben erweckt. Jetzt sind die zwei Liebenden erneut glücklich vereint. Ihre Liebe hat den Tod besiegt.

So ist das zwischen dem Jungen und der Mutter. Es ist eine närrische Liebe. Sie scheuen vor nichts zurück, ersparen sich wirklich nichts, nicht einmal die tristen Leidenschaften.

Die Mutter tut so, als wäre sie tot, und im Gegenzug tut der Junge so, als würde er spielen. Ganze Nachmittage lang täuscht er vor, sich für epische Schlachten zu rüsten, indem er Armeen von Soldaten auf dem Küchenfußboden in Stellung bringt. In Wirklichkeit äugt er zur Mutter hinauf, die das Abendessen kocht.

Sie hantiert gerade mit ihrer neuen Bimby herum – der formidablen Küchenmaschine, die hacken, häckseln, kochen kann – und die Mutter könnte sogar motiviert, energisch und geschickt wirken, aber der Junge sieht mehr als den äußeren Schein. Während er die siebente Kavallerie am Cherry Creek entlang aufstellt und sie so geradewegs in einen Hinterhalt der Indianer geraten lässt, beobachtet er die Mutter aus den Augenwinkeln heraus.

Sie kann ruhig vorgeben, glücklich zu sein, so wie sie manchmal vorgibt, tot zu sein – der Junge sieht alles. Sie kann sich ruhig ins Badezimmer einschließen und weinen und dann wieder in die Küche kommen, nachdem sie sich sorgfältig mit Klopapier die Tränen abgewischt hat – der

Junge sieht sie trotzdem. Der Junge sieht die Traurigkeit der Mutter trotzdem, auch unter dem falschen Schein, auch durch Wände hindurch, denn er betrachtet sie mit demselben Auge, mit dem er im Traum die Ungeheuer sieht, mit demselben Auge, das ihn in der Dunkelheit führt, wenn er nachts durch die Stadt wandelt. Es ist ein drittes Auge, größer als die anderen beiden, die Augenhöhle ist leer. Bei dem Jungen ist es mitten auf der Stirn platziert.

Der Junge lässt also seine Soldaten erst einmal liegen, nähert sich leise der Mutter und wartet brav, bis der Mixer mit seinem Höllenlärm aufhört. Als Bimby dann fertig ist, Karotten und Zucchini zu hacken, ist es der Junge, der zuerst etwas sagt.

«Warum bist du traurig, Mama?», fragt er.

Später dann, noch am selben Abend, liegt der Junge in seinem Bett. Er zieht die Decke bis unters Kinn, wartet auf den Schlaf, wartet auf die nächtlichen Besuche, wartet auf die Tobsucht und den Schrei. Aber er wartet auch auf den Gutenachtkuss der Mutter. Die kommen schon alle noch, die kommen schon, so viel ist sicher. Zuerst kommt allerdings die Mutter.

Sie erscheint im Lichtkegel der geöffneten Tür, beugt sich über das Kinderbett, küsst ihn wieder und immer wieder, überaus zärtlich. In der milden, sinnlichen Dunkelheit überhäuft die Mutter ihren kleinen Bräutigam mit Küssen und Liebkosungen. Vielleicht ist sie noch immer traurig, vielleicht ist sie noch nie so traurig gewesen, aber einen Moment lang löst sich alles auf, der Schleim der Liebe wird in einem Strudel fortgerissen und strömt in den Tränenfluss, um sich mit ihm zu vereinen.

Die Mutter richtet ihr Bittgesuch an den Jungen.

«Du darfst nie groß werden, du darfst nie groß werden», flüstert sie ihrem Sohn ins Ohr, dann verstummt sie.

Ja, Mama, ganz wie du willst, denkt der Junge in dieser denkwürdigen Finsternis. Er denkt es nur, sagt es aber nicht.

Mai

Der Staatsanwalt bestellte mich für den 2. Mai, 15.30 Uhr, ins Präsidium.

Er wollte mich vorab darüber informieren, dass nun auch gegen mich ermittelt werde, was ich in Kürze auch in schriftlicher Form mitgeteilt bekäme. Vor allem aber schien Dottor Gatti bestrebt zu sein, mir auf inoffiziellem Weg zu versichern, dass man mich natürlich in keiner Weise verdächtigte. Es handele sich lediglich um eine «reine Pflichtmaßnahme» wegen Margherita Comis «Täter»-Identifizierung.

Er und seine Mitarbeiter seien in der Tat der festen Überzeugung, dass das Mädchen «da etwas durcheinandergebracht» habe. Ihnen sei bekannt, dass ich mich in höchst prekären Momenten, als der vermutete sexuelle Missbrauch immer offensichtlicher geworden sei, in der Wohnung der Familie Comi aufgehalten hätte, um der Mutter zu Hilfe zu eilen, von daher seien sie der Auffassung, das Mädchen habe das Bild seiner Peiniger mit dem seiner Retter verwechselt. Ich hätte also keinen Grund zur Sorge.

Leider aber konnten diese Beschwichtigungen meine Unruhe nicht mildern. Mein Hemd war komplett durchgeschwitzt, als ich das Präsidium verließ. Allerdings wurde

Norditalien zu der Zeit von einer dämpfigen Welle übelster Hitze heimgesucht, afrikanische Hundstage, jenes sumpfige, stickige Afrika, in das sich die Po-Ebene an schwülen Tagen verwandeln kann. Seit Jahren ging das schon so: Mitte Mai kündigte eine viel zu früh einsetzende Affenhitze den nächsten drückend heißen Sommer an.

In den Wochen, die nun folgten, wurden die klimatischen Veränderungen auf der Erde für mich zur wahren Obsession. Damit stand ich aber nicht allein da. Am dritten Maiwochenende sah ich mir in der Nacht zum Sonntag zusammen mit zwei Milliarden anderen Zuschauern – von Australien bis zur Antarktis, von China bis zu den Vereinigten Staaten – die Direktübertragung von *Live Earth* an, der weltumspannenden Konzertreihe zur Rettung des Planeten. Nach dieser Veranstaltung, die Al Gore als «den größten und auf seine Weise einzigartigen Event» bezeichnet hatte, konnte keiner von uns leugnen, dass wir womöglich die denkbar schlimmste Katastrophe erleben würden: das Ende der Welt.

Den Beobachtungen eines Leitartiklers des *Corriere della Sera* zufolge waren wir seit Mitternacht des 3. Mai 2008, als der Schlagerwettbewerb in Johannesburg endete, «alle wie Ödipus im Angesicht der Sphinx». Wie im antiken Mythos gab uns das Ungeheuer mit den Krallen ein Rätsel über die Natur des Menschen auf: Sollten wir verantwortlich und weitblickend oder destruktiv und kurzsichtig handeln? Je nachdem, wie wir antworteten, würden wir gefressen oder würde die Stadt befreit werden.

Doch ich fühlte mich ohnehin schon aufgefressen. Meine seelische Verfassung, dazu das Wissen um die klimatischen

Veränderungen, die sich von Tag zu Tag durch die apokalyptischen Prophezeiungen einer düsteren Meteorologie zu verschlimmern schienen, raubten mir die elementarste Lust, die dem Menschen zusteht: die spontane Lebensfreude, das Gefühl von Glück, auf der Welt zu sein.

Ich spürte, wie das ökologische Gewissen mir die fröhliche Unbekümmertheit derer raubte, die über Millionen von Jahren auf der Erde leben konnten, ohne sich um die existenzbedrohenden klimatischen Bedingungen sorgen zu müssen. Nachdem ich also aus den Zeitungen erfahren hatte, dass wir deutlich mehr Kohlendioxid in die Atmosphäre blasen, als unser Planet verkraften kann, hatte ich regelrecht Mühe zu atmen. Tagsüber zählte ich stundenlang jeden Atemzug, der mir die Brust hob, und nachts erwachte ich, weil ich kurz vor einem Erstickungsanfall stand.

Da die Zukunft inzwischen ein ziemlich hässlicher Ort geworden war, wandte ich mich der Vergangenheit zu. Ich schaute zurück und mir schien, die größte Freiheit, die die Menschen bis dato gehabt hatten, war die Tatsache, dass sie sich wie selbstverständlich und instinktiv auf ihr Recht verlassen konnten zu atmen. Zweifelsohne ein verlorengegangenes Privileg. Von allen verschwundenen arglosen Sicherheiten, in deren Genuss die Menschheit je gekommen war, erschien mir auf einmal jene, die so unbeschwert auf die Reinheit der Luft gesetzt hatte, als die kostbarste.

Vor lauter Zurückschauen blieben die Augen schließlich auf meiner eigenen Vergangenheit haften. Ich kreuzte den Blick des kleinen Jungen, der so viele Male vom Ende der Welt geträumt hatte. Allem Anschein nach hatte er ganz richtig gesehen: Sie würde im Feuer untergehen.

Von derartigen Gedanken geplagt, ging ich kaum mehr aus dem Haus. Schließlich verließ ich Bergamo und zog fürs Erste wieder nach Mailand. Das Semester war zu Ende, und vor Beginn der nächsten Prüfungsphase blieb mir genügend Zeit, um zumindest zu versuchen herauszufinden, was eigentlich mit mir los war. Allerdings vergeudete ich die Zeit mit erfolglosen Bemühungen, einen Kontakt mit Martina herzustellen, sowie endlosem Surfen im Internet, in der Hoffnung auf eine Erleuchtung, die vielleicht etwas Licht ins Dunkel meiner Probleme bringen könnte.

Je aktiver ich wurde, desto stärker verhedderte ich mich in der Sache. Ich gab Worte wie «Gewalt – Minderjährige – Missbrauch» in die Suchmaschine ein und wurde mit *Sex-and-Crime*-Meldungen geradezu überschüttet, die aber schon nicht mehr aktuell waren und außerdem völlig am Thema vorbeigingen:

> Revigliasco (Provinz Turin), 14. 03. 07: Drei Schüler einer Fachschule für Tourismus misshandeln einen Jungen mit Down-Syndrom vor laufender Kamera, um dann das Video über *YouTube* zu verbreiten.

> Mortara (Provinz Mantua), 11. 02. 07: Eine Sechzehnjährige ohrfeigt ihren Lehrer, der sich weigert, mit ihr auszugehen. Sie stürzt sich wütend auf ihn, da er ihr verboten hat, die Schule abzubrechen, um sich ganz dem Alkohol zu verschreiben, der nicht nur bei ihr, sondern auch bei vielen Schülern ihres Städtchens so beliebt ist.

> Rom, 11. 11. 07: Hooligans wüten stundenlang im Zentrum der Hauptstadt und überrollen die Kaserne von Polizei

und Carabinieri mit einer Welle roher Gewalt. In der Polizeikaserne Ponte Milvio rauben die Übeltäter die Fahne des Regiments. Bei den meisten Festnahmen handelt es sich um Minderjährige.

Modena, 15. 11. 07: Die Stadt steht unter Schock. Der Rektor eines Kunstgymnasiums hat die Verbreitung eines Videos im Internet zur Anzeige gebracht, auf dem zu sehen ist, wie eine Schülerin von einem Bus überfahren wird und stirbt. Ihre Mitschüler hatten sie mit ihren Handys gefilmt, schließlich landeten die entsetzlichen Bilder des Unfalls im Netz, begleitet von Kommentaren und Scherzen. Gleich nach der Anzeige bei der Polizia Postale waren die Clips von den jeweiligen Seiten verschwunden. Etliche Zeugen, die sich die Videos vorher noch angesehen haben, behaupten, neben den Bildern von dem armen Opfer, das gerade von dem Bus überfahren wird, seien Kommentare ungefähr in diesem Stil abgegeben worden: «Das musst du dir anschauen! Jetzt ist der Kopf ab …» Kommentare von Mitschülern, wohlgemerkt.

Dies waren zweifellos voneinander unabhängige Einzelepisoden, in Zeit und Raum verstreute Gräueltaten, die nichts mit meinen Verstrickungen in den Fall der «Schule des Grauens» zu tun hatten. Und doch schien mir, als sei eine Meldung mit der anderen verbunden, und dieses Gesamtgeflecht wiederum – durch unergründliche Verästelungen, durch die feinen Partituren eines lautlosen Konzerts – mit meiner Geschichte. Ich war aus Versehen auf diese Meldungen gestoßen, weil ich Wörter in eine Suchmaschine eingegeben hatte, die ein viel zu weites semantisches Spektrum haben, als dass sie wirklich etwas bedeuten könnten, und doch hatte ich den Eindruck, dass jedes Indiz auf diesem Weg unweigerlich zu meinem Fall führte.

In einer der unzähligen Nächte, in denen ich aus lauter Angst vor hässlichen Albträumen nicht schlafen konnte und wieder über Pädophilie recherchierte, tippte ich versehentlich «Pädophobie» bei Google ein. So erfuhr ich, dass im letzten Bericht des *Forschungsinstituts für Soziologie (ISPES)* dieser Neologismus geprägt worden war, nachdem die letzten Studien über Jugendliche alarmierend waren: In italienischen Familien spielten sich Kinder als die Herren auf; Jugendliche, sogar Kinder, legten ihren allzu nachgiebigen, ja eingeschüchterten Eltern gegenüber ein immer aggressiveres Verhalten an den Tag. Die Forscher warnten vor der Gefahr, die befremdliche Horde unserer Kinder könnte verantwortlich sein für die Respektlosigkeit gegenüber Familien, Schulen und anderen Einrichtungen, und damit auch gegenüber den Grundfesten einer Zivilgesellschaft.

Ein wenig Trost fand ich in den Worten des Papstes: «Wir sehen klare Zeichen eines besorgniserregenden Zusammenbruchs der Grundlagen der Gesellschaft. Bei vielen unserer Mitmenschen sehen wir Zeichen von zerrütteten sozialen Beziehungen, steigender Gewalt und Entfremdung; moralische Werte werden zunehmend aufgeweicht. Hinzu kommt eine zunehmende Achtlosigkeit gegenüber Gott.» Das hatte Papst Benedikt XVI. im neu eröffneten Nationals-Park-Stadion in Washington vor fünfzigtausend Gläubigen verkündet, die herbeigeströmt waren, um die erste Messe seiner USA-Reise zu hören.

Auf die Worte des Heiligen Vaters war ich, wie so oft, rein zufällig gestoßen, als ich im Internet verzweifelt nach Informationen aus aller Welt suchte, die mir vielleicht etwas über mich verrieten.

Die erste Reise des Papstes in die USA hatte stattgefunden, kurz nachdem die katholische Kirche Nordamerikas von einem Riesenskandal um pädophile Priester erschüttert worden war – es gab Hunderte von Priestern, die darin verwickelt waren, und Entschädigungen in Milliardenhöhe für die Opfer.

Noch während der Papst im Flugzeug saß, zehntausend Meter über den abgrundtiefen Meeresgräben, weit entfernt von der Küste Neufundlands, hatte er auf einer Pressekonferenz an Bord Journalisten gegenüber, die ihn im Namen Amerikas und der ganzen Welt aufgefordert hatten, sich zu den aktuellen Pädophilieskandalen zu äußern, klare Worte gesprochen: «Ich empfinde tiefe Scham. Wir müssen alles tun, damit sich Derartiges nicht wiederholt. Pädophil Veranlagte können nicht Priester sein und müssen ihres Amtes enthoben werden.»

In meinen schlaflosen Nächten war ich, ebenso wie der Papst, bestürzt über das Mysterium der Ungerechtigkeit, auch ich, der ich nun auf der Liste der Verdächtigten stand, würde alles tun, damit sich derartige Abscheulichkeiten nicht wiederholten, auch ich, ebenso wie er, schämte mich. Immer und immer wieder las ich mir seine bekennenden Worte durch, die man erst jetzt, nach jahrelangen Verschleierungen und Tarnmanövern seitens anderer kirchlicher Stellen, vernehmen konnte. Ich las und las und konnte doch keinen richtigen Frieden finden. Ich verinnerlichte die Worte des Papstes, seine Bestürzung angesichts der Unfassbarkeit des Bösen, ich begriff seine Ermahnung, alles zu unternehmen, um Trost, Hilfe und Beistand zu spenden. All das bedeutete für mich aber, dass es keine Aussöhnung mit mir selbst geben würde. Die Leidtragenden zu trösten bedeutete für mich, dass mir Trost versagt bliebe. Für mich, der ich in jenen Nächten der Angst immer wieder den Papst dabei betrachtete, wie er in seinem Papamobil eine Runde durch das Nationals-Park-Stadion von Washington drehte, mit den kugelsicheren Seitenscheiben, freudig empfangen vom tosenden Applaus der Menge, die seit Stunden auf sein Erscheinen gewartet hatte … für mich, der ich den Heiligen Vater bei seiner päpstlichen Reise um die Welt begleitete, ohne mich in meinem finsteren Maulwurfsbau zu rühren … für mich bedeutete all das, das Schuldbekenntnis der Kirche auf meine Person zu übertragen.

In jenen Nächten, als ich in dem Film, den ich aus dem Netz heruntergeladen hatte, immer wieder Benedikt XVI. sah, wie er die heilige Messe zelebrierte, vor fünfzigtausend Gläubigen sowie vierzehn Kardinälen, zweihundertfünfzig Bischöfen und tausenddreihundert Priestern, begleitet von den Gesängen vierer Chöre mit insgesamt fünfhundertsiebzig Sängern … in jenen Nächten also gelangte ich zu der festen Überzeugung, dass ich schuldig war.

Margherita hatte nichts durcheinandergebracht. Die Kleine hatte entsetzlich gelitten, und so war es auch ihr gutes Recht, zu sprechen, auf jemanden zu zeigen, anzuklagen. Es existierte nämlich sehr wohl: das Übel der Pädophilie. Die kleine Margherita hatte darunter gelitten und es angeklagt. Auch der Papst hatte es erkannt. Ich musste also schuldig sein. Jede einzelne der fünfhundertsiebzig Stimmen, die synchron zu einem «Halleluja!» zu Ehren des Herrn anhoben, verkündete es.

Nachdem ich diese metaphysische Gewissheit nun einmal erlangt hatte, wurde jede praktische Frage sofort zu einer Detailfrage.

Es verhielt sich allerdings so, dass ich in meinem Bewusstsein nichts entdecken konnte, was darauf hindeutete, dass ich Margherita etwas Schlimmes angetan hatte. Was nun? Ich beschloss, mich meinem Unterbewusstsein zuzuwenden. Als Kind litt ich unter gravierenden neurologischen Kompensationsstörungen wie Albträumen und nächtlichen Angstattacken; als Kind wandelte ich im Schlaf, ich schrie im Schlaf, ich spielte im Schlaf, ich legte Feuer, klagte und schrie Menschen, Tiere und Pflanzen an. Woher die Gewissheit nehmen, dass ich all das nicht auch als Erwachsener tat?

Nein, so richtig änderte sich nie etwas. Francesco Volpi hatte recht: Wir bleiben immer die, die wir sind. Wir könnten uns höchstens splitternackt ausziehen und Gottes eisigen Wind über unsere Körper wehen lassen.

Nachdem mir die Religion nun also bereits ein wenig Trost gespendet hatte, fehlte nur noch der Balsam der Wissenschaft. Ich fand ihn, wie so oft, im *mare magnum* des Internets. Die Rubrik «Gesundheit» von Yahoo Italia berichtete über eine kürzlich im *American Journal of Psychiatry* veröffentlichte Untersuchung von Rosalind Cartwright, Expertin für Schlafstörungen sowie Dozentin für Psychiatrie an der Rush University von Chicago.

Nach Auswertung zahlreicher Fälle von Somnambulismus, die sich in Gerichtsakten seit dem 16. Jahrhundert finden, kam Frau Cartwright zu folgendem Ergebnis: Während des Schlafs begangene Gewalttaten seien insgesamt selten, aber durchaus verbreitet und von medizinischer Seite bestätigt. Die dabei gezeigten Aggressionen erklärte man sich so, dass einige Hirnareale bei den Betroffenen nicht nur im Wachzustand, sondern auch während des Tiefschlafs funktionierten. Die aggressiven Akte während des Schlafs resultieren aus einer Verquickung von Somnambulismus und ausgeprägten Angstgefühlen. Man verletzt, man tötet, man vergewaltigt im Schlaf. Das *Statistische und diagnostische Handbuch psychischer Störungen* hatte sogar einen Begriff für derartige Beschwerden eingeführt: «Sexsomnie». Im Schlaf vollführt man auch den Geschlechtsakt. Vor kurzem war ein englischer Soldat, der eine Fünfzehnjährige vergewaltigt hatte, von einem Londoner Gericht freigesprochen worden, da er die Tat in somnambulem Zustand begangen hatte. Die Schreie des Mädchens, an dem er sich in dem Moment verging, hatten ihn geweckt. Als er sie endlich hörte, wollte er ihr sogar zu Hilfe eilen. Erst dann bemerkte er, dass er völlig nackt mitten auf der Straße stand.

Doch warum hätte ich, wenn auch im Schlaf, der kleinen Margherita wehtun sollen? Diese letzte Antwort fehlte mir noch, damit sich meine unterbrochene Lebenslinie biegen und den Kreis wieder schließen konnte. Auch hier wurde ich im Internet fündig.

Fast immer sind Pädophile als Kind selbst missbraucht worden. Um psychisch nicht daran zu zerbrechen, müssen sie, die Gewalt erlitten haben, sich mit dem Triebtäter identifizieren. Im Erwachsenenalter rührt dann der perverse Wunsch, einem Kind etwas anzutun, von dem Bedürfnis, die frühere Situation, in der sie selbst das missbrauchte Opfer waren, umzukehren. Die jetzt ausgebrochene und die früher erlittene Aggression bedingen sich gegenseitig – durch schlichte Umkehr. Die Verletzung im Kindesalter hat sich in einen Sieg im Erwachsenenalter verwandelt. Die Perversion triumphiert als erotische Spielart des Hasses. Wer einmal gelitten hat, wird immer leiden. Und ich, so viel war klar, hatte als Kind reichlich gelitten.

Auch wenn der Staatsanwalt ihr nicht glaubte, auch wenn keiner ihr glaubte – die kleine Margherita hatte recht. Sollte ihr wirklich keiner glauben, dann würde ich es tun. Es wäre doch möglich, dass ich in der Nacht, in der ihre Mutter mich um Hilfe rief, im Schlaf aufgestanden war; die Bissabdrücke, die ich beim Aufwachen auf meinem Unterarm entdeckte, hätten von ihr stammen können. Es waren ihre Zähne gewesen, die mich gebissen hatten. Ihre und die eines blonden Jungen, der aus den tiefen Abgründen der Zeit hervorgekrochen war, um in sein eigenes Fleisch zu beißen.

Ich beschloss, meiner Mutter einen Besuch abzustatten. Nur sie würde mir die gewaltsame Geschichte über meine Störungen als Kind erzählen können. Gewalt – gewiss war sie der Anfangspunkt und das Ziel.

Ich wartete bis zum frühen Morgen. Dann wählte ich die Nummer meiner Eltern und kündigte meinen Besuch an. Ich buchte bei Air One den Flug um 9.35 Uhr von Mailand nach Neapel, der Geburtsstadt meiner Mutter, der Stadt, in die meine Eltern nach der Pensionierung meines Vaters wieder zurückgekehrt waren.

Kurz nachdem ich das Ticket gebucht hatte, tauchten wieder die unbegrabenen Bilder jener Episode auf, die ich inzwischen nur allzu gut kannte: das Theater meines Kindheitstraumas. Ich sah einen Mann im grünen Kittel, der einen Haken in meine Nase einführte, ich sah einen Krankensaal, ich hörte die Stimme meines Vaters: «Die Cholera … von da kommen die Toten … das Straßenpflaster ist verseucht …» Dann sah ich nur noch einen bunten Streifenvorhang aus Plastik, der einen Sonnenfleck auf dem Zementestrich verdunkelte. Der Tropfen Blut zerplatzte darauf.

Als ich am Flughafen ankam, verflüchtigten sich meine Halluzinationen. Sie taten das aber nur deshalb, weil für mich die ganze Welt zu einer einzigen Halluzination geworden war. In der großen Wartehalle des Terminals von Linate war jede einzelne Person, jeder einzelne Gegenstand ein Angriff auf meine Netzhaut. Man hatte mich mit der prophetischen Gabe des periskopischen Sehens beschenkt, die eigentlich nur Menschen gebührt, die tödlich bedroht werden. Mit meinen geschärften Sinnen nahm ich jedes noch so kleine Detail meiner Umwelt wahr, als müsste ich den Angriff eines Leoparden oder Tigers abwehren – nur dass beim Check-in von Linate weit und breit kein Tiger in Sicht war.

Während der Eincheck-Prozedur versuchte ich wieder verzweifelt, Martina zu erreichen. Eine paar Tage lang hatte ich das nicht mehr getan, doch jetzt, so schien mir, sollten wir unser Gespräch nicht länger aufschieben. Ich musste es wissen, auf der Stelle. Bekam sie tatsächlich von mir ein Kind?

Meine Mutter wunderte sich kaum über meinen unvorhergesehenen Besuch. Sie kam nicht einmal zur Tür, um mich zu begrüßen, dafür wartete mein Vater dort auf mich. Ich traf sie in der Küche an, sie war noch immer im Morgenmantel, kochte aber schon das Mittagessen. Es war halb zwölf.

Sie sagte, sie wolle früh essen, um sich nachmittags ein wenig hinzulegen. Die Schlafstörungen, unter denen sie zumindest phasenweise schon ihr ganzes Leben lang litt, schienen sie gerade ganz besonders zu quälen. Sie fragte mich nicht einmal, warum ich sie so überraschend besuchen kam. Sie wirkte tatsächlich viel zu erschöpft, um sich über irgendetwas wundern zu können.

Zwei ganze Tage blieb ich bei meinen Eltern. Ich erwähnte mit keinem Wort das, was mich so beunruhigte, und sie stellten mir auch keine Fragen. Offensichtlich waren sie an dem Punkt der schiefen Ebene angelangt, wo man nur noch hoffen kann, auf der verbleibenden Strecke vor der Landung auf keine Hindernisse mehr zu stoßen. Und mir fehlte der Mut, ihnen welche vorzusetzen, die womöglich auch noch unüberwindbar waren.

Wir begegneten uns mit der rührenden Gleichgültigkeit von Leuten, die sich eine Wohnung teilen, als würde ich tatsächlich noch bei meinen Eltern leben, als wäre ich nicht vor über zwanzig Jahren ausgezogen. Ich war zwar nicht mehr der kleine Sohn, der bei ihnen wohnte, doch genauso wenig war ich der Mann, der sein Erwachsenenleben lebte.

Sie behandelten mich wie einen Jungen, einen Studenten, der darauf wartete, was die nahe Zukunft so zu bieten hatte. Und in der Tat hatte ich ja auch *keine* Kinder, ich hatte *keine* eigene Familie. Über Martina wurde nach einer kurzen, formellen Frage von meinem Vater und meiner nicht weniger formellen Antwort nicht mehr gesprochen; und über die wüsten Ereignisse an der «Schule des Grauens» sowieso nicht. Es sah ganz so aus, als wäre die Nachricht nicht bis zum Haus meiner betagten Eltern durchgedrungen. Sie lebten im Plusquamperfekt, in der Zeit, in der alles von jeher existiert. Die kleinen Skandale aus der Presse hatten sich hier keinen Zugang verschaffen können.

Ich hielt mich meistens in meinem Zimmer auf und gab vor zu arbeiten, genau wie früher. Mein Vater saß im Wohnzimmersessel und las die Zeitung von der ersten bis zur letzten Zeile durch, meine Mutter war in der Küche und kochte immer lustloser Gerichte, die immer stärker gewürzt waren und nach immer weniger schmeckten.

Ein paarmal machten wir zu zweit einen Spaziergang. Er dauerte nie lange. Schon bald war sie müde, und wir drehten um. Am zweiten Abend schlug ich ihr vor, ins Kino zu gehen – daran hatte sie sich früher fast schon verzweifelt geklammert, als wäre es ihr einziges Vergnügen gewesen –, aber sie wollte nicht. Stattdessen sahen wir fern. Nicht einmal ich schien in der Lage zu sein, sie aus der Trägheit ihres Lebensabends zu reißen – wo ich doch immer ihr über alles geliebter Sohn gewesen war.

Zwei Tage nach meiner Ankunft buchte ich das Ticket für den Rückflug um 19.50 Uhr. Sie boten sich nicht einmal an, mich zum Flughafen Capodichino zu fahren. Sie gingen ohnehin davon aus, dass ich ein Taxi nehmen würde, aber nicht etwa, weil sie resigniert hätten angesichts einer ganz selbstverständlichen Ausgabe, die in ihren Augen völlig unnötig war, sondern weil das Alter sie in die Knie zwang und es ihnen quasi unmöglich machte, im Berufsverkehr Auto zu fahren.

Als mein Koffer schon in der Tür stand, sagte ich zu meiner Mutter, ich müsse mit ihr reden. Wir setzten uns, einem alten ungeschriebenen Gesetz zu Ehren, in die Küche, die so oft in besonders dramatischen Momenten im Leben einer Familie die Kulisse bildete.

Ich lieferte eine ziemlich konfuse und vage Darstellung der jüngsten Vorfälle in Bergamo. Ich unternahm einen zweiten Anlauf, umschiffte umständlich den Archipel der Zweifel, Ängste, Gräuel, die ich von weitem gesehen hatte – ohne auf den Punkt zu kommen. Während ich erzählte, sah ich, wie schleppend sie sich in der Bahn ihres Daseins bewegte, sich darin verirrte, und obwohl es ihr das Teuerste auf Erden war, hatte sie einfach nicht mehr die Kraft, um mitzuhalten. Ich hatte Mitleid mit ihr und gab mein Vorhaben, das Geheimnis meiner Kindheit zu erfahren, auf. Sollte sie es ruhig mit sich ins Grab nehmen.

Ich sah noch einmal zur Wand mit den Fotos von dem blonden Jungen mit den großen blauen, angstvollen Augen und vertraute ihm das schreckliche Geheimnis an, wie Gottvater uns die unseren anvertrauen würde.

«Du hattest eine ganz normale Kindheit, mein Junge. Du hast zwar im Schlaf geschrien, bist nachts raus auf die Straße, aber als Kind ist dir nie etwas Schlimmes zugestoßen, glaub mir. Du warst immer schon so sensibel. Wenn du einen Vampirfilm gesehen hast, warst du wochenlang völlig durch den Wind. Auch jetzt bist du so sensibel …»

Ich hatte beschlossen zu schweigen, doch meine Mutter hatte längst begriffen. Sie sprach die Worte mit einem bekümmerten Ton in der Stimme, war jedoch sehr gefasst. Man musste ihr einfach glauben – genau so werden letzte Worte gesprochen, es ist der Ton des Abschieds. Mir blieb nichts anderes übrig, als zu gehen.

Ich hatte mich schon erhoben, als sie weitersprach. «Keiner hat dir als Kind wehgetan, außer mir vielleicht.» Sie stockte, rang nach Luft, rang nach Kraft … fand sie und fuhr fort: «Als ich mit dir schwanger war, war ich sehr unglücklich. Ich wollte kein zweites Kind. Ich wollte ja nicht einmal das erste. Mein ganzes Leben lang habe ich mich gefragt, ob es sein kann, dass du gespürt hast, dass ich dich abtreiben wollte.»

Meine Mutter wandte ihren Kopf zum Fenster, das auf den San-Martino-Hügel wies. Ihr Gesicht verblasste in der Sonne, die gerade hinter dem Castel Sant'Elmo unterging. Die Vene auf der Stirn, die das Alter hatte hervortreten lassen, zeichnete sich gegen das verglimmende Licht in diesem süditalienischen, nach Westen ausgerichteten Haus ab. Bis hierher war ich gereist, um das Geheimnis meiner Kindheit zu lüften, erfahren habe ich das ihres Alters.

Als ich ansetzen wollte zu sprechen – um sie mit größtmöglicher Überzeugungskunst anzulügen, um ihr zu versichern, aber nein, sie müsse sich keine Vorwürfe machen, ich könne keinesfalls gespürt haben, dass sie mich habe abtreiben wollen, nie hätte ich auch nur ein einziges Mal wegen ihr gelitten, wo sie mir doch immer nur Gutes beschert habe –, senkte meine Mutter den Kopf, spannte die Muskeln ihres faltigen Nackens an und gähnte.

Ich war wie gelähmt. In diesem Gähnen verschlang die Traurigkeit der Todesnähe, die, wie ich erst jetzt entdeckte, das ganze Dasein meiner Mutter bestimmte, ihr gesamtes Leben. Das ihre und das meine. Der Schatten dieser übermächtigen Melancholie legte sich auf die Erde, schluckte jede Vergangenheit, zurück bis zum Anbeginn der Menschheit, und vermochte es sogar, alle Reue auszumerzen.

Ich hätte meine Mutter so gerne umarmt, sie gedrückt, sanft gewiegt, wie sie mich als Kind immer in den Armen wiegte. Ich hätte ihr so gerne zugeflüstert: «Es ist nichts, Mama, es ist nichts, du brauchst keine Angst zu haben. Ich begleite dich. Ich werde dich begleiten. So wichtig ist das Leben nun auch wieder nicht …»

Aber ich tat es nicht. Ich drückte ihr lediglich einen Kuss auf die Wange und ging, ich ließ sie zurück und begriff, es gab kein Drama außer diesem hier.

****

Zwei Tage später, am 9. Mai, widmete sich *Matrix* zum dritten und letzten Mal der «Schule des Grauens». Auch in dieser Sendung sollte, wie schon am 7. Februar, Marisa Comi zu Gast im Studio sein. Ansonsten waren nur Staatsanwalt und Verteidiger eingeladen.

Unter den zahlreichen Stimmen, die schon am Vorabend durchgesickert waren – die Erwartungshaltung war groß angesichts des zweiten Fernsehauftritts von Signora Comi –, zirkulierte auch ein Gerücht, demzufolge Don Mariano Presti bereit wäre, eine vor der Sendung aufgezeichnete Erklärung abzugeben.

Dem Medienereignis ging eine Unzahl von Polemiken voraus, in denen darüber gestritten wurde, ob es denn legitim sei, die Hauptanklägerin vor Millionen von Fernsehzuschauern zu Wort kommen zu lassen, wo doch erst das Ermittlungsverfahren laufe.

Was den Sender betraf, so verwies dieser auf das Recht und die Pflicht zu informieren. Auf der Pressekonferenz vom 8. Mai erklärte der Intendant von Canale 5, Marisa Comi höchstpersönlich habe darum gebeten, in der Talkshow auftreten zu dürfen. Sie habe eine Mitteilung zu machen und würde dies gerne öffentlich tun.

Was die Sache noch delikater machte, war der zugespitzte Konflikt zwischen dem *Elternverband Bergamo* und dem Heiligen Stuhl. In den vergangenen Monaten hatte der Sprecher des Verbandes mehrfach die Entscheidung der Kirche kritisiert, den Fall Don Mariano Presti der allgemeinen Justiz zu entziehen und stattdessen den Geistlichen nach Rom in die Vatikanstadt zu schicken. Der Stuhl Petri wiederum hatte daraufhin immer wieder versichert, dass die Beschuldigungen gegenüber Don Mariano bereits von einem vatikanischen Gericht untersucht würden, deren Ergebnisse jedoch unter strengster Geheimhaltung stünden.

Jetzt, nach der Reise Benedikts XVI. nach Amerika und dem Schuldbekenntnis hinsichtlich der Verantwortlichkeit im Skandal um pädophile Priester, waren die Angriffe des Elternverbandes äußerst harsch geworden. Man hatte sogar mit einem Sit-in auf dem Petersplatz, direkt unter den Fenstern des Papstpalastes, gegen klerikale Pädophilie protestiert.

Der lange Beitrag gleich zu Beginn von *Matrix*, in dem der Fall von seinen Anfängen bis zum damaligen Stand der Dinge rekonstruiert worden war, schloss denn auch mit den Bildern von einer Gruppe von Leuten, die sich bei den Bernini-Kolonnaden versammelt hatten, Plakate hochhielten, Parolen skandierten und dort nachts bei Fackelschein ihre Zelte aufschlugen. Allerdings verebbten mit zunehmender Entfernung ihre von den Megaphonen verzerrten Worte. Man vernahm nur den zornigen, appellierenden Ton, den fanatischen Klang des Gebets. Eines Gebets, das sich nicht an Gott, sondern an dessen Abgesandte auf Erden richtete.

Der Kameramann filmte zwei Plakate. Das eine verfluchte ein «BESTIALISCHES PÄDOPHILENPACK», das andere verkündete «DIE INKARNATION DES BÖSEN». Dann verblassten die Bilder über den Lichtern der Fackeln, die in der fortschreitenden Abenddämmerung flackerten, und über den riesenhaften, geflügelten, in tausendjährigen Stein gehauenen Wesen, die die Engelsburg bewachen.

An dem Abend, an dem Marisa Comi zum zweiten Mal zu Gast bei *Matrix* war, konnte man vom Dach des Fernsehstudios, mitten im ätherischen Meer der Fernsehfrequenzen, die große Kuppel der Hauptkirche der Christenheit sehen. Das Studio auf dem Monte Caelius, wo die Sendung aufgezeichnet werden sollte, war in der Tat nur zwei Kilometer Luftlinie vom Petersplatz entfernt.

Als nach dem Eröffnungsbeitrag die Scheinwerfer im

Studio angingen, genügte dem Publikum ein Blick, und es war klar, dass gleich etwas Außergewöhnliches passieren würde.

Marisa Comi war von der Magerkeit eines todgeweihten Menschen. Ihr Schädel, der nur von einer dünnen Hautschicht überzogen war, präsentierte sich der Kamera so, wie sich die lebenden Skelette der Hungerkünstler zu Beginn des zwanzigsten Jahrhunderts gegen Geld auf Jahrmärkten und im Zirkus darboten. Außerdem kaute diese blutleere Frau unaufhörlich auf ihrer Lippe herum, dem letzten Rest Fleisch in ihrem Gesicht, als wolle sie durch Bisse die innere Selbstentzündung beschleunigen, die sie offenbar in diesen Zustand gebracht hatte. Was in diesen wenigen Minuten passierte, sollte in der Folge noch unzähligen Prüfungen unterzogen und endlos kommentiert werden. In Wahrheit aber verweigerte der Exploit der Signora Comi naturgemäß jede Analyse.

Was ihr kurzer Auftritt den Millionen von Zuschauern bot, war ein Ausbruch reinsten Wahnsinns und damit eine wahrhaftige «Sensation».

Dieses heute so abgedroschene Wort schien gerade wegen der Flüchtigkeit, für die es stand, endlich auf treffende Weise das beschreiben zu können, was die Comi in die Studios von Canale 5 brachte: etwas noch nie Dagewesenes.

Selbst der Talkmaster sah ziemlich bestürzt drein beim Erscheinen der wahnsinnigen Mänade, die im Begriff war, das unstoffliche Gewebe seiner Talkshow zu zerreißen.

Enrico Mentana, der offenbar keine Möglichkeit gehabt hatte, noch vor Beginn der Sendung mit Marisa Comi ein paar Worte zu wechseln, was er sonst immer mit seinen

Gästen tat, nutzte die erste Frage, um sich nach dem gesundheitlichen Zustand der Signora zu erkundigen. Mentana schien ehrlich besorgt wegen der abgezehrten Erscheinung der Frau und fragte sie, ob es ihr gutgehe, ob sie sich wohl fühle, und versicherte ihr gleichzeitig, sie könnten die Aufzeichnungen jederzeit unterbrechen, falls sie sich nicht in der Lage fühle weiterzumachen.

Während der Moderator redete und dabei gegen die heiligen Gesetze des Late-Night-Talk verstieß, konzentrierte sich die Regie auf die Nahaufnahme von Signora Comi, mit der Folge, dass sich die Stimme ihres Gesprächspartners anhörte, als käme sie aus dem Jenseits. So entstand der Eindruck, als wäre nur Marisa Comi im Studio, und genau so sah es auch aus. Ihr entgeisterter Blick und ihr ständiges Kauen an der Unterlippe, der einzigen vitalen Substanz ihres Körpers, hätten selbst die Steinengel, die die heilige Stadt bewachten, fasziniert.

«Mir geht's gut, danke. Da ist nur etwas, das an mir nagt!»

So lautete Marisa Comis Antwort auf die erste Frage. Mit der zweiten erkundigte sich der Moderator nach dem gesundheitlichen Befinden ihrer Tochter.

Die Comi wich der Frage aus, indem sie Orakelhaftes von sich gab: «Die Zeit wird's schon richten.»

Zu einer dritten Frage kam es nicht.

«Ich möchte etwas sagen.»

Durch diese Ankündigung zog sie alle Aufmerksamkeit auf sich; die Kamera, die die große Anklägerin ohnehin nicht aus den Augen gelassen hatte, zoomte sie jetzt noch näher heran und ließ damit den zaghaften Versuch des Showmasters, die anderen Studiogäste zu präsentieren, augenblicklich scheitern. Das rhetorische Zepter führte in diesem Moment einzig und allein Marisa Comi.

Sie schloss die Augen, zog ihren Kopf ein und murmelte: «Ich habe alles erfunden.»

Sie schwieg. Man forderte sie auf, das zu wiederholen. Also öffnete sie ihre Augen wieder.

«Ich habe alles erfunden. Ich bin eine Lügnerin, und krank noch dazu. Es ist alles gelogen.»

Was dann folgte, brach mit der unumstößlichen Gewalt eines Dammbruchs heraus. Bevor jemand die Comi zum Schweigen bringen konnte, begann diese zu weinen und zu kreischen.

«Niva, bitte verzeih mir! Du hast nichts getan! Auch du nicht, Maria. Und du auch nicht, Mati, du hast nichts mit der Sache zu tun. Und du, Don Mariano, bitte verzeih auch du mir …»

In diesem Stil ging es weiter, sie schluchzte, entschuldigte sich bei all den Leuten, die sie zu Unrecht angeklagt hatte, und sprach sie dabei mit ihren Vornamen an. Nachdem sich der Moderator einigermaßen gefasst hatte, bat er Marisa Comi, zu erklären, wie sie ein solches Lügenkonstrukt nur habe aufrechterhalten können, worauf sie entgegnete, sie habe keine Ahnung.

Eines Tages hatte sie ein paar Tropfen Blut im Höschen ihrer Tochter entdeckt. Als sie die Kleine darauf ansprach, gab diese zu, im Schulgarten, hinter einem Busch, so ein Spiel gespielt zu haben. Eine dieser sexuellen Entdeckungsreisen, wie Kinder sie in diesem Alter gerne unternehmen. Ein Junge aus ihrer Gruppe hatte sie mit einem kleinen Zweig leicht verletzt.

Als die Mutter das hörte, geriet sie völlig außer sich und kam auf eine wahnwitzige Idee: «Wir müssen jemandem die Schuld geben!», hatte sie umgehend ihrer Tochter klargemacht. Sie hatte das in einem plötzlichen Impuls geäußert, ohne groß darüber nachzudenken, eine zwingende Notwendigkeit hatte sie sprechen lassen.

Seit geraumer Zeit schon konnte sie dieses Kind, das ständig schrie und nichts als Ärger machte, nicht mehr ertragen. Sie musste sie allein großziehen, weil ihr Mann nur seine Schlampen im Kopf hatte. Um alles musste sie sich kümmern. Manchmal stellte sie sich sogar vor, sie umzubringen. Sie wachte mitten in der Nacht auf, in dem großen Bett, aus dem ihr Mann geflüchtet war, und verspürte den dringlichen Wunsch, ins Kinderzimmer zu gehen und ihre Tochter im Schlaf zu ersticken. Als sie dann das Blut im Höschen sah, hatte sie einen Augenblick lang geglaubt, wenn Margherita etwas Schreckliches widerfahren wäre, könnte sie sie vielleicht mehr lieben, und es wäre einfacher, nett zu ihr zu sein, ihr nah zu sein.

In der Stadt kursierten Gerüchte über pädophile Geistliche aus dem Priesterseminar, so manch einer sprach sogar von zwei pädophilen Kindergärtnerinnen, die von auswärts kamen. Perfekt! Man würde ihr ohne weiteres glauben. Sie wollten es ja nicht anders. Die Leute gehen immer vom Schlimmsten aus. Sie warten nur darauf, bis jemand den ersten Stein wirft.

Und tatsächlich, sie hatten ihr geglaubt! Dass sie die Mutter dieses armen Mädchens war, ließ sie sich endlich lebendig fühlen … als etwas Besonderes. Der Rest war ein reiner Selbstläufer.

Bevor Marisa Comi von ihrem Anwalt aus dem Studio gezerrt wurde, konnte Mentana noch eine allerletzte Frage an sie richten. Er fragte sie, warum. Warum sie nach ihrem kurzen geistigen Aussetzer so weit gegangen sei, eine derart schwerwiegende Anklage zu erheben, warum sie unter anderem diese eine Person beschuldigt habe, ausgerechnet die Kindergärtnerin Mati Wangari, eine Schwarze.

Marisa Comi zuckte mit den Schultern. «Ich weiß es nicht. Vielleicht gerade deswegen. Weil sie schwarz ist. Und weil sie so viele Kinder hat, mit denen sie aber gut fertig wird, und dann arbeitet sie sogar noch als Erzieherin … und betreibt den Laden! Ich habe nur ein Kind und bin damit schon völlig überfordert. Ich weiß auch nicht … vielleicht war ich neidisch.»

Mehr sagte sie nicht. Marisa Comi erhob sich und verließ, von ihrem Anwalt gestützt, durch die rechte Tür das Studio. Doch bevor sie verschwand, blickte sie noch einmal direkt in die Kamera.

****

Wochenlang grübelten Zuschauer sowie Kommentatoren von Printmedien und Fernsehen über diesen Blick nach. Die Sequenz mit Marisa Comi, die, in Großaufnahme, das *Matrix*-Studio verlässt und dabei aus knapp einem Meter Entfernung von der Kamera das Publikum fixiert, wurde in den darauffolgenden Tagen immer wieder ausgestrahlt.

In der Tat lag etwas zutiefst Verstörendes in diesen Glupschaugen, die wie glibberige Projektile aus den Augenhöhlen hervorgeschossen kamen und gegen die Kamera prallten. Man bekam einen ordentlichen Schreck, wenn man das sah. Und zwar die Art von Schreck, der einen durchfährt, wenn man einen Raum betritt, von dem man denkt, er sei verlassen und leer – ein Zimmer, ein Zugabteil –, dann aber aus den Augenwinkeln heraus den Schatten von jemandem erhascht, der sich bewegt. Erst dann erkennt man, dieser Jemand bist du selbst, dein eigenes Spiegelbild; der Fremde, vor dem du so erschrocken bist, warst du selbst.

Diese Augen warfen dem Publikum einen Blick zu, der von schmieriger Komplizenschaft, gleichzeitig jedoch von einer ungeheuren Ausgrenzung zeugte. Ein Kommentator verglich ihn sogar mit dem Blick, den Lee Harvey Oswald, der mutmaßliche Mörder von John F. Kennedy, der Kamera zuwarf, kurz bevor er bei seiner Überführung in das Staatsgefängnis von Dallas von Jack Ruby tödlich verletzt wurde.

Manche verwiesen auf die Beschreibung des berühmten Blicks aus De Lillos *Libra* und behaupteten, in der Art, wie Marisa Comi uns angesehen hatte, lag etwas Undefinierbares, das sie zwischen uns schob, zwischen uns Schlaflose in unseren Häusern; als würden ihre Augen uns sagen, dass diese Frau weiß, wer wir sind und was wir fühlen. Sie wusste es, weil sie eine von uns war, und das hatte es ihr ermöglicht, unsere manipulierten Gedanken, unsere Phantasien und unsere Ängste für ihren Blick auf das Verbrechen zu nutzen.

Doch etwas anderes in diesem Blick – eine gerissene Intelligenz, ungewöhnlich fix, tiefgehend, niederträchtig – sagte uns nicht nur, dass sie eben *nicht* hier bei uns war, sondern auch, dass sie dies auch niemals sein würde. Der

Blick sagte uns nicht nur, dass sich diese Frau niemals mit dem decken würde, was wir von ihr sahen, sondern auch, dass wir alle in ihren Augen nichts wert waren. Und zwar deshalb, weil sich ihr Blick auf beide Seiten der Kamera gelegt hatte. Ein schiefes Schielen, ein Auge auf die Bühne gerichtet, das andere aufs Publikum.

Am 11. Mai 2008, zwei Tage nach der Ausstrahlung von *Matrix*, ordnete die Ermittlungsrichterin die Haftentlassung aller Beschuldigten an, auch die von Francesco Volpi. Die Untersuchungen sollten bis zum Abschluss des offiziellen Amtsweges weitergehen, aber jetzt, nach dem Widerruf von Marisa Comi, war der Ausgang ohnehin absehbar.

Der Oberstaatsanwalt am Gericht von Bergamo ging auf einer hitzigen Pressekonferenz, unter dem Druck der Journalistenfragen, sogar so weit, dass er sich von der Arbeit seiner Mitarbeiter distanzierte. Er müsse gestehen, dass die Verfechter der Unschuld recht gehabt hätten. Die ärztlichen Untersuchungen der Kinder hätten keinerlei Hinweise auf eine vermutete Gewaltanwendung ergeben, und ehrlich gesagt, fehlten dafür auch konkrete Beweise. In der Tat hätten bis zur vorzeitigen Beweisaufnahme weder Richter noch Carabinieri die Kinder angehört. Lange, viel zu lange, habe man sich auf die von den Gutachtern des Staatsanwalts verfassten Berichte berufen, auf die Aussagen der Eltern und auf die Videos, die von panischen Vätern und Müttern gedreht worden seien.

Weitere Ermittlungen seien eingeleitet worden, um herauszufinden, ob Marisa Comi bei dieser hässlichen Inszenierung eventuell Komplizen gehabt habe. Aber das Letzte, was er und seine Mitarbeiter im Moment wollten – das hob der Staatsanwalt ganz besonders hervor –, sei, dass die Eltern der Kinder von der Anklägerbank nun zur Anklagebank wechselten. Die große Mehrheit von ihnen habe sicherlich in gutem Glauben und zum Wohl der Kinder gehandelt. Sie hätten sich «gegenseitig angesteckt». Die Angst sei von Mund zu Mund gegangen. Und gelitten hätten alle gleichermaßen, allen voran die Kinder.

Der letzte Gedanke des Staatsanwalts galt den Unschuldigen, die man zu Unrecht verdächtigt hatte. Indirekt wandte er sich an die Angeklagten, die er gerade freisprach: «Ich möchte mich vor ihrem Schmerz niederknien. Diese Menschen verdienen das Mitgefühl der Richter, der Öffentlichkeit, ihrer Freunde und Verwandten.»

Während er diese Worte sprach, kniete er sich aber nicht nieder, sondern erhob sich paradoxerweise.

Im Café del Tasso jubelten die Verfechter der Unschuld. Die Kurie von Bergamo ließ in der ganzen Stadt die Glocken Sturm läuten. Auf der Piazza Vecchia, in der Schule Gianni Rodari, im Immigrantenviertel wurde fröhlich angestoßen und gerufen: «Frei, endlich frei!»

Aber zu jubeln gab es im Grunde wenig. Fortan würde in Bergamo, wie auch anderswo, das Böse nur noch als das unterschlagene Gute existieren. Im Umkehrschluss bedeutete dies, das Gute würde nur von kurzer Dauer sein. Sein leiser Erfolg würde nur bis zum nächsten Widerruf anhalten.

Sei es aufgrund eines aufwallenden Rationalismus, sei es aus verletztem Stolz, jedenfalls hatten die Kindergärtnerinnen und Lehrerinnen der Rodari-Schule ein großes

Transparent angebracht: «DER TEUFEL EXISTIERT NICHT!», prangte da in großen Lettern, und damit hatten sie natürlich recht. Aber dieses Spiel permanenter Verkündigungen und anschließender Widerrufung konnte keinem ein wahrhaftiger Trost sein. Die Tatsache, dass man das *Böse* in seiner Existenz erschüttert hatte, bedeutete doch nur, es wieder in die Dunkelheit zurückzutreiben, aus der es gekommen war.

Das Böse würde vor sich hin gären und sich schließlich auf dem Grund des gekränkten Lebens der Erwachsenen und Kinder absetzen, wie ein versenkter Schmerz in einer unbekannten Wurzel – jener Wurzel, von der Marisa Comi einen Moment lang den Eindruck erwecken wollte, man könne sie ausgraben, die sich dann aber schnell, wenn auch nie tief genug, wieder in ihrem unendlich tückischen Blick versenkte.

Der Schmerz, das Leid, sie würden bleiben, und unbegraben noch dazu. Die Störungen, unter denen die Kinder tatsächlich von Anfang an gelitten hatten, würden noch lange bestehen, vielleicht bis zum letzten Tage. Ihr Leid und das ihrer Eltern würden die einzige Gewissheit sein. Von diesem Augenblick an wäre das Böse nicht mehr Teil des Seins, sondern eine Bedrohung für das menschliche Vertrauen in die zuverlässige, beruhigende Beschaffenheit der Dinge. Ab sofort würde nur noch Misstrauen gegen die anderen, gegen die Welt, gegen sich selbst herrschen.

Nach dem Widerruf von Signora Comi wollten viele das lästige Gefühl loswerden, das sie beim Erwachen in einer Welt überfallen hatte, in der sich jede Überzeugung aufzulösen schien. Und so fragten sie sich empört, wie es nur möglich gewesen sei, derartig unwahrscheinlichen Beschuldigungen zu glauben. Diese verspätete Entrüstung der Skeptiker der letzten Stunde war eine einzige Farce. Sowohl diese gegenwärtige Ungläubigkeit als auch die vorangegangene Gläubigkeit waren nur Söhne und Töchter der gleichen, unendlich großen Verwirrung.

Jetzt war es ein Leichtes, an die Vernunft zu appellieren, nach der Wahrscheinlichkeit zu gehen, doch in den verworrenen Tagen des Skandals hatte man das alles für unangebracht gehalten. Wer in jenen Tagen darauf aufmerksam gemacht hatte, wie abstrus der Gedanke sei, dass die Kinder über Wochen immer wieder aus der Schule entführt, in die Città Alta gefahren, dort missbraucht und danach wieder zurück in die Schule gebracht worden seien, ohne dass dies jemandem aufgefallen wäre, der hatte zu den allerstumpfesten Waffen gegriffen.

Da aber ein bestimmter Punkt nun einmal erreicht war, ging es also nicht mehr darum, Überlegungen anzustellen, Fakten miteinander zu verknüpfen oder das Gesetz von Ursache und Wirkung durchzuspielen. Wer angesichts einer wachsenden Massenpsychose darauf gepocht hätte, um Himmels willen doch auf die Vernunft zu vertrauen, hätte die Macht logischer Argumentation bei weitem überschätzt. Nein, ist einmal ein gewisser Punkt erreicht, ist es sinnlos, Wahrscheinlichkeiten ins Feld zu schicken. In diesen Territorien des Bewussten und Unbewussten war die Wahrscheinlichkeit nicht mehr als gebräuchliches Zahlungsmittel im Umlauf, sie war zu Falschgeld geworden. Wer von ihr Gebrauch gemacht hätte, hätte versucht, eine Kupfermünze gegen eine Silbermünze einzutauschen – und in der Tat konnte die Wahrscheinlichkeit gegen das Offensichtliche nichts ausrichten.

Ja, genau das hatte die teuflische Hypothese vermocht: Sie hatte die Kraft gehabt, eine Realität zu offenbaren, die seit viel zu geraumer Zeit flüchtig, nicht greifbar geworden war, versunken im Schlamm endloser Abstraktionen, zwanghafter Mediationen, übelriechender Illusionen, in denen das Leben stets trieb. Nein, der Verweis auf Wahrscheinlichkeiten ist eine viel zu schwache Arznei, wenn die infizierte Wunde die tägliche Irrealität ist. Zu lange schon wurden die Menschen das unangenehme Gefühl nicht los, die Realität sei ihnen abhandengekommen. Zu lange schon tastete man sich zaghaft vorwärts, unsicher rutschte man auf einer glitschigen Erdoberfläche, wie auf einem von Abwässern überschwemmten Boden.

Die Menschen bildeten sich ein, der Auftritt des Höllenfürsten auf der Bühne könnte dem Ganzen ein Ende bereiten. Sein Licht versprach, den empfindlichen Glanz der Welt wieder zu den Menschen zu tragen. Nun würde endlich alles klar erscheinen. Vielleicht schrecklich, dafür aber schrecklich und glänzend! Nun hoffte man, wieder hören, riechen, schmecken, ja sogar tasten und spüren zu können. Vor allem aber hoffte man, wieder sehen zu können. Im Vergleich dazu waren das Wissen, der gesunde Menschenverstand, die Wahrscheinlichkeiten die am wenigsten greifbaren aller Täuschungen. Dass es sich bei dem Licht um ein schwarzes Licht handelte, spielte dabei keine Rolle.

Jetzt, da uns auch diese letzte Illusion genommen war, würden wir noch einmal die Wahl zwischen Glauben und

Nicht-Glauben haben. Doch ab sofort wäre es immer nur ein einsamer, privater, fast wahnhafter Glaube. Der Glaube der unbeugsamen Eltern, die in den Tagen nach dem Abbruch der Ermittlungen voller Verbitterung in die Mikrophone der Journalisten brüllten: «Dann sind wir also alle verrückt?»

Genau an sie hatte Don Mariano gedacht, als er, nachdem er von der Anklage entlastet worden war, wieder die Messe halten durfte und in seiner ersten Predigt dazu aufrief, Verständnis zu zeigen und zu vergeben: «Keiner, auch ich nicht, könnte ernsthaft behaupten, die Dämmerstunde sei weit entfernt, wenn sich das Böse unter das Gute mischt und dabei für Chaos in unserer Welt sorgt.»

Als wir diese Worte hörten, verstanden wir alle, angefangen von den Eltern, dass wir fortan in einem Vertrauensverhältnis mit dem Bösen stünden. Wir würden in seiner Willkür verharren. In unserem Leben würde das Böse eine Konstante darstellen wie jede andere auch.

Dafür spricht allein die Tatsache, dass es Leute gab, die stur glaubten, der große Betrug habe erst am 9. Mai mit Comis Widerruf im Fernsehen begonnen, und nicht geendet!

Sandra Modotti beschuldigte Marisa Comi öffentlich, sie habe sich von dem Pädophilennetz genau in dem Moment erpressen lassen, als man dabei war, das höchste Niveau der Schuld zu erreichen. Sie sehe durch die Selbstanklage – nicht durch die Anklage – den Großen Betrüger drohend vor sich.

Man schenkte ihr kein Gehör. Ihre Stimme ging im Lärm neuer Skandale unter. Doch in einem Punkt hatte die Modotti zweifellos recht: Der Betrug hatte stattgefunden. Die Aufdeckung der Wahrheit konnte ihn zwar zerstreuen, aber nicht ungeschehen machen.

Wir alle, Männer, Frauen und Kinder, waren von einem so unauslöschbaren wie unentschlüsselbaren Brandmal gezeichnet, wir waren zu ungelösten Fällen der Medien geworden. Jeder Einzelne von uns würde fortan als Opfer der Massenpsychose weiterleben müssen. Bis zum bitteren Ende. Das hieß nicht, dass das Böse nicht real wäre, sondern nur, dass seine Demaskierung unmöglich, ja sogar unerhört wäre. Das wiederum bedeutete aber keineswegs, dass Gewalt, Leid und Schmerz nicht existierten. Es hieß, ganz im Gegenteil, dass nur sie, sich selbst überlassen, existierten. Fest verwurzelt, schrecklich und bedeutungslos.

Und die Wunde, ja, sie würde zweifellos bleiben, man sah sie noch immer bluten. Ihr tiefrotes Spektakel würde noch ein Weilchen dauern. Die Show musste weitergehen. Nur ihre Wahrheit, wie immer sie auch aussehen mochte, war verlorengegangen.

In Anbetracht all dessen blieb uns nur noch das Mitleid mit den Opfern, ihnen galt unser ganzes Mitgefühl. In vielen Fällen konnte dies bedeuten, dass man einen gewissen Abstand wahren musste oder sogar den Wunsch verspürte, wegzusehen. Der Versuch des Ungläubigen, der seine Hand in die Wunde im blutenden Brustkorb legen möchte, würde ihm nie verziehen werden. Die Tragödien der großen Geschichte verlangten von uns, den Blick fest auf das Grauen zu richten, doch die Gefallenen der Medien forderten ein angemessenes Erbarmen.

Am Ende dieser ganzen Geschichte stellte ich fest, dass

ich nie an einem Ort des Schreckens gewesen war. Ich war nie vergewaltigt worden, und ich habe auch nie jemanden vergewaltigt. Aber ich wusste, dass ich mal ein kleiner Junge gewesen war. Das einzige Mitgefühl, das die in stupiden Alltagsstürmen verlorenen Menschen vielleicht verdienen, ist Mitleid, damit auch wir bereit sind, unser Leben auf den Teller des fremdbestimmten Schmerzes zu werfen. Das ganze Leben, sogar unsere Kindheit.

Der Junge ist ein Wassertier, ein kleiner Fisch, ein Seebarsch, eine Zahnbrasse, eine Meeräsche. So manch einer behauptet, er konnte schon schwimmen, noch bevor er gelernt hatte zu laufen. Wie auch immer, jedenfalls liebt der Junge das Meer, durch das Meer fühlt er sich frei, das Meer ist sein Element.

Der Junge liebt alles am Meer: Er liebt die großen Fische, die Thunfische, die haiähnlichen Schwertfische mit ihren muskulösen Körpern, den zugespitzten Brustflossen, den gabelförmigen Schwanzflossen, die die Hochseefischer mit dumpfen Schlägen über die Reling auf den Beton der Mole klatschen lassen. Aber auch die kleinen Seepferdchen, die das Meer bevölkern, liebt er, mit ihrem Greifschwanz, dem Trompetenmund (der Junge fängt sie mit einem kleinen Eimer, er beobachtet sie lange, dann entlässt er sie wieder in die Freiheit), er liebt sogar die blauschimmernden Quallen, die von der Brandung ans Ufer gespült werden und in der Sonne zergehen. Feuerquallen berührt der Junge nicht, aber er liebt sie in ihrer gelatinösen Glibberigkeit, wenn sie, schon fast vollständig zerflossen, in einem Schleim von Tränen aufgelöst, wieder ins Meer zurückkehren.

All das liebt der Junge sehr, und deshalb fürchtet er

das Meer auch nicht. Wenn es stürmisch ist, die Wellen riesenhaft sind, und nur die Kinder des Bademeisters es wagen, ihnen zu trotzen, muss die Mutter den Jungen unter dem Sonnenschirm festhalten, weil er sich sonst – so viel ist sicher – ins Wasser stürzen wird. Wenn sie ihn dann, von den Wellen angeschwemmt, im Sand liegend wiederfinden und die Mutter schimpft, wird der Junge ihr antworten: «Mama, es tut mir leid, aber das Meer hat mich gerufen.»

Seit der Junge fünf ist, taucht er drei, vier Meter tief, um die muschelähnlichen, spiralig gewundenen Schneckenhäuser zu sammeln, in denen Einsiedlerkrebse leben. Ganze Eimer voll schafft er nach Hause, und dann kocht die Mutter Spaghetti oder Risotto dazu. Der Junge verspeist sie und ist glücklich.

Natürlich hat das Meer seinen Ohren geschadet, es hat die Ohrenentzündungen verschlimmert und ihm qualvolle Nächte beschert – er bekam schmieriges Öl in die Ohren getropft, warme Umschläge zur Linderung und Teelöffel mit Whiskey zur Betäubung –, aber der Junge liebt es noch immer. Trotz allem.

Jetzt ist wieder Sommer. Der Junge kann nur mit Ohrenstöpseln aus Wachs ins Wasser, aber er liebt das Meer auch weiterhin und ist glücklich. Nachts steht er noch immer auf und wandelt wie ein Geist durch die Welt, und die Welt ist nach wie vor eine große, schreckliche Welt, aber auch das kann sein Ehebündnis mit dem Meer nicht erschüttern.

Der Vater des Jungen hat jetzt Urlaub und ist nachgekommen. Er sagt, die Arbeitslosigkeit steigt, die Produktion stagniert, und das Kapital wird ins Ausland abgezogen; er sagt, die Regierung ist von einem Bandenkrieg gelähmt, und in der Zwischenzeit verkommen die Stadtränder, der Süden versumpft in Rückständigkeit, der Terrorismus wütet. Der Vater verachtet die Christdemokraten, die eh nur klauen, er fürchtet die Kommunisten, die immer stärker werden, er verflucht die roten und die faschistischen schwarzen Mörder, die Ersteren haben einen Richter getötet, die Letzteren einen Staatsanwalt. Und dann auch noch das Erdbeben!

Der Junge ist vor kurzem sieben geworden, er ist jetzt am Strand, bei seinem geliebten Meer, im Schatten eines Sonnenschirms, und blättert in seinem ersten Micky-Maus-Heft. Onkel Dagobert hat seinen Neffen ein Eis im Luna-Park versprochen, aber erst muss er den Kreuzer Nummer eins, seine erste Münze, die er für das Eis aus der Tasche gezogen hatte, vor den Angriffen der Hexe Gundel Gaukelei und ihrem Gehilfen, dem Raben Nimmermehr, verteidigen.

In der Zwischenzeit explodiert in Mailand ein petrochemischer Reaktor. Wie herbstlicher Nebel legt sich ein Miasma über die sommerliche Po-Ebene. Es stinkt nach Dioxin. Erst sinken die Insekten leblos zu Boden, dann fallen die Spatzen tot von den Dächern, die Hunde drehen durch, und die Kühe stoßen ein entsetzliches Muhen aus. Jetzt hat die Stunde des Fährmanns vom Acheron geschlagen.

«Man hat uns gesagt, es besteht keine Gefahr», protestieren die Einwohner, die mit fünfzehntägiger Verspätung evakuiert wurden.

Aber Tick, Trick und Track haben am Strand des Mittelmeers den ersten Glückszehner gerettet. Am Schluss des Comics fragt sich ein zweifelnder Donald Duck, ob er jemals das versprochene Eis kosten wird. Der Junge hebt seinen Blick, versinkt mit ihm im Meer, er ist durch und durch glücklich und fragt sich, wie man nur Micky Maus dem Meer vorziehen kann.

Natürlich ist die Welt noch immer groß und schrecklich, die Nacht ist noch immer lang und nicht weniger schrecklich, und noch immer braucht seine Tante, eine Lehrerin, dem Jungen nur *Die Göttliche Komödie* zu erzählen, und er wird vom Fährmann träumen, der die Seelen der Toten über die Höllenflüsse setzt. Charon, der schaurige Fährmann, erscheint ihm im Traum als bärtiger Mann, in einen schmutzigen Mantel gehüllt, ausgerüstet mit Rudern am Heck seines rostroten Kahns. Charon, nicht erbose dich. Dort, wo der Wille Macht ist, ward's verhangen; dies sei genug, nicht weiter frage mich.

Und natürlich schreit der Junge nachts noch, wenn der Fährmann kommt und ihn mit sich nimmt – zu Fuß, zu Pferd oder auf einem Wagen, mit Rudern gerüstet, einem Hammer, manchmal auch mit einem Schwert –, der Fährmann, mit seinen spitzen Ohren, seinem Adlerschnabel und den riesigen Flügeln. Und ja, es stimmt, der Junge geht sogar so weit, dass er sich schlafend stellt, mit zwei Geldmünzen auf den Augen als Obolus für Charon, falls er ihn mitnehmen will, während er schläft, damit er den Preis bezahlen kann und nicht hundert Jahre lang zwischen den Nebelschwaden an den Ufern der Höllenflüsse umherirren muss. Wenn das stimmt, müssen alle diese Flüsse doch irgendwann auch in sein geliebtes Meer münden.

Nein, der Vater hat nicht recht, wenn er sagt, es wird ein verflixtes Jahr. Unser kleines Wasserwesen betrachtet vom Ufer aus die vom stürmischen Meer aufgedeckte Wildheit, es betrachtet den dicken Bauch der Mutter und ist absolut nicht einverstanden: Nein, das wird ein gutes Jahr.

«Mama, kann ich mit ihm reden, was meinst du, kann er mich hören?»

«Klar, komm ganz nah an meinen Bauch und sag ihm, wie du heißt.»

«Und wenn ich ihm verrate, wie ich heiße, antwortet mir mein kleiner Bruder dann?»

«Er wird dir erst antworten, wenn er sprechen kann.»

«Mama, hat er denn keine Angst? Ist es dadrin nicht stockdunkel?»

«Nein, da ist ein kleines Licht, und das ist immer an, Tag und Nacht.»

«Mama, noch was, wie kann er dadrin eigentlich atmen?»

«Er schwimmt im Wasser und atmet wie ein Fisch im Meer.»

Das Meer, ja genau, das Meer. Der Junge ist in Sicherheit und schwimmt glücklich im Meer. Letzten Endes wird auch die Nacht vorübergehen, der Junge wird weiter wachsen und ein Mann werden.

Und wenn man es recht bedenkt, ist dieser Fährmann, der immer zwischen dem Ufer der Lebenden und dem der Toten hin und her fährt, gar nicht so furchteinflößend. Im Grunde ist auch der finstere Charon mit den glühenden Augen nur ein alter Todesdämon.

13. Juni 2008

Martina sah ich am 13. Juni wieder. Wir waren im Sergio-Ramelli-Park verabredet, im Viertel Città Studio, Mailand, Zone 3. Es war fünf Uhr nachmittags an irgendeinem Wochentag in der ersten Dekade des neuen Jahrtausends.

Es war nicht einfach gewesen, den Park zu finden, er ist so klein, dass er im Stadtplan nicht verzeichnet ist. Auch im Kartenverzeichnis *Tuttocittà* nicht; die Tafel 29 hatte zwischen der Via Pinturicchio und der Via Bronzino einfach keinen Platz für einen kleinen grünen Punkt. Er dürfte so einem Hektar entsprechen, vielleicht einem halbem Hektar, vielleicht auch nur einem Ar. Aber heutzutage ist sowieso keiner mehr in der Lage, ein kleines Stück Land zu vermessen. Vielleicht gibt es den Ort ja gar nicht, dachte ich, während ich auf sie wartete.

Das winzige Fleckchen Grün schien dem Beton-Bauch der Stadt entrissen zu sein. Wie ein Brocken Fleisch, den man den Kindern und Hunden zum Fraß hingeworfen hatte, lag es da, eingeklemmt zwischen vier Hauswänden. Ein Dutzend Bäume, zwei winzige Grasflächen, acht Bänke, ein, zwei Schaukeln, zwei Gatter und um das Ganze ein Zaun. Die Seite zur Via Bronzoni hin gehörte den Kindern, die zur Via Pinturicchio den Hunden. Alle, Menschen wie Tiere, drängten sich auf ihrem Quadratmeter Grünfläche, in dieser verschwindend kleinen Nische, die die Stadt ihnen zum Spielen zur Verfügung gestellt hat. Alle, Menschen wie Tiere, waren während ihres Hofgangs in dieser engen Freiheit zusammengepfercht; die Hunde waren allerdings in der Überzahl. Früher sagte man: Wer's nicht im Kopf hat, hat's in den Beinen. Nun sagte man: Wer kein Kind hat, hat einen Hund. In dieser Gegend waren Kinder ohnehin eher eine Laune des Geistes als eine naturgegebene Selbstverständlichkeit. Kaum jemand konnte sich noch Kinder leisten.

Aber im Sergio-Ramelli-Park waren nicht nur Kinder und Hunde. Auch alte Leute waren dort. Sie saßen auf den Bänken, lethargisch, neben sich ihre stillen rumänischen, ukrainischen oder litauischen Aufpasserinnen. Massige, bärenstarke Frauen behielten die betagten, klapperigen Herrschaften im Auge, vom Alter gebeugt, stumm, und von ihren eigenen Leuten im Stich gelassen. Was sollten sie aus den Tiefen ihrer Erschöpfung heraus diesen Herkules-Frauen schon erzählen, die Tag für Tag durch ihrer Hände Arbeit ihr Überleben sicherten. Es gibt keine Sprache, die sie verbindet.

Ein Stück weiter, dem windschiefen Blick ihrer feuchten, leeren Triefaugen folgend, kümmerten sich andere Aufpasserinnen – von den Philippinen, aus Polen, aus Peru – um die Kinder. Die wenigen italienischen Mütter folgten den hyperaktiven, ungezogenen und unbezähmbaren kleinen Kreaturen auf Schritt und Tritt. Diese Mütter hatten eine schlechte Haut und gerötete Augen vor lauter Anspannung in einem Beruf, den sie schon verlernt hatten, weil sie viel zu viele Berufe nebenher ausübten.

Über ihren schweren Köpfen hing an der Kinderspielburg ein handschriftlich verfasster Zettel: «Wir haben rotes Farrad vergessen. Wenn es jemand finden bitte anrufen 333 4799378». Auch hier kam den Leuten die Sprache abhanden. Es fehlte nicht mehr viel, und auch die Geschichte würde ihnen abhandenkommen. Auf einem Gedenkstein erinnerte eine Inschrift, mickrig und hässlich wie der ganze Rest, an einen Jungen, der in der Via Amadeo, Ecke Via Paladino, mit einer Eisenstange erschlagen worden war, vor dreißig Jahren, zu Zeiten, als die Faschisten noch Kommunisten umlegten. Und umgekehrt.

Ich stand also da, in diesem Sumpf einer Geschichte, die nicht die meine war, während die Sonne über der Vorhut einer Armee von achthunderttausend Ausländerinnen unterging, die sich um alte Leute kümmerten, die nicht die ihren waren, um Kranke, die nicht die ihren waren, um Kinder, die nicht die ihren waren. Diese käuflichen Pflegekräfte hatte der *Welfare State* klammheimlich privatisiert. Wer konnte, zahlte. Wer konnte, holte sich eine dieser Frauen aus dem Osten, dem Süden, der Dritten oder Vierten Welt ins Haus. Denn – das war längst allgemein bekannt: Den Staat gab es nicht mehr, die Gesellschaft hatte sich aufgelöst, die Familie hatte man outgesourct.

Abgesehen von mir war im Sergio-Ramelli-Park weit und breit kein Mann im arbeits- oder reproduktionsfähigen Alter zu sehen. Nicht einer. Bei den Alten nicht, bei den Hunden nicht und auch nicht bei den Kindern. Die Sonne ging über dem Spielplatz eines Volkes unter, das die ersten und die letzten Dinge vergessen hatte; zusammengepfercht auf einem winzigen Fleckchen Grün, das dem Betonbauch der Stadt entrissen war. Dem Volk war die Sprache abhandengekommen, um die Dinge beim Namen zu nennen.

Ich kann mich noch gut daran erinnern, dass ich mit dem Gedanken spielte zu gehen. Vergangenheit und Zukunft hatten uns vergessen. Das Leben hatte sein Ziel verfehlt. Es war jetzt Viertel nach fünf.

In diesem Moment kam Martina. Selbst aus dieser Entfernung genügte ein Blick, um zu sehen, dass die straffe Haut ihres flachen Bauchs, der wegen seiner bemerkenswerten Flachheit stets den Mann in mir geweckt hatte, jene Kuhle, in die ich so oft meinen Samen vergossen hatte, noch immer straff über den Bauch gespannt war. Aber jetzt war sie in einem Bogen gespannt, weil etwas von innen dagegendrückte und herauswollte. Es war also wahr. Es war alles wahr …

Nach dieser Erscheinung passierte ein kleines Wunder.

Ich möchte ein Land, dachte ich mir, in dem alte Menschen ihre letzten Tage nicht mit Frauen verbringen müssen, die zwar fürsorglich sind, aber einer anderen Welt entstammen, in der Kindern nicht derselbe Platz wie Hunden zugesprochen wird, in dem man nicht aller Toten auf die gleiche Art gedenkt, ohne jeden Unterschied, in dem Alte, Tote, Hunde und Kinder nicht auf eine Grünfläche verbannt werden, die so winzig ist, dass selbst Stadtpläne sie einfach übersehen.

Ich hatte es wieder gewagt, einen kleinen Wunsch zu äußern.

Das Entsetzen stand mir offensichtlich noch immer ins Gesicht geschrieben; jedenfalls bemühte sich die Arzthelferin sehr, mich zu beruhigen.

Es gebe nichts, worüber ich mir Sorgen machen müsste, versicherte sie mir erneut. Ultraschall Stufe II sei eine bewährte Untersuchung, insbesondere für die Diagnostik fetaler Missbildungen; ein sehr erfahrener Arzt werde sie ausführen, mit modernster Technik. Nur äußerst selten blieben Details unklar. Die Untersuchung ermögliche es in über neunzig Prozent der Fälle, morphologische Fehlbildungen zu erkennen. Doch auch die seien sehr selten. Ich könne die gesamte Prozedur, Schritt für Schritt, auf dem Monitor verfolgen. Nur Mut, meinte sie aufmunternd.

Auf diesem Monitor war mein Sohn.

Der Arzt trug das schmierige Gel auf Martinas Bauch auf und ließ die Sonde darübergleiten. Sofort war das Zimmer von rhythmischen Schlägen durchdrungen. Schnellen, beharrlichen, unaufhaltsamen Schlägen. Sie füllten den ganzen Raum aus, als hätte nur ihre Akustik Platz darin. Aus kosmischer Sympathie heraus sorgte der Herzschlag bei mir für Herzklopfen.

«Sehr gut, wir haben dich laut und deutlich gehört. Jetzt stellen wir dich etwas leiser.»

Ein Regler wurde gedreht, die Schläge nahmen Zimmerlautstärke an, und der Arzt begann mit dem Ultraschallsensor den Körperkonturen des Fötus zu folgen. Er ging äußerst konzentriert zu Werke und sprach an mich gewandt, den einzigen medizinischen Laien im Raum, zunächst über das Schädelinnere: Von der feldstecherartigen Gestalt des Kleinhirns war die Rede, vom Fehlen verdächtiger Einengungen der mit Zerebrospinal-Flüssigkeit gefüllten Hirnkammern. Er merkte an, dass die Nackenfalte normal ausgeprägt sei, und sagte: «Sehen Sie hier, während der Nackenbereich auf dem Ultraschallbild im Alter von drei Monaten noch fast transparent war, ist er jetzt undurchsichtig.» Da ich aber in den ersten drei Monaten gar nicht dabei gewesen war, hatte ich diese Transparenz auch nicht sehen können.

Dann gab der Arzt seine Wertung zum Gesichtsbereich ab (Lippen, Nase, Gaumen …) und erwähnte ausdrücklich das Vorhandensein von Augäpfeln in den Höhlen. Er beschrieb Station für Station den Weg, den er mit dem Sensorkopf zurücklegte: Von den Schulterblättern in heftigen Schwenks entlang den Darmschleifen, dann ins Innere der Harnblase und in die Grube rings um den Nabel; von dort weiter quer über Leber, Nieren, Magen und Gallenblase, und schließlich aufwärts Richtung Oberbauch und entlang der Wirbelsäule. Schließlich sprach er noch von Dingen wie der Scheidewand zwischen den Vorhöfen, der Trikuspidalklappe sowie Mitralklappe – das Herz, unser wichtigstes Organ.

«Sehen Sie die Scheidewand zwischen den beiden Kammern? Hier, schauen Sie, hier … sie verläuft horizontal. Können Sie sie erkennen?», fragte er mich in seiner unendlichen Anteilnahme und tippte dabei mit dem Zeigefinger auf den Monitor, während er mit der anderen Hand den Sondenkopf auf Martinas Bauch drückte.

Ich nickte, in Wahrheit konnte ich überhaupt nichts erkennen. Ich fühlte mich wie ein Waisenkind mit diesen rhythmischen, beharrlichen, dumpfen Schlägen, die eben noch den ganzen Raum für sich eingenommen hatten. Dem

Monitor traute ich nicht so recht. Ich sah auf den Bildschirm, ja, ich starrte darauf, aber dort, wo ich eigentlich einen Embryo, mein Kind, hätte erkennen sollen, sah ich nur die Meere der Stille einer Mondlandschaft.

Hab keine Angst, sagte ich mir. Nur Mut!

Ich war geduldig. Wartete bis zum Abend, und als wir dann zu Hause waren, beugte ich mich über Martinas dicken Bauch. Ich legte mein Ohr darauf, wie ein Wilder, der die stumme Schwingung der Erde bittet, ihm durch die Hufe der Wasserbüffel den Beginn der warmen Jahreszeit zu verraten. Ich war ganz Ohr.

Später sagte jemand zu mir, wahrscheinlich seien es nur irgendwelche Schläge oder ein Schluckauf gewesen. Mir aber war, als hörte ich eindeutig ein unermüdlich schlagendes Herz.

Es machte: «Bum, bum … bum, bum … bum, bum …»

Epilog

Als Kind träumte ich oft vom Ende der Welt. In meinen Träumen endete die Welt im Feuer. In Wahrheit würde sie jedoch ganz anders enden.

Zwei Tage nach unserem Verschwinden würden in der großen Ebene Ratten auf Blechtonnen in die Kanäle der überschwemmten Großstadt treiben. Zwei Tage nur ohne Abpumpen durch die Feuerwehr, und riesige Wassermassen, unaufhörlich auf der Suche nach einem Abfluss aus unterirdischen Systemen, finden schließlich einen solchen, mit großer Vehemenz! Nur zwei Tage nach unserem Verschwinden gibt es keinen Strom mehr. Die Sicherheitsabschaltung der Atom- und Kohlekraftwerke löst sich ohne menschliches Dazutun automatisch aus. Die Pumpe steht still, das Wasser steigt allmählich. In der Zwischenzeit verstopfen die Abwasserkanäle durch allen möglichen Unrat: Zunächst werden die herumliegenden, fast unverrottbaren Plastiktüten, dann all der organische Abfall ungestutzter Hecken in die Abflusskanäle geschwemmt. Gleichzeitig werden unter ihnen Stahlträger, die die Stadt stützten, langsam vom Rost zerfressen. Lautlos, wie schon zu Zeiten der Menschheit.

Innerhalb von sieben Tagen nach unserem Verschwinden

überhitzen die Atomreaktoren ohne jedes Kontrollsystem, und es kommt zur Kernschmelze. Innerhalb eines Jahres bricht die Straßendecke ein. Sie platzt durch das in den Rissen gefrierende und tauende Wasser auf, wie eine Lippe vor lauter Trockenheit in blutigen Rissen aufplatzt. Innerhalb von zwei, drei Jahren stürzen die ersten in ihren Fundamenten erschütterten, im Wasser stehenden Gebäude ein. Der Wind trägt Pflanzensamen auf die freien Flächen, und diese schlagen in den Spalten der Straßendecke Wurzeln. Von diesen Rissen aus bedecken sich die Plätze mit aufkeimendem Unkraut, von diesen Rissen aus erobert die Natur die Städte zurück, während sich die Straßen ihre eigenen Flussbette graben. In jedem Frühjahr, sobald die Temperaturen bis knapp über den Gefrierpunkt steigen, schafft die vom Wasser durchdrungene Natur neue Risse. Durch erneutes Gefrieren.

Greifvögel nisten zwischen den Ruinen, Füchse beschnüffeln die Straßen. Und die Schlangen schlängeln sich darüber und beäugen sie einfach nur.

Fünf Jahre nach unserem Verschwinden stürzen die unbeheizten Bürogebäude, Opfer des ewigen Kreislaufs aus Wasser und Eis, allmählich in sich zusammen. Zehn Jahre später schlägt ein Blitz ein, ein kleiner Haufen trockener Äste fängt Feuer, und große Teile der Stadt brennen nieder. Einzig die antiken Kathedralen aus Stein trotzen den Bränden. Noch ein Jahrhundert lang. Aber nach hundert Jahren brechen die Dächer sämtlicher Gebäude ein, nach dreihundert stürzen die Hängebrücken ein, nach fünfhundert bedecken die inzwischen herangewachsenen Wälder die Krater wieder, die die Städte in den Boden gerissen haben.

Mit Eiche, Ahorn und dem allgegenwärtigen chinesischen Götterbaum. Riesige Wolken von Mücken schweben über ihnen, um sich an anderem Getier zu laben – sie geben der Erde ihr neues Gesicht, nachdem das Schlachtfest beendet ist und sich die Feuchtgebiete wieder ausgebreitet haben. In den Stechrüsseln der Mücken fließt gleichermaßen das Blut von kapitalen Hirschen wie das von Eisbären. Die Zuchttiere, Waisenkinder unseres Appetits, werden von den Wölfen aus den Bergen zerfleischt; die Ratten, Waisenkinder unseres Mülls, gehen vor lauter Hunger und Schwermut ein; die Kakerlaken, Waisenkinder unserer beheizten Gebäude, entfliehen den gemäßigten Zonen; und auch die Läuse, Waisenkinder unserer Wärme, sterben aus.

Fünftausend Jahre nach unserem Verschwinden tritt das radioaktive Isotop Plutonium 239 aus den Hohlkugeln der Atomsprengköpfe aus und strömt in die Umwelt. Noch weitere fünfzehntausend Jahre, und die letzten Steinbauten, die antiken Kathedralen, weichen dem Morgengrauen einer neuen Eiszeit. Fünfunddreißigtausend Jahre, und die Erdkruste befreit sich von dem Blei, das Kraftfahrzeuge im weitentfernten 20. Jahrhundert eines anderen Zeitalters in der Erde angereichert haben. Hunderttausend Jahre, und die Kohlendioxid-Konzentration in der Atmosphäre ist wieder auf ein Niveau vor dem industriellen Zeitalter gesunken. Zehn Millionen, und als Zeugen des Verschwundenen gibt es nur noch die Bronzeskulpturen, von denen etliche ihre ursprüngliche Form fast vollständig bewahrt haben: ein Diskuswerfer, ein tanzender Satyr, ein sterbender Soldat. Fünf Milliarden Jahre nach unserem Verschwinden vergeht auch die Bronze. Die Erde verdampft, und die Sonne, auch sie schon sterbend wie der antike Bronzekrieger, dehnt sich aus und verschlingt die anderen inneren Planeten.

Sicher, die Angst singt uns ein Schlaflied vor, aber was wäre denn auf der Erde, eine Sekunde, eine Tausendstelsekunde nach unserem Verschwinden?

Was wäre, ist dieser Winter voller Nebel, der nieselnd aufsteigt und noch immer das Phantasma des Menschen überlebt; was wäre, ist dieses Hoflicht, das noch immer auf die Reifenspuren im Schnee scheint, dieses Landhaus, das in der Ferne auftaucht, dieser Gutsweg, begrenzt von den Kilometersteinen aus heimischem, vertrautem Stein oder aus dem Stein, den man von Gräbern kennt. Was wäre, ist diese Furche, die, so perfekt gezeichnet, das Land bis zum Horizont sanft trennt, bis zu dem Punkt, wo sich der Blick verliert, bis sich die Landschaft verliert. Bis man verliert.

Was wäre, ist die Rührung von diesem wehrlosen Augenblick unendlicher Zärtlichkeit.

Nicht weinen, mein Junge, nicht weinen. Hab keine Angst vor der Zukunft. Das Ende ist längst eingetreten. Vor langer Zeit.

Danksagung

Wie so oft, hat auch dieses Buch andern Büchern viel zu verdanken.

Ganz besonders habe ich von zwei Werken profitiert: *Barbablù*, die Biographie über Gilles de Rais, die Ernesto Ferrero 1975 schrieb; sowie *Cattolicesimo magico* (Bompiani 2009), eine ethnographische Untersuchung des katholischen Charismatismus, die Marco Marzano kürzlich durchführte. Aus der Biographie habe ich fast wörtlich die sehr einleuchtenden Ausführungen über die metaphysische Verzagtheit übernommen. Aus letzterem Werk stammt fast ein ganzes Kapitel, in dem das Ritual der Taufe im Heiligen Geist beschrieben wird. Da ich natürlich die Forschungsergebnisse von Marzano für meine literarischen Zwecke genutzt habe, möchte ich die Leser, die dieses Thema wissenschaftlich vertiefen wollen, auf sein Buch verweisen. Man findet dort nicht nur wissenschaftliche Strenge, sondern auch eine nicht weniger passionierte Erzählweise als in einem Roman.

Zu guter Letzt möchte ich den Menschen danken, die, unabhängig von professioneller Verpflichtung, dieses Buch begleitet haben, indem sie es lasen, mir Ratschläge gaben, Verbesserungsvorschläge machten: Alessandro Bertante, Paolo Colonnello, Daniele Giglioli, Laura Paolucci, Lucia Tozzi.

MIX
Papier aus verantwortungsvollen Quellen
FSC® C083411

Das für dieses Buch verwendete FSC®-zertifizierte Papier
Lux Cream liefert Stora Enso, Finnland.